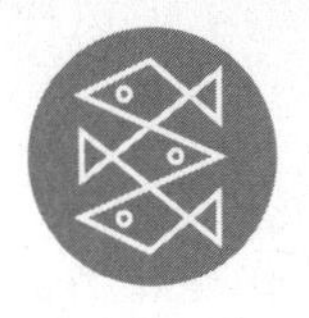

Erika ist verzweifelt. Nachdem ihre Tochter Kristen bei einem Zugunglück tödlich verunglückt ist, hat sich jetzt auch noch ihre andere Tochter Annie von ihr abgewandt. Nächtelang vergräbt sich Erika in Kristens Zimmer und grübelt über einem alten Album mit Lebensweisheiten. An einem Zitat ihrer Mutter bleibt sie hängen: »Verwechsle niemals das, was wichtig ist, mit dem, was wirklich zählt«. Immer wieder denkt sie darüber nach, und langsam erkennt sie, dass sie sich selbst verloren hat. Hat sie tatsächlich vergessen, was im Leben wirklich zählt? Als Annie nach einem Streit dann auch noch spurlos verschwindet, macht sich Erika auf den Weg nach Mackinac Island. Auf dieser Insel ist sie aufgewachsen, hier muss sie nun ihrer Vergangenheit entgegentreten. Doch Mackinac Island ist nur der Beginn ihrer Suche – nach ihren Töchtern, nach Hoffnung, nach Vergebung und nach Liebe.

Weitere Bücher der Autorin:
›Morgen kommt ein neuer Himmel‹
›Nur einen Horizont entfernt‹

Lori Nelson Spielman gehört zu den erfolgreichsten Romanautorinnen weltweit. Der internationale Durchbruch gelang ihr mit ihrem ersten Roman, ›Morgen kommt ein neuer Himmel‹, der in über 30 Ländern erschienen ist und in Deutschland der Jahresbestseller Belletristik 2014 war. Auch ihre beiden folgenden Romane, ›Nur einen Horizont entfernt‹ sowie ›Und nebenan warten die Sterne‹, wurden sofort zu Nummer-1-Bestsellern.

Lori Nelson Spielman hatte sich nie eträumt, dass sie mit ihren Büchern so viele Menschen erreichen und berühren würde. Dafür ist sie unendlich dankbar. Dieser Roman soll die LeserInnen inspirieren, darüber nachzudenken, was glücklich macht – und was im Leben wirklich zählt.

Weitere Informationen finden Sie auf www.fischerverlage.de

LORI NELSON SPIELMAN

UND NEBENAN WARTEN DIE STERNE

ROMAN

Aus dem Amerikanischen von
Andrea Fischer

FISCHER Taschenbuch

Erschienen bei FISCHER Taschenbuch
Frankfurt am Main, Oktober 2017

Satz: Pinkuin Satz und Datentechnik, Berlin
Druck und Bindung: CPI books GmbH, Leck
Printed in Germany
ISBN 978-3-596-03477-2

Für meine Familie

»Finde in dir einen Ort der Freude,
dann wird die Freude den Schmerz besiegen.«
Joseph Campbell

1

Erika

Wenn dich etwas aufhält, bleib stehen. Das würde meine Mutter sagen. Wenn sie noch lebte, könnte ich ihr antworten, dass das im Moment nicht möglich sei. Meine Karriere nimmt gerade richtig Fahrt auf. Doch sie würde den Kopf schütteln und durchaus zutreffend erwidern, es ginge immer, man müsse sich nur dazu entschließen.

Ich schlüpfe in einen schwarzen Rock und hochhackige Schuhe. In Gedanken gehe ich meine ellenlange To-do-Liste durch: *Vertrag für Parc 77 abschließen, Vergleichsangebote für die Zweizimmerwohnung im Mayfair einholen.* Das alles muss ich noch erledigen, bevor ich die Mädchen heute Vormittag, wie versprochen, nach Philadelphia bringe.

Ich checke meine Mails. Oh, oh. Chung Wang, der Makler aus Peking, hat auf meine Nachricht zu dem Apartment im Plaza reagiert. Er hätte noch Zeit für eine Besichtigung, aber sein Flug gehe am Mittag. *Richten Sie es bitte ein.*

O nein! Nicht heute, wo ich mir für meine Töchter freigenommen habe! Aber Mr Wang vertritt meine wichtigsten Kunden. Wenn ich es nicht für ihn »einrichte«, übernimmt das sicher gerne die Konkurrenz.

Wird gemacht, tippe ich zurück.

Mein Magen verkrampft sich. Wie soll ich den Mädchen beibringen, dass ich sie doch nicht zur Uni fahren kann? Annie kann den alten Spruch, dass die Arbeit vorgeht, mit Sicherheit nicht mehr hören. Und ich bin ihn, ehrlich gesagt, auch leid.

Aber ich will einen Wettbewerb gewinnen. Noch acht Monate in dieser Tretmühle, dann kehrt wieder etwas mehr Ruhe ein.

Als ich meine Schlafzimmertür öffne, begrüßen mich der Duft von Toast und das Geklapper von Geschirr. Ich schaue auf die Uhr. Fünf Uhr sechsunddreißig. Kristen hat die Nacht durchgemacht. Mal wieder.

Im Flur ergänze ich in Gedanken meine Liste um einen weiteren Punkt: *Mit Brian über unsere Tochter reden.* In Zeiten wie diesen – wenn die Launen unserer Neunzehnjährigen so unvorhersehbar wechseln wie die Lieblingslieder auf ihrer Playlist – bin ich froh, dass mein Exmann Arzt ist.

Ich nehme die Abkürzung durchs Esszimmer, wo Kristens Handtasche auf dem Tisch liegt. Ihr Portemonnaie und ein Päckchen Minzbonbons sind herausgerutscht. Als ich näher hinsehe, entdecke ich einen offensichtlich gefälschten Führerschein auf den Namen einer gewissen Addison. Mit dem Ausweis geht sie als einundzwanzig und damit als volljährig durch – wahrscheinlich war sie gestern in einer Disko und hat Alkohol getrunken. *Also wirklich, Kristen!* Doch für so was habe ich jetzt keine Zeit. An der Schwelle zu meiner sonst so makellosen Küche bleibe ich wie angewurzelt stehen.

Auf den weißen Marmorflächen herrscht ein wildes Durcheinander von Töpfen und Pfannen, die zwischen Butterverpackungen und Eierschalen stehen. Mehl und Puderzucker zieren den dunklen Holzfußboden. Kristen hat in der Kupferschüssel Sahne geschlagen. Schon von der Tür aus kann ich die weißen Spritzer auf dem Edelstahlherd sehen. Die Unordnung hinter den weißen Schranktüren kann ich mir lebhaft ausmalen.

Und da steht sie, an der Kücheninsel, immer noch in dem gelben Kleidchen, das sie am Vorabend anhatte. Sie ist barfuß, ihre lilafarbenen Zehennägel blitzen. Auf dem Kopf hat sie den kabellosen Kopfhörer. Während sie Erdnussbutter auf dicke Toastscheiben schmiert, singt sie schief einen Hip-Hop-Song mit.

Am liebsten würde ich meine chaotische Tochter gleichzeitig umarmen und erwürgen.

»Guten Morgen, Schätzchen!«

Mit wippendem Kopf träufelt Kristen Honig auf die Erdnussbutter, leckt sich die Finger ab und legt die Brotscheibe in die Pfanne mit schäumender Butter.

Ich komme näher und tippe ihr auf die schmale Schulter. Sie fährt zusammen, dann strahlt sie übers ganze Gesicht.

»Hey, Mom!« Sie reißt sich den Kopfhörer von den Ohren. Die Musik dröhnt weiter, bis Kristen sie auf dem Handy leiser stellt. »Lust auf ein leckeres Frühstück?« Ihre blauen Augen tanzen, doch hinter der Fröhlichkeit erkenne ich den glasigen Blick von zu wenig Schlaf.

»Wieso bist du nicht im Bett, Süße? Hast du gar nicht geschlafen?«

Kristen hält mir ihre Espressotasse entgegen und zuckt mit den Schultern. »Schlaf wird überbewertet. Hey, guck mal, was ich für dich gemacht habe!«

Ich hole tief Luft. »Ach, wie lieb! Aber ich hoffe, du räumst dieses Durcheinander auch noch auf, bevor ihr los…« Ich unterbreche mich, als ich ein handgeschriebenes Schild entdecke, das an den Küchenschränken hängt – befestigt mit braunem Klebeband!

Tschüs, Mom! Du wirst uns fehlen! 1000 Küsse

»Heute ist unser letzter gemeinsamer Morgen.« Kristen schlingt die Arme um mich.

»Das stimmt.« Ich löse mich von ihr. »Vorsichtig! Auf deine klebrigen Fingerabdrücke würde ich lieber verzichten.«

»Ups! 'tschuldigung! Du siehst übrigens schick aus«, sagt sie und fügt dann hinzu: »Ich dachte, wir brauchen einen zünftigen Abschied.«

Ein zünftiger Abschied. So hat das meine Mom immer genannt. Und wie jede anständige Mutter hätte sie Kristen zugestimmt.

Eigentlich müsste ich jetzt am Herd stehen und ein Abschiedsfrühstück für meine Töchter zubereiten, nicht umgekehrt.

Kristen führt mich zum Tisch, der bereits für drei Personen gedeckt ist. Ein Krug mit Orangensaft steht in der Mitte, daneben eine Vase mit pinkfarbenen Blumen, die verdächtige Ähnlichkeit mit den Pentas vom Balkon haben, die Annie im vergangenen Frühjahr gepflanzt hat.

Meine Tochter zieht einen Stuhl für mich hervor, dann springt sie in den Flur: »Hey, Annie! Raus aus den Federn!«

»Kristen!« Ich versuche, mit einer Ruhe zu sprechen, die ich gar nicht empfinde. »Sei bitte leise! Willst du das ganze Haus aufwecken?«

»Sorry!« Sie kichert. »Pass auf, probier mal das hier: Toast mit Erdnussbutter, Honig und gerösteten Pekannüssen. Die pure Geschmacksexplosion, das schwöre ich dir.«

Ich schüttele den Kopf. In dem Moment kommt Annie, meine zweite neunzehnjährige Tochter, hereingetapert. Ihr hübsches rundes Gesicht hat dank ihrer Latina-Gene und der Sommersonne einen satten Braunton angenommen, ihre langen schwarzen Haare sind ein einziges Lockengewirr. Auch wenn sie einen Meter fünfundsiebzig misst, ist sie in ihrem gestreiften Pyjama und den flauschigen Elefantenpantoffeln immer noch mein kleines Mädchen. Ich stehe auf und gebe ihr einen Kuss.

»Guten Morgen, Schätzchen.«

»Was ist mit Krissie?«

»Sie macht uns Frühstück.«

Annie registriert die Pentasblüten in der Vase und seufzt. Sie geht zum Herd, wo ihre Schwester das nächste Sandwich in die heiße Butter legt, und zupft einen Klecks Schlagsahne aus Kristens blondem Haar.

»Was hast du gemacht? Eine Bombe gezündet?« Annies Stimme ist sanft, als spräche sie mit jemandem, der sehr empfindlich ist.

»Das ist mein Abschiedsfrühstück für dich und Mom«, erklärt Kristen. Mit einem Pfannenwender holt sie die ersten gebräunten Toasts heraus.

»Du meinst: für Mom«, korrigiert Annie.

Kristen schaut sie an, dann herüber zu mir. »Ah, stimmt. Ein Abschiedsfrühstück für Mom. Du und ich, wir fahren ja zur Uni. Zusammen.«

»Was ist los, meine Damen? Will eine von euch ihre Sommerferien etwa ein wenig verlängern?«, frage ich.

»Natürlich nicht«, sagt Kristen, legt einige Bananenscheiben auf den Toast, besprenkelt ihn mit Sirup und setzt einen Klecks Schlagsahne obendrauf. »Voilà!« Sie hält den Teller in die Höhe, als würde sie ihn den Göttern darbieten, und reicht ihn dann Annie. »Gibst du ihn bitte Mom?«

Wie unglaublich lieb ist es von meinen Töchtern, ein Abschiedsessen für mich zu veranstalten! Doch ich denke im Moment nur daran, wie schnell ich dieses zweitausend Kalorien schwere Frühstück verdrücken und zur Arbeit fahren kann.

Ich schaue zu Annie hinüber, die mein Handy beäugt. Ich stelle den Klingelton ab und lege es mit dem Display nach unten auf den Tisch.

Während Kristen zwischen Herd und Tisch hin und her eilt, schildert sie uns lachend und wild gestikulierend die vergangene Nacht mit ihren Freunden, bis ins kleinste Detail. Kaum zu glauben, dass dieses Mädchen sich noch vor einer Woche auf ihr Zimmer zurückgezogen hat und nichts essen wollte. Ich nehme an, dass sie sich wieder mit Wes vertragen hat, schneide das Thema jetzt aber lieber nicht an.

»Ich hab drei Stunden durchgetanzt, Minimum!« Kristen wirft sich auf ihren Stuhl und pikst eine Bananenscheibe mit der Gabel auf, dann schiebt sie den Teller von sich. »Mir ist schlecht.«

O Gott, bitte nicht! Ich lege ihr die Hand auf die Stirn. »Du hast aber kein Fieber. Hast du vielleicht beim Kochen zu viel genascht?«

Sie grinst. »Nur ungefähr fünf Löffel Erdnussbutter … ein bisschen Sirup … und zwei Espressi.« Sie lacht, ich bin erleichtert.

»Wann fahren wir heute los?«, will Annie wissen.

»Ach ja, das wollte ich …«, setze ich an, doch Kristen unterbricht mich.

»Ich bin so froh, dass wir nicht den Zug nehmen müssen! Wo wollen wir zu Mittag essen? Ich hatte an das White Dog Café gedacht. Oder vielleicht Italienisch im Positano.«

Ich reibe mir den Nacken. Annie beobachtet mich, spürt mein Unbehagen und stößt einen übertriebenen Seufzer aus. »Lass mich raten: Du kannst uns nicht hinbringen?«

Ich ziehe den Kopf ein, hasse mich selbst dafür, mein Versprechen brechen zu müssen. »Es tut mir furchtbar leid, aber für heute Vormittag ist in letzter Minute eine Besichtigung angesetzt worden. Wenn ihr bis morgen warten könntet …«

»Können wir aber nicht. Krissie hat heute Nachmittag einen wichtigen Termin.« Annie stürzt sich auf ihr Frühstück. »Schon gut, Mom, wir haben verstanden. Es ist wirklich wichtig, dass du diesen Wettbewerb gewinnst«, sagt sie dann.

»Schatz, es tut mir leid.« Ich will nach Annies Schulter greifen, doch sie entzieht sich mir.

»Mit dem Zug geht ja auch«, wirft Kristen ein. Sie ist immer diejenige, die mich beruflich mehr unterstützt. »Auf welchem Platz bist du diese Woche? Schon unter den Top Fifty der besten Makler in Manhattan?«

Ich atme aus, erleichtert, dass wenigstens eine meiner Töchter stolz auf mich ist. »Auf Platz 63, aber nächste Woche stehen zwei Abschlüsse an.«

»Das packst du, Mom!«

Das Handy auf dem Tisch vibriert. Ich lege die Hand darauf.

»Entschuldigung.«

»Na los!«, sagt Kristen. »Auf die Top Fifty!«

»Bis zum dreißigsten April ist noch viel Zeit. Da kann eine Menge passieren.«

»Aber bei dir wird's nur aufwärts gehen. Da fällt mir ein …« Kristen hält einen Finger hoch und verlässt die Küche. Kurz darauf ist sie wieder da. »Für dich«, sagt sie und reicht mir eine kleine beigefarbene Karte mit dunkelblauer Schrift:

Agentur Blair
Individuelle Immobilienlösungen in Manhattan
Erika Blair, Maklerin / Inhaberin
Telefon: 347 555 1212
Erika@AgenturBlair.com

»Ist die schön!«, freue ich mich und drücke ihr einen Kuss auf den Scheitel. Annie mag etwas gegen meine Arbeit haben, aber Kristen ist durchaus bewusst, dass ein Platz unter den fünfzig besten Maklern von Manhattan unser Leben verändern kann. Allein der Werbeeffekt ist mit Geld nicht aufzuwiegen. Mein Name würde bekannt, und ich bekäme den nötigen seriösen Ruf, um mich selbstständig zu machen. Davon träume ich seit Jahren.

»Ich hab gedacht, wenn du ein kleines Haus oder so entwirfst, könnte man es als Logo mit draufmachen.«

Ich bin gerührt. Schwer vorstellbar, dass meine Begeisterung für Kunst mal genauso groß war wie mein beruflicher Ehrgeiz als Maklerin. Kristen hat das nicht vergessen. »Nächsten Herbst«, verkündet sie, »ist die Agentur Blair dick im Geschäft!« Sie jubelt und hält mir die Hand hin, damit ich sie abklatsche.

Natürlich entgeht mir nicht, dass Annie schweigend ihren Toast isst. »Schatz, hast du gesehen, was Kristen für mich gemacht hat?« Ich halte ihr den Entwurf hin. »Die allererste Visitenkarte der zukünftigen Agentur Blair.«

»Toll.« Annie wendet sich ab. »Dann kannst du ja endlich noch mehr arbeiten.«

Ich bin ernüchtert. Ob sie mir je verzeiht, dass ich als alleinerziehende Mutter mit Arbeit und Familie jonglieren muss? Dass ich versuche, sowohl meine Töchter als auch Carter Lockwood zufriedenzustellen, meinen knallharten Chef, der genauso besessen davon ist wie ich, meinen Namen unter den besten fünfzig Maklern zu sehen? Ich berühre Annies Arm.

»Wenn ich selbstständig bin, kann ich mir meine Termine selbst einteilen. Aber noch bin ich Carters Angestellte bei Lockwood. Und einer muss eben arbeiten. Ich kann doch auch nichts dafür.«

»Schon in Ordnung!«, sagt Kristen. »Übrigens, kannst du mir noch ein bisschen Kohle überweisen?«

»Jetzt schon? Was hast du denn mit dem Geld gemacht, das du Montag bekommen hast?«

Kristen senkt den Kopf und schielt nach oben, ihr Bitte-nicht-schimpfen-Gesicht. »Ich habe auf der Straße einen alten Mann mit einem kleinen Welpen gesehen. Der war so dünn und sah so traurig aus …«

»Ach, Kristen.« Ich schüttele den Kopf und beschließe, sie nicht auf die neuen High Heels von Tory Burch anzusprechen, die sie gestern Abend trug. Die mit dem Riemchen, in denen ihre neue Pediküre so gut zur Geltung kommt. Schließlich arbeite ich hart, damit ich meinen Töchtern Dinge ermöglichen kann, die ich als Kind nicht hatte. Ich stehe auf. »Ich überweise dir heute Nachmittag noch was – aber das ist für Lebensmittel, nicht für süße Welpen, verstanden?«

Kristen grinst. »Verstanden.«

Ich gebe ihr einen Kuss auf die Wange. »Danke für das leckere Frühstück. Hab dich lieb, Mausi. Sag Bescheid, wenn du sicher angekommen bist.« Dann nehme ich sie lächelnd in die Arme: »Halt dich tapfer! Und denk dran, du bist die Beste.«

Das ist mein Abschiedsgruß; dieselben Worte hat meine Mutter früher immer zu mir gesagt. Ich drehe mich zu Annie um, will sie ebenfalls umarmen, doch sie ist schon aufgesprungen. »Ich bringe dich zur Tür«, sagt sie nur.

Ich wappne mich gegen weitere Vorwürfe, doch kaum haben wir die Küche verlassen, wird Annie zur besorgten Schwester. »Mom«, flüstert sie, »ist dir das auch aufgefallen? Sie ist total … überdreht.«

Ich lege Annie den Arm um die Schulter. »Ich weiß. Ist doch schön, dass sie wieder gut drauf ist, oder?«

»Sie hat sich überhaupt nicht mehr im Griff. Genau wie letztes Frühjahr während der Abschlussprüfungen. Als wäre sie manisch oder so.« Annies bedrückter Blick bricht mir das Herz. Sich Sorgen zu machen ist die Aufgabe einer Mutter, nicht der Schwester. Ich streiche ihr eine Locke aus dem Gesicht.

»Zuerst mal«, sage ich, »ist hier niemand krank. Zweitens sind Stimmungsschwankungen bei Jugendlichen normal. Aber ich finde es lieb, dass du dir Gedanken machst. Ich sage eurem Vater, dass er Kristen einen Therapeuten empfehlen soll. Sie macht gerade eine Menge mit: die Uni, die neuen Kommilitoninnen, die Beziehung zu Wes.«

»Einen Therapeuten? Meinst du, damit ist es getan? Ich glaube, sie braucht Medikamente.«

Ich greife nach meiner Handtasche und ignoriere ihre Bedenken. »Rede nicht so, Annie. Kristen ist einfach gut drauf.« Und leiser füge ich hinzu: »Sie hat einen gefälschten Führerschein in der Tasche. Ich glaube, sie hat letzte Nacht zu viel gefeiert.«

Annie legt den Kopf schräg. »Meinst du, sie ist noch betrunken?«

»Möglich, oder es liegt am Koffein. Wahrscheinlich kommt sie nicht allein mit der Küche zurecht. Kannst du ihr helfen?«

»Ja klar.«

»Danke, meine Süße.« Ich lege Annie die Hand auf die Wange. »Es tut mir wirklich leid, dass es heute anders gelaufen ist als geplant. Komm doch zum Labor-Day-Wochenende nach Hause, dann fahren wir nach Easton!«

Meine großmütige Tochter gibt nach. Zum einen liebt sie unser Haus in der Chesapeake Bay, zum anderen kann sie niemandem lange böse sein. »Au ja! Vielleicht haben wir Glück, und der Strom fällt wieder aus.«

Wir lächeln uns an, und ich vermute, dass wir beide an den spontanen Ausflug im letzten Jahr denken, als die Mädchen zum Labor-Day-Wochenende zu Hause waren. Es war Freitagabend, die Wettervorhersage für die nächsten Tage war katastrophal. Zu allem Übel hatten die beiden in der ersten Woche am College eine Erkältung bekommen. Als es aussah, als würde der dunkle Himmel jeden Moment seine Schleusen öffnen, schlug Kristen vor, ins Ferienhaus zu fahren.

»Schatz, es ist acht Uhr abends«, entgegnete ich.

»Ach bitte, Mom«, fiel Annie ein. »Das wird lustig!«

Während die Mädchen in ihre Zimmer flitzten, um die Reisetaschen zu packen, holte ich Lebensmittel und Getränke aus dem Kühlschrank. Dreieinhalb Stunden später erreichten wir mitten in einem schweren Regenguss unser Haus am LeGates Cove, nur um festzustellen, dass es durch das Gewitter einen Spannungsausfall gegeben hatte und wir keinen Strom hatten.

Ich machte ein Feuer im Kamin, wir entzündeten ein halbes Dutzend Kerzen. Annie links und Kristen rechts neben mir, machten wir es uns unter einem Berg von Decken auf dem Sofa gemütlich. Im Schein einer Laterne las ich ihnen aus *Betty und ihre Schwestern vor*, ihrem Lieblingskinderbuch. Fast kann ich noch das Gewicht ihrer Köpfe in meinen Armbeugen und die Wärme ihrer Körper an meinem spüren. Das Feuer warf Schatten auf ihre friedlichen Gesichter. Hin und wieder schmiegten sie sich bei einem Donnergrollen noch enger an mich. Bei jedem Umblättern wurden ihre Augenlider schwerer, und ich hörte, wie ihre Atemzüge tiefer wurden, bis sie schließlich einschliefen.

Bis drei Uhr morgens las ich weiter, zum Schluss nur noch flüsternd. Ich hatte einfach Angst, dass sie aufwachen würden, wenn ich aufhörte. Und ich wollte die kostbaren Stunden so lange wie möglich genießen, in denen ich die beiden Menschen im Arm hielt, die ich auf der Welt am meisten liebte, diese zwei Mädchen, die keine Kinder mehr waren, aber auch noch keine Frauen.

»Ich überrede Kristen, dass sie auch mitkommt«, holt mich Annie aus meinen Erinnerungen zurück. »Ein Wochenende am Wasser wird ihr guttun.«

»Perfekt.« Ich lege die Hand auf ihre Wange. »Ich weiß nicht, was deine Schwester ohne dich tun würde. Und ich auch nicht.«

»Zumindest hättest du mehr zu essen im Kühlschrank.«

Ich schüttele den Kopf über diesen Witz auf ihre Kosten. Annie ist die kurvigere von beiden Mädchen, sie hat breite Hüften und Oberschenkel, die zu ihrem üppigen Busen passen. In vielen Kulturen wäre sie der Inbegriff von Weiblichkeit. Doch in New York, einer Stadt voller dürrer Möchtegernmodels, hat Annie ein verzerrtes Selbstbild entwickelt, auch wenn ich mein Bestes tue, dem entgegenzuwirken. Dass ihre Schwester und ihre Mutter dünn sind, ist dabei nicht gerade hilfreich.

»Ich liebe deinen gesunden Appetit, meine Hübsche«, sage ich und streiche eine verirrte Strähne aus ihrem Gesicht. »Halt dich tapfer! Und denk dran, du bist die Beste.«

Lachend zeigt sie mit dem Finger auf mich. »Und du bist bescheuert. Willst du das auch noch sagen, wenn Krissie und ich fünfzig sind?«

»Das werde ich immer sagen. Denn ihr seid wirklich die Besten.« *Und mein Leben wäre so viel einfacher, wenn deine Schwester genauso viel Verantwortungsbewusstsein hätte wie du.* Das spreche ich natürlich nicht laut aus. Und selbstverständlich habe ich es verdient, für diesen Gedanken von einem glühenden Meteoriten getroffen zu werden.

»Es beruhigt mich zu wissen, dass ihr beide heute mit demselben Zug fahrt. Hab ein Auge auf Kristen, ja? Und schreib mir, wenn ihr in Philadelphia seid.« Ich umarme Annie ein letztes Mal. »Ich hab dich lieb …«, beginne ich.

»… wie ein Kätzchen das Spätzchen«, schließt Annie.

2

Annie

Mit einem leisen Stöhnen blickt Annie auf die Tür. Ihre Mutter wird ausflippen, wenn sie heute Abend nach Hause kommt und feststellt, dass Annie nicht in Philadelphia ist, um ihr zweites Jahr an der Universität Haverford anzutreten. Sie hatte geplant, es ihrer Mutter kurz vor der Abfahrt zu beichten, um ihr den Tag über Zeit zu geben, die Nachricht zu verdauen und sich abzuregen, bevor Annie ihr am Abend wieder gegenübertreten würde.

Sie geht zurück in die Küche. Neben dem Herd liegt das Handy ihrer Schwester. Der Akku ist leer. Im Fernsehzimmer lacht Kristen hysterisch über irgendeine Comedysendung.

Annie holt tief Luft. In den nächsten zwei Stunden muss sie dafür sorgen, dass ihre Schwester runterkommt, ihre Sachen packt und den Zug nach Philadelphia erwischt. Und wenn ihre Mutter von der Arbeit zurück ist, wird Annie ihr, ohne Krissies moralischen Beistand, beibringen müssen, dass sie ein ganzes akademisches Jahr lang von der Uni ausgeschlossen wurde.

Sie nimmt sich den letzten gebratenen Toast. Er ist kalt, doch das stört sie nicht. Auf die Bananen verzichtet sie, aber Sirup und Schlagsahne müssen sein. Das alles überstäubt Annie mit Puderzucker und greift zur Gabel.

Nichts ist so furchtbar, als dass man nicht noch eine Fressattacke obendrauf setzen könnte – damit man sich dann so richtig mies fühlt.

Annie steht auf einem Hocker in Kristens begehbarem Kleiderschrank und betrachtet das Durcheinander von Kleidern und Schuhen. Typisch für Kristen, ihr Album mit den Sprüchen zu verlieren. Wie soll sie bloß ohne Annie in Philadelphia zurechtkommen? »Hier ist es nicht«, ruft sie ihrer Schwester zu.

»Hätte ich dir auch sagen können.« Kristen steht auf ihrer Matratze und durchsucht das Regal über dem Bett. Sie droht, das Gleichgewicht zu verlieren, aber fängt sich wieder. »Hu!« Lachend beginnt sie, auf und ab zu hüpfen. »Komm, Annie! Mach mit!«

»Hör auf, Krissie. Wir müssen dein Album finden. Es muss hier irgendwo sein.«

»Spielverderber!« Doch sie springt vom Bett; ihr zierlicher Körper landet so elegant wie der einer Turnerin. »Ich muss gleich los. Schick es mir einfach nach.«

Annie wühlt in der obersten Schublade von Kristens Schreibtisch herum. »Wo kann es nur sein? Vielleicht in den Kisten, die wir letzte Woche vorausgeschickt haben?«

»Woher soll ich das wissen?«

Kristen hat recht. Annie war auf Zehenspitzen durch das Zimmer geschlichen und hatte lautlos die Klamotten ihrer Schwester eingepackt, während die schlafend im Bett lag. »Hey, denk noch mal nach! Dein Zug fährt in einer Stunde.«

»Ist doch egal. Dann nehme ich halt einen Zug später.«

»Nein. Das wird zu knapp. Ich fasse es immer noch nicht, dass Mom uns versetzt hat. Sie hätte dich fahren sollen.«

»Lass gut sein, Annie. Ich hab kein Problem mit dem Zug.« Kristen lässt sich wieder aufs Bett fallen. »Ist mir scheißegal, wie ich zum Campus komme … oder ob ich überhaupt ankomme.«

Am liebsten würde Annie laut schreien. Nach allem, was Kristen mitgemacht hat, ist es ihr plötzlich scheißegal? »Was redest du da? Du bist doch gerne auf der Penn.«

»Es ist alles so sinnlos. Vielleicht lasse ich die Uni Uni sein und fliege stattdessen nach Michigan.« Kristen lacht, eine seltsame Mischung aus Übermut und Verzweiflung.

Annie rutscht das Herz in die Hose. »Ist das auf Wes' Mist gewachsen?«

»Nein, Wes will momentan nichts mit mir zu tun haben. Ich will das wieder geradebiegen mit ihm. Aber alles, was ich sage, kommt falsch bei ihm an.«

Bei dem falschen Menschen gibt es keine richtigen Worte, würde Annie am liebsten erwidern. Nicht dass sie sich auf dem Gebiet besonders gut auskennen würde, aber für ein schlaues Mädchen kann Kristen ganz schön dämlich sein, wenn es um Jungs geht. Der letzte in ihrer Reihe männlicher Fehlgriffe ist Wes Devon, ein Typ, der alles für die große Liebe seines Lebens tun würde. Nur dass die Liebe seines Lebens zu Kristens Pech Wes Devon heißt.

Annie und Kristen haben ihn im Juni während der Ferien auf Mackinac Island kennengelernt. Den Rest des Sommers waren Kristen und Wes unzertrennlich, kamen kaum noch aus dem Bett heraus. Doch seit die Mädchen vor zwei Wochen nach New York zurückgekehrt sind, herrscht Totenstille um Wes.

»Setz niemals ein Ausrufezeichen hinter jemanden, der nach dir nur ein Komma macht«, bemerkt Annie.

Kristen schnaubt verächtlich. »Was soll das denn heißen?«

»Vergiss ihn, Kristen! Du bist zu gut für ihn.«

Ihre Schwester geht ans Fenster und legt die Stirn an die Scheibe. »Ich muss noch einmal mit ihm sprechen«, flüstert sie. »Ich muss einfach.«

Annie greift nach Kristens Armen. »Nein. Du musst nur eins tun: zur Uni fahren und diesen armseligen Blödmann vergessen. In drei Jahren machst du deinen Abschluss und wirst der nächste Steve Jobs … nur weiblich und netter.« Annie hebt den Finger. »Aber zuerst müssen wir dein Sprüchealbum finden. Es bringt Pech, wenn du es nicht dabeihast.«

»Mach nicht so ein Drama daraus. Als wir die Hefte bekommen haben, waren wir sechs oder so.«

»Weisheit kennt kein Alter. Ich finde die Sprüche immer sehr tröstlich, besonders die von Mom.«

Kristen hockt sich aufs Bett und zieht ihre Schwester neben sich. »Annie, ich muss dir etwas sagen …« Sie verstummt.

»Was denn?«

Krissie schüttelt den Kopf. »Ach nichts. Du erzählst es ja doch Mom.«

»Nein, bestimmt nicht!«, versichert Annie und sieht auf die Uhr. Mist! Sie muss sich noch umziehen, bevor sie aufbrechen können. »Sag schon, schnell!«

Kristen winkt ab. »Nicht so wichtig. Aber du musst wirklich langsam Moms Rockzipfel loslassen. Es wird Zeit, erwachsen zu werden.«

»Behauptet die Dame, die gerade noch auf dem Bett herumgehüpft ist.«

»Im Ernst«, sagt Kristen. »Möchtest du nicht unabhängig sein?«

»Ich war doch das ganze Jahr an der Uni und im Sommer auf der Insel.«

»Schon, aber du hast Mom quasi jeden Tag angerufen.«

»Hab ich gar nicht!« Annie wendet den Blick ab. »Hab ihr nur geschrieben.«

Kristen wirft die Hände in die Luft. Selbst Annie muss lachen. »Na gut. Ich werde an meiner Unabhängigkeit arbeiten, versprochen.«

»Schön. Du hast jetzt ein ganzes Jahr frei. Geh doch irgendwohin … wo es aufregend ist. Zum Beispiel nach Paris.«

»Aber Mom …«

»Mom wird sich freuen. Sie hat genug zu tun, falls dir das noch nicht aufgefallen ist.«

Alle haben viel zu tun, denkt Annie. Alle außer ihr. Die Einsamkeit, ihre alte, treue Begleiterin, erhebt wieder ihr Haupt. *Du gehörst nicht dazu. Du bist nicht dabei.*

Wie kommt es, dass sich in den letzten zwölf Monaten alles grundlegend geändert hat? Noch vor einem Jahr war Annie eine vielversprechende junge Literaturstudentin am Haverford College, zumindest hatte der Englischprofessor ihr das bescheinigt. Sie lebte so nah an der Penn University, dass sie ihre Schwester treffen konnte, wann immer sie wollte, und nach New York war es auch nicht weit, so dass sie am Wochenende nach Hause fahren konnte, um bei ihrer Mutter zu sein. Jetzt ist alles anders. Weil man Annie Diebstahl geistigen Eigentums vorwirft, ist sie für ein Jahr gesperrt worden. Krissie ist nun zwei Stunden weit weg. Und ihre Mutter wird völlig von ihrem Job vereinnahmt.

»Hey«, sagt Kristen. »Ich wollte dich nicht ärgern. Ich finde nur, du solltest mal etwas Aufregendes erleben. Und nächsten Sommer, wenn wir dann wieder zusammen sind …« Kristen hält inne, als müsste sie sich sammeln. »Nächsten Sommer haben wir uns dann ganz viel zu erzählen.«

»Stimmt«, sagt Annie und streicht ihrer Schwester über die Wange.

Kristen zieht sie an sich und umarmt sie so fest, dass Annie kaum noch Luft bekommt. »Du bist die beste Schwester der Welt. Das weißt du doch, oder?« Sie schaut Annie in die Augen. »Vergiss das nie, egal, was passiert, ja?«

Die Intensität von Kristens Ton und ihr ferner, glasiger Blick machen Annie eine Gänsehaut. Sie schlägt ihrer Schwester auf den Arm, um die Stimmung aufzulockern. »Und du bist die allergrößte Nervensäge, vergiss das auch nicht!« Sie erhebt sich. »Warte, ich gebe dir mein Album mit. Das kannst du so lange nehmen, bis du deins wiederfindest.«

»Vergiss das Teil! Ich bin jetzt weg.« Kristen springt auf und greift zu ihrem Koffer.

»Nein, warte!«, ruft Annie. »Ich komme mit zum Bahnhof.«

Sie läuft in ihr Zimmer am Ende des Gangs und nimmt ihr eigenes Sprüchebuch vom Nachttisch. Schnell schlüpft sie in eine Yogahose und ein T-Shirt und geht mit dem goldenen Büchlein in den Händen zurück zu ihrer Schwester.

»Meine blöden Kommentare am Rand darfst du nicht beachten. Die habe ich letztes Jahr an einem Besuchswochenende reingeschrieben, als Mom mich versetzt hatte, genau wie heute. Sie muss echt mal an ihren Prioritäten arbeiten.« Annie schaut auf. »Krissie?«

Das Zimmer ist leer. Annie wirft das Buch aufs Bett und schießt durch den Flur. »Krissie! Du kannst doch nicht ohne mich fahren … und ohne das Sprüchebuch!«

3

Erika

Es ist halb eins am Freitagnachmittag, ich sitze auf einem Barhocker im Fig and Olive und feiere mit einem Glas Wein den Verkauf des Top-Apartments im Plaza. Schnell schicke ich den Mädchen eine Nachricht, erkundige mich, ob sie heil angekommen sind. Dabei spüre ich, dass ein Mann am Ende der Bar mich beobachtet. Irgendwann schaue ich zu ihm hinüber. Sein Gesicht erhellt sich.

»Erika Blair!«, ruft er. »Hab ich's mir doch gedacht!«

Ich studiere den attraktiven Typen mit dem graumelierten Haar. Er sieht verdächtig wie die ältere Version eines ehemaligen Kollegen vom Elmbrook Memorial Hospital aus. Dann muss ich lachen. »John Sloan?«

Er nimmt sein Glas und kommt zu mir herüber. »Wow, ich glaub's ja nicht! Ich bin hier auf einer Konferenz des Sozialarbeiter-Verbands. Aber ich habe heute schon genug über die Reform gehört und beschlossen, mir den Nachmittag freizunehmen. Was für ein Zufall, dass ich dich treffe!«

»Freut mich auch total! Wie geht es dir denn so? Setz dich doch!«

John nimmt den Hocker neben mir, und in den folgenden zwanzig Minuten unterhalten wir uns über die alten Zeiten. Er berichtet, was aus meinen ehemaligen Kollegen geworden ist und wie es ihm selbst erging. Sein einziger Sohn ist gerade in seinem letzten Jahr an der University of Wisconsin. Vor drei Jahren hat John sich scheiden lassen.

»Unfassbar, dass du jetzt in Immobilien machst«, sagt er mit Blick auf meine Visitenkarte – seine Karte liegt vor mir.

»Schon seit acht Jahren«, erkläre ich.

»Aber du warst so gut in deinem Beruf, Erika. Du hattest ein großes Talent, auf Menschen zuzugehen, das sage ich nicht einfach so. Hast du den Wechsel nie bereut?«

Vielleicht liegt es am Wein, doch zum ersten Mal seit Jahren verspüre ich einen kleinen Stich der Sehnsucht. Achselzuckend versuche ich, ihn abzuschütteln. »Versuch mal, in Manhattan zwei Kinder mit dem Gehalt einer Sozialarbeiterin großzuziehen.« Mein Lachen klingt hohl. »Als mein Mann mich verlassen hat, hatte ich nicht mehr genug Geld, um hierzubleiben, aber ich konnte auch nicht weg. Die Mädchen brauchten ihren Vater.« Ich umfasse den Stiel des Weinglases.

»An einem Tag«, fahre ich fort, »ungefähr einen Monat nach der Scheidung, kam ich nach Hause, total erschöpft und ausgelaugt – damals habe ich in einer schäbigen kleinen Klinik für Drogenabhängige gearbeitet. Meine Tochter Kristen saß auf der Veranda unseres Hauses in Brooklyn und stopfte sich die Weintrauben in den Mund, die für das Mittagessen am nächsten Tag gedacht waren. Ich bin fast durchgedreht, bin die Verandatreppe hoch und hab ihr die leere Schüssel aus den Händen gerissen. ›Was denkst du dir dabei? Du weißt doch, dass du nach der Schule nur sechs Weintrauben essen darfst!‹, habe ich sie angeschrien.«

Ich halte mir die Hand vor den Mund – bis heute schäme ich mich dafür.

»So war das damals. Kristen hat mich angesehen, und ich werde ihren Gesichtsausdruck niemals vergessen. Sie war verletzt, aber es stand auch noch was anderes darin: Verachtung.«

Erschrocken merke ich, dass meine Stimme bricht, und halte inne, um meine Fassung zurückzugewinnen, bevor ich die Geschichte zu Ende erzähle. »Damals habe ich mir geschworen, dass es meinen Kindern an nichts im Leben mangeln soll. Sie sollten nicht so arm aufwachsen wie ich – und vor allem sollte es nicht so weitergehen wie bisher.«

John nickt. »Dein Ex hat dich so richtig über den Tisch gezogen, was?«

»Eigentlich nicht. Es gab kein Vermögen zu verteilen. Brian hat damals noch sein Studiendarlehen abgezahlt.«

Ich stoße ein unsicheres Lachen aus und hebe den Finger. »Aber meine Leidensgeschichte hat ein glückliches Ende genommen. Die Immobilienmaklerin, die Brian und mir unsere erste Wohnung vermittelt hat, als wir nach Manhattan zogen, brauchte eine Assistentin. Ich habe Fortbildungen besucht, zwei Jahre alles von der Pike auf gelernt, und der Rest ist, wie man so schön sagt, Geschichte.« Ich erwähne nicht, dass ich heute in einem Monat mehr verdiene als früher als Sozialarbeiterin im ganzen Jahr. Dass ich, weil ich in weiser Voraussicht ein bisschen Mandarin gelernt habe, im Rennen um die Top Fifty der besten Makler New Yorks bin, die nächstes Frühjahr mit einer Preisverleihung im Rahmen einer Gala geehrt werden.

John zuckt mit den Schultern. »Wahrscheinlich ist das gar nicht so abwegig. Du hilfst den Menschen ja immer noch, jetzt besorgst du ihnen bloß ein passendes Heim.«

Ich nicke, als würde ich wirklich mit arglosen jungen Pärchen, die das Haus oder die Wohnung ihrer Träume suchen, durch die Stadt streifen. Doch dann gestehe ich: »Genau genommen habe ich mich auf den ausländischen Markt spezialisiert – insbesondere auf asiatische Investoren. Deren Makler kommen für vierundzwanzig, maximal achtundvierzig Stunden rüber. Ich zeige ihnen im Schnelldurchlauf ein halbes Dutzend Objekte, die den Anforderungen ihrer Auftraggeber entsprechen, und wir suchen was aus. Das ist wie Speeddating für Häuser.«

»Eher ein Blind Date«, bemerkt John mit gerunzelter Stirn. »Wie geht es deinen Zwillingen?«, fragt er dann.

Die meisten halten meine Töchter, die nur fünf Monate auseinander sind, für Zwillinge. Ich berichtige John nicht.

»Sie treten gerade ihr zweites Jahr am College an.« Ich schaue auf die Uhr. »Sie müssten jetzt zurück auf dem Campus sein. Kristen geht zur University of Pennsylvania. Sie ist ein Energiebündel, hält mich auf Trab. Genießt das Leben in vollen Zügen. Wild, rebellisch und blitzgescheit. Annie ist die Zurückhaltendere von beiden. Sie liebt Literatur und Musik. Eine Träumerin, die glaubt, dass alles möglich ist – außer vielleicht, dass ich irgendwann kürzertrete.« Ich schmunzele nicht sehr überzeugend, um einen unerwarteten Anflug von Traurigkeit zu überspielen. »Sie hat sich Haverford ausgesucht, damit sie in der Nähe ihrer Schwester sein kann.«

»Schön«, sagt John. »Hör mal, hast du schon gegessen?«

Ich weise auf die Schale auf der Theke. »Abgesehen von diesen Salzbrezeln, meinst du?«

Er beugt sich vor, das Gesicht rot vor jungenhafter Freude. »Nehmen wir uns einen Tisch! Ich lade dich ein.«

Ich schiele auf das Handy. Immer noch keine Nachricht. Ich habe eigentlich Zeit, weil ich mir ja den Tag für die Mädchen blockiert hatte.

»Warum nicht?«, sage ich mit einem leichten Kribbeln von Übermut und Aufregung.

»Super.« John gibt dem Barkeeper ein Zeichen, dass er zahlen will. »Ich muss Bob Boyd unbedingt erzählen, dass ich dich getroffen habe. Er war total verknallt in dich – Mann, das waren wir alle. Jedes Mal, wenn ich einen Film mit Sandra Bullock sehe, muss ich an dich denken.«

Ich werde rot. Früher habe ich öfter gehört, dass ich mit meinen dunklen Haaren und dem breiten Lachen Ähnlichkeit mit der Schauspielerin habe, aber das ist lange her.

John lächelt mich an. »Du siehst besser aus als je zuvor.«

»Ja klar«, winke ich ab. Doch zum ersten Mal seit Jahren ist mir nach Flirten zumute. Ich fühle mich sexy und ein klein wenig beschwipst.

John hält meinen Hocker fest, ich stehe auf. Als ich nach meiner Tasche greife, streift mein Blick den Bildschirm über der Theke. Dort läuft CNN. Eine Sondermeldung. Aus irgendeinem Grund – vielleicht ist es Instinkt – halte ich inne. Der Monitor zeigt Bilder von einem Zug, der vor zwei Stunden in Pennsylvania entgleist ist. Augenblicklich nüchtern, erstarre ich.

»Meine Töchter«, sage ich und spüre, wie das Leben aus mir hinausrinnt. »Sie sind in dem Zug.«

4

Annie

Annie sitzt an der Kücheninsel, vor sich ihr Laptop und eine Chipstüte. Sie schwingt auf dem ledernen Barhocker hin und her, isst eine Handvoll Chips und liest erneut den Brief, den sie gerade verfasst hat. Sorgfältig hat sie ihre Gefühle in präzise Sätze und Abschnitte gegossen, die Zeichen effektvoll gesetzt. Ihre Gedanken fließen viel leichter, wenn sie sich der Tastatur statt ihrer Stimme bedient. Annie schnaubt leise. Schon ein Witz, dass ihre geschriebenen Worte der Grund dafür sind, dass sie ein Jahr aussetzen muss.

Noch einmal überfliegt sie den Text, ändert *Falls ich nach Haverford zurückkehre* zu *Wenn ich nach Haverford zurückkehre*, bevor sie die zweiseitige Rechtfertigung schließlich ausdruckt.

So. Fertig. Heute wird sie so lange aufbleiben, bis ihre Mutter von der Arbeit kommt, egal, wie spät, und ihr den Brief überreichen. Während sie ihn liest, wird Annie sich zwingen, keinen Mucks von sich zu geben.

Es rumort in ihren Eingeweiden, sie schlägt die Hände vors Gesicht. Ihre Mutter wird durchdrehen, wenn sie es erfährt. Aber Annie ist gewappnet … so gut es eben geht. Sie wird ihr von ihrem Plan erzählen. Dass sie ein Jahr freimachen und sich einen Job bei Starbucks suchen will oder vielleicht im The Strand. Und nächsten Herbst wird sie nach Haverford zurückkehren. Man hat ihr ja versprochen, sie wieder aufzunehmen.

Ihr Handy klingelt. Sie schaut aufs Display. Verdammt, ihre Mutter! Jetzt ruft sie sogar an, statt nur zu simsen. Soll Annie sich melden und so tun, als wäre sie schon auf dem Campus? Kurz überlegt sie, den Anruf auf die Mailbox springen zu lassen, doch das kommt ihr zu feige vor.

»Hallo, Mom.«

»O Gott! Mein Schatz! Ich bin so erleichtert!«

Sie klingt völlig verzweifelt.

»Wieso? Warum bist du erleichtert?«

»Ach, meine Süße! Es geht dir gut! Ich hatte gedacht, du … und Kristen …« Sie ist atemlos, verschluckt sich. »Sie meldet sich nicht. Ich bin vom Schlimmsten ausgegangen …«

»Immer mit der Ruhe. Krissies Akku ist leer. Wo bist du überhaupt?«

Ihre Mutter lacht nervös und senkt die Stimme. »Ich bin zum Mittagessen verabredet, Annie. Ein spontanes Date sozusagen. Kannst du dir das vorstellen? Aber dann habe ich die Nachricht mit dem Zug gesehen und das Schlimmste angenommen.«

Annies Herz schlägt schneller. Sie lehnt sich gegen die Küchentheke, um Halt zu finden. »Was für ein Zug? Wovon redest du, Mom?«

»Der Acela-Express, kurz vor Philly. Ganz furchtbar, Annie. Er ist mit einem Tanklaster zusammengestoßen. Gott sei Dank wart ihr nicht drin.«

Annies Knie geben nach. Sie rutscht am Schrank nach unten auf den kalten Holzboden.

»Krissie«, flüstert sie mit einer Stimme, die jemand anderem zu gehören scheint. »O mein Gott. Krissie.«

5

Erika

Vierundzwanzig Stunden vergehen in einem Nebel des Nichtbegreifens. Es ist, als wäre ich weg, untergetaucht an einen Ort, zu dem keine Sinneseindrücke vordringen. Mein Körper läuft auf Autopilot. Es ist Samstagnachmittag, und Brian, Annie und ich sitzen mit einer Trauerbegleiterin im Büro des Amtsarztes am Mercy Hospital von Philadelphia. Ich hatte erwartet, in eine kahle Leichenhalle geführt zu werden, wo man eine Decke zurückschlagen und uns die Leiche meiner Tochter auf einem Metalltisch präsentieren würde. Stattdessen sitzen wir hier mit einer Afroamerikanerin mittleren Alters namens JoAnna, die mit gedämpfter Stimme spricht. Sie sagt, wie leid ihr unser Verlust tue, und versichert uns, wir hätten alle Zeit der Welt, um unsere Tochter zu identifizieren.

»Dazu kommen wir gleich hier, mit Hilfe von Fotos.« Sie weist auf ihr Klemmbrett, auf dem ein Bild mit der Rückseite nach oben liegt. »Bevor ich die einzelnen Fotos umdrehe, werde ich Ihnen genau erklären, was darauf zu sehen ist.« JoAnna lächelt. »Ihre liebe Tochter hat uns diese Aufgabe ein wenig erleichtert. Sie hatte nämlich ihren Studentenausweis in der Gesäßtasche der Jeans. Deshalb sind wir uns relativ sicher, dass der fragliche Leichnam wirklich der von Kristen Blair ist.«

Sie hält den Lichtbildausweis hoch. Ich sehe das verschmitzte Lächeln meiner Kleinen, lebensfroh und sorglos, ohne die geringste Ahnung, was sie erwartet. Bevor ich die Hand vor den

Mund halten kann, schluchze ich auf. Mehrmals schnappe ich nach Luft.

»Entschuldigung.« Ich bemühe mich, nicht zu hyperventilieren. »Das ist nur so … unwirklich.«

JoAnna legt die Hand auf meinen Arm. »Das verstehe ich.«

Ich kämpfe gegen den Drang, sie anzuschreien, sie habe keine Ahnung, wie es mir geht. Woher will sie bitte wissen, wie es ist, wenn das strahlende Leben des eigenen Kindes, seine Träume, Hoffnungen und Erwartungen, einfach ausgelöscht wurden wie eine zu Ende gerauchte Zigarre?

Annie drückt meine Hand, Brian beugt sich vor. »Alles gut?«

Ich hole tief Luft und nicke, greife nach Annies Hand und ermahne mich, stark zu sein. Für sie. Wieder danke ich Gott, dass sie den Zug verpasst hat.

»Auf dem ersten Foto ist ein rechter Fuß zu sehen. Bedenken Sie bitte, dass der Körper schwere Verletzungen erlitten hat. Man sieht Hämatome und Schwellungen. Ich möchte Sie bitten, auf Erkennungsmerkmale zu achten, zum Beispiel auf Leberflecke, Tätowierungen oder Narben.«

JoAnna dreht das erste Bild um. Ich erblicke einen geschwollenen Fuß, der keinerlei Ähnlichkeit mit dem meiner Tochter hat. Dann sehe ich, dass die Zehennägel lila lackiert sind. Ich fasse mir an den Hals, habe das Gefühl, keine Luft zu bekommen. »Der Lack«, bringe ich hervor, und zum zweiten Mal bricht meine Welt zusammen.

Nacheinander dreht JoAnna Fotos von Knöcheln, Beinen und vom Rumpf meiner Tochter um. Trotz der Schwellungen kann ich ihren knochigen Brustkorb erkennen. Mit dem Finger streiche ich über das Bild. »Meine Süße«, flüstere ich.

JoAnna wartet, bis ich mich wieder im Griff habe. »Die Aufnahmen, die jetzt kommen, sind besonders schwierig. Der Großteil der Brust und das Gesicht wurden bei der Explosion verbrannt.«

Annie wimmert. Ich lege den Arm um sie, möchte ihren Schmerz gerne lindern. »Schatz, ist alles in Ordnung? Wir können auch nach draußen gehen.«

»Nein«, beharrt sie und richtet sich auf. »Ich bin kein Kind mehr.«

Dieser schlichte Satz bricht mir das Herz. Sie hat recht. Ohne eigenes Zutun wurde sie in die Erwachsenenwelt katapultiert, auf grausamste Weise hineingestoßen.

JoAnna dreht das Foto um. Brian hält die Luft an. Ich werfe nur einen kurzen Blick darauf, dann kneife ich die Augen zu. Instinktiv ziehe ich Annie an meine Brust.

»Ich denke, wir haben genug gesehen«, sage ich und hoffe inständig, dass wir uns auf Dauer an Kristens weiche elfenbeinfarbene Haut erinnern werden, nicht an dieses verkohlte Antlitz. »Brian, machst du bitte weiter?«

Er reibt sich das Gesicht. »Klar.« Er ist enttäuscht, dass ich ihn mit der Aufgabe alleinlasse. Kann ich ihm nicht verübeln. Doch im Moment geht es mir nur um Annie.

»Bitte sehr!« JoAnna gibt mir ihre Visitenkarte. »Ich bin rund um die Uhr erreichbar. Außerdem kann ich Ihnen einen sehr guten Trauerbegleiter in Manhattan empfehlen.«

Ich murmele ein Dankeschön und verlasse das Büro mit Annie im Arm. Hinter uns kündigt JoAnna das nächste Foto an. Als ich die Tür schließe, höre ich Brian sagen: »Ja, das ist sie. Das ist unsere Kristen.«

Während Annie zur Toilette geht, warte ich im Korridor des Krankenhauses und betrachte den Studentenausweis, den ich eben von JoAnna bekommen habe. Ich hole mein Portemonnaie heraus, um ihn unter die Klarsichthülle zu schieben. Dabei stoße ich auf das Familienbild, das aufgenommen wurde, als die Mädchen drei Jahre alt waren. Ich denke sechzehn Jahre zurück, als wir noch in unserem kleinen Bungalow in Madison lebten.

Es war ein Samstag, und wir hatten einen Fotografen für ein Familienfoto nach Hause bestellt. Gerade waren wir mit dem Mittagessen fertig, Brian war nach oben gegangen, um zu duschen und sich umzuziehen. Kristen und Annie halfen mir, den Tisch abzuräumen, mit ihren kleinen Händchen trugen sie die Suppenteller zur Spüle. In unserer altmodischen gelben Küche summte es vor Geschäftigkeit.

»Wir müssen unsere schönsten Sachen anziehen«, erklärte ich den beiden, während ich das Geschirr entgegennahm und es spülte. »Wenn der Fotograf fertig ist, fahren wir Oma und Opa Blair besuchen. Und heute Abend gehen wir alle zusammen im Lombardino essen.«

»Dürfen wir unsere schicksten Sachen anziehen?«, fragte Kristen.

»Natürlich!«, erwiderte ich. »Lombardino ist was ganz Besonderes. Das ist Daddys Lieblingsrestaurant.«

»Jippie!«, jubelte Annie. Wie zum Nachdruck rutschte ihr der Suppenteller aus der Hand. Tausend kleine Porzellansplitter verteilten sich auf dem Fliesenboden.

»Keiner bewegt sich!«, rief ich und klemmte mir Annie unter den einen und Kristen unter den anderen Arm. Ich trug die beiden zur Treppe und stellte sie auf der untersten Stufe ab. »Passt auf, ich mache jetzt die Küche sauber, und ihr geht nach oben und macht euch fertig, ja? Eure erste Aufgabe lautet: Putzt euch den Milchbart ab!«

»Nur Jungs haben einen Bart«, sagte Annie.

Sie sprangen die Treppe hinauf. »Komm, Annie, wir machen uns schön!«, rief Kristen.

Ich kehrte die Scherben zusammen und brachte sie nach draußen in den Müll, anschließend wusch ich das Essgeschirr ab. Dabei lauschte ich lächelnd dem Kichern und Quietschen der Mädchen im Zimmer direkt über der Küche.

Brian kam in einem gestärkten Hemd herunter, er roch nach

seinem kernigen Aftershave. »Hab ich einen schönen Mann!«, sagte ich.

Als ich mich reckte, um ein Glas in den Schrank zu stellen, trat er hinter mich und gab mir einen Kuss in den Nacken. Ein Frieden erfüllte mich – nein, es war mehr als Frieden, es war ein seltener Moment puren Glücks. Ich hatte die Familie, von der ich immer geträumt hatte. Wir vier waren gesund und zufrieden. Es gab nichts, gar nichts, was mir fehlte.

Eine Viertelstunde später trippelten kleine Füße oben durch den Flur. »Macht die Augen zu!«, rief Kristen hinunter.

Ich nahm Brian an der Hand und zog ihn in den Flur. Unten an der Treppe blieben wir stehen und legten demonstrativ die Hände vor die Augen.

»Aufmachen!«, rief Annie.

Ich erblickte zwei kleine Prinzessinnen. Händchen haltend stiegen sie die Stufen hinunter, als befänden sie sich in einem Palast.

»Oh, ihr Süßen!« Ich war so gerührt.

Die beiden hatten sich ihre Disneykostüme angezogen: Annies war rosa, Kristens violett. Bei jedem Schritt in ihren Satinballerinas wippten die Tüllröcke. Auf dem Kopf trugen sie spitze Feenhüte, von denen kleine Bänder wehten.

»Sind wir nicht schön?!«, fragte Kristen, mehr eine Feststellung als eine Frage. Annie war nicht ganz so selbstsicher. Voller Hoffnung schaute sie von mir zu Brian.

Tränen sprangen mir in die Augen. »Und wie!«, rief ich. »Ihr seid wunderschön!«

Annies besorgte Miene hellte sich auf. »Wir haben uns selbst angezogen«, erklärte sie stolz.

Brian grinste. »Aber für die Fotos könnt ihr die Kostüme nicht nehmen. Mom hilft euch, vernünftige Kleider auszusuchen.«

Freude und Stolz schwanden aus ihren Gesichtern. Ich wusste genau, was sie in ihren kleinen Köpfen dachten. Sie hatten ihren Vater enttäuscht. Obwohl sie sich so angestrengt hatten, waren sie nicht gut genug. Aus eigener Erfahrung wusste ich, wie sich das anfühlte.

»Nein«, widersprach ich Brian, ein seltener Bruch unserer elterlichen Einheit. »Ihr seht absolut perfekt aus.«

Den Rest des Tages nahm Brian mir das übel. Ich verstand seinen Ärger, wirklich. Selbst der Fotograf wirkte verdutzt, dass ich den Mädchen erlaubte, ihre Prinzessinnenkostüme zu tragen. Aber bis heute ist es mein liebstes Familienfoto.

Zurück im Hier und Jetzt kommt Annie auf mich zu, ihre Augen sind rot gerändert. Ich schlucke meine Tränen hinunter und schiebe Kristens Ausweis in das Fach hinter das Prinzessinnenfoto. Mit gesenktem Blick versuche ich, mich zu fangen. *Bleib stark. Du brichst hier nicht zusammen.*

Schließlich hebe ich den Kopf und bringe für meine übrig gebliebene Prinzessin ein unsicheres Lächeln zustande, doch ich bin mir sicher, dass Annie es durchschaut. Sie weiß ebenso gut wie ich, dass unser so wunderbares Königreich niedergebrannt wurde und nie wieder aufgebaut werden kann.

Erst wenn wir uns ganz schwach fühlen, erfahren wir, wie stark wir wirklich sind. Dann erhebt sich unsere Stärke wie ein Gänseblümchen aus einem Riss im Asphalt. Ich treffe Entscheidungen, die ich mir niemals hätte vorstellen können. Begräbnis oder Einäscherung? Urne oder Grabstein? Ein Gottesdienst mit anschließender Beisetzung oder eine private Gedenkfeier zu Hause? Ich wähle die Einäscherung und einen Grabstein, eine Trauerfeier in der Holy Trinity und danach eine kleine Zusammenkunft bei uns.

Um sieben Uhr abends stehe ich in meinem schwarzen Leinenanzug in der Tür und verabschiede die letzten Gäste, vier von Kristens engsten Freundinnen von der Columbia Prep School.

»Danke, dass ihr Kristens Freundinnen wart!« Ich drücke

jede an meine Brust, eine nach der anderen, atme ihren süßen Duft der Jugend ein. »Sie hat euch so gern gehabt.«

»Alles Gute, Mrs Blair«, sagt Lauren Rush und streicht mir über den Arm.

»Wir sehen uns, Mädels!« Meine Stimme bebt. Lauren dreht sich noch mal um und lächelt traurig. Die Mädchen gehen zum Aufzug. »Kommt uns besuchen!«

Seit Jahren gilt unser Apartment als erster Anlaufpunkt, der angestammte Treff für Kristen und ihre Freunde. Bald werden sie einen anderen finden. Müssen sie ja.

Ich gehe zurück in die Küche und versuche zu verarbeiten, dass ich nicht nur Kristen, sondern auch ihre Freundinnen verloren habe und mit ihnen den Wirbel von Energie, den sie immer verbreitet haben. Vorbei ist es mit dem gemeinsamen Kochen, mit Übernachtungen und spontanen Partys. Obwohl die Mädchen auch Annies Klassenkameradinnen waren, gehörte sie nie zu Kristens Kreis. Annie genügt ihre enge Freundschaft mit Leah.

In der Küche sitzt meine Tochter an der Insel und isst ein Stück Baklava von dem Tablett mit Kristens Leibspeisen. Sie stützt die Ellbogen auf die Arbeitsplatte, kaut geistesabwesend und schaut in die Ferne. Tränen rinnen ihr über die Wangen. Der Anblick bricht mir das Herz.

Nicht einmal Leah war heute für sie da. Bis zu den Winterferien bleibt sie in Stanford. Wieder frage ich mich, ob ich nicht darauf hätte bestehen sollen, dass Annie nach Haverford zurückkehrt, statt ein akademisches Jahr Pause einzulegen, um sich zu erholen. Zu viel Freizeit tut niemandem gut, schon gar keinem Trauernden. Ich schlucke den Kloß im Hals hinunter und küsse Annie auf die Schläfe.

»Wie geht es dir, mein Schatz?«

»Okay.« Sie wendet sich ab und wischt sich mit der Schulter über die verweinte Wange. »Und dir?«

Ich setze mein tapferes Gesicht auf, obwohl ich nichts lieber täte, als Annie in die Arme zu nehmen und loszuheulen. Sie soll mich so wahrnehmen wie alle anderen: stark, robust, sogar dankbar. Ja, dankbar. Wenn Annie an jenem Morgen nicht noch mal wegen ihres Handys nach Hause gefahren wäre, hätte sie auch in dem Zug gesessen, und ich hätte beide Töchter verloren. Und damit auch mich selbst. Ohne Annie hätte ich keinen Grund, stark zu sein.

»Alles gut«, lüge ich.

»Schön.« Sie nimmt sich noch ein Baklava und verschwindet in ihrem Zimmer.

Irgendwie wäre es einfacher, wenn sie mich anschreien würde, wenn sie Antworten verlangte. »Warum hast du Kristen nicht zur Uni gefahren, wie du es versprochen hast? Warum war dir dein beschissener Job wichtiger als wir?«

Doch anstatt eine Erklärung zu fordern, zieht Annie sich in ihr Zimmer zurück. Ich habe meine Töchter im Stich gelassen. Wieder einmal. Durch Brians Auszug ist unsere Familie zum ersten Mal geschrumpft, nun geschieht es ein weiteres Mal. Bloß ist es jetzt ganz allein meine Schuld. Wenn ich mein Versprechen gehalten hätte, würde Annies Schwester noch leben. Mit dem Wissen muss ich nun klarkommen.

Ich gehe schnell zum Schrank neben der Kaffeemaschine, schüttele eine Xanax aus dem orangefarbenen Behälter und schlucke das Beruhigungsmittel hinunter. Schweigend schicke ich einen stillen Dank an die Pharmaindustrie und bete, dass diese kleine Tablette in den nächsten fünf Stunden meine Schmerzen betäubt ... beziehungsweise in den nächsten fünfzig Jahren.

Als ich die Arbeitsfläche abwische, kommt meine vierunddreißigjährige Schwester Kate in die Küche. Sie hat ihre hochhackigen Schuhe ausgezogen, an ihrem nackten Fuß prangt eine kleine tätowierte Rose. Kate greift nach dem Geschirrtuch. »Setz dich, Rik. Ich übernehme das.«

»Schon gut. Wenn ich mich setze, fange ich an zu grübeln.«

Sie rutscht auf den Hocker, den Annie gerade verlassen hat. »Das war eine wirklich schöne Feier.«

»Danke. Vielleicht machen wir nächstes Jahr im Herbst noch eine, nur für die Familie. Um die Asche zu verstreuen. Zwei Wochen sind zu kurz, um sich endgültig zu verabschieden.«

»Es wäre schön, wenn Dad hier sein könnte«, bemerkt Kate.

Ich wende mich ab, tue so, als würde ich einen Fleck am Kühlschrankgriff wegschrubben. Warum muss sie ausgerechnet jetzt meinen Vater erwähnen, den Mann, den ich für den Tod meiner Mutter verantwortlich mache? »Er ist noch nie für mich da gewesen. Warum sollte das heute anders sein?«

»Mach mal halblang, Rik. Er hat gerade eine neue Hüfte bekommen. Es geht ihm total schlecht.«

Weil ihn die Hüfte schmerzt oder weil er mich im Stich lässt? Ich tippe auf Ersteres. Ich werfe das Geschirrtuch in die Spüle und drehe mich zu Kate um. »Der Mensch, den ich am meisten vermisse, ist Mom. Sie hätte genau die richtigen Worte gefunden.«

Meine Schwester kommt zu mir. »Sie fehlt dir im Moment bestimmt unglaublich.« Kate legt den Arm um mich, ich schlucke meine Tränen hinunter. »Du bist nie über Moms Tod hinweggekommen, nicht wahr?«

Ich war zehn, als unsere Mutter ertrank, Kate noch ein Kleinkind. Manchmal beneide ich sie darum.

Ich schüttele den Kopf. »Ich will nicht über sie hinwegkommen.«

»Und jetzt hast du noch einen Menschen verloren, ein noch herberer Verlust. Aber irgendwann musst du weitermachen, Rik. Das würde Kristen auch wollen.«

Ich sehe sie an, spüre, wie die Tränen hinten im Hals aufsteigen. »Wie denn, Kate? Wie soll eine Mutter weitermachen, hm?« Ich umklammere ihre Arme und presse die Worte durch zusammengebissene Zähne hervor. »Verrat mir das! Das würde ich wirklich gerne wissen.«

»Ach, Süße.« Sie nimmt mich in die Arme. »Das wüsste ich auch gerne.«

Ich drücke die Wange an die Brust meiner Schwester und kneife die Augen zu. »Ich würde sofort mit Kristen tauschen, weißt du? Ich hätte kein Problem damit, für sie zu sterben – für meine beiden Töchter.«

»Das weiß ich. Aber deine Aufgabe ist ungleich schwieriger: Du musst weiterleben.«

Der Herbst geht in den Winter über, und die Natur gleicht meinem Inneren: ein trübes schwarz-weißes Stillleben. Die Weihnachtsferien bringen mich fast um. Annie und ich schleppen uns durch die Feiertage, tauschen trüb bedeutungslose Geschenke aus und begrüßen das neue Jahr ohne jeden Tusch, ohne Vorsätze oder Hoffnung. Annies zwanzigster Geburtstag kommt und geht, ich bestelle im Biosupermarkt eine Torte für sie und übers Internet ein Sweatshirt, das zwei Tage zu spät eintrifft. Ich glaube, wir fühlen uns beide wie Verräter, etwas ohne Kristen zu feiern.

Ich hangele mich von einer Stunde zur nächsten. Und stündlich ändert sich mein Gemütszustand: Eben noch empfinde ich einen derart rasenden Zorn, dass ich an den Straßenrand fahren und aufs Lenkrad einschlagen muss, und kurz darauf überfällt mich eine so erstickende Melancholie, dass ich an meinem Kragen ziehe, um Luft zu bekommen. Und im Zentrum dieses emotionalen Strudels lauert das endlose, kräftezehrende schwarze Loch der Schuld. Warum? Warum habe ich das Versprechen gegenüber meinen Töchtern gebrochen?

Um halb sechs an einem Montagmorgen im Februar sitze ich allein in meiner dunklen Küche und trinke einen Kaffee. Das kleine weiße Quadrat auf meinem Handy verkündet den Monatsletzten. Wie jeden Morgen wähle ich Kristens Nummer und warte auf ihre Ansage vom Band.

»Hey, hier ist Kristen. Nachrichten nach dem Signalton.«

Ich schließe die Augen, um mich in die Stimme meiner Tochter zu versenken.

»Mailbox voll«, verkündet eine andere Frauenstimme.

»Ich hab dich lieb«, flüstere ich trotzdem. »Es tut mir so leid, Süße.« Ich drücke auf Wahlwiederholung und raune noch eine Nachricht, gelobe, das Handy weiter zu bezahlen, um für alle Zeit meine Tochter hören zu können.

In dem Moment klingelt das Festnetz. Ich erschrecke. Als ich Kates Namen auf dem Display sehe, reiße ich mich zusammen und grüße fröhlich: »Hey, Katie. Du bist ja früh auf!«

»Ich backe vor der Arbeit Plätzchen für Molly und die Kinder. Jonah kommt heute aus dem Krankenhaus.«

»Schön!« Ich stelle mir vor, wie meine liebe Schwester in ihrer winzigen Küche auf der winzigen Insel steht und in den frühen Morgenstunden Plätzchen für meine alte Freundin Molly Pretzlaff backt.

»Wie geht es Jonah denn?«, erkundige ich mich. Mollys Sohn, im ersten Jahr an der Highschool, hat letzten Sommer durch einen bizarren Unfall beim Basketballtraining eine Rückenmarksverletzung erlitten. Als Annie und Kristen die Ferien vor Kristens Tod auf Mackinac Island verbrachten, haben sie Geld für Jonahs Behandlung gesammelt. Und ich? Ich habe nicht mal Blumen geschickt. Eine neue Welle von Schuldgefühlen rollt heran.

»Nicht so gut. Der arme Kerl kann vielleicht nie wieder laufen. Aber seine Hände kann er bewegen, und er spricht auch wieder, wenigstens ein bisschen. Ich weiß nicht, wie Molly das alles schafft, wo ihr Mann doch in Katar stationiert ist. Die größten Probleme mit dem Schicksalsschlag hat Samantha, ihre siebenjährige Tochter. Du meldest dich bestimmt bei Molly, sobald du die Kraft dazu hast.«

»Ja.« Ich reibe mir die Schläfen. Im Moment erscheint es mir unmöglich, Molly zu trösten. Ich habe nichts zu geben, hocke selbst in einem dunklen Loch. Von oben fällt Licht herein. Ich höre Stimmen aus der Ferne, sogar Lachen. Aber nichts dringt bis zu mir durch. Nichts erreicht mich.

»Entschuldigung«, sagt Kate. »Ich habe noch gar nicht gefragt, wie es dir heute geht.«

Meistens lüge ich und sage meiner Schwester, es ginge mir gut, schon viel besser, ich käme zurecht. Aber an schlimmen Tagen wie heute ist die Wahrheit nicht zu verhehlen. »Nicht so gut.«

»Woran denkst du?«, fragt sie.

»Warum habe ich mein letztes Versprechen gebrochen? Wenn ich die Zeit doch nur zurückdrehen könnte, würde ich alles anders machen.«

»Hör auf!«, sagt Kate leise, aber ich kann nicht anders.

»Dann würde ich am Tisch sitzen bleiben und mir alles anhören, was sie zu erzählen hat. Habe ich mich bei ihr überhaupt für das Frühstück bedankt? Nicht mal das weiß ich, Kate.« Ich stütze die Ellbogen auf den Tisch. »Ich möchte so gerne, dass sie weiß, wie sehr ich mich über diese Geste gefreut habe und wie lieb ich sie habe. Ich hätte den Termin absagen und sie zur Uni bringen sollen.« Ich schlage die Hände vors Gesicht. »Wenn ich bloß eine zweite Chance bekäme …«

Im Hintergrund höre ich ein heiseres Blaffen: »Wir können 365-mal im Jahr von vorn anfangen. Jeden Morgen, wenn wir aufwachen.«

Ich halte die Luft an. Diese Reibeisenstimme würde ich überall erkennen: Sie gehört meinem Vater. Fast sehe ich seine gerunzelte Stirn und die violetten Adern auf seiner roten Knollennase vor mir. Wie kann er es wagen, mir Ratschläge zu erteilen? Er hat sich seit Wochen nicht gemeldet, selbst als er mir sein Beileid aussprach, klang es förmlich und oberflächlich.

»Oh, vielen Dank!« Ich hoffe, dass er mich hören kann. »Das werde ich mir merken, Epikur!« Sarkastischer geht es nicht.

»Was für 'ne Kur?«, kräht er. »Was hat das mit 'ner Kur zu tun?«

Ich will mich von ihm nicht ärgern lassen. »Stell den Lautsprecher aus, Kate. Sofort!«

»Ist aus.« Die Stimme meiner Schwester klingt klarer. »Warte, ich gehe ins Wohnzimmer.«

»Warum hast du mir nicht gesagt, dass Dad mithört?«

»Beruhige dich! Er ist gerade erst reingekommen. Will die Plätzchen für Jonah abholen, der alte Frühaufsteher. Er gibt ihm Unterricht, bis er wieder zur Schule gehen kann. Unglaublich, was? Der Mann war immer schon ein Mathegenie.«

Kate schmunzelt, doch ich kann mich zu keinem Lächeln durchringen. Es fuchst mich, dass mein Vater, der Kapitän einer klapprigen Touristenfähre, so eine Wirkung auf mich hat. »Hör mal, ich muss gleich zur Arbeit. Einen schönen Tag! Hab dich lieb, Katie!«

»Danke. Ich sag Dad alles Liebe von dir.«

Ich schüttele den Kopf. »Der möchte keine Liebe von mir.«

Kate senkt die Stimme. »Hör auf, Rik. Er ist doch kein Ungeheuer. Er hat nur gesagt, dass du jeden Tag frisch angehen sollst. Das ist kein schlechter Tipp.«

»Schon gut. Aber diesen Tag heute gehe ich besser unter der Dusche an.«

»Wie sieht's mit dem Wettbewerb aus? Noch zwei Monate, oder?«

»Ja. Wenn es weiterhin so gut läuft, schaffe ich es wahrscheinlich knapp unter die ersten Fünfzig. Ich wüsste nicht, was ich tun würde, wenn ich mich damit nicht ablenken könnte.«

»Verstehe ich. Dafür ist Arbeit gut. Aber irgendwann musst du auch mal trauern, Schatz.«

»Die Arbeit ist für mich keine Ablenkung«, gebe ich zurück. »Sie ist mein Lebensretter.«

Ich lege auf und schenke mir wieder eine Tasse Kaffee ein, noch immer verärgert über den Wortwechsel mit meinem Vater, diesem mürrischen Griesgram, der für alle Zeit hat, nur nicht für mich.

Mit dem dampfenden Becher gehe ich durch den Flur, vorbei an Kristens Zimmer. Vielleicht kommen Kates Worte nun endlich bei mir an, vielleicht ist die Zeit auch einfach reif. Aus welchem Grund auch immer gehe ich nicht wie sonst weiter, sondern bleibe stehen.

Ich hole tief Luft und schiebe das Schild mit der Aufschrift *Bitte nicht stören!* beiseite.

6

Erika

Das Zimmer riecht noch nach der Farbe, die Kristen sich im letzten Frühjahr ausgesucht hat – ein mattes Grau. Ich hatte Sorge, es könne zu düster sein, doch sie bestand darauf. Schon seit langem wusste ich, dass man nichts tun konnte, wenn Kristen sich einmal etwas in den Kopf gesetzt hatte.

Ich knipse ihre teure Nachttischlampe von Restoration Hardware an, glänzende Glasprismen, die im Licht wunderbar funkeln. Kristen wollte die Lampe unbedingt haben. Nach wochenlanger Bettelei gab ich schließlich nach und überraschte Kristen damit, als sie eines Nachmittags vom Fußballtraining nach Hause kam.

Ich lasse mich auf ihr Bett sinken und vergrabe mein Gesicht in ihrem Kissen. Tief atme ich ein in der Hoffnung, einen letzten Hauch ihres Parfüms oder des Rosmarindufts ihres Shampoos zu erhaschen.

Doch ich kann sie nicht riechen. Es wird auch immer schwerer, mir das Grübchen in ihrer linken Wange und ihre langen, zarten Finger vorzustellen. Selbst der Klang ihres Lachens wird schwächer.

»Lieber Gott«, flüstere ich, »bitte gib mir mein Mädchen zurück. Ich brauche mehr Zeit. Wir hatten doch noch so viel vor!«

Ich lege die Hand auf den Mund, um mein Schluchzen zu unterdrücken. Ich kann nicht ohne Kristen leben. Ich hätte in dem Zug sitzen sollen! Schwer drückt die Schuld auf meine Brust. Ich ringe nach Luft.

Schritt für Schritt, erinnere ich mich an den Ratschlag meiner Großmutter, als meine Mutter gestorben war. *Du musst nicht den ganzen Weg auf einmal gehen.*

Ich drehe mich auf den Rücken und bemühe mich, kontrolliert zu atmen. Kristens Zimmerdecke ist übersät mit Aufklebern von Sternen und Planeten, die im Dunkeln leuchten. Kurz nach unserem Einzug hatte Annie sie angebracht, um ihrer Schwester einen Sternenhimmel zu schenken, wie sie damals sagte.

»Bist du da oben, Krissie?«, flüstere ich. »Bist du glücklich? Kümmert sich Grandma um dich?« Ich ersticke fast an meinen Worten.

Als ich die Augen schließe, spüre ich die Gegenwart meiner Tochter so deutlich, als stünde sie vor mir. Sie trägt ihren weißen Parka und rote Gummistiefel. Der Schalk blitzt in ihren blauen Augen, als ob sie mir einen Streich spielte und nur so täte, als sei sie tot.

»Es tut mir so leid, Kristen«, bringe ich verzweifelt heraus. »Ich hätte eine bessere Mutter sein sollen. Ich habe dich so sehr geliebt. Ich war so stolz auf dich. Das weißt du doch, oder?«

Ich drehe mich auf die Seite. Tränen rinnen mir über die Schläfen, Kristens Bild verblasst. »Komm zurück!«, flüstere ich. »Gib mir bitte ein Zeichen! Sag mir, dass es dir gutgeht.«

Mein Fuß stößt gegen etwas Hartes, es fällt hinunter. Ich stehe auf, bücke mich, spähe unter das Bett. Mit den Händen suche ich den Boden ab, bis ich etwas ertaste.

Im Schein der Glasprismen sehe ich Kristens Sprüchebuch.

Zum sechsten Geburtstag schenkte ich meinen Töchtern ein selbst zusammengestelltes schmales Album mit Sprüchen, so wie ich es als Kind für meine Schwester Kate gemacht hatte. Damals wohnten wir noch in Madison. Wochenlang holte ich jeden Abend, wenn die Mädchen im Bett lagen, meinen Schuhkarton mit Sprüchen aus dem Schrank. Am Küchentisch las ich alle noch einmal durch. Meine Mutter hatte sie sorgfältig in Schönschrift auf kleinen Zettelchen notiert, die sie mir mit in die Schule gab.

Diese Tradition hatte meine Großmutter Louise begründet, als ihre Tochter noch ein Kind war. Später führte meine Mutter sie fort. Einige Zitate waren unseren Lieblingsbüchern entnommen, doch die meisten Sprüche stammten von Oma Louise oder meiner Mutter Tess. Mit dem alten Füllfederhalter meiner Großmutter übertrug ich die Sammlung zusammen mit einigen Originalen von mir in zwei Büchlein, ein silbernes und ein goldenes. Es war mir wichtig, Annie und Kristen die Weisheiten und Erkenntnisse dieser ungewöhnlichen Frauen zu vermitteln.

Ich schlage das Büchlein an einer beliebigen Stelle auf und lese ein Zitat von meiner Mutter:

Wenn das Leben dir den Teppich unter den Füßen wegzieht, schenkt es dir Platz zum Tanzen.

Mir wird es eng in der Brust. Einen Tag nachdem meine Lieblingslehrerin Mrs Lilly verkündet hatte, sie würde Milwaukee verlassen, um eine neue Stelle anzunehmen, legte mir meine Mutter diesen Spruch in die Butterbrotdose. Ich war untröstlich. Noch immer sehe ich meine Mutter in unserer kleinen Küche vor mir, wie sie versucht, mich zum Twisten zu überreden. »Du findest schon deine Tanzfläche, wart's nur ab!« Und das tat ich auch. Eine Woche später bekam ich Miss Tacey, eine neue Lehrerin mit leuchtenden Augen, die in mir die Liebe zu Büchern, zur Kunst und sogar zu komplizierten Divisionsaufgaben weckte.

Bei der Erinnerung daran, dass ich Annie diesen Spruch zusteckte, als sie in der sechsten Klasse aus ihrer Basketballmannschaft ausgeschlossen wurde, muss ich lächeln. Damals nahm ich sie in die Arme und wirbelte sie herum. »Juhu!«, rief ich. »Der Teppich ist weg, jetzt hast du Platz zum Tanzen! Jetzt kannst du diesen Schreibkurs in der Bibliothek besuchen, für den du bisher keine Zeit hattest.« In dem Schreibkurs fand Annie ihre eigene Stimme. Und alles dank des Rauswurfs aus dem Basketballteam.

Ich richte mich auf und nehme das Buch mit zum Stuhl am Fenster. Draußen zieht sich der stürmische Februarhimmel über dem Central Park zusammen. Ich schnüre den Morgenmantel enger, lasse die Seiten durch die Finger gleiten und lande bei einem weiteren Original von Tess Franzel:

Wenn die anderen dich seltsam finden, dann sei es auch – aber so richtig!

Den Spruch bekam ich von meiner Mutter, einige Tage nachdem wir von Milwaukee nach Mackinac Island gezogen waren. Ein Junge in meiner neuen Klasse hatte behauptet, meine Mom sei verrückt. Er hatte einen Zettel gesehen, den sie unserer Lehrerin geschrieben hatte. Damals hatte Mom gerade ihre Rückwärtsschreibphase. Man konnte die Nachricht nur lesen, wenn man sie vor einen Spiegel hielt. Ich frage mich bis heute, wie sie das hinbekommen hat.

Neben dem Spruch entdecke ich eine Bemerkung am Rand, so schwach mit dem Bleistift geschrieben, dass ich sie kaum entziffern kann.

Leider ist sie inzwischen völlig angepasst.

Komisch. Ich blättere um und finde noch mehr Kommentare. Ich lese einen Lieblingsspruch von Oma Louise:

Freundinnen sind die Blumen in unserem Leben. Damit sie blühen, muss man sie hegen und pflegen.

Darunter steht ein handschriftlicher Zusatz: *Freundinnen? Was für Freundinnen? Sie hat wohl zu wenig gehegt und gepflegt.*

Meine Nackenhaare richten sich auf. Ich sollte besser aufhören. Das sind Kristens private Gedanken. Aber ich schaffe es nicht. Mit zitternden Fingern blättere ich um.

Verwechsle niemals das, was wichtig ist, mit dem, was wirklich zählt.

Die Erinnerung überrollt mich, zart wie die Stimme meiner Mutter. Ich war in der dritten Klasse, es war Frühling. Wir wohnten noch in Madison. Widerwillig machte ich mich für die Schule fertig, weil wir einen Sporttag hatten und ich nicht die neuen Turnschuhe bekommen hatte, die ich mir so sehr wünschte. Zu allem Überfluss riss der Schnürsenkel, als ich die verschrammten alten Schuhe zubinden wollte. Wir hatten keinen Ersatz in Weiß, deshalb fädelte meine Mutter den schwarzen Schnürsenkel meines Vaters ein. Ich schämte mich zu Tode. Schwarze Schnürsenkel in weißen Turnschuhen – das ging gar nicht! Als ich später meine Essenstüte öffnete, fand ich diesen Spruch meiner Mutter: *Verwechsle niemals das, was wichtig ist, mit dem, was wirklich zählt.*

Am Nachmittag war die gesamte Schule draußen auf den Beinen; die Kinder liefen um die Wette, sprangen über Hürden, und Ryan Politi, ein ein Jahr älterer Junge mit Kinderlähmung, saß im Rollstuhl am Rand und jubelte mit. Auf einmal verstand ich die Botschaft meiner Mutter. Mein schwarzes Schuhband mochte mir wichtig erscheinen, doch es zählte überhaupt nicht. Ich hatte zwei gesunde Beine.

Unter diesen Spruch hat Kristen geschrieben:

Früher war sie mein Vorbild, doch heute verwechselt sie das, was wirklich zählt, mit dem, was bloß wichtig ist. Ich will nicht so werden wie sie.

Ich beuge mich vornüber und berge den Kopf in den Händen. Ich weiß genau, wovon sie spricht. Meine Tochter, die mich immer angefeuert hat, die mir mal sagte, ich sei ihr Vorbild, diese Tochter meint, ich hätte die falschen Prioritäten gesetzt. Sie hat mich nicht unterstützt, sie war angewidert von mir. Sie hat mich voll und ganz durchschaut.

7

Annie

Kristens Kajak treibt auf einen Strudel zu, ein gefährlicher Wasserwirbel, vor dem man sie gewarnt hat. Sie bemüht sich, in die andere Richtung zu paddeln, aber die Strömung ist zu stark. Verzweifelt ruft sie: »Annie, hilf mir!« Voller Entsetzen muss Annie mit ansehen, was passiert. Geht sie näher heran, wird auch sie in den Strudel gerissen. Sie kann Kristen nicht helfen, sondern muss zusehen, wie sie dem Untergang entgegentreibt. »Hilfe!«

Annie schreckt hoch. Ihr Herz rast. Sie setzt sich auf. Ihre lindgrüne Decke hat sie weggestrampelt.

Es ist noch dunkel, doch sie kann das gerahmte Poster an der Wand erkennen, das den Erscheinungstermin von *Harry Potter und die Heiligtümer des Todes* verkündet, mit persönlichem Autogramm von J. K. Rowling. Annie dreht sich zu dem Gedichtband von Billy Collins auf dem Nachttisch um. An der Wand hängt das Foto, das ihre Mutter, Kristen und sie beim Schulabschluss zeigt. Alle ihre Schätze sind an ihrem Platz, abgesehen von Annies Album.

Sie lässt sich in die Kissen zurückfallen und starrt an die Decke. »Krissie«, flüstert sie, während ihr Herz sich allmählich beruhigt. »Wo bist du, verdammt nochmal?«

Sie klappt ihren Laptop auf und schreibt ihrer Schwester eine Nachricht auf Facebook und auf Twitter. Zum wiederholten Mal entschuldigt sie sich, Krissies Verschwinden als Ausrede dafür benutzt zu haben, dass sie nicht nach Haverford zurückgekehrt ist. *Ich hoffe, du verstehst das. Es war deutlich einfacher zu sagen, dass ich deinetwegen nicht an die Uni zurückgehe, als Mom und Dad von der Sperre zu erzählen.* Obwohl es eigentlich doch fast die Wahrheit ist, denkt Annie. *Jetzt beweg deinen Hintern endlich nach Hause, wo er hingehört!*, setzt sie hinzu.

Sie schickt die Nachrichten privat, damit niemand sie sehen kann – vor allem nicht ihr Vater. Er ist der Meinung, Annie hätte Wahnvorstellungen. Dr. Kittle, der Trauerbegleiter der Familie, ist derselben Ansicht. *Sie sind in einer Trauerphase, die man Verleugnen nennt.*

Aber Annie verleugnet nichts. Sie hat ihre Hausaufgaben gemacht. Es gibt massenhaft Fälle von vertauschter Identität. Vor ein paar Jahren hatten zwei Mädchen aus Indiana einen Autounfall. Durch das Chaos am Unfallort und die schweren Verletzungen im Kopfbereich wurden die beiden Opfer wochenlang falsch identifiziert. Das könnte auch mit Kristen passiert sein.

Sie müsse nach vorne schauen, sagen sowohl ihr Vater als auch Dr. Kittle, der Trauerbegleiter. Doch das kann – das will – Annie erst, wenn sie mit Wes Devon gesprochen hat. Zurzeit hält er sich im Sommerhaus seiner Familie auf Mackinac Island auf, betreibt dort irgendwelche eigenständigen Studien für das Dartmouth College. Annie ist überzeugt, dass Krissie bei ihm ist. Sie kann sich gut daran erinnern, dass ihre Schwester am letzten Morgen darauf beharrte, sie müsse mit Wes reden. Sie hat ja sogar gewitzelt, sie würde nach Michigan fliegen. Annie hat Wes geschrieben, und er hat geantwortet, aber sie nimmt ihm das, was er geschrieben hat, nicht ab. Erst wenn sie ihm in die Augen sieht und mit eigenen Ohren vernimmt, dass er nichts von Kristen gehört hat, wird sie zufrieden sein. Vielleicht ist sie dann in der Lage, den Tod ihrer Schwester zu akzeptieren.

Annie steht auf und geht zum Schreibtisch. Sie macht die Lampe an und schaut auf den Kalender. Wann soll sie aufbrechen? O Mann, viel armseliger kann ihr Leben kaum sein. Der gesamte März ist leer. Jede einzelne Freundin ist an der Uni – mit

Betonung auf »einzelne«, denn sie hat nur eine. Und seit dem Unglück hat sich selbst Leah von ihr distanziert.

Anders als Kristen hatte Annie nie einen großen Freundeskreis. Kristen sagte oft, Annie habe einen Minderwertigkeitskomplex, und wahrscheinlich hatte sie recht. Was würden ihre feinen Klassenkameradinnen wohl davon halten, wenn sie wüssten, dass Annies leibliche Mutter eine bei ihrer Geburt fünfzehnjährige Latina ist, die nur Spanisch spricht und in Armut lebt?

Selbst ihre Mom sieht Annie kaum. Sie ist zu einem Menschen geworden, der nur noch funktioniert und von Kaffee und Beruhigungstabletten lebt – ein Workaholic. Sie verbringt noch mehr Zeit im Büro als zuvor, falls das überhaupt möglich ist. Annie kennt den Grund. Ihre Mutter geht ihr aus dem Weg. Denn Annie sollte auf Kristen aufpassen. Stattdessen hat sie zugelassen, dass ihre Schwester an jenem Morgen allein aufbrach, obwohl Annie wusste, dass Kristen neben der Spur war. Es ist Annies Schuld, dass ihre Eltern Kristen verloren haben, ihre wunderschöne Tochter, die ihre DNA in sich trug.

Sie wirft einen kurzen Blick auf die Uhr. Fast sechs. Wenn sie ihre Mutter erwischt, bevor sie zur Arbeit fährt, wird sie ihr sagen, dass sie nach Mackinac Island reist. Annie will ihre Mutter zum Mitkommen überreden – was ungefähr so aussichtsreich ist, wie Annie zu einem Marathonlauf zu motivieren – oder auch nur zu einer Meile. Doch Annie ist noch nie allein dort hingeflogen, und trotz des Rats ihrer Schwester ist sie noch nicht ganz bereit, die Hand ihrer Mutter loszulassen. Das versteht Krissie bestimmt.

Als Annie ihr Zimmer verlässt, hört sie ein Geräusch, das einem leisen Miauen gleicht. Sie schleicht durch den Flur und stellt fest, dass Kristens Zimmertür angelehnt ist, zum ersten Mal seit sechs Monaten. Was ist da los? Annie schiebt sie auf und späht hinein. Auf einem Stuhl am Schreibtisch sitzt ihre Mutter, das Gesicht in den Händen vergraben.

Wow, endlich ein Anflug von Gefühlen. Unsicher, was sie tun soll, schaut Annie zu, ahnungslos, wie sie diesen Menschen trösten soll, der ihr so fremd geworden ist. Seit dem Unglück ist Erika noch schmaler geworden. Die Gespräche, die sie seither geführt haben, kann Annie an einer Hand abzählen. Nicht ein Mal hat ihre Mom aufrichtig gelächelt, nicht ein Mal auch nur gelacht. Es ist, als wäre das Licht in ihren Augen erloschen. Sie sind leer. Früher hat sich Annie an der Arbeit ihrer Mutter gestört. Heute würde sie alles dafür geben, wieder die frühere Leidenschaft und Begeisterung in ihrem Gesicht zu sehen.

Annie versucht mühsam, ihre Tränen zu unterdrücken. Nur in kurzen Momenten wie diesem, wenn Erika sich unbeobachtet fühlt, kann man sehen, wie verletzlich sie in Wirklichkeit ist. Sie wirkt gebrochen und schwach und hat unheimliche Ähnlichkeit mit Krissie. So zierlich, schön und anmutig. Annie hat sich in der Familie immer wie ein tollpatschiger Clown neben zwei Ballerinen gefühlt, der versucht, nicht aufzufallen. Schon vor Jahren hat sie es aufgegeben.

Sie wagt sich einen Schritt vor und räuspert sich. Ihre Mutter richtet sich auf und wischt sich über die Wangen.

»Guten Morgen, Süße.« Sie schiebt ein kleines Buch vom Schoß unter den Morgenmantel und legt die Hand darauf, als wolle sie es verstecken.

»Guten Morgen, Mom. Ist alles in Ordnung?«

»Ja, alles gut.«

Aber Annie sieht das bebende Kinn. Sie tritt noch näher heran und hofft, es nicht schlimmer zu machen, wenn sie ihre Schwester erwähnt. »Sie kommt wieder. Wart's ab!«

Erika kneift die Augen zusammen. »Annie, bitte! Du musst es akzeptieren. Kristen ist nicht mehr da.«

»Nein, Mom. Ich habe mich über manisch-depressive Erkrankungen schlaugemacht und bin mir ziemlich sicher, dass Krissie darunter litt. Impulsive Handlungen sind typisch dafür. Auch riskantes und selbstschädigendes Verhalten. Es kann gut sein, dass Kristen in dem Unfall eine Chance gesehen hat fortzulaufen.«

»Hör auf, Annie! Das stimmt nicht.«

»Sie ist untergetaucht und braucht unsere Hilfe«, fährt Annie fort. »Weißt du noch, letztes Jahr im Frühling? Da hat sie uns erzählt, sie wäre mit Jennifer in Connecticut, aber in Wirklichkeit war sie mit diesem Skilehrer, den sie am Flughafen kennengelernt hatte, nach Utah geflogen. Sie konnte wirklich leichtsinnig sein, das musst du zugeben.«

»Ein verheimlichter Skiurlaub ist vielleicht leichtsinnig«, sagt ihre Mom. »Aber den eigenen Tod vorzugaukeln ist einfach nur grausam.«

»Das ist ihr doch gar nicht bewusst!« Annie kann ihre Ungeduld kaum noch bändigen. »Kristen kann nicht mehr klar denken, wenn sie in dieser Stimmung ist.«

Ihre Mutter schüttelt den Kopf und sagt mit bebender Unterlippe: »Du hattest schon immer eine Schwäche für Übersinnliches. Das mag ich so an dir. Aber Kristen hatte ihren Ausweis in der Hosentasche.«

»Erstens hat Kristen ihren Ausweis nie in der Tasche getragen. Niemals! Sie hatte immer ihre Handtasche dabei. Zweitens hatte sie einen gefälschten Führerschein, das hast du mir selbst erzählt. Vielleicht hatte jemand anderes ihren Ausweis. Zum Beispiel die Tote im Zug!« Annie verschränkt die Arme vor der Brust wie ein Staatsanwalt vor Gericht, der gerade den entscheidenden Beweis präsentiert hat.

Ihre Mutter zögert, als sei sie kurz davor, ein Geheimnis zu offenbaren, wisse aber nicht genau, ob es richtig ist. »Ich habe im Herbst einen Privatdetektiv engagiert.«

Annie macht große Augen. »Einen Detektiv? Glaubst du doch, dass ich recht habe?«

Erika schüttelt den Kopf. »Ich hoffe einfach, dass eine gründliche Ermittlung dieses Privatdetektivs – er heißt Bruce Bower –

dir die Möglichkeit gibt, mit der Sache abzuschließen. Mein Schatz, er ist überzeugt, dass die Bilder auf dem Überwachungsvideo – das Mädchen, das in den Zug steigt – Kristen zeigen. Ihre Kreditkarte wird nicht benutzt, ihr Handy war leer, kann nicht geortet werden. Er hat keine Spur, an die er anknüpfen kann. Es gibt nicht den geringsten Hinweis darauf, dass Kristen noch lebt.«

Annie schüttelt den Kopf. »Das Mädchen auf den Fotos, die sie uns gezeigt haben, hatte keine lackierten Fingernägel. Kristen hatte Lack drauf, als sie das Haus verließ. Das weiß ich ganz genau. Nur weil ein Detektiv behauptet …«

»Aber ihre Zehennägel … Du hast auch den lilafarbenen Lack gesehen. Sie war gerade bei der Pediküre gewesen.«

Annie rauft sich die Haare. »Mein Gott, Mom! Trillionen Mädchen haben lila Nagellack! Erzähl mir nicht, dass dich das überzeugt hat.«

Erika beißt sich auf die Lippe. »Das sind wir doch schon tausendmal durchgegangen, Spätzchen. Dein Vater hat sie identifiziert. Du und ich, wir haben die Fotos auch gesehen.«

»Dad hat sie identifiziert. Wir haben das Gesicht von diesem Mädchen nur für einen Sekundenbruchteil gesehen.« Annies Stimme bricht. »Das war nicht Kristen!« Am liebsten würde sie ihre Mutter anschreien, warum sie Krissie so schnell einäschern ließ. Aber sie weiß, dass auch ihre Mom die frühe Verbrennung bereut. An dem Tag, als die Asche ankam, hörte Annie sie mit Tante Kate telefonieren: »Selbst wenn wir einen DNA-Test machen wollten, ist das jetzt nicht mehr möglich.«

»So wenig wir es glauben wollen, Annie, wir müssen nach vorne sehen.«

Annie kniet sich neben den Stuhl. »Tust du das denn? Schau dich doch an! Wie dünn du geworden bist. Du kennst nur noch deine Arbeit.« Sie erspäht das Büchlein, versteckt unter dem Morgenmantel. »Was hast du da?«

»Nichts.«

Erika will es schnell zudecken, doch Annie hat den goldenen Einband bereits erkannt. O nein! Das ist nicht nichts. Es ist ihr Album, das Exemplar, das sie Kristen am Tag des Unfalls ausleihen wollte. Sie hat es auf Kristens Bett liegen lassen, damit es da ist, wenn ihre Schwester nach Hause kommt.

»Habt ihr über mich geredet, Annie? Fand Kristen, ich hätte vergessen, was wirklich zählt?«

Auf einmal begreift Annie alles: die Tränen, der Versuch ihrer Mutter, das Büchlein zu verstecken. Verdammt! Sie hat die gehässigen Bemerkungen gelesen, die Annie vor langer Zeit hineingekritzelt hat.

Sie will sich dafür entschuldigen, schließt jedoch schnell wieder den Mund. Hat sie ihre Mutter richtig verstanden? Glaubt sie, es sei Kristens Exemplar und deren bissige Kommentare, nicht Annies? Hat ihre Mom denn vergessen, dass Kristen das silberne Büchlein gehörte? Insgeheim war Annie immer stolz darauf gewesen, das goldene bekommen zu haben. Auch wenn es vielleicht reiner Zufall war. Aber ihrer Mutter muss doch der Unterschied in der Handschrift auffallen!

Sie schielt zu ihr hinüber, das Gesicht ist mit roten Flecken übersät. Offensichtlich merkt Erika es nicht. Woher auch? Seit Jahren schreiben sie sich ihre Nachrichten nur noch auf Tastaturen und Bildschirmen.

Annie wendet den Blick ab, ihr Herz rast. Sie muss beichten. Die Kommentare haben ihre Mutter sichtlich berührt. »Kristens« Worte haben eine erkennbare Wirkung auf sie gehabt.

Da kommt Annie ein Gedanke: Vielleicht ist das ihre Chance! Bevor sie Zeit hat, die Folgen zu bedenken, trifft sie im Bruchteil einer Sekunde eine Entscheidung.

»Ja.« Sie versucht zu schlucken, doch ihr Mund ist trocken. »Kristen hat dich angehimmelt, Mom. Aber sie hat auch gesehen, wie traurig du geworden bist.«

Annie ist bewusst, dass sie gerade eine Grenze überschreitet, dennoch fährt sie fort, ihre Meinung als die ihrer Schwester auszugeben. »Fanden wir beide.«

»Traurig?« Erika runzelt die Stirn. »Das hat sie gesagt?«

»Ja.« Annie wagt sich weiter vor auf diesem dünnen Ast in der Hoffnung, dass er sie trägt. Vielleicht hört ihre Mutter nun endlich zu. »Kristen wollte dein altes Ich zurück, die Mutter, die alberne Witze reißt, mit uns unter Grandmas Quilt kuschelt und unsere Lieblingsserien guckt. Weißt du noch, diese riesige Schlange auf unserer Reise nach Costa Rica, als ich total ausgeflippt bin? Du hattest das Gummitier irgendwo gekauft und unter mein Kopfkissen gelegt.«

Nun lächelt ihre Mom. »Du hast die Schlange zusammen mit dem Kissen quer durchs Zimmer gepfeffert, und die Lampe ging zu Bruch.«

»Wir haben so gelacht. Was ist nur passiert? Kristen fand, dass du dich im letzten Jahr verändert hast, seitdem wir zum College gehen.« *Bitte versteh mich, Kristen! Ich muss sie doch irgendwie erreichen!*

»Aber sie hat mich immer ermutigt, mich anzustrengen. Erinnerst du dich nicht? Einer ihrer letzten Wünsche war, dass ich diesen Wettbewerb gewinne. Sie hat mich angespornt, meine eigene Firma zu gründen.«

Annie schüttelt den Kopf. »Ja, aber sie wollte nicht, dass du nur noch die Arbeit im Kopf hast.« Annie spürt, dass sie rot wird. Ihre Mutter muss doch merken, dass sie lügt! Als nichts geschieht, spricht sie weiter. »Weißt du noch, als wir hier eingezogen sind? Da hast du auch gearbeitet. Aber wir hatten trotzdem Zeit, in den Park zu gehen, wir drei, egal, bei welchem Wetter. Du hast dir immer heimlich etwas ausgeguckt – einen Hund mit Mantel oder jemanden mit roten Schuhen –, und wir mussten raten, wen du im Sinn hast. Der Gewinner durfte bestimmen, wo wir Eis essen gehen.«

Erika nickt. Annie verspürt Rückenwind. »Meistens hat Kristen gewonnen. Sie war so ehrgeizig.«

Nun lächelt ihre Mutter auch mit den Augen. Der Anblick ist so schön, dass Annie einen Kloß im Hals bekommt. Endlich erreicht sie ihre Mom – nun ja, eigentlich ist es ja Kristens Werk. Aber was macht das schon für einen Unterschied? Ihre Lüge, sogar Kristens Verschwinden, könnte vielleicht doch etwas Positives bewirken. Annie erwartet ja nicht, dass Erika zum Buddhismus übertritt oder so. Natürlich ist sie ehrgeizig. Das ist völlig in Ordnung. Sie soll ihren Ehrgeiz nur ein klein wenig herunterschrauben … oder ein bisschen mehr.

»Ich will nach Mackinac Island«, sagt Annie leise. »Komm doch mit!«

Ihrer Mutter entgleiten die Gesichtszüge, sie richtet sich auf, als hätte sie ein Gespenst gesehen. »Nach Mackinac? Nein. Warum denn das?«

»Bitte, komm mit!«, fleht Annie. »Nimm ein paar Tage Urlaub.«

Ihre Mutter ist ganz blass im Gesicht, wie jedes Mal, wenn Annie die Insel erwähnt. »Das geht nicht.«

»Geht es nicht, oder willst du nicht?«, fragt Annie.

Bevor ihre Mom antworten kann, plingt ihr Handy. Sie entzieht sich Annies Griff, nimmt das Telefon und steht auf.

Und damit ist das Gespräch beendet.

»Auf die Insel zu fahren«, sagt sie, während sie ihre PIN-Nummer eintippt und das Zimmer durchquert, »bringt Kristen auch nicht zurück.«

Annie folgt ihr durch den Flur, überwältigt von einer Mischung aus Traurigkeit, Verzweiflung und Wut. »So ist das also? Für Kristen würdest du es tun, aber nicht für mich? Es geht also nur um sie.«

Erika hebt die Hand und geht in die Küche. »Annie, hör auf! Du weißt, dass ich das nicht so gemeint habe.« Sie schenkt sich Kaffee nach, ihr Handy piept erneut.

Annie trommelt mit den Fingern auf ihre verschränkten Arme, ihre Nasenflügel beben, während ihre Mutter eine Antwort tippt.

»Dann fahre ich ohne dich, Mom.« Wenn sie es laut ausspricht, hört es sich sofort viel realer an. Annie hebt den Kopf, fühlt sich weltgewandt und frei und hat zugleich eine Riesenangst.

»Aha«, murmelt Erika mit Blick auf ihr Handy.

Annies Blutdruck steigt. »Jetzt bald.«

»Hm.«

Annie schäumt. Ihre Mutter hört nicht ein Wort von dem, was sie sagt. Sie hält es nicht länger aus, marschiert quer durch die Küche und reißt ihrer Mutter das Mobiltelefon aus der Hand.

Erika zuckt zusammen. »Gib das her, Annie!«

Annie bleibt stur. »Muss ich so weit gehen, damit du mich beachtest? Ich bin heute Morgen aufgestanden, um dir zu sagen, dass ich wegfahre. Ich mache jetzt mein eigenes Ding und lasse dich endlich in Ruhe!«

Die Wut in der Stimme ihrer Mutter ist ihrer ebenbürtig. »Schön! Dann fahr! Eine kleine Trennung wird uns beiden guttun.«

»Ja, das mache ich auch. Du bist eh nie da.«

»Einer muss das Geld ja verdienen. Du hängst hier jetzt seit sechs Monaten rum. Wird langsam Zeit, dass du rauskommst. Und jetzt gib mir bitte mein Handy.«

Annie will lächeln, aber es fühlt sich an, als hingen schwere Gewichte in ihren Mundwinkeln. »Ich bin dir so was von egal.« Sie schielt zur dampfenden Kaffeetasse hinüber. Soll sie es tun? Schnell greift sie danach, fast schwindelig vor Erregung. Sie hält die Tasse am Henkel und lässt das Handy darüber baumeln.

Ihre Mutter schnappt nach Luft. »Wag es nicht! Gib mir mein …«

Annie schnaubt verächtlich. »Du müsstest dich mal hören!

Du machst dir mehr Sorgen um dein Handy als um deine eigene Tochter. Ich bin dir absolut scheißegal. Dir geht es nur ums Geldverdienen. Wann ist endlich Schluss, Mom?«

»Am dreißigsten April. Die Preisverleihung ist am einundzwanzigsten Mai. Danach trete ich kürzer, das schwöre ich …«

»Ich rede nicht von diesem bescheuerten Wettbewerb! Ich will wissen, wann du endlich aufhörst, dich hinter deiner Arbeit zu verstecken! Und ich glaube nicht eine Sekunde lang, dass sich durch die Preisverleihung irgendwas ändert.«

»Doch! Das war der letzte Wunsch deiner Schwester. Ich kämpfe für sie. Für uns.«

»Schwachsinn! Du schiebst deine Arbeit vor, damit du dich nicht mit …«, sie will sagen, »mit mir beschäftigen musst«, aber überlegt es sich anders. Für diese Auseinandersetzung ist es noch zu früh, Annie fürchtet den Vorwurf, ihre Schwester im Stich gelassen zu haben, obwohl sie ihrer Mutter versprochen hatte, auf Kristen aufzupassen. »Damit du dich nicht mit anderen Sachen auseinandersetzen musst!«

Annie sieht das schmerzverzerrte Gesicht ihrer Mutter, aber wartet ihre Reaktion nicht ab. Sie schnaubt verächtlich. Und dann lässt sie das Handy fallen. Ein kleiner Tropfen Kaffee landet auf ihrer Hand.

8

Erika

In einem beigen Kostüm und High Heels stehe ich am Dienstagnachmittag am Fenster eines Vintage-Apartments im ersten Stock des Komplexes »The Kenilworth« und schaue auf den Central Park West. Die von Raureif überzogenen Äste schimmern in der Sonne, über dem Park liegt eine weiße Schneedecke. Früher hätte ich das schön gefunden. Vor dem einundzwanzigsten August letzten Jahres.

Ich werfe einen kurzen Blick auf mein neues Handy und ärgere mich wieder, am Vortag die Beherrschung verloren zu haben. Annie hat ja irgendwie recht. Sie möchte, dass ich einen Gang zurückschalte, und Kristen hat sich das offenbar auch gewünscht. Sie wollte, dass ich Spaß am Leben habe, so wie früher. Was gibt es dagegen einzuwenden? Die Sache ist die: Ich habe keine Ahnung, wie ich das machen soll. Annie könnte genauso gut von mir verlangen, zehn Zentimeter zu wachsen oder meine Augenfarbe zu ändern.

Ich lese ihre Nachricht:

Mir tut es auch leid. Bin jetzt unterwegs nach Mackinac.

Mache das Handy aus.

Ich reibe mir über die Arme. Ob Annie versteht, warum ich sie nicht begleite? Für sie mag Mackinac ein fröhlicher Ort sein, für mich ist er der Inbegriff von Traurigkeit. Selbst wenn es mir einigermaßen gutgeht, habe ich keine Lust, die Erinnerungen an den tragischen Tod meiner Mutter oder die einsamen Jahre danach wiederaufleben zu lassen. Jetzt, da ich den Tod meiner

Tochter betrauere, könnte eine Reise auf die Insel mich komplett aus dem Gleichgewicht werfen.

»Wie viele Wohnungen hat dieses Gebäude?«

Ich drehe mich zu Hai Liu um, dem Makler der Verkäuferseite, der neben einem großen schwarzen Flügel steht.

»Hm?«, mache ich. »Ah, dreiundvierzig.«

Er studiert das Exposé, als würde er mir nicht glauben. »Zweiundvierzig«, korrigiert er mich.

»Stimmt. Zweiundvierzig.«

Ich bin nicht bei der Sache. Ständig muss ich an Annie denken, so allein unterwegs. Wie viel Angst sie haben muss!

Sie war schon immer die Ängstlichere von beiden, während Kristen von Anfang an voller Zuversicht in die Welt blickte. Von dem Moment an, als sie laufen konnte, marschierte Klein-Kristen los, um ihre Umgebung zu erkunden. Annie blieb in meiner Nähe, eine Hand an meinem Rockzipfel, den Daumen der anderen im Mund.

Es ist nicht zu leugnen, dass Annie vom ersten Tag an anders war, äußerlich wie innerlich.

Als der Anruf von der Adoptionsagentur kam, war ich völlig aus dem Häuschen. Auch wenn ich erst dreiundzwanzig und frisch verheiratet war. Brian war zehn Jahre älter als ich und wollte unbedingt eine Familie gründen. Wir wussten, dass die Chancen auf eine natürliche Schwangerschaft sehr schlecht standen. Ich litt an Endometriose; man hatte mir gesagt, dass ich wohl keine eigenen Kinder bekommen könnte. Schon wenige Wochen nach der Hochzeit wandten wir uns deshalb an eine Adoptionsagentur. Wir hatten haarsträubende Geschichten von Paaren gehört, die jahrelang, manchmal Jahrzehnte, auf ein Kind gewartet hatten.

Ich rief Brian bei der Arbeit im Krankenhaus an. »Die Adoptionsagentur hat sich gemeldet: Wir bekommen ein Baby!«, jubelte ich. »In vier Monaten ist es so weit.«

Niemals hätte ich damit gerechnet, zwei Monate später festzustellen, dass ich selbst schwanger war. Lucy von der Adoptionsagentur, die unseren Antrag bearbeitete, war geknickt, als ich ihr die Neuigkeit mitteilte.

»Dann sage ich der leiblichen Mutter Bescheid, dass Sie nicht mehr …«

Ich unterbrach sie, bevor sie den Satz zu Ende sprechen konnte. »Nein, auf gar keinen Fall! Auch das Baby gehört zu unserer Familie!«

Sechs Wochen später reichte mir Maria, Annies fünfzehnjährige biologische Mutter, ihre Tochter, noch bevor die Kleine die Augen öffnete. »Pass auf meinen Engel auf!«, sagte sie.

Als sich die Falten auf Annies winziger Stirn endlich glätteten und sie ihre dunklen Augen öffnete, schaute sie als Erstes in mein Gesicht. In dem Moment, als sich unsere Blicke trafen, veränderte sich etwas in mir. Ich verspürte ein Band, stärker und ursprünglicher, als ich es je gekannt hatte. Jetzt war ich Mutter. Und ich wusste ohne jeden Zweifel, dass ich alles tun würde, um dieses Kind zu beschützen. Ich wischte mir die Tränen von den Wangen, sah Maria an und presste die Worte heraus: »Das tue ich. Versprochen.«

Obwohl ich es niemals zugeben würde, habe ich dieses Schutzbedürfnis weder vorher noch hinterher je wieder so stark empfunden, selbst dann nicht, als fünf Monate später Kristen zur Welt kam. Die Ärzte, unsere Freunde und Verwandten nannten Kristen ein Wunder, und ich stimmte ihnen zu. Doch insgeheim fand ich, dass dieser Ausdruck bereits vergeben war: Annie war mein kleines Wunder.

»Ich habe alle Fotos gemacht, die ich brauche.«

Ich schrecke aus meinen Erinnerungen hoch.

»Das Apartment ist etwas klein«, sagt Hai Liu. »Und Mr Wang hat ausdrücklich Fußbodenheizung gefordert.« Wer ist noch mal Mr Wang? Ein milliardenschwerer Investor? Ein Geschäftsmann aus China, der eine Unterkunft in New York braucht, weil er ein paarmal im Jahr herüberkommt?

Ich schließe die Wohnungstür hinter mir zu und gehe zum Aufzug, in Gedanken bei Annie und der Insel, den Erwartungen meiner Tochter und meinen Ängsten. Beim besten Willen kann ich keine Begeisterung dafür aufbringen, den ganzen Nachmittag durch millionenteure Objekte zu marschieren.

9

Annie

Es ist zehn Uhr abends, als das Taxi Annie am Hafen des verschlafenen kleinen Orts Saint Ignace am Lake Huron absetzt. Abgesehen von der SMS am Flughafen hat sie seit dem Streit am Vortag nichts mehr von ihrer Mutter gehört. Annie verdrängt einen Anflug von Heimweh und zieht ihre beiden Koffer an den Rand des Anlegers. Ihren Rucksack stellt sie neben sich auf den Asphalt. Sie hätte erwartet, dass es kühler ist, doch die Abendluft fühlt sich nach Frühling an.

O Gott, sie hatte fast vergessen, wie still es hier oben in Michigan ist! Millionen winziger Sterne funkeln am Himmel wie eine ganzjährige Weihnachtsbeleuchtung.

Annie denkt an Kristen und daran, was sie jetzt zueinander sagen würden. Wenn Annie als Kind in den Himmel blickte, stellte sie sich immer vor, die Sterne wären eine Handvoll Diamanten auf einem schwarzen Samtkleid. Ihre Schwester machte sich gerne über sie lustig und kam ihr mit wissenschaftlichen Ausdrücken wie »interstellare Gase« und »Molekülwolken«. Kristen hatte sich eingehend mit dem Sonnensystem befasst und dabei der Romantik und dem Staunen über die glitzernden Juwelen komplett den Garaus gemacht. Annie lächelt. Wie konnten sich zwei Menschen so innig lieben, die so verschieden waren?

Sie nimmt ihren Schal ab und schaut hinaus auf die überfrorene Mackinacstraße. Die Eisfläche wirkt so anders als das weite blaue Wasser, das die Geschwister jeden Sommer in den letzten zehn Jahren begrüßt hat. Nach der Scheidung ihrer Eltern war die zweiwöchige Reise nach Mackinac Island anfangs der einzige Urlaub, den sie sich leisten konnten. Als ihre Mutter später mehr Geld verdiente und die Familie überallhin hätte fahren können, entschieden sich die Mädchen trotzdem immer für die Insel. »Mackinac Island ist euer Ferienlager«, sagte Erika gerne, doch Annie wusste, dass es nur eine Ausrede war, um ihre Töchter nicht begleiten zu müssen. Es wundert sie, dass ihre Mutter sich dort nicht wohlfühlt, auf dieser Trauminsel, und dass sie jedes Mal wütend wird, wenn Annie ihren Großvater erwähnt.

Sie tritt von einem Fuß auf den anderen und ärgert sich, auf dem Flughafen nicht noch mal zur Toilette gegangen zu sein. Annie wartet auf das Schneemobil, dass ihre Tante für sie bestellt hat. Auf der Insel, die vor allem für einen alten Film namens *Ein tödlicher Traum* berühmt ist, dürfen nämlich keine Autos fahren. Die einzigen erlaubten motorisierten Gefährte sind Schneemobile, und die auch nur von November bis April, wenn keine reichen Sommerfrischler und Touristen da sind und die Einwohnerzahl auf rund fünfhundert geschrumpft ist. Auch wenn die Insel klein ist, wäre Wes' Haus auf der Klippe das perfekte Versteck für jemanden, der nicht gefunden werden will … jemand wie Kristen.

Bisher war Annie nur ein Mal im Winter auf Mackinac Island. Es war das erste Weihnachtsfest, nachdem ihr Vater ausgezogen war. Zusammen mit Kristen erkundete sie das verschneite Paradies, ihre Mutter war den gesamten Urlaub lang krank. Annie weiß noch, wie sie ein um den anderen Tag im Bett lag, die Vorhänge zugezogen. »Sie braucht Schlaf«, hatte Tante Kate geflüstert und die Tür zugemacht. »Das wird schon wieder.«

Es ist seltsam, dass diese Erinnerung Annie nun heimsucht, nachdem sie ihre Mutter jahrelang nur hektisch erlebt hat.

Als sie einen Motor röhren hört, merkt sie auf. Eine Minute später hält ein Schneemobil mit einem Schlitten im Schlepptau am Anleger.

»Annie Blair?« Der Fahrer schreit fast, um die Maschine zu übertönen.

Sie nickt. Er stellt den Motor aus, und die darauf folgende Stille ist so eindringlich, dass Annie ihr Herz in den Schläfen pochen hört. Der Fahrer nimmt den Helm ab und streckt ihr die Hand entgegen.

»Curtis Penfield. Habe deine Schwester und dich letzten Sommer kennengelernt, aber das weißt du wahrscheinlich nicht mehr.«

Und wie sie das noch weiß. Er war der attraktive Typ, der mit freiem Oberkörper sein Segelboot putzte, als Annie und Kristen sich die Marina anschauten. Kristen hatte mit ihm geflirtet.

»Den würde ich auch nicht von der Bettkante stoßen«, sagte sie hinterher grinsend. Annie hatte ihrer Schwester auf den Arm geschlagen. Der Mann war alt genug, um ihr Vater zu sein, ganz abgesehen von der Tatsache, dass auf Kristens Bettkante ja schon Wes Devon saß.

Curtis klopft auf den Sitz neben sich. »Spring drauf, dann schnalle ich dein Gepäck fest.«

Annie setzt sich auf das kalte Leder, während Curtis den ersten Koffer auf den Schlitten hievt.

»Deine Mutter und ich kennen uns schon ewig. Wie geht es ihr?«

»Gut.« Sofort hat Annie Schuldgefühle. Stimmt das auch? Oder ist ihre Mom einsam, weil Annie ohne sie gefahren ist?

Curtis greift nach seinem Helm. »Dann mal los!«

Die Fahrt geht über das Eis der gefrorenen Mackinacstraße – ein gespurter Weg vom Festland zur Insel, gesäumt mit weggeworfenen Weihnachtsbäumen. »Das ist doch nicht gefährlich, oder?«, fragt Annie

»Hoffentlich nicht. Überquerung auf eigene Gefahr. Aber du bist ja mutig, oder?«

Annie schmunzelt. »Und wie! Ich bin total mutig!« Sie setzt

sich den Helm auf und hofft, dass er nicht sieht, wie ihre Hände zittern.

Curtis rast mit dem Schneemobil über den gefrorenen Lake Huron, als wäre er Formel-1-Rennfahrer. Verzweifelt klammert Annie sich fest, wünscht sich nur noch, dass er endlich langsamer wird. Zwischen den Eisplatten klaffen große Spalten. Annie hört, dass Curtis den Motor jedes Mal hochdreht, wenn sie über einen Riss springen. Sie versucht, nicht an ihre Großmutter Tess zu denken, die hier gestorben ist. Ist das der Grund, warum Erika diese Insel so hasst? Das will Annie irgendwie nicht einleuchten. Wenn man hier ist, müsste man sich der geliebten Mutter doch eigentlich näher fühlen.

Als der Motor endlich verstummt, schickt Annie ein stilles Dankgebet in den Himmel.

»Weiter kommen wir mit dem Schneemobil nicht«, erklärt Curtis, als sie am Ufer anhalten und er das Gepäck auf einen Pferdekarren lädt. »Noch eine Woche Tauwetter, und die Straße sieht aus wie ein Martini auf Eis.«

Zwanzig Minuten später erreichen sie den kleinen Bungalow ihrer Tante in der Nähe der Ortsmitte.

»Annie, mein Schatz!« In flauschigen Pantoffeln stürzt Tante Kate nach draußen, die Verandatreppe hinunter, und schlingt die Arme um ihre Nichte. »Da bist du endlich!« Sie nimmt Annies Gesicht in die Hände und küsst sie auf die Wangen. »Komm! Gehen wir rein!« Kate bezahlt den Fahrer. »Danke, Curtis. Samstag brauchen wir dich wieder.«

Ein leckerer Duft von Kaffee, Holz und Vanille begrüßt Annie, als sie das Haus ihrer Tante betritt. Lächelnd atmet sie tief durch. Auch wenn sie in einem der elegantesten Apartmenthäuser Manhattans wohnt, findet sie, dass sich ein Heim eigentlich so anfühlen muss wie dieses hier. In jedem Winkel, auf jedem verfügbaren Platz hängen Kates Gemälde oder finden sich andere interessante Kunstobjekte. Auf den breiten Planken des Holzbodens liegen abgetretene Navaho-Teppiche eng aneinander. In einem steinernen Kamin in der Ecke prasselt ein Feuer.

»Lucy!« Annie nimmt Kates langhaarige Katze auf den Arm. Als ihr Großvater, den Inselbewohnern unter dem Namen Cap Franzel bekannt, sich von einem altmodischen Sessel erhebt, erschrickt sie.

»Gramps! Was machst du denn noch hier? Ist es nicht längst Schlafenszeit für dich?«

»Hab deine E-Mail bekommen.« Er schlurft zu seiner Enkeltochter und legt seine große Pranke auf ihren Scheitel. »Dachte, ich bleibe auf, um dich zu begrüßen. In meinem Alter wartet man nicht mehr bis zum nächsten Tag.«

Seine Stimme ist knarzig und barsch. Annie kann sich gut vorstellen, was für ein eindrucksvoller Frachtschiffkapitän er gewesen sein muss, ehe er sich zu einem Fährmann degradierte, der Touristen hin- und zurückbringt. Seine linke Gesichtshälfte ist gelähmt – eine Kneipenschlägerei, hat man ihr erzählt. Seitdem kann Cap nicht mehr lächeln.

»Der Mann mit dem irren Blick«, wie ihn die Inselkinder nennen, hat Kristen immer Angst gemacht. Annie hingegen konnte den weichen Kern unter seiner rauen Schale sehen. Sie drückt ihrem Großvater einen Kuss auf die grauen Bartstoppeln.

»O Gramps, das ist lieb von dir! Du hast mir gefehlt.«

Annies unverhohlene Zuneigung scheint den alten Mann jedes Mal aus dem Konzept zu bringen. Schnell lenkt er das Gespräch auf ein anderes Thema. »Wie geht es deiner Mutter?«

Die kaum verheilte Wunde in Annies Herz reißt wieder auf. Gramps vermisst seine Tochter. Annie vermisst ihre Mutter. Ihre Mutter vermisst Kristen. Ein Viereck der Sehnsucht. »Gut, denke ich«, sagt sie. »Eigentlich ist sie der Grund dafür, dass ich hier bin.«

Kate klopft neben sich aufs Sofa, und Annie macht es sich

dort bequem. Sie legt ihre Füße neben die von Kate auf die Ottomane und fasst für ihren Großvater noch einmal zusammen, was sie schon ihrer Tante erzählt hat.

»Seit Krissie nicht mehr da ist, ist Mom ein anderer Mensch geworden. Ich meine, ich wünsche mir ja auch, dass sie diesen Wettbewerb gewinnt, aber sie ist geradezu besessen davon. Deshalb habe ich gelogen und gesagt, das goldene Album und die Kommentare darin wären von Kristen. Ich hab es als Chance gesehen, ihr aufzuzeigen, wie sehr sie sich verändert hat. Zuerst hatte ich auch das Gefühl, damit zu ihr durchzudringen. Aber dann habe ich sie dummerweise gefragt, ob sie mit mir auf die Insel kommen will. Da ist sie total ausgeflippt. Sie wurde ganz unsicher und nervös. Wisst ihr, was sie gesagt hat? Hierherzukommen würde Kristen nicht zurückbringen. Das ist doch der Hammer, oder? Für Kristen würde sie alles tun, ich hingegen bin ihr scheißegal – 'tschuldigung, Gramps –, ich bin ihr völlig egal.«

»Ein verletzter Hund beißt schneller zu«, bemerkt ihr Großvater.

»Und wie sie zugebissen hat. Ich schwöre euch, sie bekommt gar nicht mit, ob ich überhaupt da bin.«

»Das stimmt nicht.« Kate grinst. »Ich wette, sie macht dich immer noch steuerlich geltend.«

Annie stößt ein trockenes Lachen aus. »Na klar. Wahrscheinlich ist sie gerade unterwegs und verkauft wieder eine Wohnung. Sie ist froh, dass ich weg bin. Wir reden kaum noch miteinander.«

Kate schüttelt den Kopf. »Kristens Tod hat sie wirklich furchtbar aus der Bahn geworfen.«

Annie beißt sich auf die Lippe. Nicht nur Kristens Tod beziehungsweise ihr Verschwinden, wie Annie es lieber ausdrückt. Sie denkt ein paar Jahre zurück, als sie noch zu dritt ins Kino oder spazieren gingen und am Samstagnachmittag eine Fahrradtour machten.

»Es fing an, als Krissie und ich letztes Jahr aufs College gingen.«

»Sie fühlte sich einsam«, bemerkt Tante Kate. »Das hat sie mir mal erzählt. Sie hatte Angst, depressiv zu werden. Als wir uns dann wieder sprachen, hatte sie sich komplett in die Arbeit gestürzt.«

»Die Frau ist ein Verdrängungskünstler«, bestätigt der Großvater. »War sie schon immer. Tut so, als wäre alles eitel Sonnenschein, und macht mit was anderem weiter. Als Kind hat sie oft gemalt.«

»Wenn wir sie schon analysieren«, sagt Tante Kate, »dann würde ich behaupten, dass sie sich bereits vor acht Jahren verändert hat, nämlich nach der Scheidung. Da hat sie das verloren, was sie sich immer gewünscht hat: eine Familie. Von da an hatte sie nur noch ein Ziel: reich zu werden.«

Eine verschollene Erinnerung taucht auf. Ein oder zwei Monate nach der Trennung der Eltern wechselten Annie und Kristen auf die teure Privatschule, an der ihr Vater sie unbedingt unterbringen wollte. Kristen und Annie nahmen am Herbstkonzert teil. Die Eltern waren zur Vorstellung am Nachmittag eingeladen, danach sollte es Punsch und Kuchen in der Aula geben.

Annie erinnert sich daran, mit Kristen und deren neuen Freundinnen zusammengestanden zu haben. Sie kicherten und tauschten Gemeinheiten über Schüler aus, die Annie nicht kannte. In dem großen Saal hielt sie Ausschau nach ihrer Mutter. Eltern in Anzügen und Kleidern schlenderten umher, die Frauen auf hohen Absätzen. Schon im zarten Alter von elf Jahren war Annie befangen, hatte das Gefühl, trotz der Schuluniform und der guten Noten niemals richtig zu diesen Menschen zu gehören.

Irgendwann entdeckte sie in der Menge das Gesicht ihrer Mutter. Sie war so erleichtert! Es störte Annie nicht, dass Erika zu spät gekommen war und den gesamten Auftritt verpasst hatte, weil sie in der Klinik arbeiten musste. Sie war da, allein das zählte.

»Annie! Kristen!«, rief ihre Mutter und kämpfte sich zu ihnen durch. Die dunklen Haare klebten ihr am Kopf, weil es draußen in Strömen regnete. Trotzdem sah sie hübsch aus in ihrem neuen grünen Blazer und der Hose aus dem Versandhaus.

»Wer ist das?«, fragte ein Mädchen mit ungläubigem Tonfall.

Annie drehte sich um und hatte sofort das Gefühl, sich verteidigen zu müssen. Sie sah die neugierigen Gesichter, die abschätzigen Blicke der Mädchen. Heidi Patrick sagte: »Guckt mal, die billige Tasche von der!«

»Ist das eure Mutter?«, fragte eine andere ins allgemeine Kichern hinein.

Als Annie das gerade bestätigen wollte, erwiderte Kristen: »Nein.« Ihre Stimme war sonderbar ausdruckslos. »Das ist unser Kindermädchen.«

Ihre Mutter stutzte, als hätte sie eine unsichtbare Hand getroffen. Dann riss sie sich zusammen und kam näher, diesmal mit mehr Ehrerbietung wie eine Untergebene.

Zwanzig Minuten später brachen sie auf. Kristen hielt sich zwei Schritte hinter Annie und ihrer Mutter. Sie sprachen nie wieder über diesen Zwischenfall.

Ein Schauder läuft über Annie hinweg. Sie sieht ihrer Tante in die Augen. »Ich denke, sie wollte, dass wir stolz auf sie sind. Das hat sie nämlich immer bezweifelt.« Der Gedanke, der Annie schon länger quält, ist ausgesprochen, ehe sie ihn zurückhalten kann: »Und sie wünscht sich, ich wäre in dem Zug gewesen, nicht Kristen.«

Kate nimmt ihre Hand. »Ach, Schätzchen, das ist doch Blödsinn! Deine Mutter liebt dich so sehr.«

Der Großvater mischt sich wieder ein: »Du meinst, du kommst erst an zweiter Stelle. Da hast du natürlich recht.«

Ein Brandeisen drückt sich in Annies Herz, sie nickt trotzdem.

»Dad!«, schimpft Kate. »Wie kannst du so was sagen! Annie war immer genauso wichtig wie Kristen!«

Ihr Großvater ist berühmt für seine Direktheit. »Unzensiert« nennt Tante Kate die Sprüche ihres Vaters. »Hartherzig« findet ihre Mutter ihn. In Annies Augen sagt der Alte die reine, ungeschminkte Wahrheit, und das gefällt ihr. Jedenfalls sonst.

»Kristen hat Privatunterricht und Musikstunden bekommen«, setzt er hinzu. »Sie durfte ins Ferienlager, ist die letzten zehn Jahre jeden Sommer hergeflogen, um eure Tante zu besuchen. Deine Mutter hat ihr schicke Sachen gekauft, ihr das College bezahlt.«

Annie schaut ins Feuer, orangerote Flammen umzüngeln die Birkenscheite. Natürlich hat ihre Mutter dasselbe für sie getan. Aber darum geht es nicht. Oder vielleicht doch? Ihr Großvater ist zu schlau. Es geht genau darum.

»Ich weiß, was du sagen willst. Ja, sie hat Krissie und mich gleich behandelt. Aber ich spreche nicht vom Materiellen, Gramps, sondern von der speziellen Verbindung zwischen den beiden. Ich war immer außen vor. Sie hat Kristen einfach mehr geliebt. So ist das.«

»Dann verrat mir mal«, erwidert ihr Großvater, »ab wann genau Gleichstand herrscht.«

»Wie meinst du das?«

»Was muss deine Mutter tun, damit sie vor deinen Augen Gnade findet? Soll sie ihre Stelle aufgeben? Soll sie sich aus diesem Wettbewerb zurückziehen, für den sie so viel geopfert hat? Das kommt mir ganz schön unfair vor.«

Annie gefällt nicht, wie sich das aus dem Mund ihres Großvaters anhört. Als würde sie ihre Mutter aburteilen und auf die Probe stellen. »Nein. Ich möchte nur, dass sie mir zuhört. Dass sie die richtigen Prioritäten setzt. Ich möchte, dass sie einen Gang zurückschaltet, dass sie mal spazieren geht, sich einen Film ansieht und so lacht wie früher. Ich möchte nur, dass sie …«, Annies Stimme versagt, sie wendet sich ab, »… dass sie wieder meine Mom ist.«

»Mit Krissie hast du deine beste Freundin verloren«, sagt Tante Kate. »Und jetzt fühlt es sich an, als wäre auch noch deine Mutter fort.«

»Genau«, bestätigt Annie und beißt sich auf die Lippe. Soll sie es wagen, den beiden zu sagen, was sie glaubt? »Es sei denn …«, beginnt sie vorsichtig, »… Kristen lebt noch.«

Ihr Großvater guckt sie finster an. »Red nicht so einen Blödsinn.«

»Annie«, sagt ihre Tante sanft, »das glaubst du doch selbst nicht.«

Sie schaut ihr tief in die Augen. »Ehrlich gesagt: doch.« Schnell zählt sie auf, was sie auch schon ihrer Mutter dargelegt hat: der fehlende Nagellack an den Händen, das sonderbare Verhalten am letzten Morgen, der gefälschte Ausweis. »Und deshalb bin ich hier. Kristen versteckt sich bei Wes Devon.«

Ihre Tante rutscht auf dem Sofa herum, als fühlte sie sich unwohl. »Hör mal, ich freue mich wirklich, dass du hier bist. Du hast zu lange allein zu Hause gehockt. Eigentlich finde ich« – Tante Kate lächelt sie traurig an –, »dass du mal einen Tapetenwechsel brauchst.« Sie beugt sich vor und nimmt Annies Hand. »Erinnerst du dich an Solène, die Frau, die im Juli immer das Haus auf der Klippe mietet? Sie hat eine Agentur für Au-pair-Mädchen in Europa und kann immer jemanden brauchen, der in letzter Minute einspringt. Manchmal bekommt ein Mädchen Heimweh, oder die Chemie zwischen dem Au-pair und der Gastfamilie stimmt nicht. Du hast mir doch erzählt, dass du dich letzten Herbst für eine Stelle beworben hast. Was ist daraus geworden?«

Annie zuckt mit den Schultern, möchte das Gespräch am liebsten beenden. Als würde sie ganz allein nach Europa gehen! »Ich hab's mir anders überlegt. Ich muss Krissie finden. Und meine Mutter braucht mich zu Hause.«

Ihr Großvater lacht höhnisch, seine Gesichtszüge verziehen

sich zu einem schiefen Grinsen, das gleichzeitig ein Stirnrunzeln ist. »Die letzten zwanzig Minuten hast du nur über deine Mutter rumgejammert. Na los! Such dir einen Job! Das wird mit Sicherheit euch beiden guttun.«

Annie reckt das Kinn vor. »Ich bin jetzt erst mal ein paar Tage hier und habe nicht vor, mit ihr zu sprechen. Ich hoffe, dass sie sich verändert hat, wenn ich zurückkomme.«

»Ha«, macht ihr Großvater. »Da kannst du genauso gut auf ein Wunder warten. Deine Mutter wird sich nicht in ein unbekümmertes Mädchen verwandeln, nur weil ihre Tochter mal ein paar Tage Verstecken spielt. Um sich zu ändern, braucht sie einen besseren Grund.«

Annies Laune sackt in den Keller. Sie stößt einen Seufzer aus. Vielleicht haben ihr Großvater und ihre Tante ja recht. Sie hat ihre Schwester *und* ihre Mutter verloren. Und sie ist nicht sehr zuversichtlich, auch nur eine von beiden wiederzufinden.

10

Annie

Der Mittwochmorgen ist so klar und hell wie die Augen eines Neugeborenen. Annie atmet die ungewohnt milde Luft ein. Während ihre Tante im Café Seabiscuit arbeitet, wandert sie hinauf zur West Bluff Road, hoch über der Stadt.

Als sie dort ankommt, hat sie längst den Mantel um die Hüfte geschlungen und die Ärmel hochgeschoben. Sie bleibt stehen, reibt sich die stechende Seite und schaut an dem gewaltigen weiß getünchten Haus der Devons empor. Ob Kristen sich wirklich dort vor der Welt versteckt? Ist sie nicht in den Zug gestiegen letztes Jahr im August, sondern hat ein Flugzeug hierher genommen, wie sie es angedeutet hatte? Ob sie Annie jetzt vom Erkerfenster im ersten Stock aus sieht?

Annie kann nicht umhin, das prächtige alte Gebäude zu bewundern. Calyx House steht auf einem Felsvorsprung über der Bucht, seit vier Generationen die Sommerresidenz der Familie Devon. An diesem Wintertag sieht es seltsam aus, wie ein Model ohne Make-up. Noch fehlen die roten Geranien in den weißen Blumenkästen; der im Sommer so prächtige Garten und die sorgfältig gepflegten Rasenflächen wirken kahl und gelblich, teilweise sind sie noch verborgen unter Schneematsch.

Annies Herz schlägt schneller. Sie nimmt den kopfsteingepflasterten Weg, steigt die Stufen empor und hält dabei Ausschau nach einem Lebenszeichen. Ihre Schwester ist dort drin. Muss sie sein. Wo sollte sie sonst sein, wenn Wes hier den ganzen Winter allein an einer Studie für die Uni gesessen hat?

Die glänzenden grünen Bodendielen auf der breiten Veranda quietschen, als Annie zur Tür geht. Sie späht durch die Butzenscheiben, doch die gewölbten Gläser lassen keinen Blick ins Innere zu. Bevor sie auf die Klingel drückt, hält sie noch einmal inne und sammelt sich.

Sie hat keine Ahnung, wie Wes reagieren wird. Nicht dass sie Angst vor ihm hätte. Es ist eher Schüchternheit, und zwar nicht nur weil er schon zweiundzwanzig ist. Wes Devon ist einfach ein bisschen zu perfekt. Kristen sagte immer, er gehöre zum 3-G-Club: Gene, Geld und gutes Aussehen. Bei Jungs aus diesem illustren Verein hat Annie das Gefühl, Mitglied im 3-S-Club zu sein: scheu, schüchtern, stumm.

Als ihre Schwester im vergangenen Sommer den Mund nicht halten konnte und Wes erzählte, dass Annie Gedichte schreibe, verdrehte er tatsächlich die Augen.

»Ernsthaft? So wie Taylor Swift? Oder wie Dr. Seuss?«

Annies Nackenhaare richteten sich auf. »Eigentlich schreibe ich eher in der Art von Sylvia Plath.«

Wes hob die Augenbrauen. »Super Vorbild. Die Alte hat sich doch umgebracht.«

Annie holt tief Luft und drückt auf die Klingel. Sie will sich nicht von ihm verunsichern lassen. Sie braucht Antworten.

Gute dreißig Sekunden vergehen, bis die schwere Tür aus Walnussholz aufgeht. Wes steht in der Eingangshalle, das dunkle Haar zerzaust, als wäre er gerade aus dem Bett gestiegen. Er trägt eine zerrissene Jeans und ein verblichenes T-Shirt mit dem Aufdruck des exklusiven Saint-Barth-Yacht-Clubs. Bei jedem anderen würde Annie das Shirt für ein billiges Souvenir halten. Doch bei Wes? Er könnte wirklich Mitglied sein.

»Anna?« Er verzieht fast das Gesicht. »Was willst du denn hier?«

»Ich heiße Annie.« Sie drängt sich an ihm vorbei und reicht ihm ihren Mantel. »Wir müssen reden.«

Man muss Wes zugutehalten, dass er nicht widerspricht. »Du hast mich gerade noch erwischt«, sagt er und wirft ihren Mantel über das Treppengeländer. »Ich fahre heute Abend zurück an die Uni.«

Er führt sie durch einen pastellfarbenen Raum nach dem anderen bis in eine weiße Landhausküche, die der Fernsehköchin Martha Stewart zur Ehre gereichen würde.

»Kaffee?« Er holt zwei Becher aus dem Schrank.

»Ähm, ja, danke.« Annie räuspert sich, versucht, sich an das zu erinnern, was sie sagen wollte. Sie hat sich etwas zurechtgelegt, das vernünftig klingt und ihm keine Angst macht. Besonders den einen Satz muss sie hinbekommen, sie will ihn bestimmt, aber nicht vorwurfsvoll aussprechen. Doch ihr Kopf ist leer. Sie sagt einfach, was ihr in den Sinn kommt.

»Wo ist meine Schwester?«

Wes dreht sich um, die Milch in der Hand. »Wie bitte? Ich dachte, damit wären wir durch.«

Annie drückt die Schultern nach hinten. »Wo ist sie, Wes? Kristen wollte zu dir, das weiß ich.« Sie schaut sich um. »Sie ist hier, nicht wahr?«

Er gibt ein Geräusch von sich, das irgendwo zwischen Schnauben und Schmunzeln liegt. »Anna – Annie –, deine Schwester ist tot. Das hast du mir selbst gesagt. Oder hast du dir das etwa nur ausgedacht?«

Sie schüttelt den Kopf. »Nein. Das Zugunglück ist wirklich passiert. Kristen hätte eigentlich in dem Zug sitzen müssen. Saß sie aber nicht. Ich weiß, dass es sich verrückt anhört, aber sie lebt. Das spüre ich.«

Wes stößt die Luft aus. »Setz dich!« Er stellt einen Kaffeebecher vor Annie auf den Tisch, zieht einen Stuhl heran und hockt sich rittlings darauf. »Jetzt erzähl mal, was wirklich los ist.«

Annie muss schlucken. »Ich glaube nicht, dass sie tot ist.« Sie nimmt den Kaffeebecher in die Hände, damit sie nicht so stark zittern. »Es gibt zu viele Anhaltspunkte dafür, dass Kristen noch lebt.« Sie sieht ihm in die Augen. »Sie war manisch-depressiv, Wes.«

Annie beobachtet ihn, rechnet damit, dass er überrascht ist. Stattdessen nickt er. »Hab ich mir gedacht.«

Erneut muss sie schlucken. »An dem letzten Morgen war sie total aufgedreht. Sie hat immer wieder gesagt, dass sie dich sehen müsste. Und es kommt oft vor, Wes, dass nach einem schlimmen Unglück Identitäten vertauscht werden. Krissie lebt und braucht mich, das spüre ich.«

Er wendet sich ab und atmet tief durch. »Sie fehlt mir.«

Annies Herz schmilzt. »Du hast sie wirklich geliebt.«

Er fährt sich durch die Haare. »Nee … keine Ahnung. Ehrlich gesagt, weiß ich nicht, ob ich überhaupt jemanden lieben kann. Kristen war sauer, weil ich ihr nie eine Liebeserklärung gemacht habe. Aber ich konnte einfach nicht.«

Er schaut Annie an. Glaubt er wirklich, dass ein pummeliges Mädchen wie sie, die in ihrem ganzen Leben genau ein Date hatte, das auch noch furchtbar verlief, sich mit solchen Sachen auskennt? Annie redet sich immer ein, dass sie eines Tages den einen Menschen finden wird, den zu lieben sie bestimmt ist. Bis jetzt hat sich ihr Seelenverwandter leider verdammt gut versteckt.

»Ich wollte ihr das erst sagen, wenn ich mir hundertprozentig sicher bin«, fährt Wes fort. »Jetzt denke ich, ich hätte es doch machen sollen. Ich meine, sie wäre so glücklich gewesen.«

»War schon richtig so. Die Frauen in meiner Familie legen großen Wert auf die Bedeutung von Worten. Es wäre falsch gewesen, Kristen in die Irre zu führen.«

»Trotzdem, als sie das mit dem Baby erfuhr, da war alles …« Annie stößt einen erstickten Schrei aus. Wes schließt die Augen. »Scheiße. Du wusstest es nicht.«

»Soll … soll das heißen, dass Kristen schwanger war?«

Wes' Adamsapfel hüpft. »Ich dachte, sie hätte dir alles erzählt.«

Tränen treten Annie in die Augen. »Dachte ich auch.«

Wes lehnt sich zurück und pustet die Luft aus. »Es war nicht schön. Sie ist total ausgeflippt. Aber wir haben uns um alles gekümmert.«

»Was heißt das: *um alles gekümmert*?« Annie hält sich die Ohren zu. »Nein. Ich will es nicht hören.« Sie schaut ihn an, atmet hektisch. »Ist sie hier, Wes? Versteckst du sie bei dir?« Annie sucht den Raum ab. »Kristen!«, ruft sie. »Ich weiß, dass du da bist. Komm runter, sofort!«

Wes umklammert ihre Handgelenke und sieht ihr direkt in die Augen. »Annie, ich schwöre, ich sage die Wahrheit. Wirklich. Du kannst gerne das ganze Haus durchsuchen. Wieso sollte ich sie verstecken, kannst du mir das verraten?«

Annie wischt sich die Tränen von den Wangen, kommt sich dumm vor und ist immer noch schockiert. »Weil sie schwanger ist. Weil ihr beide ein Kind bekommt und sie nicht will, dass es jemand weiß. In welchem Monat ist sie?«

Wes nimmt einen Apfel aus einer Keramikschale, betrachtet ihn, dreht ihn in den Händen. »Es war das Wochenende vom vierten Juli. Sie … wir … sind das Risiko einfach eingegangen.«

Schnell rechnet Annie. »Also ungefähr achter Monat«, sagt sie eher zu sich selbst. Sie blickt auf ihren Schoß, knibbelt an der Nagelhaut ihres Daumens. »Du hast eben gesagt, du hättest ihr geholfen, sich um alles zu kümmern. Hatte sie das Kind denn noch?«

Vorsichtig legt er den Apfel in die Schale zurück. »Ja.«

Annie stößt die Luft aus. »Meine leibliche Mutter hätte mich fast abgetrieben.«

»Ich weiß. Aus dem Grund hat deine Schwester diese Möglichkeit auch nicht in Erwägung gezogen.« Bei dem Wort »Möglichkeit« malt er Gänsefüßchen in die Luft. »Sie hat gesagt, sie würde sich nicht mehr im Spiegel ansehen können, wenn sie wüsste, dass sie der Welt einen Menschen wie dich vorenthalten würde.«

Es kribbelt in Annies Nase, sie legt die Finger auf ihr bebendes Kinn. »Ich habe sie so geliebt. Ich hätte netter zu ihr sein sollen, verständnisvoller. An dem Morgen bin ich nicht auf sie eingegangen, sondern habe sie gedrängt zu fahren.«

»Schuldgefühle sind scheiße.« Wes schüttelt den Kopf, als wollte er eine hässliche Erinnerung loswerden. »Als wir uns das letzte Mal gesehen haben, hatten wir einen riesigen Streit. O Mann, ich war so ein Arschloch. Ich hab sie aufgefordert, wortwörtlich, die Sache aus der Welt zu schaffen. Kristen war stinksauer. Als sie weg war, hab ich ihr ein Päckchen geschickt, mit ziemlich viel Geld.«

Annie starrt Wes an. »Das Geld hat sie bestimmt noch. Davon lebt sie! Könnte man damit, sagen wir mal, ein Jahr lang auskommen?«

Er nickt verlegen. »Locker.«

Schuldgefühle haben ein dickes Preisschild.

»Gut, nehmen wir mal an, sie lebt. Wenn sie sich irgendwo verstecken würde, wo wäre sie dann?«, fragt Annie.

»Hör auf! Sie ist nicht …«

»Wo?« Annies Stimme ist hart wie Stahl. »Kristen ist emotional instabil und ganz allein. Sie könnte in Gefahr sein, Wes.«

»Hör zu, Annie. Sie versteckt sich nicht. Sie hätte es dir gesagt, wenn …«

»An jenem Morgen wollte sie mir etwas erzählen, das stimmt, aber sie hat es nicht getan.« Die Erinnerung an ihr letztes Gespräch – Kristens Beharren, dass Annie sich von ihrer Mutter lösen müsse – steigt wieder in ihr auf. Auf einmal ergibt alles einen Sinn.

»Sie hatte Angst, dass ich es unserer Mutter sage«, murmelt

sie vor sich hin. »Aber das tue ich nicht. Im Moment rede ich überhaupt nicht mit ihr. Das muss Kristen erfahren. Wenn ich sie nur finden könnte.« Sie schaut Wes an. »Irgendeinen Anhaltspunkt musst du doch haben. Denk nach!«

Er öffnet den Mund, macht ihn wieder zu.

Annie reißt die Augen auf, beugt sich vor, bis ihr Gesicht nur Zentimeter von seinem Gesicht entfernt ist. »Was? Was wolltest du sagen?«

Wes schüttelt den Kopf. »Nichts. Ich will dir keine falschen Hoffnungen machen.«

Sie umklammert seinen Arm. »Was? Nun sag schon, verdammt nochmal!«

»Scheiße!« Er reibt sich übers Gesicht. »Sie hat immer gesagt – nicht dass es was bedeutet –, aber sie meinte immer: ›Komm, lassen wir alles hinter uns und gehen nach Paris!‹«

Am selben Abend sitzt Annie auf ihrem Bett, vor sich den Laptop. Sie knabbert an ihrem Daumennagel und liest die E-Mail noch einmal durch. Fast kann sie nicht glauben, dass Tante Kates Freundin so schnell geantwortet hat. Denn erst am Vormittag hatte Annie ihr geschrieben, nach dem Besuch bei Wes. Sie hatte angenommen, eine Woche oder länger Zeit zu haben, um es sich zu überlegen. Aber schon ist die Antwort da.

An: AnnieBlair@gmail.com
Von: SolèneDuchaine@EuropeanAuPair.com

Liebe Ms Blair,
es hat mich sehr gefreut zu erfahren, dass Sie über European Au-pair eine Stelle suchen. Aufgrund des späten Datums und Ihres Wunsches, im August in die USA zurückzukehren, ergibt sich in der von Ihnen bevorzugten Stadt Paris nur eine Möglichkeit, und zwar bei einer amerikanischen Familie, einem

alleinerziehenden Vater und seiner fünfjährigen Tochter. Die Stelle ist erst gestern frei geworden.

Annie erschaudert. Es fühlt sich an, als würde Kristen sie aus der Ferne nach Paris locken, um gefunden zu werden. Sie hat ihre Schwester noch im Ohr, ihre Aufforderung, etwas aus ihrem Leben zu machen. Schon damals sprach sie von Paris. Hat Kristen an jenem letzten Tag den Samen gesät in der Hoffnung, Annie würde sie suchen kommen?

Professor Thomas Barrett von der Georgetown University absolviert bis zum zehnten August an der Sorbonne ein Sabbatjahr. Wir müssen darauf hinweisen, dass Professor Barretts Tochter als »Herausforderung« gilt.

Die Stelle muss umgehend besetzt werden, daher brauchen wir schnellstmöglich Antwort von Ihnen. Sollten Sie Interesse haben, müssten Sie innerhalb von einer Woche in Paris sein, spätestens am neunten März.

Falls Sie auch früher eintreffen können, genügt eine kurze Mitteilung. Wie schon erwähnt, hat Professor Barrett momentan keine Betreuung für seine Tochter.

Mit freundlichen Grüßen
Solène Duchaine

Annie stöhnt. Bei der Vorstellung, in den nächsten fünf Monaten in Frankreich zu leben, ohne dort jemanden zu kennen oder gar die Sprache zu sprechen, bekommt sie Magenkrämpfe. Das Kind soll also eine Herausforderung sein, eine nette Umschreibung für einen absoluten Tyrannen. Aber Annie muss es tun. Für Kristen.

Ja, ich nehme die Stelle in Paris bei Professor Barrett und seiner Tochter an. Ich treffe dort am nächsten Mittwoch, den neunten März, ein.

Sie drückt auf *Senden* und läuft ins Bad, um sich zu übergeben.

11

Erika

Es ist Viertel nach sieben am Freitagabend, als ich im Aufzug stehe und hinab ins Parkhaus fahre. Ehrlich gesagt war es ein beschissener Tag. Hoch zehn.

Als würde mich Annies Abwesenheit nicht schon nervös genug machen, gehe ich unseren hässlichen Streit so lange durch, bis sich ihre Worte in mein Gehirn einbrennen. Um mich auf noch düsterere Gedanken zu bringen, grübele ich abends über den Kommentaren in Kristens Sprüchebuch. Meine Töchter wollten beide, dass ich mich ändere. Ich werde mich ändern. Bald. Aber leider kann ich das Tempo jetzt nicht drosseln, so alleine, wie ich bin. Denn wenn ich den Fuß vom Gas nehme, selbst nur kurz, ist die Gefahr zu groß, einfach ganz stehen zu bleiben und nie wieder in Gang zu kommen. Davor habe ich Angst, genau wie vor der Insel. Eines Tages werden die Mädchen das verstehen.

Ich steige aus und schließe den Wagen ab. Auf dem Weg durch das Parkhaus schaue ich nach neuen Nachrichten in der Hoffnung, Annies Namen zu lesen. Aber ich finde nur die üblichen Geschäftsmemos, unter anderem eine E-Mail von Carter. Seit heute Morgen bin ich als eine von 13 000 Maklern in Manhattan offiziell unter den ersten Fünfzig.

Jetzt nicht nachlassen! Noch acht Wochen, dann ist die Sache gelaufen!

Mein »altes Ich«, wie Annie es ausdrückt, hätte jetzt gejubelt und wäre nach oben gerast, um den Mädchen die gute Botschaft zu verkünden. Wie war es noch, sich so zu freuen? Ich scrolle im Posteingang nach unten, und eine neue E-Mail fällt mir ins Auge. Ich drücke auf die Taste für den Aufzug, dann lese ich die Absenderadresse: *Wunder-gesucht@iCloud.com*.

Den Finger schon auf dem Löschen-Button, weil ich vermute, die Nachricht stamme von irgendeinem Betrüger, der mir mit dubiosen Geschäften Millionen Dollar Gewinn verspricht, lässt die Betreffzeile mich innehalten: *Tochter vermisst*. Ich öffne die Mail.

Ein kluger Forscher prüft seine letzte Reise, bevor er sich auf die nächste begibt.

Die Härchen an meinen Armen stellen sich auf. Das ist ein Zitat meiner Mutter. Als ich mit sieben einmal großen Kummer hatte, weil meine Freundin Nicole Utukpe aus mir unverständlichen Gründen sauer auf mich war, hatte Mom den Zettel in meine Butterbrotdose gelegt. Die Erklärung für Nicoles Unmut war einfach: Ich hatte eine neue Freundin gefunden, und Nicole fühlte sich zurückgesetzt. Als mich meine Mutter an jenem Abend ins Bett brachte, erklärte sie mir, was der Satz bedeutet.

»Meinungsverschiedenheiten begleiten uns ein Leben lang, Erika, mal größere, mal kleinere. Wir streiten mit Freundinnen und Freunden, vielleicht irgendwann mit unserem Mann und den eigenen Kindern. Manchmal wird man richtig wütend und bekommt sich in die Haare. Am wichtigsten ist aber, anschließend über die Auseinandersetzung nachzudenken, zu überlegen, was man falsch gemacht hat – denn irgendwas macht man immer verkehrt, meine Süße. Man muss zu seinen Fehlern stehen und sie wiedergutmachen, damit man sie nicht wiederholt. Wenn man nichts dagegen tut, dann ist es so, als würde man in einen zerbrochenen Spiegel blicken. Du kannst zwar dein Gesicht erkennen, aber all die Sprünge verzerren dein Ebenbild.«

Was hat das mit der Betreffzeile zu tun? Ich sehe mir die Absenderadresse genauer an. Da sucht jemand ein Wunder.

Ich schlage die Hand vor den Mund. Kristens Geburt war ein Wunder: Wir hatten nie erwartet, dass wir je ein leibliches Kind bekommen würden.

Der Aufzug hält, ich reagiere nicht. Mit zitternden Fingern tippe ich auf die Tastatur. *Wer bist du?*

Ich drücke auf *Senden* und starre mit klopfendem Herzen aufs Display, warte auf eine unmittelbare Antwort. Doch es kommt nichts. Ich schreibe noch eine zweite Nachricht: *Das verstehe ich nicht. Was willst du mir damit sagen?*

Wieder drücke ich auf *Senden*. Kurz darauf kündigt das Telefon einen Posteingang an.

Beachte die Worte! Nur dann wird die Liebe, die du verloren hast, zu dir zurückkehren.

Die Liebe, die ich verloren habe? Ich habe Kristen verloren. Will sie zu mir zurück? Erschrocken wirbele ich herum, rechne fast damit, jemanden hinter mir zu sehen, zwischen den Betonsäulen lauernd, mir nachschnüffelnd.

»Kristen?«, rufe ich. Mein Blick schweift durch das Parkhaus.

Eine Pärchen kommt um die Ecke. Ich schaue beiseite. Was stimmt bloß nicht mit mir? Ich schüttele den Kopf. Nein, ich reiße mich jetzt zusammen. Ich bin ein rationaler Mensch.

Warum glaube ich dann bloß, dass ich gerade eine E-Mail von einem Geist erhalten habe?

Ich lege meine Schlüssel auf den Tisch im Eingang und ziehe die hohen Schuhe aus. Nachlässig werfe ich den Mantel über einen Haken an der Garderobe, laufe den Korridor hinunter, vorbei an den geschlossenen Türen meiner Töchter, und in mein Schlafzimmer, direkt zum Nachttisch. Dort finde ich Kristens Sprüchealbum, wo ich es gestern Abend abgelegt habe.

Ich blättere darin herum, bis ich das Zitat finde.

Ein kluger Forscher prüft seine letzte Reise, bevor er sich auf die nächste begibt.

Darunter hat Kristen eine Bemerkung geschrieben:
Wir bitten sie jedes Jahr, uns zu begleiten, aber sie ist einfach zu feige.
Ich erschaudere. Sie spricht von Mackinac Island.

12

Erika

Der Himmel ist dunkel, auf den Straßen liegt Schneematsch. Im Taxi zu Brians Wohnung in Midtown rufe ich Bruce Bower an, den Privatdetektiv.

Ich habe ihn im vergangenen Herbst engagiert, wenige Wochen nach der Einäscherung, weil ich hoffte, mit seinen Ergebnissen Annie endlich ihren inneren Frieden verschaffen zu können. Als ich Bower sagte, ich bräuchte einen Beweis für Kristens Tod, sah er mich an, als hätte ich gerade verkündet, Elvis würde noch leben, und sagte mir geradeheraus ins Gesicht, ich würde mein Geld verschwenden – das er natürlich trotzdem gerne nahm.

»Danke, dass Sie drangehen«, sage ich. »Und entschuldigen Sie, dass ich Sie an einem Freitagabend belästige, aber ich habe gerade eine seltsame E-Mail erhalten.« Ich zögere kurz, dann fahre ich fort: »Ich glaube, sie ist von Kristen.«

Ich berichte ihm von der geheimnisvollen Nachricht und wie ich den Namen des Absenders deute.

»Leiten Sie sie an mich weiter«, sagt er. »Ich müsste die IP-Adresse eigentlich herausbekommen können. Zumindest wissen wir dann, wo der Absender sitzt.«

»Danke.« Mir ist schwindelig vor Aufregung. »Das ist einfach … unglaublich.«

»Erika«, sagt er, »ich möchte Sie warnen, das für bare Münze zu nehmen. Diese Nachricht könnte von jedem stammen, hören Sie?«

Nein, möchte ich sagen. Sie ist von Kristen, meiner manchmal leichtsinnigen, abenteuerlustigen Tochter. Annie hatte doch die ganze Zeit recht. Kristen lebt, spielt ein kindisches Versteckspiel mit uns, fordert mich auf, sie zu suchen. Bower kennt Kristen nicht, deshalb will er mir nicht glauben.

»Ich leite sie an Sie weiter.« Und dabei belasse ich es.

Zwanzig Minuten später bin ich in der Lobby des Hauses, in dem Brian wohnt. Mein Handy klingelt. Ja! Bruce Bower. Mein Puls beschleunigt sich.

»Hallo, Bruce! Haben Sie die IP-Adresse schon gefunden?«

»Nicht so ganz. Der Absender benutzt ein VPN in Dänemark.«

»Sie ist in Dänemark?« Meine Gedanken überschlagen sich.

»Nein, nein. Der Absender bedient sich eines virtuellen privaten Netzwerks. Letztendlich ist das ein Ghost-Server, den man nutzt, um den eigenen Standort zu verschleiern.«

Mein Mut sinkt. »Das heißt, Sie können den Code nicht knacken?«

»Nein. Solche Netzwerke rühmen sich, völlig wasserdicht zu sein. Da kommt nicht mal die NSA rein.«

Ich schließe die Augen. »Wir wissen also genauso wenig wie vorher, wer *Wunder-gesucht* ist.«

»Richtig, aber es hilft uns, ein Profil des Absenders zu erstellen. Aufgrund der Tatsache, dass er ein VPN nutzt, nehme ich an, dass es sich um jemanden handelt, der unter vierzig ist. Wahrscheinlich jemand, der um die Jahrtausendwende geboren wurde.«

Ich denke an Kristen, geboren im Jahr 1996 ... und sehr versiert in Computerdingen. »Und technikaffin, oder?«

»Nicht unbedingt. Die meisten jungen Leute kennen sich mit VPNs aus. Sie benutzen sie schon lange, um Musik, Spiele und so runterzuladen – alles, wobei sie ihre Identität geheim halten wollen.« Er hält kurz inne. »Ich weiß, wie groß die Versuchung ist, einfach anzunehmen, dass die Nachricht von Kristen kommt.

Sie wünschen sich, dass sie lebt. Objektiv betrachtet, würde ich allerdings sagen, dass es sehr, sehr unwahrscheinlich ist.«

»Danke«, erwidere ich. »Aber Objektivität ist nichts gegen den Instinkt einer Mutter.«

Brian öffnet die Tür zu seinem Apartment. Sein blondes Haar ist frisch geschnitten, die Frisur verleiht ihm ein jungenhaftes Aussehen, ein Gegensatz zu seiner ernsten schwarzen Brille, und er trägt eine blassblaue OP-Hose. »Wie Clark Kent in der Telefonzelle«, lästert Annie gerne über ihren Vater, den Herzchirurgen – und über seine Bewunderinnen. »Kaum zieht er die OP-Montur an, ist er George Clooney. Wissen die Frauen denn nicht, dass im Krankenhaus selbst die Pfleger solche Sachen tragen?«

»Erika!« Brian gibt mir einen Kuss auf die Wange. »Komm rein!«

Anders als in meiner Wohnung auf der Upper West Side, die trotz der Mädchen immer aufgeräumt, ja makellos gepflegt ist, herrscht in Brians Apartment große Unordnung. Im Maklerjargon nennt man so was »gemütlich«. Er nimmt mir den Regenmantel ab und hängt ihn an den Türknauf.

Wir gehen durch die Küche in ein taupefarbenes Esszimmer, wo sich auf einem Glastisch Päckchen und ungeöffnete Briefe stapeln. In unserer Ehe hatte ich immer ein Problem damit, dass Brian manchmal wochenlang seine Post ignorierte. Den Mengen auf dem Tisch nach zu urteilen macht er sie jetzt das erste Mal seit Monaten auf.

Ich folge ihm ins Wohnzimmer. Auf dem Flachbildfernseher an der Wand läuft irgendein Krimi. Brian stellt ihn leiser. »Möchtest du was trinken?«

»Nein, danke.« Ich halte mein Smartphone in der Hand. »Will nicht lange bleiben. Ich wollte dir nur diese E-Mail zeigen, die ich eben bekommen habe.« Ich reiche ihm das Handy und beobachte ihn, während er die Nachricht von *Wunder-gesucht* liest.

»Hm«, macht er und gibt mir den Apparat zurück.

Ich zwinge mich, ihm in die Augen zu sehen. »Die ist von Kristen.«

Sein Gesicht wird düster, in seinem Blick liegt eine Mischung aus Schmerz und Mitleid.

»Ich weiß, was du denkst«, sage ich, bevor er etwas erwidern kann. »Glaub mir, ich habe auch gedacht, Annie spinnt. Aber sie hat sich damit auseinandergesetzt, Brian. Es gibt viele nachgewiesene Fälle vertauschter Identitäten. Und jetzt diese geheimnisvolle Mail.«

»Die Nachricht ist nicht von Kristen«, sagt er, überzeugt wie immer. Im ersten Moment würde ich ihm am liebsten das Gesicht zerkratzen.

»Wer sonst soll *Wunder-gesucht* sein?«, frage ich. »Alle haben nach der Geburt gesagt, Kristen wäre ein Wunder. Später hat sie selbst ihre Witze darüber gemacht. Und dann der Betreff: *Tochter vermisst.* Von wem sonst soll die Mail kommen?«

Brian atmet tief durch. »Erika, meine Liebe, das ist nicht gesund.« Er greift nach meinem Arm, wie ein Vater, der ein überdrehtes Kind zur Einsicht bringen will. »Ich weiß, dass es schwer ist, aber du musst es akzeptieren, Erika. Unsere Tochter ist nicht mehr da.«

Ich reiße mich los und schlage die Hand vor den Mund. Seine Worte kommen mir bekannt vor. So ähnlich erklärte ich meinen elfjährigen Töchtern nach Brians Auszug, dass man die Trennung hinnehmen müsse. Bevor ich mich zusammenreißen kann, schluchze ich auf. Ich will hier nicht weinen, verdammt nochmal! Ich muss Brian beweisen, dass ich gefasst bin. Psychisch gesund.

»Von wem ist sie dann?« Ich wedele mit dem Handy vor seinem Gesicht. »Wer hat mir das geschickt?«

Brian sieht mich an, als wäre ich schwer von Begriff. »Annie natürlich!«

Ich mache einen Schritt nach hinten, als hätte er mich geschlagen. »Annie? So gemein wäre sie niemals.«

»Schatz, sie gibt ja nicht vor, Kristen zu sein. Sie schickt dir nur eine Nachricht, auf ihre verquere Art. Sie streckt die Hand nach dir aus. Wünscht sich, dass du auf sie zugehst.«

Ich reibe mir die Schläfen. Diese Idee war mir noch gar nicht gekommen, ich hatte nur eine Möglichkeit gesehen, mich völlig verrannt. »Möglich wäre es schon.« Ich stoße einen Seufzer aus und schäme mich dafür, wie enttäuscht ich bin.

»Sie war stinksauer auf dich. Sie hat mir erzählt, du hättest sie einfach abblitzen lassen, als sie dich gebeten hat, mit ihr auf die Insel zu fahren. Aber das hat sich ja inzwischen erledigt, sie hat es auch ohne deine Unterstützung hinbekommen«, sagt Brian.

»Was meinst du damit?«

»Na, du weißt schon, nach Kristen suchen! Annie glaubt, sie würde sich im Sommerhaus ihres Freundes verstecken.«

»Ach du meine Güte.« Meine Gedanken verheddern sich. Ob Annie mehr weiß als wir? »Ich muss los«, sage ich und reibe über die Gänsehaut auf meinen Armen.

Brian hebt eine Augenbraue. »Willst du nach Mackinac Island?«

Mein Magen zieht sich nervös zusammen. »Ja. Annie braucht meine Hilfe.«

»Wobei?«

»Brian, was ist, wenn sie doch die ganze Zeit recht hatte? Wenn sich Kristen wirklich auf Mackinac versteckt? Ich muss Annie helfen, sie zu finden.«

Er schüttelt den Kopf. »Nein. Was du tun musst, ist Annie finden und sie überzeugen, mit dieser albernen Suche nach ihrer Schwester aufzuhören. Je eher ihr beide das akzeptiert, umso besser. Glaub mir!«

»Aber Kristen könnte noch leben, Brian. Das ist nicht ausgeschlossen.«

Eine Weile sieht er mich an, dann nickt er. »Das würde bedeuten, dass ich es verbockt habe.« Sein Gesicht verzieht sich, er wirkt niedergeschlagen. Brian sinkt aufs Sofa und lässt den Kopf hängen. Ich setze mich neben ihn und lege ihm die Hand auf die Schulter.

»Hey, hör auf. Das ist doch nicht deine Schuld.« Ich reibe ihm über den Rücken. »Es kann doch sein, dass wir beide einen Fehler gemacht haben. Ich stand dermaßen neben mir, dass ich kaum in der Lage war, auf diese Fotos zu gucken, schon gar nicht auf die von ihrem Gesicht. Ich habe alles an dem lila Nagellack festgemacht. Hast du eine Ahnung, wie viele Mädchen mit lila Nagellack herumlaufen?«

»Und was genau schlägst du jetzt vor?« Brian klingt defensiv. »Sie wurde eingeäschert. Ein DNA-Test ist nicht mehr möglich.« Dann ändert sich sein Gesichtsausdruck, er schlägt sich auf die Oberschenkel, wie immer, wenn er einen Entschluss gefasst hat. »Nein. Ich weigere mich, meine eigene Entscheidung anzuzweifeln. Ich kenne meine Tochter. Es war Kristen auf den Fotos, so gerne wir es auch leugnen würden.«

Ich sehe Brian in die Augen und kann die furchtbare Last, die er trägt, fast selbst spüren. Ich bin hin- und hergerissen. Einerseits möchte ich ihm versichern, dass er recht hatte, andererseits möchte ich ihn in Frage stellen. Ich spreche mit sanfter Stimme. »Wieso bist du dir so sicher, Brian? Es muss irgendwas gegeben haben, irgendeine Kleinigkeit, die dir verraten hat, dass es ohne jeden Zweifel deine Tochter ist.«

Er nickt. »Es gab ein Foto von ihrer Halskette. Das hast du nicht mehr gesehen. Ich habe ihr diese Kette zum dreizehnten Geburtstag geschenkt.«

Mir wird kalt. Er spricht von dem beliebten Anhänger mit der Prägung *Return to Tiffany*, den man bei vielen jungen Mädchen sieht. Brian hatte ihn Kristen vor Jahren gekauft. Es muss Hunderte, wenn nicht Tausende von neunzehnjährigen Blondinen mit dieser Kette geben. Darüber hinaus würde ich mein gesamtes Hab und Gut darauf verwetten, dass sie in Kristens Frisierkommode liegt, genau da, wo sie sie schon seit einigen Jahren verwahrt. Ich habe Kristens Stimme noch im Ohr: »Als würde ich eine Kette tragen, mit der jedes Mädchen in Amerika herumläuft.«

»Brian, pass mal auf!«

»Sie hat diese Kette wirklich geliebt«, sagt er.

Er hört nicht zu. Nie! Ich wappne mich für die Auseinandersetzung. Doch als ich ihm widersprechen will, lässt mich die Zärtlichkeit in seinem Blick innehalten. Sein Gesicht wirkt friedlich, verträumt, er lächelt durch seine Tränen.

»Es fühlt sich an, als wäre ein Teil von mir bis zum Schluss bei ihr gewesen«, sagt er schließlich.

Ich habe zwei Möglichkeiten: Entweder beweise ich ihm, dass ich nicht verrückt bin und er wahrscheinlich einen furchtbaren Fehler mit ungeheuerlichen Auswirkungen gemacht hat – die sich nie richtig auflösen lassen werden. Oder ich lasse Brian in dem Glauben, dass er seiner Tochter zum dreizehnten Geburtstag ein Geschenk gemacht hat, das sie bis zu ihrem Tod schätzte.

»Das war ihr Lieblingsschmuck«, sage ich und ziehe ihn an mich. »Weil er von ihrem Daddy war.«

13

Erika

Ich kehre nach Hause zurück und haste durch den Flur zu Kristens Zimmer, ohne mir die Mühe zu machen, Mantel oder Schuhe auszuziehen. Ich drehe den Türknauf und trete ein.

Um mich gegen jede Sentimentalität zu wappnen, knipse ich die Deckenleuchte an und steuere direkt auf die Kommode zu. Ich ziehe die oberste Schublade auf und entdecke das kleine Holzkästchen mit ihrem Schmuck in der vorderen Ecke, wie ich geahnt habe. Ich nehme es heraus und klappe es auf. Mit ungelenken Fingern wühle ich zwischen Ohrringen und Armbändern herum. Der Tiffany-Anhänger … wo ist das Teil bloß?

Ich kippe das Kästchen um, leere seinen Inhalt auf der Kommode aus. Fünf Minuten später schaufele ich alles zurück und mache mich an die anderen drei Schubladen. Dann durchsuche ich Kristens Schreibtisch. Als Nächstes ist der Schrank im Badezimmer dran, alle vier Schubladen.

Nach einer dreiviertelstündigen Suche in jedem denkbaren Winkel steht eins fest: Der Anhänger mit der Inschrift *Return to Tiffany* ist nicht in diesem Zimmer.

Das beweist aber trotzdem nicht, dass sie ihn um den Hals trug.

Ich mache Kristens Zimmertür hinter mir zu und tippe Annies Nummer in mein Handy. Während ich durch den Flur zurückgehe, klingelt es durch. Ich schenke mir ein Glas Wein ein. Der Anruf springt auf ihre Mailbox über, so wie schon in den vergangenen drei Tagen. »Verdammt!«

Ich warte auf den Piepton und überlege, was ich sagen soll. Ich weiß nicht wirklich, wer mir die E-Mail geschickt hat, aber sie hat mir neue Hoffnung gegeben, dass Kristen noch leben könnte. Diese Hoffnung bringt einen gewissen Druck mit sich. Wenn sie lebt, ist sie dann auch in Sicherheit? Ich muss sie finden.

»Annie, ich bin's noch mal. Bitte ruf mich an! Egal, wann. Ich muss mit dir sprechen.«

Ich gehe mit dem Wein ins Wohnzimmer und stelle mich an das raumhohe Fenster, von dem man auf den Central Park schaut. Vor den Bäumen sieht man den prasselnden Regen, die Passanten ducken sich unter zahlreichen Regenschirmen. Ich wähle Kates Nummer. Sie meldet sich beim ersten Klingeln, als hätte sie auf meinen Anruf gewartet.

»Hey!« Die Stimme meiner Schwester ist tief und friedlich, wie ein träge fließender Fluss. Sie klingt so sehr wie unsere Mutter, dass sich mein Herz zusammenzieht.

»Hey, Katie-Maus! Ist Annie bei dir?« Und Kristen, würde ich am liebsten hinzufügen.

»Oh, hallo erst mal! Und ja, sie ist hier, aber momentan ist sie drüben bei Dad.«

Ich überlege kurz. »Wer ist bei ihr?«

»Außer Dad? Niemand, nehme ich an.«

Eine neue Welle der Enttäuschung bricht sich über mir, gefolgt von Panik. Ich reibe mir den Hals. »Bist du dir ganz sicher?«

»Ja klar. Sie hofft, dass du dich wieder im Griff hast, wenn sie nach Hause zurückkehrt.« Kate lacht. »Sorry, Rik, das sind meine Worte, nicht ihre.«

»Meine Tochter hält mich für eine fiese alte Kuh.«

»Das stimmt nicht. Von alt hat sie nichts gesagt.«

Unfreiwillig muss ich über den Sarkasmus meiner Schwester lachen. »Schlaumeier.« Ich hocke mich auf die Stuhllehne. »Ich habe heute eine komische E-Mail mit einem alten Spruch von

Mom bekommen. Hör mal zu: ›Ein kluger Forscher prüft seine letzte Reise, bevor er sich auf die nächste begibt.‹« Ich mache eine Pause. »Sie kam von einem Absender namens *Wunder-gesucht*.«

Die letzten zwei Worte spreche ich mit Nachdruck aus. Dann halte ich die Luft an und warte in der Hoffnung, dass Kate auf die Verbindung zu Kristen anspringt. Sie tut es nicht.

»Clever«, sagt sie. »Hört sich an wie eine Herausforderung. Als würde Annie versuchen, dich doch noch herzulocken. Wahrscheinlich hat sie nicht zugehört, als ich ihr gesagt habe, dass sie eine kleine Pause von dir braucht.«

Ich reibe mir die Stirn. Kate glaubt also, die E-Mail sei von Annie. Brian ebenfalls. Mache ich mir etwas vor? Nein. Ich habe gelesen, was Kristen in ihr Sprüchebuch geschrieben hat. Diese Mahnung ist von ihr. Sie liebt mich und braucht mich.

»Ich komme auf die Insel, Kate.« Die Worte sind heraus, bevor ich sie zurücknehmen kann. Ich lege eine Hand auf mein laut klopfendes Herz.

»Willst du das wirklich, nach all den Jahren? Ich fasse es nicht! Du stellst deine Arbeit hintenan?«

Ich lächele, zum ersten Mal seit Ewigkeiten wieder stolz. »Was zählt, ist meine Tochter. Wenn es nur die geringste Wahrscheinlichkeit gibt, dass diese E-Mail von Kristen ist und sie mich herausfordert, sie zu finden …«

»Okay … Stopp. Habe ich das gerade richtig verstanden? Du willst wegen Kristen kommen? Nicht wegen Annie, der Tochter, die lebt und dich braucht?«

»Ich komme her, weil ich meine Töchter liebe, alle beide. Annie braucht mich. Ich habe schreckliche Schuldgefühle, nicht für sie da gewesen zu sein.« Ich kneife die Augen zusammen. »Aber ich darf doch auch hoffen, dass Kristen ebenfalls da ist, oder?«

»Ach, Rik.«

Ich hasse das Mitleid in ihrer Stimme. Kate glaubt, ich würde allmählich durchdrehen. Tatsache ist: Ich kann nicht beweisen, dass die E-Mail von Kristen kommt. Aber ich spüre es mit dem ganzen Herzen.

14

Annie

Als Annie am Freitag mit ihrem Großvater zu Abend isst, bekommt sie plötzlich einen Schreck: Sie hat ihr Handy bei Tante Kate liegen lassen. Wie konnte sie so dumm sein, ausgerechnet heute? Normalerweise gehört Annie nicht zu den Leuten, die in Panik geraten, wenn sie ihr Handy nicht parat haben, aber heute ist das etwas anderes. Sie erwartet nämlich den Reiseplan für Paris. Nächste Woche geht der Flug. Der Gedanke bereitet ihr gleichzeitig Übelkeit und Freude. Sie will ihrer Tante und ihrem Großvater erst davon erzählen, wenn alles geklärt ist, nur für den Fall, dass sie es sich noch anders überlegt. Aber nein, jetzt gibt es kein Zurück mehr. Klar, Paris ist eine riesige Stadt, Annie kann kein Französisch, kennt dort keine Menschenseele und hat absoluten Bammel, aber vielleicht, ganz vielleicht, findet sie dort ihre Schwester.

Schnell umarmt Annie ihren Großvater und eilt im abendlichen Schneeregen zurück zum Haus ihrer Tante. Als sie die Treppe zur Veranda hinaufspringt, ringeln sich ihre feuchten Haare bereits. Annies Turnschuhe sind durchweicht. Vorsichtig schiebt sie die Tür auf und bückt sich, um die Schuhe auszuziehen.

In der Küche hört sie ihre Tante telefonieren. »Wahrscheinlich hat sie nicht zugehört, als ich ihr gesagt habe, dass sie eine kleine Pause von dir braucht«, hört sie Kate sagen.

Annie verharrt reglos und spitzt die Ohren. Tante Kate spricht mit ihrer Mutter, und zwar über Annie.

»Willst du wirklich kommen, nach all den Jahren? Ich fasse es nicht! Du stellst deine Arbeit hintenan?«

Annie hält die Luft an. Ihre Mutter kommt auf die Insel! Ausnahmsweise einmal ist ihr ihre Tochter wichtiger als der Beruf! Schweigend wartet sie in der Diele, einen Schuh ausgezogen, den anderen noch am Fuß, und lauscht. Schließlich spricht Tante Kate wieder, aber mit leiser Stimme, als sei sie traurig: »Habe ich das gerade richtig verstanden? Du willst wegen Kristen kommen? Nicht wegen Annie, der Tochter, die lebt und die dich braucht?«

Auf einmal scheint die Luft im Raum dünn zu werden. Annie stopft den Fuß zurück in den nassen Turnschuh und schlüpft lautlos zurück nach draußen.

Mit Tränen in den Augen stolpert sie die Verandastufen hinunter. Sie muss hier weg! Annie bekommt keine Luft mehr. Sie kann nichts sehen. Blind taumelt sie über die Straße, immer weiter, an den letzten Häusern vorbei. Dann beugt sie sich vornüber und stößt einen langgezogenen Klagelaut aus.

Ihre Mutter kommt auf die Insel, weil sie glaubt, dass Kristen hier ist.

Annie ist ihr völlig egal.

Eine Stunde später kehrt Annie zu ihrer Tante zurück, gefasst und entschlossen. Sie geht sofort durch zu ihrem Zimmer. »Ich komme sofort, Tante Kate. Will nur kurz in meine E-Mails gucken.«

Sie schließt die Tür und klappt ihren Laptop auf. Tatsächlich, die Mail von der Au-pair-Agentur mit ihren Reisedaten ist eingetroffen. Am nächsten Dienstagabend geht ihr Flug. Mit nervösem Magen liest Annie die Nachricht, die Solène dazu geschrieben hat. Ihre Hände zittern, als sie eine Antwort verfasst:

Ich kann auch morgen fliegen.

Dann holt sie ihr Handy heraus und scrollt in der Kontaktliste zum Namen ihrer Mutter.

Nur den Bruchteil einer Sekunde zögert sie, dann drückt sie auf *Kontakt blockieren*.

15

Erika

Ganz früh am Samstagmorgen warte ich vor Carter Lockwoods Büro und schaue nach, ob ich neue Nachrichten auf dem Handy habe. Ich sehe auf die Uhr. Zwanzig nach acht. *Na los, Carter! Beeil dich!*

Da kommt er den Gang entlang, eine Hand in der Hosentasche. »Müsstest du nicht unterwegs sein und Verträge abschließen?«, ruft er mir entgegen.

»Ich möchte dich um einen Gefallen bitten. Hast du kurz Zeit?«, frage ich, ohne auf seinen Kommentar einzugehen.

Er zieht sein Schlüsselbund hervor und schiebt einen Schlüssel ins Schloss. »Solange es dabei nicht um Geld oder Sex geht … O Mann, Rebekah macht mich fertig. Die Frau bekommt keinen zusammenhängenden Satz heraus, aber unter der Bettdecke macht sie Shakespeare Konkurrenz.«

Er lacht, und mir wird fast übel. Seine vierte Ehefrau ist eine siebenundzwanzigjährige Schönheit aus Russland. Ich bin die Letzte, die ein Wort über den Altersunterschied verliert, schließlich ist Brian ein ganzes Jahrzehnt älter als ich. Trotzdem tut mir diese Rebekah irgendwie leid, Tausende von Kilometern von ihrer Heimat entfernt und nur dazu da, ihrem reichen Ehemann zu gefallen.

Carter stößt die Tür auf und gibt mir ein Zeichen, ihm zu folgen. Die Sonne fällt von Osten durch die gläserne Front. Früher habe ich die Aussicht von Carters Büro immer bewundert. Wenn ich die Skyline von Manhattan sah, schwärmte ich wie eine Landpomeranze, die das erste Mal in der großen Stadt ist. Doch seither hat sich mein Horizont erweitert, im wörtlichen wie im übertragenen Sinn. Da ich seit Jahren Luxusapartments in Hochhäusern verkaufe, bin ich inzwischen so gut wie immun gegen beeindruckende Panoramen.

Ich nehme in einem eleganten Stuhl aus Metall und Leder Platz, ohne aus dem Fenster zu schauen. Mein Chef lässt sich in den Sessel hinter seinem riesigen Mahagonischreibtisch fallen und loggt sich in seinen Computer ein.

Ich beuge mich vor, um ihn auf mich aufmerksam zu machen. »Ich brauche ein paar Tage Urlaub, Carter.«

Er starrt auf den Bildschirm. »Das geht jetzt nicht, Erika. Jetzt sind die entscheidenden Wochen für den Wettbewerb. Das weißt du.«

Darauf habe ich nur gewartet. »Dir ist schon klar, dass ich keine Erlaubnis von dir brauche, oder?«

Endlich sieht er mich an, die Augenbrauen zusammengezogen. »Wie bitte?«

»Carter, ich habe seit Ewigkeiten keinen Urlaub mehr genommen. Ich weiß noch nicht mal, wann ich das letzte Mal verreist bin. Also richtig verreist, nicht zu einer Immobilientagung oder zu einem potentiellen Objekt.«

In Wirklichkeit weiß ich es durchaus. Es war der Urlaub mit Brian und den Mädchen in London. Zwei Tage nachdem ich seine Affäre mit Lydia entdeckt hatte, buchte ich die Reise, wild entschlossen, unsere Familie zu retten. Ich war der Ansicht, dass wir dringend Zeit miteinander verbringen müssten. Doch Brian wollte allein sein. Er zog für sich los, ging ins Museum oder in den Pub und verweigerte sich den Touren, die sich unsere zehnjährigen Mädchen wünschten, beispielsweise zu Madame Tussauds Wachsfigurenkabinett oder in den London Dungeon. Am Ende des Urlaubs sah ich am Protokoll seines Handys, dass er in jeder freien Minute mit seiner Freundin zu Hause telefoniert hatte. Obwohl ich meinen Töchtern zuliebe versuchte, gute Miene zum bösen Spiel zu machen, hinterließ dieser Städtetrip eine große Narbe bei mir.

»Ich brauche dich aber hier bei dem, was du am besten kannst: Immobilien verkaufen«, entgegnet Carter.

»Es geht um meine Tochter. Sie ist bei meiner Schwester in Michigan. Ich muss dahin. Bin auch ganz schnell wieder zurück.«

»Kommt Allison denn allein klar?«

Ich nenne meine Assistentin insgeheim »Alligator«, weil sie nach meinem Geschmack ein bisschen zu skrupellos ist. Als letzten Monat ein Interessent mit dem Gedanken spielte, einen geplanten Vertrag doch nicht zu unterschreiben, machte »Alligator« ihm weis, dass wir drei weitere Käufer an der Hand hätten, die das Objekt unbedingt haben wollten. Kein Wort davon stimmte. Wir machten den Abschluss, aber ich bläute ihr anschließend ein, dass es nicht mein Stil sei zu lügen.

»Und mein Stil ist es, nicht zu verlieren«, erwiderte sie.

Deshalb kommt meine sechsundzwanzigjährige Assistentin nicht nur allein klar, sie könnte sogar lückenlos meinen Job übernehmen, wahrscheinlich selbst den von Carter. Zu meinem Glück spricht sie kein Mandarin. Noch nicht.

»Ein paar Tage sollten kein Problem für sie sein.« Ich bemühe mich, Allisons Fähigkeiten herunterzuspielen, damit ich neben ihr nicht wie ein zahmes Schoßhündchen wirke.

»Meinen Laptop nehme ich natürlich mit. Ich würde gerne heute Nachmittag fahren.«

»Ist es so wichtig?«

Das Zitat meiner Mutter fällt mir wieder ein: *Verwechsle niemals das, was wichtig ist, mit dem, was wirklich zählt.*

Ich nicke. »Ja, das ist so wichtig. Vor allem zählt es.«

»Was soll das heißen?«

»Meine Mutter war der Ansicht, dass alles, was zählt, auch

wichtig ist. Aber nicht alles Wichtige zählt. Das muss ich mir immer wieder vor Augen führen.«

Carter reibt sich das Kinn, scheint nachzudenken. »Deine Mutter würde also behaupten, dass solche Sachen wie mein neuer Wagen, Rebekahs Einbauküche und unser Haus in Tahoe vielleicht wichtig sind, aber im Großen und Ganzen nicht zählen?«

Verwundert über seine Einsicht grinse ich. »Genau.«

Er schnaubt verächtlich. »So ein Schwachsinn!« Carter zeigt mit dem Finger auf mich. »Dieser Wettbewerb zählt für mich, Erika. Verpatz ihn nicht! Wenn du nach unten rutschst, kommst du nie wieder hoch. Ich verlasse mich auf dich.«

Das ist eher eine Drohung als eine Ermutigung. Typisch für Carter. Er hat seine eigenen Motive. Unter den Top Fifty zu sein, wird mir jede Menge öffentliche Aufmerksamkeit bescheren, was der Lockwood Agency wiederum neue Kunden bringen wird. Doch das ist mir im Moment egal. Ich mache mich jetzt auf, meine Töchter zu suchen. Und wenn ich schon dabei bin, beherzige ich auch den Rat meiner Mutter und stelle mich meiner Vergangenheit.

Ich bin schon zehn Schritte im Flur, als Carter mir nachruft: »Erika? Hast du gesehen, wer dir im Nacken sitzt?«

Ich drehe mich um. »Wie bitte?«

»Deine ehemalige Chefin Emily Lange ist schon unter den ersten sechzig. Pass auf, sonst macht sie dich wieder lang«, witzelt er blöde.

Mir wird schummrig, ich stütze mich an der Wand ab. Es stört mich nicht, wenn ich nicht die Erste bin; auch die Einundvierzigste muss ich nicht sein. Natürlich ist mir klar, dass andere Kollegen vor mir sind, überhaupt kein Problem. Mit einer Ausnahme: Emily Lange, meine frühere Chefin – und Nebenbuhlerin.

Nach der Scheidung hatte Emily mich unter ihre Fittiche genommen, bot mir eine Stelle als Assistentin an. Sie brachte mir wirklich eine Menge über das Geschäft bei. Doch als wir vor sechs Jahren nach einem fetten Deal und deutlich zu viel Champagner in ZZ's Clam Bar saßen, wurde Emily auf einmal ernst. Sie müsse sich etwas von der Seele reden. Drei Jahre zuvor hätte sie mit Brian geschlafen, als ich mit den Mädchen noch in Madison lebte und sie ihm half, eine Wohnung für uns zu finden.

Offenbar war sie der Ansicht, dass die Zeit und ihre Tränen den »einmaligen« Fehltritt bedeutungslos machten und alles vergeben und vergessen sei.

Da hatte sie ihren ehemaligen Schützling aber falsch eingeschätzt.

»Ich gebe dir das Wochenende«, sagt Carter. »Montagnachmittag bist du wieder da.«

Ich öffne den Mund, will mindestens drei freie Tage herausholen. Dann mache ich ihn wieder zu. Wie gründlich kann ich meine Vergangenheit schon erforschen? Ich werde kurz bei meinem Vater vorbeischauen, vielleicht sogar meine alte Freundin Molly besuchen. Das eigentliche Ziel meines Besuchs ist, Kristen zu finden. Die Insel ist keine tausend Hektar groß; Annie durchforstet sie schon seit drei Tagen. Wenn ich heute Abend ankomme, versöhne ich mich als Erstes mit meiner Tochter. Am Sonntag werden wir dann dort suchen, wo Annie vielleicht noch nicht war. Und morgen Abend fliegen wir gemeinsam zurück nach New York, entweder mit Kristen im Schlepptau oder mit dem sicheren Wissen, dass sie nicht dort ist.

»Gut, Montag«, stimme ich zu.

Carter hat mir den perfekten Vorwand geliefert, die schreckliche Insel so schnell wie möglich wieder zu verlassen.

16

Erika

Es ist, als wäre der Globus ein wenig gekippt und ließe mir keine andere Wahl, als kopfüber in eine andere Welt zu rutschen, an einen trostlosen Ort, der mich mit Furcht erfüllt. Es ist Abend. Ich stehe auf dem Landungssteg in Saint Ignace und schaue hinüber zu dem abgelegenen Eiland, das einst meine Heimat war. Am Himmel prangen Sterne, die Luft ist so still, dass man eine Fledermaus flattern hören könnte. Im silbrigen Licht des Mondes kann ich die Eispassage erkennen, einen gefrorenen Weg übers Wasser, gesäumt von den toten Tannenbäumen des letzten Weihnachtsfests. Ein armseliger Pfad ins Niemandsland.

Es ist fünf Jahre her, dass ich zum letzten Mal auf der Insel war, und fast zehn Jahre, seit ich sie im Winter besuchte. Sie ist ein kaltherziges Biest, diese Insel. Besonders im Winter. Eine einsame alte Dame, die ihre Lieben verloren hat. Doch statt die Hand nach ihnen auszustrecken, verbarrikadiert sie sich hinter einem Festungsgraben aus Eis, damit sich ihr möglichst niemand nähert … oder sie gar verlässt. *Ein bisschen wie du*, könnten meine Töchter sagen.

Am meisten hasse ich den Frühling. Wenn die Temperaturen steigen, wird es zu riskant, über die Eisbrücke zu fahren. Es dauert Wochen, bis die Fähren ihren Betrieb aufnehmen und Touristen und reiche Sommerfrischler vom Festland rüberbringen. Das war für mich immer die schlimmste Zeit. Ich fühlte mich gefangen und allein, irgendwie eingesperrt. Genau wie meine Mutter.

Mich fröstelt, ich will den Reißverschluss meines Parkas zuziehen. Der Verschluss verhakt sich, ich nestele daran herum. Auf einmal fühle ich mich wie ein ungeschicktes zehnjähriges Kind. Vor mir erscheint das Gesicht meines Vaters, rot vor Wut. *Glaubst du, für den Rest deines Lebens machen immer andere dir die Jacke zu?*

»Nein!«, rufe ich und zerre den Reißverschluss hoch.

Kopfschüttelnd frage ich mich, was in mich gefahren ist, hierherzukommen. Doch, ich musste es tun. Kristen finden, mich mit Annie aussöhnen – das zählt.

Ich war zehn Jahre alt, als wir aus unserem Backsteinhaus in Milwaukee, Wisconsin, in das Sommerhaus der Familie meiner Mutter zogen. Mein Vater, damals ein fünfundvierzigjähriger Frachtschiffkapitän, war der irrigen Ansicht, dass es seiner Familie guttun würde, wenn er seine Arbeit kündigte, mit allen an diesen gottverlassenen Ort zog und Fährmann würde. Er war es leid, wochenlang unterwegs zu sein. Seine Frau und seine Töchter brauchten ihn.

Nach dem Umzug war ich überzeugt, dass mein Leben nie mehr dasselbe sein würde. Und ich hatte recht.

Meine Mutter, eine wunderschöne Träumerin, die Bücher und Musik liebte, konnte sich nicht an die Einsamkeit der Insel außerhalb der Saison gewöhnen. Und in unserem allerersten Frühjahr, im April, verschwand sie im eisigen Wasser vor Point aux Pins, der Nordspitze der Insel. Sechs Tage später wurde sie gefunden. Gerüchte machten die Runde, doch ich tat sie ab. Meine Mutter hatte den gefährlichen Weg zum Festland auf sich genommen, weil unsere Vorratsschränke leer waren. Noch Jahre später klammerte ich mich an den Glauben, dass sie versucht hatte, von der Insel zu fliehen, nicht aus ihrem Leben.

Innerhalb von zwei Jahren hatte ich alles verloren: meine Freundinnen, meine Mutter, mein Mittelklasseleben, meine Unbefangenheit. Was Dad anging, der war auch schon vorher kein besonders guter Vater gewesen. Als wir ihn nach Moms Tod am meisten brauchten, war er nicht da. Körperlich vielleicht, aber auf jeden Fall nicht emotional. Er war schroff und bärbeißig, bestand nur aus Testosteron und Muskeln und versuchte mehr schlecht als recht, zwei Mädchen großzuziehen, eins noch ein Kleinkind. Jegliche Sanftmut, die er zu Lebzeiten meiner Mutter besessen haben mochte, verhärtete sich zu einem Gemisch aus Verbitterung und Zorn. Ich schämte mich für den Mann mit der donnernden Stimme und der roten Nase, der sich jeden Samstagabend besinnungslos betrank. Der verfluchte Mann ohne Lächeln, der meine Mutter auf dem Gewissen hatte, weil er sie auf diese erbärmliche Insel gebracht hatte.

Ich ziehe scharf die Luft ein. Dieser Ort war noch nie gut für mich. Ich muss schlucken und suche den Himmel ab. »Hilf mir bitte!«, würde ich am liebsten sagen, doch es kommt mir geheuchelt vor, Gott um Hilfe anzuflehen. Seit einem halben Jahr spreche ich nicht mehr mit ihm.

Rechts von mir bewegt sich etwas. Ich zucke zusammen. Ein Mann am Ende des Nachbarstegs richtet sich auf. Grüßend hebt er die Hand. »Riki Franzel?«

Nein!, möchte ich rufen. *Ich bin nicht Riki Franzel. Das Mädchen gibt es schon lange nicht mehr.* »Ähm … ja, aber ich heiße jetzt Erika Blair«, rufe ich zurück und entdecke ein Schneemobil am Ende des Stegs. Mein Taxi.

»Ich wär so weit«, sagt der Mann, ohne auf meine Bemerkung einzugehen.

Ich schnappe meine Reisetasche und marschiere über den Steg zurück, dann auf den nächsten. Wie lange sieht der Typ mir schon zu? Ich schüttele den Kopf und lege einen Schritt zu. Als ich zwei Meter entfernt bin, erkenne ich den Mann in Jeans und Lederjacke: Es ist Curtis Penfield, der begehrte Mitschüler, in den ich – und jedes andere Mädchen auf der Inselschule – schlimm verknallt war, obwohl er absolut oberflächlich war.

»Wie geht's, Riki?«

Seine Lippen erinnern mich immer an eine Hängematte, in die man sich an einem trägen Sommernachmittag gerne legen würde – wüsste man nicht, wie viele bereits darin geschlafen haben.

»Freut mich, Curtis.«

»Gleichfalls.« Selbst im Mondschein kann ich sehen, wie er mich mit funkelnden Augen mustert. Seine blonden Haare sind ein wenig nachgedunkelt, aber immer noch voll und wellig. Curtis ist groß und schlank und strahlt die Überzeugung aus, zu etwas Besserem bestimmt zu sein.

»Wie läuft's?«, frage ich und nehme den Helm entgegen, den er mir hinhält.

»Kann nicht klagen. In der Marina war letzten Sommer so viel zu tun wie noch nie.« Er greift nach meiner Tasche. »Bist länger nicht zu Hause gewesen.«

Ich will ihm widersprechen. Dies ist nicht mein Zuhause, war es noch nie. Doch warum soll ich ihn beleidigen?

»Fünf Jahre.«

»Sechs«, korrigiert er.

Ich lege den Kopf schräg.

»Du warst in dem Sommer hier, als Jimmy Pretzlaff auf Heimaturlaub war.«

Ich denke zurück. Ja, er hat recht. Das ist schon sechs Jahre her? Es gab ein kleines Fest für den Kriegshelden, der für einen Sommer nach Hause gekommen war. »Wie geht es Molly? Ich hab von Jonahs Unfall gehört.«

»Beißt sich so durch.« Curtis lädt meine Tasche auf den Schlitten. »Jimmy versucht, von Katar nach Hause zu kommen, aber die Army stellt sich quer. Zum Glück fassen hier alle mit an.«

»Das ist schön«, sage ich und denke an die Blumen und Karten auf dem Sarg meiner Mutter, an den immerwährenden Nachschub von Aufläufen und Kuchen, die die Frauen aus dem Ort monatelang brachten, an ihre wöchentliche Unterstützung beim Putzen. Welch Unterschied zur kühlen Förmlichkeit bei Kristens Trauerfeier.

»Süß«, sagt Curtis mit Blick auf meine Tasche. »Louis Vuitton.« Er spricht es aus, wie man es schreibt, und ich rätsele, ob er einfach keine Ahnung hat oder sich über mich lustig macht.

Er zurrt die Tasche auf dem Schlitten fest, springt auf das Schneemobil und dreht sich zu mir um. »Komm!«, fordert er mich mit dem Anflug eines Grinsens auf.

Ich will mich hinter ihn setzen, aber mein Parka ist zu eng. Als ich ihn aufziehe und ein strenger dunkelblauer Hosenanzug zum Vorschein kommt, spüre ich Curtis' Blick auf mir.

»Mannomann, sieh dir das an, Riki Franzel!« Ich merke, dass meine Wangen rot werden, während er mich vom Scheitel bis zur Sohle mustert. »Schick, schick! Original New York.« Er schüttelt den Kopf. »Du warst damals das heißeste Mädchen auf der ganzen Insel.«

Ich schwinge das Bein über den Sitz und setze den Helm auf. Keine Ahnung, ob ich gerade ein Kompliment bekommen habe oder beleidigt worden bin.

Ich setze mich hinter Curtis, nehme den männlichen Geruch seiner Lederjacke wahr, spüre die Wärme seines Körpers. Unter den Kufen des Schneemobils liegt Schneematsch. Wie Zuckerguss. Ich erschaudere. Wo soll ich meine Hände lassen? Schneemobile haben Griffe, da bin ich mir ziemlich sicher. Bloß wo? Curtis schießt los. Schnell halte ich mich am Erstbesten fest, das ich finde: an seiner Taille.

»Achtung!«, ruft er mir über die Schulter zu. »Wir müssen jetzt ein bisschen springen.«

Ich umklammere ihn fester und schreie auf. »O Gott!« Doch er gibt bereits Gas, der Motor übertönt meine Stimme.

Übers Eis zu springen ist quasi dasselbe wie Aquaplaning. Je nach Geschwindigkeit des Schneemobils kann ein guter Fahrer breite Spalten im Eis überwinden. Das Wasser berührt er dabei kaum. Dieses Springen ist so gefährlich, dass es in drei Bundesstaaten verboten ist.

Curtis gibt Gas, das Lenkrad immer geradeaus gerichtet. Jegliche Änderung der Geschwindigkeit oder Richtung könnte damit enden, dass das Mobil ins Meer stürzt. Mein Helm schlägt gegen Curtis' Lederjacke, ich kneife die Augen zu und konzentriere mich auf meinen Atem. Ich denke an Kristen und Annie, an Kate und meine Mutter. Und zum ersten Mal seit sechs Monaten spüre ich auf diesem mondbeschienenen Weg inmitten von Eis und Tod, dass ich leben will.

Bei British Landing fährt Curtis an Land. Steif vor Angst und Kälte löse ich die Arme von seiner Taille. Er stellt den Motor aus und zieht den Helm ab. »War das ein Ritt!«

»Das war krank! Warum hast du mir nicht gesagt, dass das Eis schon taut?« Meine Hände zittern so heftig, dass ich den Helm nicht abschnallen kann.

Lachend dreht er sich um und löst meinen Helmgurt. Wie ein gelenkiger Teenager springt er vom Schneemobil, schnappt sich meine Tasche und wirft sie sich über die Schulter. »Gib mir deine Hand!« Auf dem Boden liegt ein Baumstamm. Curtis streckt den Arm aus. An seiner Hand klettere ich darüber. Als meine Füße Mackinac Island betreten, habe ich immer noch wacklige Knie. Ich atme die frische Luft ein, versuche, mich zu entspannen.

»Ich hab vergessen, wie es hier riecht. So könnten Diamanten riechen. Oder Luft, oder Wasser, oder Eis. Ich konnte das noch nie gut beschreiben.«

»Das ist der Duft der Stille«, sagt Curtis. »Zu deiner Schwester fahren wir mit der Kutsche.«

Wir laufen über Schotter, bis wir zu einer dunklen Asphaltstraße gelangen.

»Schwer zu glauben, dass ihr immer noch mit dem Pferdekarren unterwegs seid.«

Lächelnd zieht Curtis mich auf den Bock. »Besser, als ein Auto abzubezahlen.« Er schlägt mit den Zügeln, das Pferd verfällt in einen gleichmäßigen Trab. »Dir hat die Insel bestimmt gefehlt, oder?«

»Wenn du wüsstest.« Ohne Vorwarnung höre ich die Stimme meines Vaters: *Mein Gott nochmal, komm runter von dem Kreuz! Das Holz wird noch gebraucht.* Das war sein gescheiterter Versuch, mich nach Mutters Tod mit Zitaten zu versorgen. Den Spruch hatte er mal gehört, als wir uns zusammen den Film *Priscilla, Königin der Wüste* anschauten. »Der passt genau zu dir, Erika Jo«, hatte er gesagt und im dunklen Wohnzimmer auf mich gezeigt. »Wenn's nach dir geht, hast du's ja von allen am schwersten.«

Verdammter Kerl! Ich litt wirklich. Ich hatte meine Mutter verloren. Wie konnte er es wagen, mir Schuldgefühle einzureden, nur weil ich traurig war?

Curtis legt seine Hand auf meine, ich wende mich ihm zu.

»Alles okay?«, fragt er.

»Alles gut.« Geräuschvoll atme ich aus. »Das sind nur die Dämonen dieser Insel, die mich gerade begrüßen.« Ich entziehe ihm meine Hand. »Was hat dieser Ort nur an sich, dass ich das Gefühl habe, wieder zehn Jahre alt zu sein? Schwach, machtlos und sauer auf den Rest der Welt.«

»Je nach Jahreszeit, Sonnenstand und Tide kann diese Insel das Paradies oder die Hölle sein.« Curtis schaut auf die schmale Straße vor uns. »Glaub mir. Ich weiß das sehr genau.«

Ich wundere mich über sein Einfühlungsvermögen. Er hat wohl doch etwas mehr Tiefgang, als ich dachte.

Er grinst mich an. »Deshalb ist das Mustang auch so beliebt.« Er meint die alte Bar, wo sich die Einheimischen treffen. Wo die Kellnerinnen Miniröcke und tiefausgeschnittene Tops tragen. Ich verdrehe die Augen.

Über die schmale Straße geht es nach Süden. Ich schaue in die dunklen Wälder. Ob Kristen hier ist, sich im Sommerhaus der Devons verkrochen hat? Oder hat Annie sie schon gefunden? Wie wird sie reagieren, wenn sie mich sieht? Wird sie endlich verstehen, wie sehr ich sie liebe? Wenn Annie doch nur ans Telefon gehen würde! Dann wüsste ich, wie es ihr geht.

Wir nähern uns dem Ortsrand. Straßenlaternen werfen ihr Licht auf das kleine Urlaubsdorf. Wenn ich zum ersten Mal hier wäre, käme es mir malerisch und ursprünglich vor. Vielleicht sogar idyllisch. Oben auf der Klippe links von mir sind die Silhouetten der Sommerhäuser zu sehen, hochnäsig, als ob sie zu gut wären für die Leute unten im Ort. Die Straße säumen Bonbonläden und Fahrradvermietungen, edle Restaurants und schicke Hotels. Bis auf wenige Ausnahmen hat alles geschlossen. Wir kommen am Mustang vorbei; aus der Kneipe schallt Musik.

Curtis grinst. »Doug Keyes spielt immer noch samstag- und sonntagabends. Wir können von Glück sagen, dass er nicht weggezogen ist. Er hat ja mal ein Angebot für einen Plattenvertrag gehabt, vor Jahren, hat aber abgelehnt.«

Ich schüttele den Kopf. »So eine Schande!«

»Eigentlich nicht. Doug ist gerne hier.«

Als das kleine Holzhaus in Sicht kommt, in dem ich aufgewachsen bin, beginnt mein Herz, schneller zu schlagen. Ich drehe mich um, sehe das warme Licht im Wohnzimmer und stelle mir vor, wie mein Vater im Sessel sitzt, ein Bier auf dem Beistelltisch, und vor dem Fernseher ein Nickerchen hält. Abgesehen von Kate, die kurz vor der Heiligsprechung steht, hat er niemanden mehr. Aber das ist kein Wunder. Nicht mal seine zweite Frau Sheila hat es lange bei ihm ausgehalten.

Zwei Querstraßen weiter zieht Curtis an den Zügeln und bringt das Pferd in einen ruhigen Schritt.

»Komm doch heute Abend ins Mustang!«

»Heute?«, frage ich irritiert.

»Es ist erst acht Uhr, Riki.« Kumpelhaft stößt er mich an und bringt mich ein wenig aus dem Gleichgewicht. »Komm mit Kate rüber. Dann gebe ich den Franzel-Schwestern ein Bier aus.«

»Das hört sich gut an, aber ich bin leider nicht zum Vergnügen hier. Montag muss ich wieder in New York sein. Nichts für ungut, aber ich muss morgen mit dem Flugzeug zurück aufs Festland.«

Curtis hebt die Augenbrauen. »Ganz schön lange Anfahrt für eine Übernachtung.«

»Das stimmt. Meine Tochter … Tja, also, ich habe eine seltsame Nachricht erhalten und …« Ich unterbreche mich und ziehe Kristens Foto aus dem Innenfach meines Parkas. Auf dem Bild lächelt sie schelmisch, wirkt selbstsicher, unbekümmert und lebensfroh. Ich räuspere mich und zeige Curtis die Aufnahme.

»Hast du sie in letzter Zeit gesehen?«, frage ich leise.

»Nein.« Traurigkeit liegt in seinen Augen. »Seit letzten Sommer nicht mehr, Riki. Es tut mir wirklich leid, was passiert ist.«

Curtis hält sie also für tot. Und denkt wahrscheinlich, ich hätte nicht mehr alle Tassen im Schrank. Ich drücke die Schultern durch und versuche, den Kloß im Hals runterzuschlucken.

»Danke!« Ich stecke das Foto in die Tasche zurück. »Ehrlich gesagt, bin ich auch wegen meiner anderen Tochter hier.«

»Wegen Annie?«

»Ja.«

»Riki, ich habe Annie heute Morgen nach Saint Ignace gebracht. Sie wollte heute Nachmittag fliegen.«

Mit klopfendem Herzen sehe ich ihn an. »Nein, das kann nicht sein! Willst du damit sagen, dass sie wieder in New York ist?«

Er zuckt mit den Schultern. »Sie wollte zum Flughafen, mehr weiß ich nicht.«

»War ihre Schwester dabei?«

Curtis runzelt die Brauen. »Nein, Riki.«

Fassungslos schüttele ich den Kopf. Annie ist also wieder zu Hause. Wo ist dann Kristen?

»Fahr mich direkt zu Wes Devon!«, verlange ich. »Du kennst ihn doch, oder? Diesen Typen, der in Dartmouth studiert. Er war den ganzen Winter über hier.«

Curtis schüttelt den Kopf. »Wes ist Anfang der Woche abgereist.« Bevor ich nachfragen kann, fügt er hinzu: »Allein.«

17

Annie

Es ist acht Uhr, als Annie in das Flugzeug nach Paris steigt. Am Nachmittag ist sie von Michigan aus in New York gelandet und hatte gerade noch genug Zeit, um schnell nach Hause zu fahren, den Koffer zu packen und ihren Pass zu holen. Sie lehnt sich auf dem Sitz zurück und schließt die Augen. Aus dem Kopfhörer schallt Musik ihrer bevorzugten Indie-Band Chastity Belt. Zum ersten Mal an diesem Tag erlaubt Annie es sich zu entspannen.

Nicht dass sie inneren Frieden gefunden hätte, nicht mal ansatzweise. Ihr Magen krampft, zum hundertsten Mal schaut sie aufs Handy, kurz davor, ihre Mutter anzurufen und anzukündigen, sie würde nach Hause kommen. *Nein!* Annie will das jetzt durchziehen. Sonst wird sie ihre Schwester niemals finden.

Sie tippt das Facebook-Icon an und schickt ihrer Schwester eine weitere private Nachricht: *Bin unterwegs nach Paris. Allein. Unten steht meine Adresse. Du kannst mir vertrauen. Ich weiß, dass du schwanger bist. Werde Mom nichts verraten, versprochen. RUF MICH AN, KRISSIE!!!*

Sie lässt das Handy sinken, gleichzeitig erfüllt von Hoffnung und einem Riesenbammel. Macht sie sich etwas vor? Ist es gemein von ihr, den Kontakt zu ihrer Mutter komplett abzubrechen? Nein. Schließlich ist sie ihrer Mom völlig egal. Nur mit ihrem Vater kann Annie noch sprechen. Mehr oder weniger.

Sie hat ihn am Morgen angerufen, um sich zu verabschieden und ihm zu sagen, dass sie seine Kreditkarte benutzen musste.

Er hatte fünf Minuten Zeit, dann musste er zu einem Lunchtermin. Lächerliche fünf Minuten!

»Paris also«, sagte er. »Wird bestimmt toll. Ruf mich an, wenn du heil angekommen bist.«

Ein Gefühl der Leere machte sich in Annie breit. Sie könnte einfach verschwinden. Niemand wüsste, wo sie ist.

»Du möchtest bestimmt wissen, wie du Professor Barrett erreichen kannst, oder?«, fragte sie, um ihren Vater zu beschämen, weil er nicht nach ihrer Adresse in Paris gefragt hat.

»Natürlich! Warte, ich suche was zum Schreiben.«

»Schon gut. Ich simse dir die Kontaktdaten. Und würdest du mal nach Mom sehen? Sie ist jetzt ganz allein.«

»Klar.« Ihr Vater zögerte. »Denk dran, Annie, dir selbst zuliebe: Achte auf deine eigenen Grenzen, übernimm dich nicht!«

Ihr Vater, ihre Tante, ihr Großvater, sogar Kristen: Haben alle recht? Bald wird Annie es wissen, denn mit dem Atlantik zwischen sich und den anderen setzt sie eine klare Grenze, zudem ist sie fest entschlossen, alle Anrufe und Textnachrichten ihrer Mutter zu blockieren. Sie will Kristens Rat umsetzen und endlich den mütterlichen Rockzipfel loslassen.

Dennoch hat sie Gewissensbisse. Ihre Mutter gibt sich stark, aber Annie weiß, wie empfindlich sie ist. Schon die kleinste Störung kann ihr Lächeln vertreiben. Das macht es Annie so schwer, den Kontakt komplett abzubrechen.

Sie reibt sich die Stirn, die Worte ihres Vaters würde sie am liebsten ausradieren. Ihre Mutter wird ausrasten, wenn sie nach Mackinac kommt und erfährt, dass Annie nach Paris geflogen ist, ohne ihr ein Sterbenswörtchen zu sagen. Obwohl ihre Tante die Idee mit der Au-pair-Stelle hatte, war sie ganz schön angesäuert, als Annie anrief und ihr sagte, sie sei schon unterwegs – ohne wenigstens auf ihre Mutter zu warten. Aber Annie schämte sich zu sehr, um zu beichten, dass sie das Telefongespräch belauscht hatte. Selbst vor ihrer Tante. Sie mochte nicht zugeben, dass sie wusste, warum ihre Mutter auf dem Weg nach Mackinac Island ist. Eins ist sicher: Auf der Insel wird Erika Kristen nicht finden. Wenn überhaupt, dann stöbert Annie sie in Paris auf. Und dann wird sie endlich das Gefühl der Schuld los, das sie quält, seit sie ihre Schwester an jenem Vormittag allein hat fahren lassen. Krissie wollte nicht, zögerte den Aufbruch hinaus, doch Annie hörte ihr nicht zu. Und ja, Krissie verschwand, als Annie gerade das Sprüchealbum holte, aber sie hätte ihr nachlaufen können. Warum hat sie das nicht getan? Schließlich hatte sie ihrer Mutter versprochen, auf Kristen aufzupassen.

Die Stewardess kündigt über Lautsprecher an, das Flugzeug sei nun startklar. Jetzt geht es wirklich los. Nervös schaut sie ein letztes Mal aufs Handy, hat schon wieder vergessen, dass sie von ihrer Mutter ja keine Nachricht bekommen kann. Allerdings hat sie eine Mitteilung von Professor Thomas Barrett, dem Mann, für den sie arbeiten wird.

Olive und ich freuen uns so sehr darüber, dass du zu uns kommst. Wir holen dich am Zolleingang ab. Guten Flug! Tom

Ja klar. Der Prof mag sich freuen, aber Olive? Ganz bestimmt nicht! Die kleine Kröte wird Annie das Leben zur Hölle machen, davon ist sie überzeugt. Als Annie mit Solène Duchaine von der Agentur sprach, musste sie sich schon so einiges anhören über die Kleine, die bereits zwei Au-pair-Mädchen verschlissen hat.

»Olive Barrett ist – wie soll man sagen? – schwieriger als andere Kinder.« Solène erklärte, dass Olive Probleme habe, Freundschaften zu schließen, weil ihre Mutter vor achtzehn Monaten gestorben sei.

Annie beißt sich auf die Lippe. Sie hat keine Ahnung, wie man mit Kindern umgeht, schon gar nicht mit einem aufsässigen Kind, das trauert.

Moment mal … Würde diese Beschreibung nicht auch auf sie zutreffen?

18

Erika

»Was soll das heißen: Sie ist weg? Wie konntest du das zulassen, Katie?«

»Es tut mir leid. Ich war genauso baff wie du, als sie anrief und sagte, sie sei schon unterwegs.«

Ich stehe in Kates Küche und lese die Notiz meiner Tochter:

Liebe Mom,
es geht mir gut. Wirklich. Bitte vertrau mir und mach Dir keine Sorgen um mich. Such mich auf gar keinen Fall! Ich habe deine Telefonnummer blockiert. Wir beide brauchen etwas Zeit, getrennt voneinander, meinst Du nicht?
Alles Liebe
Annie

Es gelingt mir so gerade, mich zusammenzureißen. Annie ist fort, Wes ebenfalls. Ist auch Kristen nicht mehr auf der Insel? Habe ich den langen Weg umsonst zurückgelegt?

Kate konzentriert sich auf das Glas Wasser, das sie mir gerade einschenkt. »Annie ist auf dem Weg nach Paris«, sagt sie.

Fassungslos trete ich einen Schritt zurück. »Was? Warum? Wie kann sie das Land verlassen, ohne mir etwas zu sagen?«

Kate stellt den Wasserkrug ab. »Sie hat eine Stelle als Au-pair angenommen. Atme erst mal tief durch, bevor du jetzt ausflippst. Ein paar Monate in Paris werden ihr guttun! Ich habe sie, ehrlich gesagt, ermutigt, auch wenn das nicht wirklich nötig war.«

Kate runzelt die Stirn. »Wusstest du, dass sie hierhergekommen ist, um Kristen zu suchen?«

Mein Herz schlägt schneller. »Und? Hat sie sie gefunden?«

Kate klappt die Kinnlade hinunter. »Nein! Natürlich nicht, Rik. Jetzt mal ernsthaft: Hör auf damit! Ich weiß, dass ihr gerade in einer beschissenen Situation seid. Aber du bist keine Hilfe für Annie, wenn du nicht nach vorne schaust.«

Ich starre sie an, spüre, wie mir die Tränen hochsteigen. »Ich bin nicht verrückt, Kate, und Annie auch nicht. Kristen lebt, und ich werde sie finden.«

Kates Blick ist müde. »Dann sind wir uns einig, dass wir uns nicht einig sind, ja?«

Ich atme laut aus. »Okay. Aber du wirst schon sehen.«

»Du hast zu viel gearbeitet und dir keine Zeit genommen, um zu verarbeiten, was passiert ist. Irgendwann musst du mal aufhören, deine Gefühle im Büroschrank wegzuschließen, Schwesterherz.«

»Mein Job ist mir wichtig, Kate.« Ich wische mir über die Augen. »Er ist der Leim, der mich zusammenhält. Nur bei der Arbeit habe ich noch das Gefühl, annähernd normal zu sein. Bei allem anderen versage ich.«

Kate reibt mir über den Arm. »Das stimmt doch nicht!«

»Und ob das stimmt! Ich bin eine miserable Mutter.« Ich beiße mir auf die Lippe, um nicht zu sagen, was ich am meisten bereue. Ich habe meiner Schwester nie erzählt, dass ich Kristens Überdrehtheit an unserem letzten gemeinsamen Morgen ignoriert habe. Ich bringe es einfach nicht fertig, meine Scham in Worte zu fassen.

»So miserabel kannst du gar nicht sein, denn Annie liebt dich immer noch.«

»Na klar. Und zwar so sehr, dass sie über den Atlantik fliegt, ohne mir etwas zu sagen.« Bei dem Gedanken, dass meine Kleine ganz allein in Paris ist, schaudert es mich. Langsam steigt wieder die Angst in mir auf. »Ich muss sie zurückbringen. Ich hole jetzt meinen Reisepass …«

»Hör auf!«, sagt Kate. »Annie ist kein Kind mehr. Die paar Monate in Paris werden gut für sie sein. Die E-Mail, die du bekommen hast, fordert dich auf, dich mit deiner Vergangenheit auseinanderzusetzen. Deshalb bist du hier.« Ein Lächeln legt sich auf ihre Lippen. »Du kannst deine Reise in die Vergangenheit im Mustang beginnen. Komm! Ich gebe dir einen Burger und ein Bier aus.«

»Burger und Bier? Nein. Ich muss Kristen finden.«

Bloß: Wo soll ich anfangen? Mein Mut sinkt. Annie hätte die Insel niemals verlassen, wenn sie noch Hoffnung hätte, ihre Schwester hier aufzutreiben. Erneut lese ich Annies Nachricht, und zum ersten Mal erfasse ich die ganze Tragweite ihrer Botschaft.

»Annie hat meine Nummer blockiert.« Panik steigt in mir auf, ich schnappe nach Luft. »Ich kann sie nicht erreichen, Kate!«

»Beruhige dich. Ich halte Kontakt zu ihr, solange sie in Europa ist. Aber du musst ihre Bitte akzeptieren. Sie hat dich um ein bisschen Abstand gebeten.«

»Das ist doch lächerlich! Hilf mir, bitte! Ruf sie an und sag ihr, dass ich bei dir bin und dass sie meine Anrufe annehmen soll.«

»Genau. Damit sie mich dann auch noch ignoriert, oder was?«

Ich schließe die Tür von Kates winzigem Gästezimmer, hole mein Handy hervor und wähle Brians Nummer. Während es klingelt, registriere ich die weißen Lamellenfensterläden vor dem Fenster. Auf dem antiken Schreibtisch unserer Großmutter stehen mehrere Blumentöpfe mit exotischen Pflanzen in unterschiedlichen Grüntönen.

»Hey, Erika!«, meldet sich Brian. »Was gibt's?«

»Unsere Tochter ist auf dem Weg nach Paris, das gibt es. Ich bin auf der Insel, und sie ist weg!«

»Ganz schön cool, was?«

»Nein, das ist furchtbar! Und sie blockiert meine Anrufe.«

»Ich habe vor dem Flug mit ihr gesprochen. Es geht ihr gut.«

Ich weiß, dass es nicht hilfreich ist, aber ich fühle mich von Annie verraten. Wieso wird Brian verschont? Er arbeitet genauso viel wie ich, und nur weil ich die Mutter bin, trage ich das ganze Leid allein?

»Wo wohnt sie dort überhaupt? Für wen arbeitet sie?«

»Ähm, weiß ich nicht mehr genau. Ich schreib es dir.«

Ich lege auf, genauso ratlos wie vor meinem Anruf. Wie versprochen, schickt mir Brian eine Nachricht mit Annies Kontaktdaten. Gott sei Dank!

Dr. Thomas Barrett
Gastprofessor Biochemie
Faculté de Médecine Pierre et Marie Curie,
Sorbonne Universités
UPMC
4 place Jussieu
75005 PARIS
thomas.barrett@upmc.fr

Sofort schnappe ich mir meinen Laptop, setze mich auf die Bettkante und verfasse eine E-Mail.

Sehr geehrter Dr. Barrett,
darf ich mich kurz vorstellen? Ich bin die Mutter von Annie Blair. Gerade erst habe ich erfahren, dass sich meine Tochter auf den Weg zu Ihnen nach Paris gemacht hat.

Ich löse die Finger von der Tastatur, überlege, wie diese Zeilen aufgefasst werden können. Wird der Mann mich für eine schlechte Mutter halten, die nicht mit ihrer Tochter spricht?

Oder, schlimmer noch, für eine Helikopter-Mutter, die ihr erwachsenes Kind nicht loslassen kann? Schuldig in beiden Punkten, würde ich sagen.

Annie und ich machen gerade eine schwierige Phase durch. Wären Sie vielleicht so nett, mir kurz Bescheid zu geben, wenn sie sicher angekommen ist?

Ich halte die Luft an, als ich an Annie denke, ganz allein hoch über dem Ozean. Ich beiße mir in die Wange und lege die Finger wieder auf die Tastatur.

Ist die Gegend, in der Sie wohnen, gefahrlos für eine junge Frau wie Annie? Sie ist sehr sensibel, und ich habe Sorge, dass sie Heimweh bekommt.

Ich unterschreibe mit meinem vollen Namen und setze meine Telefonnummer darunter. In dem Moment klopft es an der Tür. »Herein!«, rufe ich, schlucke den Kloß im Hals hinunter und drücke auf *Senden*. Meine Schwester tritt ein. Kate hat sich aufgebrezelt mit einer zerrissenen Jeans, gechoppten Stiefeln, einer weiten Bluse und klimpernden Armreifen. Die Sachen betonen ihre schlanke Figur. Ihr glänzendes braunes Haar trägt sie heute lang und offen. Sie sieht eher wie eine Studentin aus – nicht wie die Managerin eines Restaurants.

»Gin Tonic«, sagt sie und reicht mir ein Glas. Das zweite behält sie für sich. »Prost!«

Wir stoßen an. Ich trinke einen Schluck der sehr starken Mischung.

»Komm, wir gehen ins Stang.« Sie spricht den Namen der Bar so aus wie die Jugendlichen auf der Insel. »Es ist Samstagabend, alle sind da.«

Nur meine Kristen nicht, selbst wenn sie noch auf der Insel sein sollte – was wohl ziemlich unwahrscheinlich ist. Sie ist noch keine einundzwanzig, dürfte also gar nicht in die Bar. Und die Vorstellung, meine ehemaligen Freundinnen wiederzusehen, Menschen, die ich nicht mehr kenne und mit denen mich nichts mehr verbindet, reizt mich auch nicht unbedingt. Fast kann ich ihre gut gemeinten Sätze hören, wenn sie mir ihr Beileid aussprechen, hilfloses Gestammel wie *Es tut mir so leid* oder *Es sollte so sein.*

»Ach, Kate, es ist schon spät.«

»Es ist halb zehn, verdammt nochmal! Komm, wir gehen! Hopp, hopp!«

Ich konnte meiner kleinen Schwester noch nie einen Wunsch abschlagen. Vielleicht weil sie noch Windeln trug, als unsere Mutter starb. Jedes Mal, wenn sie nach ihr schrie, brach es mir das Herz. Oder liegt es daran, dass Kate das Herz eines Engels und das Auftreten einer Rockerbraut hat, eine irritierende Kombination, die ihr mehr Seele zu verleihen scheint als allen anderen? Aus welchem Grund auch immer – Katie hatte, wie wenige andere, immer Macht über mich, und so wird es wohl auch ewig bleiben.

Ich rappele mich auf, nicht ohne vorher übertrieben zu stöhnen. »Wenn du unbedingt willst …« Ich gehe zur Tür, doch Kate hält mich auf.

»So kannst du nicht los.«

Ich runzele die Stirn. »Wieso nicht?«

»Du siehst aus wie … wie eine Maklerin aus New York.« Kate zieht den Kopf ein. »Sorry.«

»Hey« – ich schiele an mir hinab –, »ich sag's ja nur ungern, aber dieses Kostüm hat über achthundert Dollar gekostet. Das ist von Christian …«

»Tut mir leid, Schwesterherz. Die Leute hier interessiert es einen Scheiß, ob du Fendi oder Faded Glory trägst.« Kate geht zu ihrem Schrank und sieht sich über die Schulter nach mir um. »Das ist die Hausmarke von Walmart, falls du's nicht wusstest.«

»Ich hab nichts anderes dabei als diesen Hosenanzug. Nur

noch ein kurzes Jäckchen, aber das wollte ich morgen auf dem Rückflug anziehen.«

Kate trommelt mit den Fingern auf ihr Kinn, mustert mich von oben bis unten. »Gut, zieh mal den Blazer aus!«

Ich zögere, aber gehorche dann und lege die Jacke über einen Stuhl.

»Mein Gott, bist du dünn!«

»Danke. In New York gilt das als Kompliment.«

»Na klar.« Kate beugt sich vor und öffnet zwei Knöpfe an meiner Bluse. »Meine Antwort auf einen Bad Hair Day ist ein tiefer Ausschnitt.«

»He!« Ich lege meine Hand auf die Brust. »Auch wenn du das verrückt findest, aber ich sehe lieber wie eine Maklerin aus als wie eine Nutte. In meiner Welt ist das Image entscheidend.«

Kate lacht. »Eben. Heute Abend heißt deine Welt Mackinac, nicht Manhattan.« Sie weist auf meinen Kopf. »Nimm mal die Spange raus! Wenn du die Haare so trägst, siehst du aus wie Oma Louise.«

Ich betaste meine streng nach hinten gekämmte Frisur. »Mach mir nicht so viele Komplimente! Ich werde ja ganz eingebildet.«

»Damit kommst du schon klar. Wenn du in puncto Ego mit Donald Trump und Kanye West mithalten willst, hast du noch einen weiten Weg vor dir.« Sie lacht. »Weißt du was? Deine Wimpern sehen super aus! Wenn ich es nicht besser wüsste, könnte ich schwören, dass sie falsch sind.«

Lächelnd drücke ich die Schultern durch. »Oh, danke. Ehrlich gesagt, sind das Wimpernextensions.«

Kate legt den Kopf schräg. »Wow! Merkt man wirklich nicht.«

Ich sehe sie argwöhnisch an. Meint sie das ironisch? Bevor ich das entscheiden kann, nimmt sie ihr Glas, marschiert aus dem Zimmer und macht das Licht hinter sich aus. »Gehen wir! Ich habe Dad gesagt, dass wir kommen. Wahrscheinlich wartet er schon auf uns.«

Mein Herz schlägt schneller. Ich bin nicht bereit, meinem Vater gegenüberzutreten. »Warte«, sage ich im dunklen Zimmer, »ich … ich habe Kopfschmerzen. Ich bleibe zu Hause, geh du allein. Vielleicht komme ich später nach.«

Kate bleibt im schwach beleuchteten Flur stehen. Ihr Gesicht verrät keinen Zorn. Keine Verärgerung. Sondern viel schlimmer: Enttäuschung.

»Du löst dich auf, Rik.« Ihre Stimme ist nur ein Flüstern. »Du bist kaum noch zu sehen.«

Um zehn Uhr hole ich die letzte Xanax aus meiner Handtasche und schlucke sie hinunter. Ich ziehe die kühle Bettdecke hoch und schließe die Augen, um endlich zu schlafen. Doch es ist zu ruhig auf der Insel. Kein Verkehr vor meinem Fenster. Kein Laternenlicht, das durch die Jalousien fällt.

Ob Kate im Mustang auf mich wartet? Hat sie ihren Freunden gesagt, ich würde kommen?

Ich drehe mich um, die Worte meiner Schwester hallen mir durch den Kopf: *Du löst dich auf.* Wann genau hat das angefangen?

Um halb eins bin ich mir relativ sicher, dass mein Vater inzwischen nach Hause gestolpert sein muss. Ich ziehe Hose und Bluse an und gehe los.

In fünf Minuten ist man von Kates Haus im Dorf. Ich stopfe die Hände in die Manteltaschen. Als ich um die Ecke zum Mustang biege, empfängt mich das dumpfe Wummern eines Basses. Es stößt mich gleichzeitig ab und zieht mich an. Vor dem Eingang zur Bar steht eine Menschentraube. Mein Blick fällt auf Curtis Penfield, ausgerechnet.

»Riki! Ich wusste, dass du kommst.«

Klar, Curtis. Ich konnte deinem Charme nicht widerstehen. Bevor ich ihn eines Besseren belehren kann und erkläre, dass ich wegen Kate hier bin, dreht sich Curtis um. Sein Rasierwasser weht mir entgegen. »Hey, Leute! Guckt mal, wer da ist, aus dem fernen New York! Die gute alte Riki Franzel!«

Ich ziehe den Kopf ein, hasse die Aufmerksamkeit fast ebenso sehr wie den Namen, den ich vor zwanzig Jahren abgelegt habe. Die anderen kommen auf mich zu, mein Herz schlägt schneller. Ich begrüße Menschen, die mir irgendwie bekannt vorkommen, ehemalige Freundinnen. Ich erkenne sie an ihrem Lächeln, auch wenn ihre Gesichter nun Falten und Schatten haben.

»Sherri! Schön, dich zu sehen! Wie geht es dir, Holly?«, versuche ich, freundliche Konversation zu betreiben.

Allmählich entspanne ich mich, da höre ich eine Frau flüstern: »Riki Franzel? Nie im Leben! Die war doch immer so hübsch.«

Eine kalte Hand umklammert meine Kehle. *Hör nicht hin!* Ich streiche mir übers Haar, wieder streng nach hinten gekämmt, und hoffe, dass mein künstliches Lächeln halbwegs überzeugend wirkt. »Könnt ihr mir vielleicht helfen?«, rufe ich und greife in meine Tasche, um Kristens Bild herauszuholen.

Curtis' Blick wird weich, er greift nach meiner Hand. »Riki, nicht.«

Ich schüttele ihn ab und halte das Foto hoch. »Hat einer von euch meine Tochter Kristen gesehen?« Langsam schwenke ich das Bild in der Runde, beobachte die Gesichter. Sie runzeln die Stirn, sehen sich nervös um. Zwei Frauen flüstern miteinander.

»Wir kennen Kristen natürlich, weil sie im Sommer immer hier war«, sagt eine mollige Brünette. »Aber wir dachten …«

»Es gab eine Verwechslung«, verkünde ich voller Überzeugung. Ich spüre, wie mir Tränen in die Augen steigen, halte das Foto aber weiter hoch. »Sie ist nicht tot, sie wird vermisst. Und sie könnte hier sein, auf der Insel. Hat einer von euch sie gesehen?«

Die anderen schütteln den Kopf und murmeln vor sich hin. Ich höre das Wort *verrückt,* jemand sagt: »Genau wie ihre Mutter.« Mein Blutdruck steigt. Am liebsten würde ich laut schreien und mich verteidigen. Meine Mutter verteidigen. Aber mir fehlt die Kraft.

Ich muss zu Kate. Im selben Moment, in dem ich die Bar betreten will, schwingt die alte Eingangstür auf. Beim Anblick des Mannes, der herauskommt, zucke ich zusammen.

»Na, was sagt man dazu? Wenn das nicht die feine Dame aus New York City ist!«

Seine Gesichtszüge sind verzerrt, wie immer. Sie verleihen ihm ein asymmetrisches Aussehen, das ihn so böse und düster wirken lässt, wie er spricht. Instinktiv weiche ich zurück.

»Dachtest du, du könntest kommen und gehen, ohne deinen Alten zu besuchen?« Seine Nase ist knallrot, mit Sicherheit die Folge von zahlreichen Whiskey-Cola. Er trägt eine Kappe der Fährgesellschaft, darunter lugen weiße Haarbüschel hervor. Mir fällt auf, dass sein früher kräftiger, aufrechter Körper eingefallen ist. Natürlich. Mein Vater ist jetzt achtundsiebzig.

Die anderen Gäste verstummen. Mir bricht der Schweiß aus. Jemand stößt mich an, vielleicht Curtis. Ich trete vor wie ein Kind, das vor dem Direktor erscheinen muss.

»Hallo, Dad.« Halbherzig nehme ich ihn in die Arme, wie man es von einer Tochter erwartet, die zum ersten Mal seit sechs Jahren ihren Vater wiedersieht. Seine Wange kratzt wie Schmirgelpapier, ich atme seinen noch immer vertrauten Geruch von Whiskey und Tabak ein. Aber wir waren noch nie gut in so was, Cap Franzel und ich. An der Art, wie er sich verspannt, merke ich, dass die Umarmung für ihn genauso unangenehm ist wie für mich.

Mit einem Kloß im Hals trenne ich mich von ihm. Tränen steigen mir in die Augen, schnell blinzele ich, um sie zu vertreiben. Es ist weniger Traurigkeit als Sehnsucht. Nach all den Jahren und meinen großen Erfolgen sehne ich mich tief in meinem Herzen immer noch nach der Liebe meines Vaters.

Er hat uns nie geschlagen, nicht mal nach seinen samstäglichen Saufgelagen. Er fehlte einfach nur. Hat er nicht gemerkt, dass der Tod meiner Mutter eine Lücke in mir hinterließ, die gefüllt werden wollte?

Er nickt mir zu. »Bis zum nächsten Mal.« Seine Lippen verziehen sich zu einem schiefen Strich. Ob es ein verzerrtes Lächeln oder ein sarkastisches Grinsen ist, kann ich nicht sagen.

Gut. Ich habe ihn begrüßt. Morgen kann ich die Insel ohne Schuldgefühle wieder verlassen. Ich kann eine E-Mail an *Wunder-gesucht* schreiben und berichten, dass ich meine letzte Reise geprüft habe und sie tatsächlich genauso furchtbar war, wie ich sie in Erinnerung hatte.

Ich spüre die Leute um mich herum, fühle ihre Blicke, und weiß, dass sie es nicht erwarten können, sich das Maul zu zerreißen: *Habt ihr gehört, dass Riki Franzel da war, Caps Älteste? Die Eingebildete aus New York? Die ist genauso verrückt wie ihre Mutter. Hat kaum mit Cap gesprochen.*

Mein Vater geht an den anderen vorbei, die Straße hinunter. Ich schaue ihm nach.

Ich muss hier weg. Ich verabschiede mich von Curtis und den anderen und haste dann in die entgegengesetzte Richtung davon. Mein Atem kommt in kurzen, heftigen Stößen. Als die Musik zwei Häuserblocks vom Mustang entfernt endlich verklingt, werde ich langsamer. Ich setze mich auf eine Bank, ziehe mein Handy aus der Jackentasche, öffne die E-Mail von *Wunder-gesucht* und drücke auf *Antworten.*

Wer bist Du? Kristen? Annie? Ich bin auf der Insel und suche Dich. Wo bist Du? Sprich mit mir, bitte! Ich brauche Dich.

Als ich das letzte Wort schreibe, steht plötzlich Curtis Penfield vor mir.

»Du bist ganz anders als dein Vater.«

Genau das musste ich jetzt hören.

Curtis trägt eine ausgewaschene Jeansjacke und hat zwei Bierflaschen in der Hand.

Ich atme tief durch. »Manchmal habe ich Angst, große Ähnlichkeit mit ihm zu haben, mal abgesehen von der Pfeife und dem Flanellhemd.«

Grinsend reicht er mir eine Flasche und stößt mit mir an. Ohne dass ich Curtis dazu aufgefordert habe, setzt er sich neben mich auf die Bank.

»Ich kann dir nicht sagen, ob sie noch lebt«, beginnt er, »aber ich kann dir garantieren, dass sie nicht auf der Insel ist.«

Verdutzt sehe ich ihn an. »Woher willst du das wissen?«

»Das hat Annie mir gesagt, als ich sie zurück zum Festland gebracht habe.«

Mein Mut sinkt. Genau, wie ich gedacht hatte. Annie wäre nie gefahren, wenn sie geglaubt hätte, dass Kristen hier sei.

»Sie hat mir erzählt, dass sie nach ihrer Schwester gesucht hat, aber vergeblich. Klang so, als wollte sie nach vorne schauen.« Ich spüre Curtis' Blick auf mir. »Solltest du vielleicht auch tun.«

Hat Annie einen Schlussstrich gezogen? Ist sie nun doch überzeugt, dass ihre Schwester tot ist? Soll ich ihretwegen weitermachen? Ich schüttele den Kopf.

»Die Sache ist die: Ich habe keine Ahnung, wie das geht.«

Curtis streckt die langen Beine aus, lehnt sich zurück und schaut hinauf zu den Sternen. »Wenn wir wirklich großes Glück haben«, sagt er, »kann es sein, dass wir mit Rückenwind und günstigem Seegang durchs Leben segeln. Doch wenn sich der Kurs ändert – und das tut er immer –, haben wir oft Probleme, uns neu zu orientieren.« Er legt eine Hand auf meine. »So ist es gerade bei dir, Riki Franzel. Du versuchst, deinen wahren Kurs zu finden.«

Ich warte einen Moment, bis ich wieder sprechen kann. »Ob

du es glaubst oder nicht, aber zu Hause bekomme ich alles auf die Reihe. Nur wenn ich hier bin, verliere ich vollkommen die Orientierung.« In Gedanken sehe ich, wie Brian den Kopf schüttelt, Kate die Augen verdreht und Annie ruft: »Was für ein Schwachsinn!«

»Weißt du, wen ich sehe, wenn ich dich anschaue, Riki? Das kleine schüchterne Mädchen mit den Zöpfen, das seine Mutter verloren hat und sich weigert zu glauben, was ihm alle sagen.«

Ich schlage die Hand vor den Mund, spüre, wie der Damm in mir zu brechen droht. Curtis spricht von den Lügen, die nach dem Unfall meiner Mutter die Runde machten. »Bitte nicht!«, sage ich, denn ich will es nicht hören. »Keiner hat meine Mom so gut gekannt wie ich. Und keiner kennt Kristen so gut wie Annie und ich.«

Obwohl ich es eigentlich nicht will, erzähle ich Curtis von dem Sprüchebuch und Kristens Kommentaren. Ich höre gar nicht mehr auf zu reden. Berichte von meiner schwierigen Beziehung zu Annie, was für eine große Enttäuschung ich für sie bin. Die Sätze purzeln nur so aus mir heraus, als säße ich im Beichtstuhl. »Du denkst bestimmt, dass ich eine furchtbare Mutter bin.« Ich starre auf die Bierflasche.

»Nein«, sagt Curtis. »Ich denke, dass du genauso bist wie ich und Millionen anderer Menschen. Du hast zu viel Angst, es langsam angehen zu lassen, weil man dann ja vielleicht etwas fühlen muss.«

19

Annie

Annie ist am Flughafen Charles de Gaulle durch den Zoll gegangen, bleibt nun vor der Tür stehen und sucht im Pulk der Abholer den Professor und seine Tochter. Ihr Blick gleitet über die Menge, sie hält Ausschau nach einem spindeldürren Strebertyp mit Nickelbrille und Fliege.

Da hört sie eine tiefe, melodische Stimme hinter sich: »Annie Blair?«

Sie dreht sich um und schaut in die Augen eines lächelnden Mittvierzigers mit dunklen Locken. Er trägt eine khakifarbene Hose und ein weißes Hemd. Sein Körper ist alles andere als spindeldürr.

»Annie Blair?«, wiederholt er.

Trotz ihres plötzlich trockenen Munds bringt sie ein »Ja« hervor und denkt sogar daran, ihm die Hand hinzuhalten.

»Willkommen in Paris!«, sagt er. »Ich bin Tom Barrett.« Doch Annie nimmt nur die Wärme seiner Hand in ihrer und die goldenen Flecken in seinen dunklen Augen wahr, eine Farbe wie gebräunte Butter. Er lässt ihre Hand los und legt sie auf den Scheitel eines kleinen Mädchens. »Und das ist Olive.«

Annie hockt sich vor ein blasses, pausbäckiges Mädchen, das sich hinter dem Bein seines Vaters versteckt. Auf dem kinnlangen Haar sitzt schief eine Baskenmütze.

»Hallo, Olive!«

Als das Kind sie endlich ansieht, verschlägt es Annie fast den Atem. In den durch die dicken, runden Gläser der rosa Brille vergrößerten Augen erkennt Annie denselben Schmerz und den Verlust, den sie selbst empfindet. Instinktiv streicht sie dem Mädchen über den Arm. Olive zuckt zusammen, schnell zieht Annie die Hand zurück.

»Ich bin Annie und ab jetzt dein ...«

»Au-pair«, vollendet die Kleine den Satz.

Ermutigt lächelt Annie. »Ja. Genau. Schlaues Köpfchen!«

»Pah! Wer sollst du denn sonst sein?«

»Ähm, ja. Klar.« Niedlich, aber frech, genau wie Solène gesagt hat. Annie wippt auf den Fersen.

»Ich hoffe, dass wir Freundinnen werden.«

Olive ignoriert die Bemerkung und schaut zu ihrem Vater hoch. »Auf dem Bild, das du mir gezeigt hast, war sie viel schöner.«

Die wahren Worte der Fünfjährigen treiben Annie die Schamesröte ins Gesicht. Ihr Lächeln verfliegt, sie mahnt sich, sich nicht über die kecken Bemerkungen des Kindes zu ärgern.

Tom streicht seiner Tochter über den Kopf. »Sei lieb, Olive. Ich finde, die echte Annie ist viel hübscher als auf dem Foto.«

»Nein.« Annie hofft, dass ihre Stimme nicht bricht. »Olive hat recht.« Sie schaut das Mädchen an. »Das Foto wurde vor einem Jahr gemacht. Damals sah ich wirklich viel besser aus, nicht?«

»Ja. Du hast uns reingelegt.«

»Olive!« Tom ist entsetzt.

Annie schaut auf ihre Füße und würde sich am liebsten in Luft auflösen. Sie muss etwas sagen, bevor dieser kleine Frechdachs die Oberhand gewinnt. Was würde ihre Mutter jetzt machen? Annie schaut Olive an und zwingt sich zu lächeln.

»Weißt du, ich wollte so gerne dein Au-pair sein, dass ich ewig lange herumgesucht habe, bis ich ein wirklich schönes Bild von mir gefunden habe. Manche Menschen legen sehr viel Wert auf Äußerlichkeiten. Stell dir das mal vor! Zum Glück gehörst du nicht dazu.«

Olive runzelt die Stirn, als wisse sie nicht genau, was sie darauf erwidern soll. Tom grinst. »Komm, wir holen dein Gepäck.« Er tritt hinter Annie und flüstert ihr zu: »Gut gemacht.«

Er hievt ihre Koffer vom Band, und Annie wird so schwindelig von seinem warmen Atem an ihrem Ohr, dass sie am liebsten rufen würde: »Hallo, ich bin Single und zu haben, nimm mich!« Dann ist Tom wieder bei ihr, doch er stellt nur die Frage, ob Olive noch mal zur Toilette muss, bevor sie fahren.

Annie sitzt im Auto vorne neben dem Professor und schaut abwechselnd aus dem Fenster auf die überwältigenden Panoramen des sonnenüberfluteten Paris, nach hinten auf das kleine Mädchen, dessen Blicke sie wie Pfeile durchbohren, und hinüber zu dem umwerfenden Mann am Steuer, der mit den Fingern im Takt der Musik klopft. Sie registriert den dunklen Haarflaum auf seinen muskulösen Unterarmen, seine auffällige Armbanduhr und die hippen Wildlederboots von J. Crew. Solche wollte sie ihrem Vater zu Weihnachten schenken, fand dann aber, er sei nicht cool genug dafür. Annie dreht den Kopf zur Seite und rechnet fast damit, dass die Fensterscheibe beschlägt.

Die Stadt ist genau so, wie Annie sie sich vorgestellt hat: Beaux-Arts-Architektur, Hotels mit Mansardendächern und schmiedeeisernen Brüstungen. Tom fährt über die Pont de Sully und unter der Brücke schlängelt sich die Seine. Tom zeigt Annie die Wahrzeichen, die Île Saint-Louis und die Île de la Cité dahinter. Sie gelangen auf die Rive Gauche und den geschäftigen Boulevard Saint-Germain. Annie hält die Augen offen. Kristen könnte hier unterwegs sein, auf dem Gehsteig, eine von Tausenden in den Geschäften, Cafés und Restaurants. Annie sinkt der Mut. Wie soll sie ihre Schwester in dieser Stadt jemals finden? Besonders wenn sie gar nicht gefunden werden will?

Tom biegt in die Rue de Rennes ein, eine hübsche, baumgesäumte Straße im Viertel Saint-Germain-des-Prés. Kurz darauf stehen sie vor einem alten vierstöckigen Kalksandsteingebäude, das aussieht, als wäre es einem Märchenbuch entsprungen.

Freundlich plaudernd trägt Tom Annies Gepäck in den obersten Stock, der alte Aufzug ist zu klein dafür. Olive hingegen brummt nur, wenn Annie ihr eine Frage stellt. Als Tom die Wohnung aufschließt, öffnet sich die Tür auf der anderen Seite des Flurs. Ein großer dünner Typ mit blasser Haut kommt heraus.

»Hallo, alle zusammen!« Er zerzaust Olives Haare und lächelt Annie an. »Du bist bestimmt Annie!«

»Hallo, Rory«, sagt Tom. »Das ist unser neues Au-pair-Mädchen, Annie Blair. Annie, das ist Rory Selig, unser guter Freund und Nachbar. Er studiert am Cordon Bleu.«

»Hallo!« Annie gibt dem Jungen die Hand.

»Ich führe dich gerne durch die Stadt, Annie«, sagt Rory mit unverkennbar deutschem Akzent. »Ich bin gerade auf dem Sprung. Wenn du direkt mitkommen möchtest, kann ich kurz warten.«

Sie schaut Tom an in der Hoffnung, er möge sie vor dieser aufdringlichen Bohnenstange retten. Doch der Professor lächelt nur: »Wie du möchtest!«

»Danke, aber ich packe lieber erst aus«, beeilt sich Annie zu sagen.

»Dann holen wir unsere Entdeckungstour später nach«, meint Rory.

»Na klar«, erwidert Annie. Doch sie ist nicht dreitausend Meilen weit geflogen, um eine Entdeckungstour zu machen. Sie ist hier, um ihre Schwester zu finden. Sie kann keinen Freund gebrauchen … oder gar eine Ablenkung.

»Beeilung!« Olive hält die Tür mit ihrem kleinen Körper auf. Annie betritt die Wohnung.

Sie ist kleiner als ihr Apartment in New York, aber die hohen Wände und großen Fenster vermitteln ein Gefühl von Weite.

Tom führt Annie durch Wohn- und Esszimmer, vorbei an einem kleinen schwarz-weiß gekachelten Gäste-WC, und einen Korridor entlang, von dem drei Schlafzimmer und ein zweites Bad abgehen.

»Mein Zimmer ist am Ende des Flurs«, erklärt der Professor und weist auf eine geschlossene Tür hinten rechts. Er steckt den Kopf in das funkelnd saubere Bad. »Du teilst dir dieses mit Olive«, sagt er. »Ich hoffe, das ist in Ordnung.«

»Ja klar!«

»Aber sie darf nicht mein Shampoo nehmen!«, ruft das Mädchen.

»Natürlich nicht«, wirft Annie ein. »Ich hab ja mein Lieblingsshampoo mit dem Kirsch-Mandel-Duft dabei. Vielleicht willst du das mal ausprobieren.«

»Deine Haare stinken.«

»Olive, du bist unmöglich!«, schimpft Tom.

»Du meine Güte!« Annie beugt sich vor, um Olives Nase zu begutachten. »Du hast ja ein gutes Riechorgan!« Sie tippt dem Kind auf die Nasenspitze. »Das wird uns bestimmt sehr nützlich sein, wenn wir morgen Kuchen kaufen gehen.«

Tom lächelt Annie verschwörerisch zu und geht weiter durch den Flur bis zum mittleren Zimmer. »Das ist Olives Reich.«

Annie stellt sich auf die Schwelle und betrachtet das rosa Zimmer mit den schwarz-pink gepunkteten Vorhängen. Auf dem Nachttisch steht das Foto einer attraktiven brünetten Frau, die mit einem Kleinkind in einem Korbstuhl sitzt. Wahrscheinlich Olives Mutter. Bevor Annie näher treten kann, schießt das Mädchen nach vorn und umklammert mit beiden Händen den Türgriff. »Du darfst hier nicht rein!« Sie zieht die Tür so heftig zu, dass Annie einen Luftzug spürt.

»Olive!« Tom schiebt die Tür wieder auf. »Sei vorsichtig! Du hast Annie fast die Tür ins Gesicht geschlagen.«

»Ist gut, Olive«, versucht Annie, die Lage zu entschärfen.

»Wir können uns ja in meinem Zimmer aufhalten. Willst du es mir zeigen?«

Die Kleine verschränkt die Arme vor der Brust. »Das ist nicht dein Zimmer. Du gehörst nicht zu unserer Familie.«

»Es reicht jetzt, Olive!« Toms Stimme ist streng. Er führt Annie zum letzten Raum auf der linken Seite. Er ist in einem hübschen Gelbton gestrichen. Auf dem breiten Bett liegen eine weiße Decke und mehrere blau-weiße Kopfkissen. Eine Glastür führt auf einen kleinen Balkon.

»Wunderschön!« Annie geht zu einer alten Kommode, auf der eine Vase steht. »Sonnenblumen!« Mit dem Finger streicht sie über die goldgelben Blüten. »Meine Lieblingsblumen.« Sie wendet sich an Olive. »Meine Schwester mochte gerne Orchideen, aber die sind nicht so zuverlässig. Sonnenblumen sind viel, viel treuer, findest du nicht?«

Olive kneift die Augen zusammen. »Du bist komisch.«

Tom will etwas sagen, doch bevor er Olive erneut tadeln kann, bricht Annie in Gelächter aus. Der Professor lacht mit. Olives Blick hüpft zwischen Annie und ihrem Vater hin und her, und Annie könnte schwören, dass das kleine Schlitzohr sich selbst das Lachen verkneifen muss.

20

Erika

Als ich am Sonntagmorgen erwache, greife ich als Erstes zu meinem Handy auf dem Nachttisch. Keine Nachricht von *Wunder-gesucht*. Aber ich habe eine Mail von John Sloan, dem alten Freund, den ich am Tag des Zugunglücks zufällig im Fig and Olive traf. Er schreibt, er habe an mich gedacht und hoffe, ich würde es irgendwie durchstehen. Ich lösche die Mitteilung.

Dann rufe ich Kristen an und lausche ihrer Stimme.

»Hallo, hier ist Kristen. Nachrichten nach dem Piepton.«

»Mailbox voll«, verkündet danach die abgehackte Frauenstimme vom Band.

»Guten Morgen, meine Maus«, flüstere ich, damit Kate mich nicht hört. »Ich komme heute nach Hause. Bist du vielleicht da und wartest auf mich?«

Ich tapere in Kates Küche, der Gürtel des Morgenmantels schleift hinter mir her. Neben der Spüle steht Kates Kaffeebecher mit der Aufschrift: *Wach auf und träume!* Ob Idealisten wie Kate und Annie sich wirklich durchsetzen? Oder ist das Leben letzten Endes doch mies und beschissen?

Ich entdecke einen Zettel auf der kleinen Kücheninsel.

Bin zur Kirche, dann im Café Seabiscuit. Muss ein paar Stunden arbeiten, bin spätestens heute Mittag zurück. Kaffee und Zimtschnecken sind da, bedien Dich! Oder besser noch: Komm rüber ins Restaurant und schlag Dir dort den Bauch voll. Hab Dich lieb.

Auf der Arbeitsfläche steht ein Teller voller Zimtschnecken.

Kate leitet das Café Seabiscuit, deshalb hat sie das leckere Gebäck immer auf Vorrat. Schon seit Jahren habe ich keine Zimtschnecke mehr gegessen. Ich beuge mich vor und erschnuppere ihren Duft. Das Wasser läuft mir im Mund zusammen, doch ich widerstehe und gieße mir nur eine Tasse schwarzen Kaffee ein. Draußen regnet es seidendünne Bindfäden aus einem metallisch grauen Himmel. Die letzten Schneereste schmelzen praktisch vor meinen Augen dahin. Ich trinke den Kaffee und schaue aus dem Fenster. Ein Eichhörnchen saust über einen Ast, ein Hochseilartist, der versucht, Samen aus Kates hängendem Vogelfutterspender zu stibitzen. Mit einem Lächeln denke ich an meine Mutter und ihre Liebe zu den gefiederten Freunden.

Eine Erinnerung taucht vor meinem inneren Auge auf, klar und plastisch wie ein Fels im Fluss. Es ist Winter, wir sind in unserem Haus in Milwaukee. Kate ist noch ein Säugling, sie weint. Selbst ich weiß, dass sie Hunger hat. Immer wieder versuche ich, es meiner Mutter zu sagen, doch sie scheint mich nicht zu hören.

»Eine Mutter muss ihre Jungen füttern«, wiederholt sie ein ums andere Mal. Doch statt sich um Katie zu kümmern, holt sie eine Tüte Vogelfutter aus der Vorratskammer und geht lediglich mit Bademantel und Hausschuhen bekleidet nach draußen. Ich habe Angst. Der Blick in ihren Augen macht mir eine Gänsehaut. Vom Fenster aus beobachte ich, wie sie die Samen in den Spender füllt, immer mehr, bis sie aus dem Drahtgefäß quellen und ein kleines Häufchen auf dem Boden bilden.

Irgendwann kommt meine Mutter wieder herein. Als sie Katies Gebrüll hört, zuckt sie zusammen. Ich halte ihr die Flasche entgegen, die ich erwärmt habe, doch sie nimmt sie nicht an, sondern geht in ihr Zimmer und macht die Tür hinter sich zu.

Ich trete vom Fenster zurück. In meinem Herzen ist eine Narbe, wo früher meine Mutter war. Bis jetzt hatte ich diesen Zwischenfall vergessen. Seltsam, wie sie sich an jenem Tag benahm, diese Frau, die normalerweise voller Leben und Energie war. Machte Mackinac Island sie krank? Aber nein! Das mit dem Vogelfutter war in Milwaukee, bevor wir nach Mackinac zogen.

Mit meinem Laptop und dem Kaffee stehe ich an der Küchentheke und gönne mir dazu doch noch eine halbe Zimtschnecke. Ich öffne das E-Mail-Programm, um die verstörende Erinnerung an meine Mutter zu vertreiben. Mit angehaltenem Atem überfliege ich den Posteingang nach einer Antwort auf die Nachricht, die ich gestern Abend an *Wunder-gesucht* geschrieben habe, doch ich finde nur eine neue Mail von Carter mit einem Update.

Du bist aktuell auf Platz siebenundvierzig. Angeblich soll Emily Lange den Exklusivvertrag für das neue Luxusobjekt in Midtown East erhalten, The Fairview auf der Lexington Ave. Dräng Dich dazwischen, Blair, bevor sie den Zuschlag bekommt.

Ein Exklusivvertrag bedeutet, dass Emily alle Apartments in dem Gebäude zum Kauf anbieten kann – sämtliche sechzehn Luxuswohnungen. Schnell überschlage ich ihre potentielle Provision. Sie wird an mir vorbeiziehen. Mit einem Exklusivvertrag kann ich nicht mithalten, keine Chance. Aber heute ist mir das egal.

Ich leite die Mail an meine Assistentin weiter und lösche sie anschließend.

Als Nächstes lese ich eine Nachricht von thomas.barrett@upmc.fr, vor zwei Stunden abgeschickt. Juchu! Annies Au-pair-Vater!

Liebe Erika,
gerne teile ich Ihnen mit, dass Ihre Tochter heute Morgen wohlbehalten in Paris angekommen ist.

Ich seufze auf. »Gott sei Dank!«

Ich habe sofort gemerkt, dass ich mit ihr das große Los gezogen habe. Sie haben sie wirklich zu einer wunderbaren jungen Frau erzogen.

Ich lächele. Meine Unruhe legt sich ein wenig.

Sie möchten wissen, ob Annie hier sicher ist. Wie jede große Stadt ist auch Paris nicht frei von Kriminalität. Aber wir wohnen in einer sehr ruhigen Gegend, im sechsten Arrondissement. Zu Fuß erreicht man viele Cafés und Buchläden, Olives Schule und die Seine. Ich habe schon festgestellt, dass Annie sehr selbstständig und unternehmungslustig ist. Obwohl sie gerade erst angekommen ist, nutzt sie bereits ihren freien Tag und erkundet die Stadt auf eigene Faust.

Was? Annie? Meine Tochter, die ein Stipendium an der University of Wisconsin abgelehnt hat, weil es zu weit von zu Hause weg war? Das Mädchen, das seine Schwester bestach, um selbst die kleinsten Erledigungen nicht allein machen zu müssen? Aufs Neue schäme ich mich in Grund und Boden. Wie gut kenne ich meine Töchter wirklich?

Annie hat mir erzählt, dass Sie eine der erfolgreichsten Immobilienmaklerinnen in Manhattan sind. Herzlichen Glückwunsch! Sie ist sehr stolz auf Sie. Das erwähne ich nur, weil es in Ihrer Nachricht so klang, als hätten Sie sich ein wenig von Ihrer Tochter entfremdet. Ehrlich gesagt, geht es mir mit meiner Olive auch manchmal so, dabei ist sie erst fünf Jahre alt. Bitte sagen Sie mir, dass es mit der Zeit einfacher wird!

Ich muss lachen. Auf gewisse Weise fühle ich mich mit diesem Mann verbunden, der genau wie ich versucht, eine Tochter großzuziehen.

Olive hat bereits zwei Au-pair-Mädchen verschlissen, seit wir letztes Jahr im August hergekommen sind. Hoffentlich sind wirklich aller guten Dinge drei, wie man so sagt. Olive war früher ein absolut liebes, zufriedenes Kind, und ich vertraue darauf, dass ich dieses Mädchen irgendwann wiederbekomme. Mir ist natürlich bewusst, dass ich nicht konsequent genug bin und strenger mit ihr sein müsste, aber es kommt mir so grausam vor, hart zu ihr zu sein, nachdem sie so viel durchgemacht hat.

Was hat sie denn durchgemacht? Hat Olive auch ein Geschwisterkind verloren? Oder ein Elternteil? Leidet sie vielleicht unter der Scheidung ihrer Eltern?

Pardon. Hiermit entschuldige ich mich für die viel zu persönlichen Informationen und meine Selbstanalyse. Sie sind bestimmt schon halb eingeschlafen oder suchen bereits einen Therapeuten heraus, den Sie mir empfehlen können. Oder noch schlimmer, Sie überlegen, wie Sie Ihre Tochter wieder nach Hause holen können – Schluss jetzt!

Erneut muss ich lachen. Er ist lustig, dieser Professor.

Ich kann nur sagen, ich bin alleinerziehend, genau wie Sie. Ich verstehe Ihre Sorge um Annie und werde mein Bestes tun, das Bindeglied zu Ihrer Tochter zu spielen, solange sie in meiner Obhut ist. Ich verspreche Ihnen, während Annies Zeit hier für sie zu sorgen, als wäre sie mein eigenes Kind.

Beste Grüße,
Tom
+1 888 555 2323

Ich lese die E-Mail noch einmal und spüre, wie ich mich entspanne. Auf jeden Fall werde ich mich bei diesem fürsorglichen Mann bedanken. Ich drücke auf *Antworten.*

Lieber Tom, entscheide ich mich für einen lockeren Ton, *herzlichen Dank für Ihre nette Mail. Jetzt geht es mir schon viel besser. Falls es Ihnen nichts ausmacht, könnten Sie Annie bitte nichts davon sagen, dass wir in Kontakt stehen? Wie Sie schon vermutet haben, haben meine Tochter und ich es gerade nicht leicht miteinander. Ich glaube, erst wenn sie selbst mal Mutter sein sollte, wird sie verstehen, wie wichtig es für mich ist zu wissen, dass es ihr gutgeht.*
Sieht aus, als würde ich Sie mit meinen persönlichen Informationen noch übertreffen. Tut mir leid. Offenbar habe ich unterschätzt, wie schnell man etwas in die Tastatur tippt, obwohl man sein Gegenüber gar nicht kennt.
Vielen Dank noch einmal. Ich kann Ihnen gar nicht sagen, was für eine Erleichterung es ist zu wissen, dass Annie in guten Händen ist.

Herzliche Grüße
Erika

Eine Stunde später stehe ich patschnass, in ein Handtuch gewickelt, in Kates Badezimmer und spreche mit einem Angestellten des Flugplatzes von Mackinac Island – Landebahn wäre wohl die treffendere Bezeichnung.

»Was soll das heißen, der Flugplatz ist geschlossen?« Ich umklammere das Handy und bemühe mich, ruhig zu sprechen. Ich weiß ja, wir sind hier nicht in New York.

»Tut mir leid, Ms Blair. Die Landebahn ist zwei Wochen lang wegen Reparaturarbeiten gesperrt.«

Nur mühsam schlucke ich meinen Unmut hinunter. Jetzt

muss ich heute Nachmittag mit dem verfluchten Schneemobil zum Festland zurück. Noch mal übers Wasser. Über das schmelzende Eis. Auf dem Bock hinter Curtis Penfield. Mir bricht der Schweiß aus.

Ich setze eine dunkle Sonnenbrille auf, um mein ungeschminktes Gesicht zu verbergen, und schlüpfe in meinen Parka. Als die Sturmtür hinter mir zufällt, schlägt mir warme Luft entgegen. Was ist das denn? Das müssen über fünfzehn Grad sein. Dabei haben wir erst den sechsten März!

Ich gehe fünf Querstraßen nach Süden zur Penfield Marina. Der offene Parka umflattert meine Beine wie ein Smoking. Vor einem Büro bleibe ich stehen und poche an die offene Tür. In einem verblassten T-Shirt und einer Baseballkappe von den Spartans sitzt Curtis hinter seinem Schreibtisch. Bei meinem Klopfen zuckt er zusammen, wirft den Kaffeebecher um, und eine Lache ergießt sich über den Sportteil der Zeitung. Verärgert blickt er auf … bis er mich erkennt. Da erstrahlt die Sonne in seinem Gesicht.

»Hey!«, ruft er, springt auf und kommt zu mir. Seine Flipflops klatschen über den Fliesenboden. »Riki Franzel! Komm rein!«

Ich bin nicht Riki Franzel, möchte ich ihn anfahren.

»Hallo, Curtis! Ich muss heute noch aufs Festland.« Ich schiebe mir eine verirrte Haarsträhne hinters Ohr und rücke die Sonnenbrille zurecht. »Der Flugplatz ist wegen Reparaturarbeiten geschlossen.«

Er nimmt seine Lesebrille ab. »Wirklich?«

»Allerdings. Hab angerufen. Also: Kannst du mich rüberbringen?«

Er reibt sich das Kinn, überlegt. »Letzten Frühling ist Andy Kotarba über einen Spalt im Eis gesprungen, der war so breit wie ein Swimmingpool. So wie es heute taut, haben wir gute Chancen, Andys Rekord zu brechen. Fifty-fifty, würde ich sagen.«

Ich schnaube verächtlich. »Das ist ja hirnverbrannt. Ich fahre da nicht rüber, wenn ich zu fünfzig Prozent sterben könnte.«

Curtis lacht und atmet geräuschvoll aus. »Puh! Ich hatte schon Angst, Schätzchen! Du findest mich vielleicht zu vorsichtig, aber ich bin nicht heiß darauf, mich umzubringen, egal, wie sehr es mir in den Fingern juckt, dich zufriedenzustellen.«

Ich überhöre das »Schätzchen« und bleibe nur ganz kurz bei den juckenden Fingern hängen. »Du hast mir gestern Abend gesagt, dass meine Tochter – meine Töchter – nicht hier sind. Ich muss zurück nach New York.« Ich greife zu meinem Portemonnaie. »Du hast doch bestimmt ein Fischerboot, mit dem du durch das schmelzende Eis fahren kannst. Ich zahle jeden Preis.«

Mit vor der Brust verschränkten Armen verfolgt Curtis, wie ich Geldscheine aus der Börse ziehe. Schließlich legt er seine Hand auf meine.

»Steck das Geld weg, Riki. Hier fährt erst wieder was, wenn die Eisschollen geschmolzen sind. Du weißt doch, was mit der Titanic passiert ist, oder?«

Ich marschiere über den Bürgersteig, mein Atem geht schnell und flach. Ich bin auf dieser Insel gefangen. Dabei muss ich nach Hause. Ich muss Kristen finden. Annie will nicht mit mir sprechen. Eine Panikattacke meldet sich an, ich spüre es genau. Nur wenige Tage nach dem Tod meiner Mutter hatte ich den ersten schlimmen Angstanfall. Die Attacken begleiteten mich durch meine gesamte Kindheit. Ich habe noch im Ohr, wie mein Vater mich immer anfuhr, wenn er mich nach Luft schnappen hörte: »Erika Jo! Schluss jetzt!«

Ich bemühe mich, meinen Atem zu kontrollieren, so wie es mir Mrs Hamrick damals zeigte, die Bibliothekarin. Eines Nachmittags vor dreißig Jahren fand sie mich hyperventilierend hinter einem Bücherregal. Diese Insel mit ihrer Enge kann einen erdrücken und vernichten. Das wusste meine Mutter besser als jeder andere, obwohl sie nur kurze Zeit hier lebte.

Der Bürgersteig endet, ich gehe weiter über den Lakeshore Drive, eine schmale Straße am Westufer der Insel. Meine Schläfen pochen. Ich lehne mich gegen einen Baum. Die Vorstellung, dass ich auch nur einen Tag länger hierbleiben muss, ist unerträglich.

Ich schiebe das Handy in die Tasche und schaue die Straße hoch. Weiter oben steht das Haus, wo heute mein Vater wohnt. Mein Herz schlägt schneller. Es ist winzig, eine kleine, holzverkleidete Hütte. Kaum zu glauben, dass dort mal eine vierköpfige Familie gelebt hat, wenn auch nur kurz. Jetzt braucht das Haus ein neues Dach, das sieht man schon von weitem. Ein Fensterladen hängt schief in den Scharnieren.

Ob er mich sehen kann? Überlegt er, mich ins Haus zu bitten, um sich bei mir zu entschuldigen und mir zu sagen, dass er mich liebt? Ich schnaube verächtlich. Die Hoffnung habe ich schon vor Jahren aufgegeben. Cap Franzel hat mir noch nie im Leben gesagt, dass er mich liebhat, und er wird es auch nie tun.

Ein Bild von meiner Großmutter Louise erscheint vor meinem inneren Auge. Sie hat mich auf ihrem Schoß, obwohl ich schon viel zu groß zum Kuscheln bin. »Eines Tages, Erika Jo, wirst du diese Insel verlassen. Ich weiß das und verstehe es. Aber vergiss nie: Wenn du deine Heimat nicht mitnimmst, kannst du nicht erwarten, sie woanders zu finden.«

Ich trotte weiter. Bin ich verflucht? Geht mir das Glück mein Leben lang aus dem Weg, nur weil ich es am Anfang so schwer hatte? Nein. In den frühen Jahren unserer Ehe, als ich mit Brian und den Mädchen in Madison lebte, war ich glücklich und zufrieden. Sein Heim war auch meins. Ich mochte meine Schwiegermutter sehr gerne. Endlich hatte ich die Familie gefunden, die ich mir immer gewünscht hatte. Bis ich sie wieder verlor.

Ich erreiche das Haus, in dem ich einst wohnte. Aus Gründen, die ich nicht erklären kann, schlage ich den Weg zur Tür ein. Ich drücke auf die Klingel und warte. Mein Herz pocht laut, ich schelle erneut. Schließlich ziehe ich die Fliegentür auf und drehe am Knauf.

»Dad?«, rufe ich leise und trete ein. Der abgestandene Geruch muffigen Tabaks steigt mir in die Nase, vertraut und abstoßend zugleich. Das winzige, düstere Wohnzimmer ist mit Möbeln zugestellt. Klar, der braune Fernsehsessel steht vor der Mattscheibe, auf dem Tisch daneben liegen Pfeife und Fernbedienung.

»Dad?«, rufe ich erneut, obwohl er offensichtlich nicht da ist.

Das alte Holzkreuz hängt noch immer neben der Tür, neben der gerahmten Stickerei von Großmutter Louise: *Eine Familie lässt dich los, aber sie lässt dich nie im Stich.*

Sie ließ mich nicht im Stich, auch nicht, als ich schwierig wurde. Nach Moms Tod kam unsere Oma jeden Tag zu uns, brachte Essen, machte sauber und beschäftigte sich mit Katie und mir. Sie gab sich große Mühe, die Lücke zu füllen, die unsere Mutter hinterlassen hatte. Aber mit meiner zehnjährigen Logik fühlte es sich wie Verrat an, mich auf die Liebe meiner Großmutter einzulassen. Auch wenn ich es eigentlich besser wusste, glaubte ich irgendwie immer noch, dass unsere Mom eines Tages zurückkommen würde. Wenn sie dann sähe, wie gut es mir mit meiner Oma ginge, würde sie vielleicht endgültig verschwinden. Und so hielt ich mich zurück. Als ich endlich begriff, wie sehr ich die Liebe meiner Großmutter brauchte, war es zu spät. Sie starb an einem Herzinfarkt, als ich fünfzehn war.

Auf der anderen Seite des Zimmers fällt mir ein buntes Bild ins Auge, das sich stark von den düsteren, verblichenen Drucken an den anderen Wänden abhebt. Ich trete näher, bekomme Herzklopfen. Es ist ein in Acrylfarben gemalter, Rad schlagender Pfau. Mit den Fingern betaste ich die Signatur in der unteren rechten Ecke. Mein Hals zieht sich zusammen.

Im Regal entdecke ich ein weiteres Bild, das ich in meiner Elefantenphase gemalt habe. Tränen treten mir in die Augen. Mein Vater hat meine Gemälde aufbewahrt. Und sie sogar gerahmt.

Das Klappern der Tür lässt mich zusammenfahren. Ich wirbele herum, stehe meinem Vater gegenüber. Seine imposante Gestalt lässt das Zimmer ganz klein wirken.

»Wie bist du denn hier reingekommen?«

»Ich … ich war spazieren. Ich wollte gar nicht stören, aber die Tür war offen.« Mit zitternden Händen stelle ich das Bild zurück ins Regal.

»Hab gehört, du fragst nach Kristen rum. Wenn du so weitermachst, glauben die Leute, du wärst nicht mehr ganz dicht.«

Ich will mich verteidigen. »Ich … ich habe eine E-Mail bekommen. Mit einem Spruch von Mom. Darin stand, ich solle mich mit meiner Vergangenheit auseinandersetzen. Ich dachte, Kristen will, dass ich herkomme und …«

»… dich mit deiner Vergangenheit auseinandersetzt?«, unterbricht er mich. »Was hat das damit zu tun, herumzulaufen und nach deiner toten Tochter zu fragen?«

Seine Worte hämmern sich in mein Herz. »Ich dachte, sie würde mich hierherrufen, auf die Insel«, stottere ich.

Er brummt missbilligend, seine Art, meinen Einwand abzutun. »Wenn Kristen hier wäre, wüsste ich das. Sie ist nicht da. Sie saß in dem Zug, der entgleist ist.«

Tränen brennen in meinen Augen, doch ich will nicht, dass er sie sieht. »Sie war nicht in dem Zug.«

»Hör auf mit dieser Spinnerei, verstanden? Das war schon immer dein Problem! Du hast ein Kind verloren, nicht zwei. Du hast noch eine Tochter, die lebt und dich braucht.«

Meine Fingernägel graben sich in meine Handflächen. »Ich gehe jetzt besser.«

»Wann reicht es endlich, hm?«, ruft er. »Kannst du mir das mal beantworten?«

Der Satz trifft mich unvorbereitet. Ich fühle mich wieder wie ein kleines Kind, überrumpelt von einer Frage, die mir Bauchschmerzen bereitet und mich dumm dastehen lässt. Mein Blick bleibt an meinem Bild an der Wand hängen. Um das Thema zu wechseln, weise ich darauf.

»Meine Bilder … ich … ich hab mich gewundert, dass du die alten Bilder hast rahmen lassen.«

»Hab ich nicht. Das war deine Schwester.«

»Oh«, mache ich und wende mich ab, damit er nicht sieht, wie ich die Kontrolle über meine Gesichtszüge verliere.

Hinter mir schlägt die Fliegentür zu, als wollte sie das letzte Wort haben. Die zweite Begegnung mit meinem Vater, und wieder bin ich völlig aufgelöst. Weit schreite ich aus, versuche, die Demütigung und den Frust abzuschütteln.

Eine halbe Stunde später stehe ich an der Kreuzung zur Scott's Cave Road. Mein Nacken ist verschwitzt, mein Mund trocken. Ein Holzschild verkündet: *Point aux Pins, 1 Meile.* Meine Brust zieht sich zusammen. Ich sollte umkehren. Ich weiß, was dort ist. Aber da ich offenbar masochistisch veranlagt bin, gehe ich weiter.

Nach weiteren zwanzig Minuten erreiche ich schließlich die nördlichste Spitze der Insel, Point aux Pins. War das die ganze Zeit mein Ziel?

Ich verlasse die Straße und gehe in ein kleines Wäldchen hinein. Ein unbefestigter Weg, den ich auswendig kenne, führt mich durch das Unterholz. *Bleib stehen!,* warne ich mich. *Geh nicht weiter!* Doch ich stapfe voran, durch Gestrüpp und Dickicht, bis ich an einen kleinen Uferstreifen gelange, von dem man über die nicht mehr vereiste Meerenge blicken kann. Der letzte Ort, den meine Mutter gesehen hat.

Ein kluger Forscher prüft seine letzte Reise, bevor er sich auf die nächste begibt. Was ich hier mache, erscheint mir nicht klug. Erinnerungen stürzen auf mich ein, ich kneife die Augen zu. Ich kam von der Schule in ein leeres Haus. Die kleine Kate schrie in ihrem Bettchen und war klatschnass. Die Schritte meines Vaters polterten die Verandastufen herauf. Rauchgrauer Himmel. Die Panik in seinen Augen, die Hektik, mit der er das Haus durchsuchte, als spielte er Verstecken um einen sehr hohen Einsatz. Nachbarn und Freunde schlossen sich an, um die Insel abzusuchen. Mrs McNees erzählte der Zeitung, dass sie Tess Franzel nach Point aux Pins gehen sah. Und dann nichts. Tagelange Leere.

Zögernd setze ich einen Fuß aufs Eis. In dieser schattigen Bucht, geschützt vor der Sonne, sieht es aus, als würde es mich tragen. Ich verlagere das Gewicht nach vorn, und Nässe sickert in meinen Schuh.

Hatte meine Mutter Angst, als sie losging, sorgte sie sich, das Eis könne nicht halten? Oder bekam sie das gar nicht mit? Freute sie sich vielleicht sogar darauf, einen kräftigenden, strammen Marsch zum Festland und zurück zu machen? Wie immer frage ich mich, zu welcher Uhrzeit sie hier war. Kam sie früh am Morgen her, sofort nachdem ich zur Schule gegangen war, weil sie hoffte, rechtzeitig zurück zu sein, bevor ich heimkehrte? Wollte sie sich länger auf dem Festland aufhalten, vielleicht Besorgungen machen? Wollte sie uns am Abend von ihrem Abenteuer berichten, bei Brathähnchen und Kartoffelbrei?

Hinter mir knackt ein Ast. Ich drehe mich um, suche den Wald ab, bis aufs Äußerste angespannt. Doch es ist nichts zu sehen.

Tief durchatmend wage ich mich noch ein paar Schritte weiter. Ist sie sofort gestorben, platzte ihre Lunge, weil sie das eiskalte Wasser einatmete? Oder hat sie unter dem Eis gekämpft, daran gekratzt und dagegengeklopft, verzweifelt den Weg an die Oberfläche gesucht? Ich schlinge die Arme um meinen Körper.

Der Schmerz kommt zurück, stechend wie damals, als ihre

Leiche sechs Tage später gefunden wurde, eine Viertelmeile entfernt. Wo mein Herz war, riss ein Loch auf. Es war von nichts und niemandem zu füllen.

Ich beuge mich vornüber, lege die Arme um die Knie, schluchze. »Ich habe dich geliebt. Ich habe dich so geliebt, Mama.«

Dann richte ich mich auf und schaue in den Himmel. Wolken ziehen dahin, verformen sich, machen mich schwindelig. Mir wird übel.

»Scher dich zur Hölle! Wie konntest du sie mir einfach nehmen! Ich habe sie gebraucht! Du nimmst mir alles, was ich liebe!«

Irgendwo in den tiefsten Abgründen meiner Seele frage ich mich, wen genau ich gerade anschreie, Gott oder meinen Vater?

21

Annie

Am Montagmorgen öffnet Annie flatternd die Lider und blickt in ein Paar riesiger brauner Augen hinter dicken Brillengläsern. Sie schießt hoch. »Olive! Was machst du denn hier?«

Das Mädchen reißt die Bettdecke herunter. »Mein Dad will zur Arbeit. Du musst einen Zahn zulegen.«

»Was muss ich zulegen?«

»Einen Zahn! Das heißt, du musst dich beeilen.«

Annie versucht, sich zu konzentrieren, aber sie ist schachmatt. Sie nimmt ihr Handy vom Nachttisch. Es kann doch noch nicht neun Uhr sein! Aber so wie das Sonnenlicht durch die Balkontür fällt, ist es tatsächlich schon so spät. Leider ist ihr Körper noch auf Ostküstenzeit programmiert und behauptet, es sei drei Uhr nachts.

»Oh, Scheiße«, stöhnt Annie und schlägt sich die Hand vor den Mund. Sie krabbelt aus den Federn, zieht den Morgenmantel vom Bettpfosten. »'tschuldigung, Olive. Das war falsch. *Scheiße* sagt man nicht. Das ist kein schönes Wort.«

Olive packt sie am Arm und zieht sie in den Flur. »Mein Dad muss los. Du hast viel zu lange geschlafen.«

Als Annie Tom am Fenster stehen und aufs Handy schauen sieht, schämt sie sich. Er trägt eine Jeans und ein Sakko, seine lederne Aktentasche wartet auf dem Stuhl, offensichtlich ist er aufbruchbereit. Er dreht sich um und lächelt sie an.

»Guten Morgen! Ich nehme mal an, du hast gut geschlafen?«

Am liebsten würde sich Annie in ihrem Pyjama in Luft auflösen. Sie streicht sich die Haare hinters Ohr und senkt den Blick auf ihre nackten Zehen. »Ähm, ja. Normalerweise schlafe ich nicht so lange. Tut mir leid. Ich …«

»Geht mir auch jedes Mal so, wenn ich fliege. Entweder bin ich nachts um drei hellwach, oder ich laufe bis mittags wie ein Zombie herum.«

Annie lächelt. Woher weiß er immer genau das Richtige zu sagen? »Du kannst ruhig zur Uni fahren. Wir schaffen das schon«, sagt sie.

Olive stürzt sich auf ihren Vater und umklammert seine Knie. »Nimm mich mit, Daddy, bitte! Ich will nicht mit der da allein bleiben.«

Tom löst seine Tochter von seinen Beinen und hockt sich vor sie hin. »Spätzchen, wenn du so was sagst, tust du Annie weh.« Entschuldigend verzieht er das Gesicht.

»Ist mir egal! Sie ist nicht meine Mom.«

Es bricht Annie das Herz. »Das stimmt«, sagt sie. »Und deshalb bist du traurig. Ich weiß, wie das ist.« Sie kreuzt die Finger hinterm Rücken, um die Lüge aufzuheben, die sie nun ausspricht. Wenn es Olive hilft, den Tod ihrer Mutter zu verarbeiten, dann will Annie so tun, als wäre Kristen ebenfalls tot. »Ich habe auch jemanden verloren, den ich liebhatte. Meine Schwester.«

Tom schaut sie an. »Das tut mir leid, Annie.«

Olive verschränkt die Arme vor der Brust, als wollte sie nichts davon hören.

»Danke«, sagt Annie. *Vergib mir, Kristen!*

Tom richtet sich auf. »Ich lasse euch jetzt allein. Ein Stadtplan und eine Kreditkarte liegen in der Küche. In dem Plan sind ein paar Ecken eingezeichnet, die dir gefallen könnten. Wenn du Zeit hast, könntest du zum Markt gehen. Olive kennt den Weg.«

»Lass mich nicht mit ihr allein!«, ruft seine Tochter wieder.

»Es reicht, Olive! Ihr zwei werdet bestimmt einen schönen Tag haben.«

»Nein!« Die Kleine sinkt auf die Knie und bricht in ein dramatisches, tränenloses Schluchzen aus.

»Du hast ja meine Nummer«, sagt Tom zu Annie und zieht die Tür auf. »Ruf an, wenn irgendwas ist. Viel Glück!« Er drückt einen Kuss auf Olives Scheitel, nickt Annie noch mal zu und ist verschwunden.

»Oh, Scheiße«, murmelt sie vor sich hin.

»Das habe ich gehört!«, ruft Olive. Sie stürzt in ihr Zimmer und knallt die Tür zu.

»Olive?« Annie klopft an.

»Geh weg!«

Zu Annies Glück steckt kein Schlüssel in der Tür. Sie drückt sie auf. Olive sitzt mit einer sommersprossigen Puppe auf dem Boden, Annie hockt sich neben sie.

»Soll ich dir ein Geheimnis verraten?«

Das Mädchen spielt mit den Haaren der Puppe, weicht Annies Blick aus.

»Meine Schwester hatte auch einen Unfall, genau wie deine Mama.« Wieder kreuzt Annie die Finger hinterm Rücken. Sie hofft einfach, dass ihre Geschichte der Kleinen hilft. »Deshalb weiß ich, wie es sich anfühlt, traurig, wütend und einsam zu sein.«

Olives Hand wird ruhig. »Wurde ihr Auto kaputt gefahren?«

»Nein, sie saß in einem Zug.« Annies Augen füllen sich mit Tränen, doch sie schafft es, das Unglück in schlichten Worten wiederzugeben, ohne zusammenzubrechen.

Zum ersten Mal schaut Olive sie an. »Hat es ihr weh getan, als sie starb?«

Annie lächelt matt. »Nein. Überhaupt nicht. Genau wie deine Mutter hat Kristen nichts gespürt. Sie ist einfach eingeschlafen und nicht mehr aufgewacht.«

»Und jetzt ist sie im Himmel?«

Ob das nun stimmt oder nicht – offenbar ist es das, was Tom

Olive erzählt. »Ja. Krissie ist jetzt bei den Engeln. Wie meine Großmutter.«

Das Mädchen scheint darüber nachzudenken. Dann erhellt sich sein Gesicht. »Hey, glaubst du, die sind da oben Freundinnen, deine Schwester und meine Mom?«

Annie streicht ihr über die Wange. »Ganz bestimmt. Beste Freundinnen. Und ich glaube, sie freuen sich, dass wir auch Freundinnen sind.«

Genauso schnell zieht sich Olive in ihr Schneckenhaus zurück.

»Nein, tun sie nicht. Wir sind keine Freundinnen!«

Einen Schritt nach dem anderen, denkt Annie.

22

Erika

Als ich am Montagmorgen erwache und der Wecker Viertel vor acht zeigt, staune ich. Ich kann mich nicht erinnern, wann ich das letzte Mal länger als bis sieben Uhr geschlafen habe.

Carter war nicht begeistert, als ich ihm gestern mitteilte, dass ich hier festsitze, er hat sich aber besänftigen lassen, weil ich den PC dauernd anhabe.

Gestern Abend bekam ich Panik, als ich merkte, dass ich meine letzte Xanax verbraucht hatte. Ich fragte Kate nach einer Schlaftablette, und sie sah mich an, als hätte ich um eine Kapsel Zyankali gebeten. Stattdessen reichte sie mir einen dampfenden Becher mit heißem Kakao. »Vielleicht musst du allmählich aufhören, den Schmerz zu betäuben, Rik.«

Ich schaute in die grünen Augen meiner Schwester und fragte mich, ob sie aus eigener Erfahrung sprach.

Kate war zwei Jahre mit Rob Pierson verheiratet, einem erfolgreichen Gastronomen aus Chicago, als Rob plötzlich meinte, es sei Zeit, ein Kind zu bekommen. Kate freute sich riesig. Sofort machte sie einen Termin bei ihrem Gynäkologen. Sie wollte die Pille absetzen, dann würden sie anfangen zu »üben«.

Fünf Tage später sagte sie den Termin ab. Da hatte Kate herausgefunden, dass Rob gar nicht sie gemeint hatte, sondern Stephanie Briggs, eine quirlige zwanzigjährige Barkeeperin in einem seiner Restaurants. Sechs Monate später bekam Stephanie einen kleinen Jungen, den sie Robbie nannte.

Falls Kate darunter litt, bekam niemand etwas davon mit.

Die Scheidung von Rob ging geräuschlos über die Bühne. Kate schickte Stephanie und Rob ein wunderschönes Schaukelpferd zur Geburt und kündigte ihre Stelle als Geschäftsführerin im Woodmont, Robs erfolgreichstem Restaurant, um zurück auf die Insel zu gehen. Das ist nun acht Jahre her. Im vorletzten Sommer lernte sie nach zwei weiteren gescheiterten Beziehungen Max Olsen kennen. Auch wenn Kate so tut, als ginge es ihr gut, bin ich nicht so recht überzeugt.

Ich mache mir eine Zimtschnecke in der Mikrowelle warm und nehme sie zusammen mit dem Kaffee in Kates Wohnzimmer. Auch heute herrscht mildes Wetter, vor dem großen Fenster lugen die Spitzen der ersten Krokusse aus dem Boden.

Lucy, die Katze, rollt sich neben mir zusammen. Ich kraule ihre Ohren, dann öffne ich mein E-Mail-Programm. Eine Nachricht von *Wunder-gesucht*! Ich halte die Luft an. Im Betreff steht wieder *Tochter vermisst*. Mit zitterndem Finger öffne ich die Mail.

Manchmal geht es im Leben darum, an etwas festzuhalten, viel öfter aber muss man einfach loslassen.

Dieses Zitat legte mir meine Mutter an dem Tag in meine Butterbrotdose, als unser Cockerspaniel Josie eingeschläfert wurde. Und ich gab es an Annie weiter, als sie sich an ihrer neuen Schule in Manhattan nicht wohlfühlte und nach Brooklyn zu ihren alten Freundinnen zurückwollte.

Ich laufe durch den Flur in mein Zimmer und hole das Sprüchebuch aus dem Nachttisch, blättere darin herum, bis ich die Seite finde. Am Rand steht eine Bemerkung meiner Tochter:

Loslassen? Meine Mutter? Sie klammert sich so fest, dass ihre Fingerknöchel weiß sind.

Schmerz schnürt mein Herz zusammen. Ich kann nicht loslassen. Möglicherweise breche ich dann völlig zusammen.

»Kristen, mein Schatz, bist du das?«, tippe ich und spreche laut mit. *»Komm nach Hause, Süße! Ich habe dich so lieb. Ich verspreche, dass ich versuche, nicht mehr so verbissen zu sein.«*

Vor dem Fenster knackt etwas. Ich drehe mich um, überzeugt, dass Kristen jeden Moment ins Haus gestürmt kommt, dass sie lebt und mir sagt, es sei alles ein großer Scherz gewesen. Doch es ist bloß ein Zweig, der von der Eiche abgebrochen ist.

Ich raufe mir die Haare und stöhne. Was ist bloß los mit mir? Brian, Kate, mein Vater, Detective Bower – alle außer Annie und mir sind überzeugt, dass Kristen tot ist. Was ist, wenn sie recht haben? Wenn *Wunder-gesucht* Annie ist, so wie Kate und Brian meinen?

Ich schicke die E-Mail ab. Die Mail von *Wunder-gesucht* leite ich an Detective Bower weiter, wider jede Vernunft hoffend, dass er den Absender diesmal ausfindig machen kann.

Als ich die Tür zum Café Seabiscuit aufdrücke, klingeln altmodische Glocken. Der Ansturm aufs Frühstück ist vorbei. Abgesehen von Mr Nash, dem Leiter des Postamts, der mit einem Kreuzworträtsel an einem der hinteren Tische sitzt, ist der Laden leer. Ich nicke ihm zu und gehe über die Holzdielen zur Theke. An der Backsteinwand hängt eine große schwarze Tafel, auf der eine eindrucksvolle Auswahl an Cocktails angeboten wird, für einen Bruchteil des Preises, den Cocktails in Manhattan kosten.

»Kate?«, rufe ich.

Meine Schwester kommt aus der Küche und wischt sich die Hände an der Schürze ab. »Hey!« Sie hat Zimt im Gesicht. »Ich habe gerade neue Schnecken in den Ofen geschoben. Hast du Zeit für einen Kaffee?« Sie kichert. »Klar hast du Zeit. Ich würde ja gerne sagen, dass es mir leidtut, dass du hier festsitzt, aber das tut es nicht.«

Ich komme sofort zur Sache: »Könntest du mir bitte einen Gefallen tun? Ruf Annie an und sag ihr, dass sie sich bei mir melden muss. Sofort!«

Kate macht einen Schritt zurück. »Nein. Ich habe dir schon

mal gesagt, dass ich das nicht mache. Du musst sie loslassen, damit sie ihre eigenen Erfahrungen machen kann.«

»Sie loslassen?« Ich runzele die Stirn. »Du kannst wohl auch Moms Sprüchebuch auswendig, was? Schickst du mir ständig diese E-Mails?«

»Was für E-Mails?«

»Heute Morgen habe ich wieder eine bekommen: ›Manchmal geht es im Leben darum, an etwas festzuhalten, viel öfter aber muss man einfach loslassen.‹«

»Super Tipp.« Kate reicht mir eine Kaffeetasse. »Annie sagt genau das, was auch ich versucht habe, dir zu vermitteln, Rik. Hör auf zu zweifeln. Lass den Schmerz los. Gib die Suche nach Kristen auf, und konzentrier dich auf Annie. Du hast noch eine Tochter, weißt du?«

»Wie soll ich mich auf Annie konzentrieren, wenn sie nicht mit mir spricht?«

»Sieh dir an, was sie dir rät: Setz dich mit deiner Vergangenheit auseinander, und dann lass los.«

»Ich muss mit ihr reden. Nur ein Mal. Wenn ich ihre Stimme höre und weiß, dass es ihr gutgeht und diese Nachrichten von ihr kommen, gebe ich ihr allen Freiraum, den sie braucht.«

»Glaubst du immer noch, dass die Mails von Kristen sind?«, fragt Kate.

Ich wende den Blick ab.

»Na gut.« Sie tippt in ihr Handy. »Aber ich werde Annie auch daran erinnern, ihren Vorsatz einzuhalten. Ihr zwei seid momentan nicht gut füreinander.«

Erleichtert seufze ich auf. »Danke, Katie.«

Ich folge meiner Schwester an einen kleinen Tisch am Fenster. Sie zieht einen Stuhl vom Nachbartisch herüber und legt die Füße darauf, als säße sie zu Hause vorm Fernseher.

»So, ich dachte, wir könnten heute Abend was bei Dad kochen.«

Ich schaue in meinen Kaffeebecher. Mein Magen grummelt. »Ich habe ihn schon gesehen. Bin gestern bei ihm vorbeigegangen. Hab mich geschämt, deshalb habe ich's dir nicht erzählt.« Ich verberge mein bebendes Kinn mit der Hand. »Er hasst mich. Das musst du doch auch merken. Er guckt mich nicht mal an.«

»Weil er nichts als Enttäuschung in deinem Blick sieht, deshalb.«

So wie ich bei Annie.

»Hör auf, ihn in Schutz zu nehmen. Ich wäre ja hiergeblieben, damit du nicht alleine bist. Aber da hatte er schon Sheila gefunden. Er hat damals zu mir gesagt – und das denke ich mir nicht aus, Kate –, er hat gesagt, ich sollte zusehen, dass ich Land gewinne, bevor er mir persönlich in den Arsch tritt.«

Ich schaue beiseite und beiße mir in die Wange, bis ich Blut schmecke. Ich werde nicht heulen, verdammt nochmal. Kate legt die Hand auf meinen Arm. Ich sehe sie an. Ihr Blick ist sanft und liebevoll. Müde lächelt sie mich an. »Was, nur anders ausgedrückt, eigentlich genau dasselbe ist wie das, was du Annie bei eurem Streit gesagt hast, oder?«

Ich fahre hoch. »Ich bin nicht wie unser Vater. Kein Stück! Ich liebe meine Töchter, und das sage ich ihnen immer wieder.«

»Aber zeigst du es ihnen auch?«

Ich will antworten, bekomme aber keinen Ton heraus.

»Ich meine nur«, fährt Kate fort, »ich habe das Gefühl, als würdest du Dad ständig durch eine Lupe betrachten und nur seine Fehler sehen. Geh doch mal einen Schritt zurück und versuch, ihn als Ganzes wahrzunehmen, als Mensch mit Stärken und Schwächen. Lass deine Wut los, wie dir der Spruch rät.«

»Das würde ich ja tun, wenn er mal ein bisschen auf mich zukäme. Wenigstens einen Schritt. Weißt du, dass er noch nie bei mir in New York war? Dieser Mann hat mir nicht ein Mal in meinem Leben gesagt, dass er stolz auf mich ist.«

Kate stellt ihre Tasse ab und sieht mir tief in die Augen. »Und wie oft hast du ihm gesagt, dass du stolz auf ihn bist?«

Ich winke ab. »Ich bin seine Tochter, nicht seine Mutter.« Mein Blick geht aus dem Fenster. »Außerdem ist ein Fährmann, der sich jeden Samstag besäuft, nicht gerade ganz oben auf der Liste von Leuten, auf die ich stolz bin.«

Kate lehnt sich zurück und schüttelt den Kopf. »Mein Gott, du kannst wirklich nicht loslassen, was?«

Ich stutze. »Wie bitte?«

»Glaubst du vielleicht, es macht Dad Spaß, bei null Grad draußen auf dem Wasser zu sein? Im strömenden Regen Touristen rumzuschippern, erst spätabends kaputt und durchnässt nach Hause zu kommen, nur um am nächsten Tag wieder aufzustehen und den undankbaren Job weiterzumachen? Er war mal ein richtiger Kapitän, Rik. Ein Mann mit einem Titel, vor dem man Respekt hatte. Kannst du dir vorstellen, wie demütigend es für ihn als ehemaligen Kapitän eines hundert Fuß langen Frachtschiffs sein muss, plötzlich mit einer albernen Kappe am Ruder einer Touristenfähre zu stehen?«

»Ach ja? Hat ihn doch keiner gebeten, die Stelle zu wechseln. Uns ging's allen besser, als er noch wochenlang auf See war.« Zorn, Verbitterung und Beschämung brennen auf meinen Wangen. »Hör zu, du Heilige! Ich bin nicht wie du, ja? Ich habe keinen Heiligenschein.«

Es klingelt in der Küche. Wir starren uns an, bis Kate aufsteht. »Die Zimtschnecken sind fertig. Hätte wohl lieber einen Engelskuchen gebacken, der passt besser zu mir.«

Ich ignoriere ihren Versuch zu scherzen, stehe auf und stoße mich dabei am Tisch. Meine Kaffeetasse klappert auf der Untertasse, als wollte sie mich für mein schlechtes Benehmen schelten. »Tut mir leid, Kate, aber ich kann nicht so tun …« Ich halte inne. »Ich kann nicht so tun …«, wiederhole ich und belasse es dabei.

Die Türglocke klingelt, als ich das Café verlasse. Die unausgesprochenen Worte brennen mir auf den Lippen.

Ich kann nicht so tun, als würde ich den Mann lieben, der unsere Mutter umgebracht hat.

23

Annie

Bei der Metro-Haltestelle Odéon steigt Annie aus, in den Händen zwei schwere Tüten mit Einkäufen. Bei jedem Schritt schaut sie sich um und vergewissert sich, dass Olive hinter ihr ist. Das Mädchen weigert sich, ihre Hand zu halten, ja sogar, neben ihr zu gehen. Wenn Annie sich nicht nach Olive umdreht, hält sie Ausschau nach Kristen.

Menschen aller Hautfarben huschen durch die geschäftige U-Bahn-Station. Das ernüchternde Gefühl vom Vortag kehrt zurück. Wie um alles in der Welt soll Annie hier ihre Schwester finden? Sie fühlt sich wie ein Kind, das im Schneidersitz auf dem Boden kauert und versucht, in einem Wimmelbuch Walter in seinem rot-weiß gestreiften Pulli zu entdecken.

»Du darfst dich nicht auf den Pulli konzentrieren«, sagte Kristen immer und tippte innerhalb von Sekunden auf Walter. Annie sah überall Streifenshirts und Käppis.

Und so geht es ihr auch jetzt. Von hinten sieht jede Frau mit langen blonden Haaren und Schal wie Kristen aus. Bis sie sich umdreht.

Annies Handy kündigt eine Nachricht an, aber sie hat die Hände voll, kann nicht nachsehen. Wahrscheinlich ist es Tom, der wieder wissen will, ob mit Olive alles in Ordnung sei und sich seine Tochter – auch bekannt als kleine Kratzbürste – ordentlich benehme. Annie kämpft sich mit den anderen Passanten die Treppe hoch und stellt die Tüten neben dem großen Metro-Fahrplan ab.

»Warte, Olive! Ich muss kurz aufs Handy gucken.«

Das Mädchen brummt, als würde sie diese Verzögerung fürchterlich nerven, und lässt sich auf den Asphalt sinken. Annie weiß nicht, ob das gut ist. Soll sie die Kleine zwingen, sich wieder hinzustellen? Sie hat eine dunkle Jeans an, aber auf dem Bürgersteig könnte Vogelkot liegen. Kann man davon Vogelgrippe bekommen?

Zum zigsten Mal fragt sich Annie, was sie sich nur dabei gedacht hat, diese Stelle in Paris anzunehmen. Sie hat nicht die geringste Ahnung, was man mit einem fünfjährigen Kind macht. Schon gar nicht mit so einer frechen Göre, die sie auf Schritt und Tritt auszutricksen versucht. Vor zwei Tagen hatte sie noch Hoffnung, Olive für sich gewinnen zu können. Jetzt will sie nur bis August durchhalten, ohne das Mädchen zu erwürgen. Annie beobachtet, wie die Kleine eine Ameise auf eine weggeworfene Métro-Karte schiebt. Wie viele Bakterien sich wohl schon an ihren Fingern tummeln? Doch Annie beschließt, Olive lieber in Ruhe zu lassen, als den nächsten Streit vom Zaun zu brechen. Immerhin ist sie gerade mal ruhig. Annie liest die Nachricht auf dem Handy. Sie kommt von ihrer Tante Kate.

Ruf bitte Deine Mutter an, Annie. Nur dieses eine Mal. Deine Botschaften machen sie fertig. Hab Dich lieb, Süße.

Heimweh macht sich in Annies Brust breit, aber sie spürt noch etwas anderes. Besorgnis. *Deine Botschaften machen sie fertig.* Was hat das zu bedeuten? Ohne länger darüber nachzudenken, wählt sie die Nummer ihrer Mutter und nimmt sich fest vor, dass es bis August das letzte Mal ist.

»Nur ein Minütchen«, sagt sie zu Olive. Ob das Kind sie hört, kann Annie nicht sagen.

Schon beim ersten Klingeln meldet sich ihre Mutter. »Annie, mein Schatz! Vielen Dank, dass du anrufst. Ich hab mir solche Sorgen gemacht. Hör mal, Spatz, es tut mir leid, dass wir uns so gestritten haben.«

Annies Kehle schnürt sich zu, ein Augenblick vergeht, bevor sie wieder sprechen kann. »Mir auch«, bringt sie hervor.

»Du fehlst mir. Ich bin dann doch noch nach Mackinac gefahren.«

»Wirklich?« Zuerst freut sich Annie, bis sie sich erinnert, dass ihre Mutter dort Kristen sucht, nicht sie.

»Du hättest mir sagen sollen, dass du nach Paris gehst. Ist alles in Ordnung?«

»Ja, alles gut. Ich wohne bei einem amerikanischen Professor, der hier ein Sabbatjahr macht.« Am liebsten würde Annie ihrer Mutter mehr über den heißen Prof erzählen. Aber wenn sie erführe, dass ihre Tochter in einen Übervierzigjährigen verknallt ist, würde sie einen Schlaganfall bekommen. Außerdem sitzt die Tochter ihres Schwarms gerade neben ihr und macht wahrscheinlich riesengroße Ohren. »Er ist echt cool.« Sie schaut Olive an, die so lange in der Einkaufstüte herumgesucht hat, bis sie ein Päckchen Kaugummi gefunden hat, das sie eigentlich erst zu Hause als Belohnung bekommen sollte. »Seine Tochter ist zwar eine freche kleine Kratzbürste, aber das kriegen wir schon hin.«

Olives Kopf schnellt hoch. Sie zieht eine Grimasse.

Annie grinst sie an und ahmt die Grimasse nach. Olive verdreht die Augen und nestelt wieder an der Kaugummipackung herum.

»Da bin ich mir sicher«, erwidert ihre Mutter. »Aber Annie, eins muss ich wissen: Kommen all diese Nachrichten von dir?«

»Was für Nachrichten?«

Am anderen Ende wird es still, und Annie fragt sich, ob die Verbindung unterbrochen wurde. Doch schließlich spricht ihre Mutter weiter: »Weißt du wirklich nichts davon?«

»Wovon?«

»Bitte, Annie! Keine Spielchen. Ich muss die Wahrheit wissen.«

»Verdammt, Mom, hör auf! Was redest du da?«

Olive reißt die Augen auf. »Das ist aber nicht nett!«, flüstert sie.

Annie schlägt die Hand vor den Mund und artikuliert lautlos: »Entschuldigung.«

Ihre Mutter seufzt. »Ich habe zwei seltsame E-Mails erhalten. Der Absender nennt sich *Wunder-gesucht*. In den Mails stehen Zitate aus dem Sprüchealbum.«

Annie lauscht, während ihre Mutter die Einträge wiederholt. Ihr Puls schlägt schneller, sie legt die Hand auf die Brust.

»Kristen«, stößt sie aus.

Ihre Mutter stöhnt. »O Süße, ich will dir keine falschen Hoffnungen machen.«

»Sie lebt tatsächlich«, flüstert Annie.

»Ich wollte eigentlich mit Wes Devon sprechen«, erklärt Erika. »Aber er ist nicht mehr auf der Insel.«

»Ich weiß«, erwidert Annie. »Ich habe schon mit ihm geredet. Er hat keine Ahnung. Kristen ist nicht auf Mackinac, da bin ich mir sicher.« Sie macht eine kleine Pause. »Sie ist in Paris.«

»Moment mal – bist du deshalb in Paris, weil du glaubst, Kristen wäre da?«

»Ich weiß es. Und ich werde sie finden, Mom.« *Dann vergibst du mir vielleicht, dass ich nicht auf sie aufgepasst habe*, fügt Annie in Gedanken hinzu.

Erika atmet tief durch. »Ich komme zu dir. Ich helfe dir.«

Annie beißt sich auf die Wange. Sosehr sie sich auch über die Hilfe ihrer Mutter freuen würde, hat sie Kristens Worte so deutlich im Ohr, als säßen sie nebeneinander auf dem Bett: *Du musst wirklich Moms Rockzipfel loslassen. Es wird Zeit, erwachsen zu werden.* Das war eine Botschaft an Annie. Kristen wünscht sich, von ihrer Schwester gefunden zu werden. Nur von ihr. Und wenn es so weit ist, wird Annie alles wiedergutmachen.

»Auf gar keinen Fall. Das verbiete ich dir. Im Ernst, Mom, das muss ich allein machen. Bitte vertrau mir!«

»Ich soll hierbleiben und einfach abwarten?« Ihre Mutter klingt fassungslos.

»Ja. Außerdem muss einer zu Hause sein. Was ist, wenn Kristen wiederkommt? Du musst dableiben.«

Keine Reaktion. Annie muss ihrer Mutter zweifelsfrei einbläuen, dass sie nicht kommen kann. Ohne Krissies Geheimnis zu verraten.

»Sie ist …«, stottert sie. »Sie ist sehr labil. Ich bin die Einzige, der sie vertraut.« Es bricht Annie das Herz. Sie geht zu weit. Das ist einfach nur gemein. »Tut mir leid, Mom.«

»Nein, du hast recht. Ich bin nicht für sie da gewesen, für keine von euch. Aber ich werde mich bessern, Annie. Was soll ich tun? Ich steige aus dem Wettbewerb aus. Ich kündige meinen Job. Ich würde alles tun, um dich und Kristen zurückzubekommen.«

Annie ist sprachlos. Ihre Mutter ist tatsächlich bereit, ihre Karriere an den Nagel zu hängen? Dabei will Annie das gar nicht. Sosehr sie auch über den Wettbewerb geschimpft hat, hat sie ihrer Mutter in erster Linie bloß übelgenommen, dass sie so wenig Zeit für die Familie hat. Doch jetzt ist sie allein in New York. Was sollte sie in ihrer freien Zeit tun? Es wäre herzlos von Annie, diesen Traum ihrer Mutter zu zerstören, nachdem sie monatelang so hart dafür geschuftet hat. Krissie sähe das genauso.

»Du musst deinen Job nicht aufgeben, auch nicht den Wettbewerb«, sagt sie schließlich. »Es sollte bloß nicht dein alleiniger Lebensinhalt sein. Ich … wir … möchten, dass du glücklich bist.« Mit Absicht wählt Annie das »Wir«, weil ihre Mom sich ihrer Meinung nach eher ändert, wenn sie es für Kristen zu tun glaubt. »So schwierig ist das gar nicht«, fährt Annie fort. »Nimm dir einfach die Sprüche zu Herzen! Krissie versucht, dir zu sagen, dass du aus deinen Fehlern lernen und sie dann hinter dir lassen sollst. Komm zurück ins Leben, bitte! Setz dich mit uns hin und guck einen Film, ohne mit einem Auge auf den Laptop oder das Handy zu schielen. Wenn du uns etwas versprichst, dann halt es auch, selbst wenn das bedeutet, einen Deal zu verlieren. Geh mit uns spazieren und hör zu, was wir erzählen. Schalte dein Handy beim Essen aus. Red mit uns, wenn wir im Auto sitzen, nicht mit irgendeinem Makler in China. Du fehlst uns so sehr. Und noch was, Mom: Lach hin und wieder mal, ja?«

»Ja«, sagt ihre Mutter mit bebender Stimme. Es klingt, als würde sie weinen. »Das kann ich tun.«

»Dass du das kannst, weiß ich«, sagt Annie. »Aber tust du es auch?« Sie wartet die Antwort nicht ab. »Ich werde Krissie finden. Du musst dich selbst wiederfinden. Bis dahin blockiere ich deine Anrufe.«

Schweren Herzens verstaut Annie ihr Handy. Ist es zu grausam, jeglichen Kontakt zu unterbinden? Wie soll sie es überhaupt erfahren, wenn sich ihre Mutter wirklich ändert? Annie muss ihrer Tante, ihrem Vater und Dr. Kittle, dem Therapeuten, vertrauen. Letztlich ist diese Kontaktsperre gut, auch wenn sie weh tut.

Olive scheint ebenfalls gedrückter Stimmung zu sein, obwohl sie vorher schon nicht besonders munter war. Schweigend gehen sie zurück zum Haus. Auch als Annie die Einkäufe verstaut, sagt Olive kein Wort. Sie setzt sich in die Küche, die Arme vor der Brust verschränkt und ignoriert das Papier und die Duftstifte, die Annie ihr hinlegt. Mit gerunzelter Stirn beobachtet sie, wie Annie ein Huhn in der Spüle wäscht und es anschließend in eine Pfanne legt.

»Möchtest du ein Glas Milch?«, fragt Annie und wäscht sich die Hände.

Olive tut so, als hätte sie sie nicht gehört.

Während Annie eine Zwiebel schält, liest sie den nächsten Schritt der Zubereitung im Kochbuch. Seit ihrer Kindheit versucht sie sich in der Küche, anfangs an den Wochenenden bei ihrem Vater, weil Kristen und ihr immer übel wurde, wenn sie nur daran dachten, wieder Makkaroni mit Käse aus der Mikrowelle essen zu müssen. Später kochte sie auch, wenn ihre Mutter erst spät von der Arbeit kam. Bisher war Annie allerdings auf Nudelgerichte und gegrillte Sandwiches abonniert. Heute will sie sich an einem Pollo Cacciatore versuchen, einem aufwendigen Rezept, das sie noch nie ausprobiert hat. Aber es wird sich lohnen. Als Olive am Vorabend im Bett war, unterhielt Annie sich mit Tom, und er erzählte ihr, dass er halb Italiener sei, was sie bei seiner dunklen Haut und den hübschen braunen Augen nicht überraschte. Annie hofft, dass er sich über das italienische Hühnchen freut. Außerdem wäre es nicht schlecht, wenn er das amerikanische Dessert namens Annie Blair auch ganz appetitlich fände.

Annie hackt Knoblauch klein, als Olive endlich etwas sagt.

»Du hast mich angelogen.«

Sie schaut auf. »Was? Nein, Olive. Ich würde dich nie anlügen.«

»Du bist eine dicke, fette Lügnerin!«, schreit die Kleine.

Annies Blick huscht zur Tür, das Wort »fett« hallt ihr in den Ohren. Es ist noch etwas früh, dennoch könnte Tom jeden Moment hereinkommen. Sie wollte ihn mit dem köstlichen Duft von gebratenem Huhn und einer fröhlichen Olive begrüßen, vielleicht gemütlich mit ihr auf dem Sofa sitzen und ihr aus dem neuen Buch vorlesen, das sie gekauft hat. Doch nun steht Olive kurz vor dem nächsten Wutausbruch. Annie gibt den Knoblauch in die Pfanne mit dem heißen Öl, zieht einen Hocker neben das Kind und legt ihm die Hand auf den Rücken.

Olive entwindet sich ihr. »Geh weg! Ich hasse Lügner.«

»Ich hab's verstanden, Mädchen. Ich mag auch keine Lügner. Aber verrat mir doch bitte, wann ich dich angelogen habe.«

Bockig sitzt Olive auf dem Stuhl, die Arme immer noch verschränkt. »Du hast gesagt, deine Schwester ist tot. Aber ich hab gehört, wie du am Handy gesagt hast, sie lebt noch.«

Annies Mut sinkt. Verdammt! Warum war sie so leichtsinnig? Olive hat das komplette Gespräch belauscht, genau wie Annie befürchtet hat. Wie um alles in der Welt soll sie das jetzt wieder geraderücken?

Sie dreht sich auf dem Hocker und nimmt Olives Hände in ihre. »Mäuschen, das ist kompliziert. Meine Schwester hatte ein Geheimnis. Sie hat manchmal Dummheiten gemacht. Deshalb bin ich mir nicht sicher, ob sie ihren Tod vielleicht nur vorgespielt hat.«

Olive entzieht ihr die Hände. »Meine Mom spielt das auch nur.« Sie rutscht vom Hocker und läuft davon.

Ojemine! Annie ist gewarnt worden, dass Olive Probleme hat, den Tod ihrer Mutter zu akzeptieren. Tom wird richtig böse sein, wenn er herausfindet, dass Annie seiner Tochter falsche Hoffnungen macht. Wie kann sie jetzt nur gleichzeitig feinfühlig, rücksichtsvoll und ehrlich sein?

Sie folgt dem Kind ins Wohnzimmer und setzt sich aufs Sofa, wo die Kleine das Gesicht in den Kissen verbirgt. »Olive, bitte schau mich an!«

Sie rührt sich nicht. Annie will ihr die Hand auf den Rücken legen, besinnt sich aber eines Besseren. Stattdessen stützt sie sich auf dem Ellbogen ab und beginnt, ganz leise zu sprechen, nur Zentimeter über Olives Ohr.

»Es ist so: Ich habe meine Schwester nicht mehr gesehen und konnte mich nicht richtig von ihr verabschieden. Deshalb ist es so schwer zu glauben, dass sie wirklich nicht mehr da ist.«

Langsam lässt Olive das Kissen sinken und setzt sich auf, ohne Annie anzuschauen. *Macht nichts*, denkt Annie.

»Ich hab meine Mom auch nicht gesehen. Als ich aufgewacht bin, war sie schon im Himmel.«

Das hat Tom Annie erzählt, als sie am Vorabend zusammensaßen. »Alkohol am Steuer«, sagte er. Seine Frau Gwen sei auf der Stelle tot gewesen. Olive habe hinten gesessen, sich einen Oberschenkel gebrochen und sei in die Notaufnahme gekommen. »Sie war ganz durcheinander von der Narkose und den

Schmerzmitteln. Erst am Ende der Woche war sie wieder bei klarem Verstand, und da war ihre Mutter bereits beerdigt worden. Ich dachte, das wäre einfacher für sie.« Tom schaute in die Ferne. »Aber im Nachhinein betrachtet, war es grausam. Olive kann sich nicht an den Tag des Unfalls erinnern. Für sie ist es, als wäre sie abends ins Bett gegangen, als glückliches, von den Eltern geliebtes Mädchen, und am nächsten Tag ohne Mutter wieder aufgewacht.«

»Olive«, sagt Annie. »Ich weiß, wie es ist, wenn einem die Mommy ganz schlimm fehlt. Hab ich dir erzählt, dass ich adoptiert wurde?« Ihr ist gar nicht klar, was sie sagen will, sie handelt aus dem Bauch heraus. »Die Frau, die mich auf die Welt gebracht hat, heißt Maria. Sie kennt mich gar nicht.«

»Tut sie wohl! Ich hab gehört, wie du mit ihr gesprochen hast!«

»Nein, das war meine Adoptivmutter. Meine richtige Mom habe ich nie gesehen.«

Olives Stirn glättet sich. Sie senkt die Stimme, als habe sie Mitleid mit Annie. »Du hast sogar zwei Mütter. Eine hast du immer noch, also musst du nicht traurig sein.«

»Das stimmt. Meine Mutter liebt mich und passt auf mich auf, so wie es sein muss.«

Olives Augen beginnen zu strahlen. »Bekomme ich auch eine neue Mom?«

Diese kleine Halbwaise bricht Annie das Herz. So unterschiedlich sind sie gar nicht, sie und Olive. Beide wünschen sich eine neue Mutter, nur dass Annie schon eine hat. Bei dem Gedanken fühlt sie sich undankbar und kleingeistig.

Bevor sie etwas erwidern kann, hört sie Toms Schlüssel in der Tür. Doch erst als sie seinen alarmierten Gesichtsausdruck bemerkt, riecht sie es … und sieht es: Dicke Rauchwolken quellen aus der Küche.

Mist! Der Knoblauch!

24

Erika

Annie hat recht. Ich muss mich wieder wie eine Mutter benehmen. Ich reibe mir die Schläfen. Es dämmert, ich sitze in Kates Wohnzimmer vor dem Kamin, Lucy auf dem Schoß, und telefoniere.

»Suchen Sie bitte jemanden in Paris, der mir helfen kann, Mr Bower, ja? Super. Die sollen auch bei der Einwanderungsbehörde und bei der amerikanischen Botschaft nachfragen. Ich weiß Ihre Bemühungen zu schätzen, wirklich.« Ich lege auf und lehne den Kopf an das Sofakissen.

»Hi.«

Lucy springt von meinem Schoß. Kate steht im Flur, zieht die Schuhe aus. Ich setze mich auf. Wie lange ist sie schon da? Sie wickelt sich ihren Schal vom Hals. »Mit wem hast du gesprochen?«

Ich spüre, wie mir die Hitze in die Wangen steigt. »Mit niemandem.«

Kate kommt näher, durchbohrt mich mit ihrem Blick, starrt auf mich herab, bis ich schließlich einknicke. Ich schüttele den Kopf. »Mit Bruce Bower. Einem Privatdetektiv. Er hilft mir, Kristen zu suchen.«

Kate lässt sich neben mich aufs Sofa fallen. »Ach, Rik, wann ist damit endlich Schluss?«

»Ich gebe erst auf, wenn ich einen Beweis habe. Bower hat den Absender der E-Mails immer noch nicht aufgespürt, aber die Verkehrsbehörde hat ihre Untersuchungen bald abgeschlossen. In den nächsten acht Wochen sollte ich Kristens persönliche Gegenstände bekommen.«

»Und dann glaubst du es endlich? Dann gibst du Ruhe?«

Ich soll Ruhe geben? Ist es das, was *Wunder-gesucht* von mir will? Dass ich jede Hoffnung aufgebe?

Ich blinzele meine Tränen zurück. »Ich habe mit Annie gesprochen. Danke, dass du ihr Bescheid gesagt hast. Sie hat die Mails nicht geschickt, sie hatte keine Ahnung, wovon ich spreche. Sie glaubt, genau wie ich, dass sie von Kristen sind.«

Kate lässt den Kopf hängen und reibt sich die Schläfen. »Rik, hör mir zu! Annie ist verzweifelt. Sie würde alles tun, damit du dich änderst, selbst wenn sie dir dafür E-Mails schicken und behaupten müsste, sie wären von Kristen.«

»Nein. Annie würde mich nicht belügen.«

»Doch. Wenn sie glaubt, dass es dir hilft.« Kate beißt sich auf die Lippe, und ich spüre, dass sie mir etwas sagen will. »Sie meint, du würdest ihr nicht zuhören, wenn die Mails von ihr selbst kämen.«

In der Nacht sitze ich mit meinem Laptop im Bett. Ich denke über mein Gespräch mit Kate nach. Ob sie recht hat? Glaubt Annie, sie zähle nicht, ihre Schwester sei mir wichtiger?

Ich lasse das Telefonat mit ihr am Nachmittag Revue passieren. Hat sie ausdrücklich verneint, die Nachrichten geschickt zu haben?

Ich öffne die letzte Mail von *Wunder-gesucht* und drücke auf *Antworten.* Ohne groß nachzudenken, lasse ich meine Gefühle in meine Finger fließen. Wenn wirklich Annie die Absenderin ist, wie Kate meint, dann wird sie meine Worte lesen, auch wenn sie sich weigert, mit mir zu telefonieren. Ich muss ihr klarmachen, wie sehr ich sie liebe, und ihr versichern, dass sie mir genauso wichtig ist wie ihre Schwester.

Ich hab Dich lieb wie ein Kätzchen das Spätzchen, tippe ich zum Schluss. *Alles, was ich tue, tue ich für Dich.*

Dann schicke ich die Mail ab. Gerade will ich das Programm

schließen, da entdecke ich eine neue Nachricht von Tom Barrett. Ha! Ich bin wie eine ausgehungerte Frau, die eine Brotkrume findet. Es mag nicht das üppigste Mahl sein, aber abgesehen von den anonymen Mitteilungen ist der amerikanische Professor in Paris die einzige Verbindung zu meiner Tochter.

Hallo Erika,
da ich keine Übung mit heranwachsenden jungen Frauen habe, könnte ich Ihren Rat gebrauchen. Ich befürchte, ich habe die Gefühle Ihrer Tochter verletzt.
Sie hat gestern ein schönes Abendessen vorbereiten wollen, eine Überraschung, glaube ich, und ich habe sie ihr verdorben. Als ich in die Wohnung kam, war alles total verqualmt. Ich habe überreagiert. Annie hatte die Pfanne auf dem Herd stehen lassen, während sie im Wohnzimmer bei Olive war. Letztendlich war die Pfanne der einzige Verlust. Aber als ich den Rauch sah, hab ich nur noch Angst gehabt, dass das Haus abbrennt und ich Olive auch noch verliere. Leider habe ich ziemlich mit Annie geschimpft. Ich habe ihr in aller Strenge wie einem Kleinkind gesagt, dass sie den Herd niemals verlassen darf, wenn er angeschaltet ist. Als ihr die Tränen in die Augen stiegen, wurde mir klar, dass ich zu heftig war. Sie hat schnell versucht, die Pfanne zu schrubben, aber sich dabei die Hand verbrannt.
Kurz und gut: Das Abendessen ging gründlich in die Hose. Wir drei saßen in betretenem Schweigen am Tisch und haben Dosensuppe gegessen. Und ich habe mich schuldig gefühlt. So sehr, dass ich jetzt, um vier Uhr morgens, noch wach bin. Ich sitze mit einem Kaffee auf dem Balkon und schaue über diese wunderschöne Stadt. Rechts von mir ist die Kathedrale Notre-Dame. Und wenn ich ganz weit links suche, sehe ich auch die Spitze vom Eiffelturm. Nur wenige Häuserblocks weiter, hinter den alten Häusern und Geschäften, fließt die Seine.

An jedem anderen Morgen würde ich diesen Moment der Einsamkeit genießen. Aber heute fühle ich mich wie ein Trampel.
Wenn Sie einen Rat für mich haben, wie ich mit Annies verletzten Gefühlen umgehen soll, sagen Sie mir doch bitte Bescheid! Am besten nicht mehr drüber sprechen? Mich entschuldigen? Das ist alles so furchtbar peinlich. Ich verspreche, dass ich beim nächsten Mal nachdenke, bevor ich reagiere.

Mit einer Mischung aus Mitleid und Belustigung lese ich die Mail ein zweites Mal. Arme Annie! Sie wollte ihm bestimmt eine Freude machen. Und der arme Tom. Es ist nicht leicht mit Annie. Ihre schönste Eigenschaft, ihre Sensibilität, kann gleichzeitig auch die schlimmste sein. Ich stelle mir vor, wie Kristen reagiert hätte. Anstatt sich von Toms Bemerkung verletzt zu fühlen, hätte sie wahrscheinlich über sich selbst gelacht und eine passende Antwort parat gehabt, zum Beispiel: *Ja, du hast recht. Von jetzt an wage ich mich nur noch an die Mikrowelle. Wie hättest du dein Steak denn gerne? Teflon, Gummi oder Pappe?*

Ich muss diesen Mann von seinem Elend erlösen.

Lieber Tom,
das tut mir ganz furchtbar leid! Annie ist schon speziell, sie hat eine sehr dünne Haut. Bei ihr muss ich immer sehr vorsichtig und verständnisvoll sein. Oft habe ich versagt (deshalb habe ich Sie ja auch angeschrieben). Zum Glück ist Annie auch das liebste Kind, das ich kenne, und überhaupt nicht nachtragend.

Das stimmt wirklich. Annie hat keinen Tropfen böses Blut in den Adern. Kristen beispielsweise war ihrem Großvater gegenüber immer sehr misstrauisch, aber aus irgendeinem Grund, den weder ich noch Kristen verstehen, kommt Annie hervorragend mit ihm aus.

Ich frage mich, ob Annie jemals in der Lage sein wird, mir zu verzeihen?

Falls Annie böse auf Sie sein sollte – was wahrscheinlich nicht stimmt –, wird sie morgen früh trotzdem wieder ein fröhlicher Sonnenschein sein, so wie immer. Viel eher schämt sie sich für das, was geschehen ist. Meiner Tochter ist es unheimlich wichtig, es allen recht zu machen. Loben Sie Annie für etwas, das Ihnen gefällt, und sie ist wieder obenauf, da bin ich mir sicher.
Danke, dass Sie sich gemeldet haben. Hoffentlich konnte ich Ihnen helfen. Und jetzt gehen Sie bitte ins Bett – Sie brauchen Ihren Schlaf!
Liebe Grüße
Erika

Er quält sich genau wie ich, wenn Annie verletzt ist. Ich stelle mir vor, wie Tom mit seinem Kaffee draußen auf dem Balkon sitzt, während die schönste aller Städte zu seinen Füßen schläft. Ein kurzer Blick auf den Wecker verrät mir, dass es zehn nach zehn ist. Ich nage an meinem Daumen und füge noch eine Zeile hinzu:

Ich bin wach, falls Sie reden möchten.

Darunter schreibe ich meine Telefonnummer und schicke die Mail ab. Die nächsten zwei Stunden liege ich wach und warte auf einen Anruf, der nicht kommt. Ich fühle mich dumm, gedemütigt und irrationalerweise auch zurückgewiesen.

Am Dienstagnachmittag sitze ich auf Kates Sonnenveranda und warte auf das Klingeln meines Handys. Zwar hat mich Professor Barrett nicht angerufen – wahrscheinlich wundert er sich, dass ich es überhaupt vorgeschlagen habe –, dafür hat sich meine Assistentin Allison gemeldet. Sie hat mit dem Bauunternehmer Stephen Douglas gesprochen, dem Investor von Fairview Properties, der alle Einheiten des Gebäudekomplexes exklusiv Emily Lange zum Verkauf angeboten hat. Allisons E-Mail hätte ihn »neugierig gemacht«. Meine Alligator-Assistentin hat eine Telefonkonferenz organisiert.

Ich glätte meinen Anzug, streiche über mein ohnehin schon glattes Haar und tue so, als wäre ich in meinem Büro. Das Gespräch ist eine willkommene Ablenkung von den Gedanken an Annie und Kristen, meinen Vater und auch meine Mutter. Ich bereite mich auf den Anruf vor. Ruhe breitet sich in mir aus. Dies ist mein Ding, eine Welt aus Zahlen, Tabellen und Verträgen. Hier habe ich alles unter Kontrolle.

Um zwei Minuten vor zwei klingelt mein Handy. Ich räuspere mich, um so gelassen und dienstbeflissen zu klingen, als säße ich in Manhattan.

»Hallo, Stephen. Danke, dass Sie sich melden! Ich rufe kurz Allison dazu.«

Gerade will ich sie anwählen, da sagt eine Männerstimme: »Moment, Entschuldigung: Spreche ich mit Erika Blair?«

Ich lege den Kopf schräg. »Ja, das bin ich. Sind Sie nicht Stephen Douglas?«

»Nein, Erika, hier ist Tom Barrett aus Paris.« Seine Stimme ist dunkel und weich, wie Karamell.

»Tom!«, freue ich mich und sehe gleichzeitig, wie sich der Zeiger der zwölf nähert. Sein Timing könnte schlechter nicht sein.

»Nachdem ich Ihnen heute Nacht geschrieben hatte, bin ich dann doch eingedöst«, erklärt er. »Und habe verschlafen. Ihre Antwort habe ich erst heute Morgen gelesen, aber wie Sie sich vorstellen können, war es da ein bisschen zu chaotisch, um anzurufen.«

»Ah.« Ich kichere nervös. »Kein Ding.« Ich rümpfe die Nase, erschrocken darüber, wie albern ich mich anhöre. »Wissen Sie, ich erwarte gerade einen Anruf. Ist alles in Ordnung so weit?«

»Ja, alles gut. Tut mir furchtbar leid, dass ich störe. Ich lege besser auf.«

Ich muss irgendwas sagen, ihm klarmachen, dass ich später reden kann, wenn er möchte. In dem Moment klopft ein zweiter Anrufer an. Das muss Stephen Douglas sein! Verdammt!

»Okay. Danke, Mr … Tom.«

Mr Tom? Du lieber Gott! Aber ich habe keine Zeit, mich zu ärgern. Tom Barrett legt auf, und ich begrüße Stephen.

Zwei Minuten später sind der Bauunternehmer, meine Assistentin und ich ins Gespräch vertieft, als säßen wir gemeinsam im Restaurant. Ich bete meine Referenzen und Verkaufszahlen der vergangenen drei Jahre herunter, zähle die Investoren aus Übersee, meine asiatischen Kunden und die Makler auf, mit denen ich zusammenarbeite. Mit seltsam hoher Stimme nennt Stephen den von ihm angestrebten Verkaufspreis.

»Das ist ehrgeizig«, bemerke ich, »aber nicht unrealistisch. Ich würde die Objekte für Sie verkaufen.«

»Sie sagen, sie hätten einen Draht zu ausländischen Investoren, aber den haben viele Makler in Manhattan. Was macht Sie so besonders, Erika?«

Yeah! Ich muss grinsen. Endlich kann ich meinen Trumpf ausspielen. Im vergangenen Winter summte die ganze Branche vor Aufregung, als Emily Lange einen zehn Jahre älteren Mann heiratete. Matthew Watts hat das Sorgerecht für seine drei schulpflichtigen Kinder und machte Emily somit zu einer äußerst eingespannten Stiefmutter. Ich spreche ihren Namen zwar nicht aus, aber säe mit meinem Insiderwissen den Keim des Zweifels: »Anders als viele andere Maklerinnen kann ich mich voll und ganz auf meine Aufgabe konzentrieren. Ich bin Single, und meine Töchter, ähm, meine Tochter lebt in Frankreich. Mein Beruf ist mein Leben. Sie werden sehen, dass ich unermüdlich rund um die Uhr für meine Kunden im Einsatz bin.«

»Ich habe mich ein wenig umgehört.« Stephen lacht. »Sie scheinen wirklich ein Workaholic zu sein.«

»Und darauf bin ich stolz«, entgegne ich, doch anstatt mich, wie sonst immer, geschmeichelt zu fühlen, macht es mich traurig. Habe ich für meinen Beruf zu viel geopfert? Ich denke an Emily Lange, neuerdings Stiefmutter, die mit Geschäftsterminen, Fußballspielen und Essensplänen jongliert. Kann es sein, dass ich zwar etwas Wichtiges erlangt habe, aber Emily das gefunden hat, was zählt?

»So sieht es also aus«, sage ich übertrieben fröhlich. »Kurz und gut, ich würde die Apartments gerne für Sie verkaufen, und nach allen objektiven Kriterien – Verkaufszahlen, Kontakten, Engagement – habe ich die besten Voraussetzungen dafür.«

Während ich auf Stephens Entscheidung warte, halte ich die Luft an.

»Ich muss schon sagen: Ich bin beeindruckt. Ehrlich gesagt, habe ich eigentlich nur aus Höflichkeit angerufen. Eigentlich hatte ich schon einen Makler gefunden, und normalerweise entscheide ich mich nicht noch einmal um.«

Ich kneife die Augen zu und hoffe, dass es ein Aber gibt. Und wirklich: »Aber nach Ihrem Angebot bin ich bereit, es mir noch mal zu überlegen.«

Lächelnd atme ich aus. »Das sollten Sie wirklich tun. Wenn ich die Exklusivvertretung für alle sechzehn Einheiten bekomme, verkaufe ich sie Ihnen innerhalb von neunzig Tagen.«

Sechzehn Wohnungen in drei Monaten, das ist ein stolzes Ziel, aber durchaus machbar … wenn ich mir den Hintern aufreiße.

»Dreißig«, sagt Stephen.

Ich erschrecke. »Wie bitte? Dreißig Tage? Für alle sechzehn Einheiten?«

»Sie behaupten, Sie wären die Beste. Dann beweisen Sie es!«

Soll das ein Witz sein? Mein Kopf dreht sich. Ich habe doch zu tun! Ich muss Kristen finden. Ich muss meine Vergangenheit auf den Prüfstand stellen und loslassen, so wie *Wunder-gesucht* es von mir verlangt. Wie soll ich das alles schaffen?

»Hören Sie, Stephen, ich bin wirklich die beste Maklerin. Aber ich kann nicht zaubern. Bloße Willenskraft reicht da nicht aus. Ich brauche Zeit, um ...«

Mit seinem hohen Sopran unterbricht er mich: »Sie verschwenden meine Zeit. Einen Makler, der mir verspricht, alles innerhalb von neunzig Tagen zu verkaufen, finde ich an jeder Ecke. Sie haben behauptet, Sie wären besser. Wenn Sie es schaffen, erhalten Sie eine enorme Provision.«

»Hm«, mache ich beim Gedanken an das potentielle Geld.

»Aber wenn Sie nicht innerhalb eines Monats jedes einzelne Objekt verkauft haben«, sagt er, »verfällt die gesamte Provision, und die Verkäufe fließen nicht in Ihre Statistik ein.«

Stephen weiß offenbar von dem näher rückenden Stichtag des Wettbewerbs und setzt mich damit unter Druck. »Keine Berücksichtigung in der Verkaufsstatistik?« Meine Stimme bebt. »Nicht mal die verkauften Objekte?«

»Nein.« Stephen bleibt dabei. »Abgemacht?«

Das Wort hallt durch meinen Kopf, wie das Echo eines Warnrufs, mein wahres Ziel zu verfolgen. Dieser Wettbewerb ist nicht wichtig. Ich muss loslassen. Soll Emily doch die Exklusivvermarktung übernehmen.

Gerade will ich ablehnen, da meldet sich Allison zu Wort.

»Abgemacht!«, ruft sie. »Erika und ich verkaufen alle sechzehn Einheiten in dreißig Tagen.«

Kristens letzte Worte fallen mir ein: *Na los! Auf unter die ersten fünfzig! Nächsten Herbst ist die Agentur Blair dick im Geschäft!*

Ich lege auf und hoffe gegen jede Vernunft, dass Kristen und Annie dabei sein werden, wenn ich die Auszeichnung entgegennehme. Und wenn dann nächstes Jahr die Konkurrenzverbotsklausel ausläuft, werde ich meine eigene Maklerfirma eröffnen, wie wir es uns ausgemalt haben. Meine Töchter werden stolz auf mich sein. Oder?

25

Annie

Zur Wochenmitte hin hat sich ein fester Tagesablauf zwischen Annie und Olive eingespielt. Um sechs Uhr steht Annie auf, geht in die Küche und stellt Toms schicke Espressomaschine an. Sie bereitet ein Frühstück mit frischen Croissants, Marmelade und Käse, Joghurt und Saft vor. Dann geht sie duschen, föhnt sich die Haare und tupft sich Gloss auf die Lippen. Wenn sie hört, dass das Wasser in Toms Bad abgedreht wird, geht sie zu Olive.

»Wach auf, du Schlafmütze!«, ruft sie leise und streicht der Kleinen das Haar aus dem Gesicht. Und jeden Morgen schneidet es Annie ins Herz, wenn Olive voller Hoffnung die schläfrigen Augen aufschlägt und sich kurz darauf eine Wolke der Enttäuschung darüberlegt, weil ihr klarwird, dass nicht ihre Mutter an ihrem Bett sitzt, sondern Annie.

Es ist Mittwoch, und wie jeden Tag holt Annie Olives Kleidung aus dem Schrank. Irgendwo hinten im Flur hört sie Tom pfeifen. Sie lächelt. So muss es sich anfühlen, eine Familie zu haben.

Es ist regnerisch und kühl an diesem Morgen, deshalb hat sie eine schwarz-weiß gestreifte Leggings und ein langärmeliges rotes Hängerchen für die Kleine herausgesucht. Sie legt beides auf Olives frisch gemachtes Bett und tritt zurück. Und wie jeden Morgen macht das Mädchen einen Bogen um das Bett und ignoriert die von Annie gewählten Kleidungsstücke. Stattdessen zerrt sie andere Sachen aus den Schubladen. Unachtsam reißt sie eine rot-grüne Strumpfhose – eigentlich für die Ferien gedacht –, einen Rock mit rosa- und orangefarbenen Tupfen und ein dünnes grünes T-Shirt heraus. Annie schüttelt den Kopf.

»Olive, Süße, draußen ist es kalt. Willst du wirklich nichts Langärmeliges anziehen?«

Das Mädchen schiebt das Kinn vor und zwängt sich in das Oberteil.

»Komm her, du Dummerchen!« Annie hockt sich vor sie. »Ich helfe dir. Das ist auf links *und* verkehrt herum! Wenn du das so anziehst, musst du den ganzen Tag rückwärts laufen, damit es richtig aussieht!« Sie lacht, Olive sieht sie voller Verachtung an.

Durch die offene Tür hört Annie Tom lachen. Er muss sie gehört haben. Annie grinst, stolz darauf, dass jemand ihren Humor zu schätzen weiß.

»Du bist nicht witzig«, sagt Olive, als wolle sie verhindern, dass Annie sich etwas einbildet. Sie marschiert aus dem Zimmer, will sich nicht von ihrem Au-pair-Mädchen helfen lassen.

Warum muss das Kind ausgerechnet auf die einzige Schule in Paris gehen, die keine Uniform verlangt?

Annie folgt Olive in die Küche. Der Professor steht an der Küchentheke und schäumt Milch auf. Als er seine Tochter hört, dreht er sich um. Sein Gesicht erstrahlt.

»Guten Morgen, Mausezahn!«

O Gott, sieht er umwerfend aus!, denkt Annie. Er ist wie üblich gekleidet: Jeans und Hemd, Sakko und Wildlederboots. Der eine hat vorne einen roten Fleck, weil am Wochenende ein Klecks von Olives Erdbeereis daraufgefallen ist. Tom stellt das Metallkännchen mit der Milch beiseite und bückt sich, um seine Tochter auf den Arm zu nehmen. »Hattest du eine schöne Reise ins Land der Träume?«

Sie schlingt ihm die Hände um den Hals. »Musst du heute zur Uni?«

»Ja, Spätzchen. Und du musst zur Vorschule. Vielleicht geht Annie heute Mittag mit dir in den Park, wenn sie dich abholt.«

Olive zieht eine Schnute. »Ich hasse den Park.«

»Ach, komm! Wie wär's, wenn wir heute Abend essen gehen? Ich kann ein bisschen früher nach Hause kommen.«

Seine Tochter macht große Augen. »Ins Georges?«

»Klar, wenn du gerne willst.«

»Yippie!«

Annie sieht staunend zu. Ihr Vater war auch immer nett zu ihr, klar, aber niemals so liebevoll wie Tom. Er ist genau der Typ Mann, den sie sich als Vater ihrer Kinder wünschen würde.

Er bemerkt sie. »Morgen, Annie!«

»Guten Morgen.« Sie streicht sich den Pony aus der Stirn.

»Cappuccino?«, fragt er und setzt Olive ab.

»Gerne, danke.«

»Du siehst hübsch aus heute Morgen.«

Annie schaut an sich hinab. Die übliche Aufmachung: Yogahose und Pullover. Sie versucht, den Bauch einzuziehen. Seit der Geschichte mit dem verbrannten Knoblauch ist Tom ihr gegenüber besonders aufmerksam, macht andauernd Komplimente, die Annie verunsichern. Ist der Professor vielleicht ein bisschen verknallt, so wie sie in ihn? Der Verstand sagt ihr, dass er bloß höflich sein will und sie ihn nicht falsch verstehen darf. Aber Annie hat noch nie groß auf die Stimme der Vernunft gehört.

Tom reicht ihr den Becher, versehentlich streifen sich ihre Finger. Annie wendet den Blick ab, spürt, wie sie rot wird. »Danke«, murmelt sie. Mit dem Kopf weist sie auf Olive, die am Tisch sitzt und die Marmelade vom Croissant leckt. »Nur um Missverständnissen vorzubeugen«, flüstert Annie, »das Outfit war ihre Idee.«

Tom mustert seine Tochter und verschluckt sich fast am Kaffee. »Ach du meine Güte!«

Annie lacht. »Soll sie sich noch mal umziehen?«

»Nein, schon gut. Ich weiß, wann es besser ist, ihr ihren Willen zu lassen.« Er stößt mit seinem Kaffeebecher gegen ihren. »Danke für deine Mühe. Ich freue mich wirklich, dass du bei uns bist, Annie. Dieses Haus hat genau so jemanden wie dich gebraucht.«

Annie lächelt. Ihr Herz schwillt merklich an. In ihren zwanzig Jahren hat noch kein Mann, der so gut aussah, etwas so Nettes zu ihr gesagt.

An der amerikanischen Vorschule, einem efeubewachsenen roten Backsteingebäude, geht Annie vor Olive in die Hocke. »Wir sehen uns in ein paar Stunden.« Sie rückt die Baskenmütze auf dem Kopf des Mädchens zurecht. »Sei lieb. Und gib stets dein Bestes.« Annie will die Kleine umarmen, doch Olive reißt sich wie immer los und läuft die Stufen hinauf, als könnte sie Annie nicht schnell genug entkommen.

Annie geht die Rue du Bac hinunter. Vielleicht ist es heute so weit. Sie hat vor, das erste Arrondissement zu erkunden, die Gegend um das berühmte Kunstmuseum des Louvre und die angrenzenden Parkanlagen der Tuilerien. Aufmerksam geht sie in Richtung Seine, immer Ausschau haltend nach zierlichen Blondinen. Vielleicht ist Kristen jetzt gar nicht mehr so zierlich. Sie müsste ungefähr im achten Monat sein und einen Bauch wie eine Melone vor sich hertragen. Bei dem Gedanken muss Annie grinsen, doch dann zieht sich ihr die Kehle zu. Sie wäre … nein, sie wird Tante!

Annie stopft die Hände in die Manteltaschen und läuft weiter, bis sie den Jardin des Tuileries erreicht, den prächtigen Barockgarten aus dem 17. Jahrhundert. Sie wandelt an den üppig grünen Rasenflächen entlang, wo Statuen wie große Schachfiguren stehen.

Ein Schotterpfad windet sich zwischen zwei sorgfältig geschnittenen Hecken hindurch. Kristen würde sagen: Das war Edward mit den Scherenhänden. Auf vielen Bänken sitzen Frauen und unterhalten sich miteinander. Alte Männer haben Stühle zusammengeschoben, reden in ihrer melodischen Sprache und fuchteln mit den Händen, um ihre Geschichten zu untermalen. Hier und da sitzt ein Rentner und liest. Annie merkt, dass sie träumt, und schimpft mit sich selbst. Sie muss ihre Schwester finden! Doch mit jedem fremden Gesicht, mit jedem verstreichenden Moment und jedem Schlag ihres Herzens spürt sie, wie ihre Hoffnung schwindet.

In den nächsten zwei Stunden sitzt Annie vor dem Louvre und mustert die Passanten. Als sie um zwölf Uhr Olive abholt, hat sie einen Kloß im Magen. Wie ist sie bloß auf die Idee gekommen, Kristen in einer Stadt von dieser Größe finden zu wollen?

In ihren privaten Facebook-Nachrichten hat Annie ihrer Schwester unmissverständlich klargemacht, dass sie in Paris ist und nach ihr sucht. Sie hat Toms Adresse hinterlassen. Jeden Morgen schickt sie eine Erinnerung. Doch was ist, wenn Krissie nicht gefunden werden will? Annie kennt ihre Schwester. Sie ist stur, freiheitsliebend und denkt nicht immer rational. Wenn sie sich verstecken will, kann nichts und niemand ihre Meinung ändern.

Es ist halb fünf. Olive kniet auf dem Sofa und schaut aus dem Fenster. Annie kommt herein, einen Korb frischer Wäsche im Arm.

»Was beobachtest du da, Olive?«

Das Mädchen antwortet nicht. Annie stellt den Korb ab.

»Hilfst du mir, die Wäsche zusammenzulegen? Oder sollen wir was anderes machen und spazieren gehen?«

»Nein!«, ruft Olive, als wäre es die dümmste Idee aller Zeiten.

»Komm, dann spielen wir Uno. Wir können auch was malen oder Plätzchen backen.«

»Nein. Mein Dad kommt heute früher nach Hause.«

Annie nickt. Fast hätte sie vergessen, was Tom seiner Tochter versprochen hat. »Ja, stimmt.« Sie kniet sich neben Olive. Zusammen schauen sie aus dem Fenster auf den Bürgersteig.

»Wir gehen ins Georges, da trink ich einen Milchshake, und du kommst nicht mit!«

»Oh. Nein, natürlich nicht.« Annie hatte gedacht, dass sie mit den beiden essen gehen würde. Fälschlicherweise, wie ihr jetzt klarwird. Olive hat ja recht. Annie gehört nicht zur Familie. Sie ist nur das Au-pair-Mädchen. Das darf sie nicht vergessen.

»Als Kristen und ich klein waren, ist unser Vater oft mit uns in einen Laden gefahren, der hieß Cup and Saucer. Da durften wir an der Theke sitzen. Ich hab mir immer Grillkäse bestellt. Kristen einen Hamburger und Pommes. Mein Vater hat ein Omelett gegessen.«

»Und deine Mutter?«

Annie ist überrascht, dass Olive überhaupt reagiert. »Ähm, die war nicht dabei. Das war nach der Scheidung.«

»Was ist das?«

Annie überlegt. Sie sucht nach einer Erklärung, die gleichzeitig wahr und nicht zu bedrückend ist. »Ein Paar lässt sich scheiden, wenn die Mutter und der Vater nicht mehr miteinander verheiratet sein wollen. Sie bleiben zwar Eltern, aber wohnen nicht mehr in einem Haus.«

Olive dreht sich zu ihr um. »Und wo wohnen die Kinder?«

»Das kommt darauf an. Kristen und ich zum Beispiel haben bei unserer Mutter gelebt. Aber an zwei Wochenenden im Monat waren wir bei unserem Vater.«

Das Mädchen runzelt die Stirn. »Ihr habt nicht alle zusammen in einem Haus gewohnt?«

»Nein.«

Olive schaut wieder aus dem Fenster. Gemeinsam beobachten sie die Straße. Annie fragt sich, ob sie zu viel gesagt hat. Vielleicht ist Olives kleines Herz zu zart, um zu erfahren, dass Liebe nicht immer ewig währt.

»Meine Mom hat bei mir und meinem Dad gewohnt«, sagt die Kleine mit einem prahlenden Unterton, über den Annie grinsen muss.

»Ja. Du hattest großes Glück.«

Olive nickt, drückt die Stirn gegen die Scheibe und bläst dagegen. »Komm, Dad«, sagt sie. »Beeil dich!«

Annie entdeckt ein Fernglas im Regal neben dem Sofa. Sie beugt sich vor und nimmt es heraus. Durch die Gläser sucht sie den Bürgersteig nach einem Mann in Jeans und braunem Sakko ab. Dann fällt ihr ein, dass sie ja eigentlich nach einem Mädchen mit blonden Haaren und dickem Bauch suchen sollte.

»He!«, ruft Olive. »Das gehört meinem Dad! Und das ist kein Spielzeug.«

Annie lacht, hört sie doch Tom durch seine Tochter sprechen. »Du hast recht. Ich bin auch ganz vorsichtig. Ich will nur sehen, ob ich deinen Vater entdecke. Mit so einem Fernglas kann man Dinge sehen, die ganz weit weg sind.«

»Echt?« Olive greift danach. »Darf ich mal?«

Annie lacht, erfreut über Olives Interesse. »Klar. Aber vorsichtig, Kleine. Warte, ich helfe dir.« Sie legt dem Mädchen das Band um den Hals und hält ihr das Fernglas vor die Augen. »Schön vorsichtig!«

»Ich kann nichts sehen!«, jammert das Kind.

»Warte kurz.« Annie dreht am Rädchen. »Ich stelle es scharf, und du sagst mir, wenn alles deutlich wird.«

»Nein … nein … nein«, murmelt Olive, dann plötzlich: »Wow! Ich kann die Leute da unten sehen!« Doch bald richtet sie die Gläser in den Himmel. »He, das ist gemein! Das Haus da ist im Weg. Ich kann nichts erkennen! Geh weg, doofes altes Haus!«

»Das ist ein Apartmenthaus, genau wie unseres. Da kann dein

Vater nicht sein. Such den Bürgersteig ab! Er kommt aus der Richtung.« Annie zeigt nach rechts.

Bevor Olive ihr folgen kann, hören sie einen Schlüssel in der Tür. Schnell zieht sich das Mädchen das Band über den Kopf.

»Stell es zurück!«, flüstert sie und drückt Annie das Fernglas in die Hand. »Das ist kein Spielzeug.«

»O ja, schnell, schnell!« Annie übertreibt absichtlich, rückt ein Buch zur Seite, damit das Fernglas dahinter verschwindet. Gerade noch rechtzeitig flitzt sie zurück zum Sofa, bevor Tom hereinkommt. Olive kichert. Es klingt so wunderbar, dass Annies Herz jubelt.

Nein, es ist keine Zeitenwende. Olive ist immer noch kratzbürstig. Aber es ist ein Anfang. Vielleicht schafft Annie es doch, in den nächsten Monaten eine Art Bündnis mit dem Mädchen zu schließen, zumindest eine Waffenruhe. Sie nimmt sich vor, Olive ein Kinderfernglas zu kaufen.

Wie Tom versprochen hat, ist er wirklich früher zu Hause, um Olive auszuführen.

»Wir gehen ins Georges«, trällert Olive. »Mein Daddy und ich!«

Annie zieht sich auf ihr Zimmer zurück. Bei angelehnter Tür sitzt sie mit ihrem Laptop auf dem Bett, als Tom anklopft.

»Komm doch mit heute Abend!« Er bleibt auf der Schwelle stehen.

Annies Herz flattert. *Ja, gerne! Und von mir aus können wir auf dem Heimweg nach Verlobungsringen gucken!*

»Es sei denn«, fährt er fort, »du möchtest ein bisschen Zeit für dich haben. Das würde ich natürlich verstehen.«

Nein, denkt Annie. *Ich will bei dir sein, für den Rest meines Lebens.* Doch dann fällt ihr ein, was Olive gesagt hat. Sie schiebt ihren Laptop beiseite.

»Danke, aber geht ihr beide besser allein. Olive freut sich schon den ganzen Tag darauf, ihren Daddy für sich zu haben.«

Tom lächelt. »Das ist sehr rücksichtsvoll von dir. Dann ein andermal, ja?«

Annie nickt. »Ja, ein andermal.« Innerlich springt sie auf, hüpft jubelnd herum, malt sich ein Candlelight-Dinner mit ihm aus.

Bevor Tom geht, schaut er hinüber zu dem Foto auf Annies Nachttisch. »Deine Familie?«

Sie nimmt es in die Hand. »Ja, meine Schwester, meine Mutter und ich.« Sie reicht Tom das Bild. »Wurde bei unserem Highschool-Abschluss gemacht.«

Er betrachtet das Foto länger, als Annie erwartet hätte. Ihr Hals schnürt sich zu. Kristen und sie stehen rechts und links von ihrer Mutter, alle drei haben die Arme umeinander gelegt. Es war windig an dem Tag, ihre Haare sind zerzaust. Auf dem Bild will Erika ihr gerade einen Kuss auf die Stirn drücken. Ihre dunklen Augen funkeln, so wie früher. Man sieht das Grübchen in ihrer Wange, genau wie bei Krissie.

»Wunderschön«, sagt Tom und reicht ihr die Aufnahme zurück.

»Ja, das ist sie.« Mit dem vertrauten Gefühl von Neid stellt Annie den Rahmen auf den Nachttisch. Wie jeder Mann auf diesem Erdball findet Tom ihre Schwester schön. Kein Wunder.

»Ich bin von uns dreien diejenige, die die meisten Cheeseburger verdrücken kann, falls du es noch nicht gemerkt hast.« Annie lacht leise, aber es klingt hohl.

26

Annie

Annie wäre zwar lieber mit Tom und Olive zusammen, doch nun nutzt sie den Abend, um nach ihrer Schwester zu suchen. Kristen war schon immer eine Nachteule. Das erklärt vielleicht, warum Annie sie vormittags nicht gefunden hat.

Sie steigt in den winzigen Aufzug und drückt auf die Taste für den Ausgang im Erdgeschoss. Doch bevor sich die Kabine in Bewegung setzt, geht die Tür erneut auf, und Annie sieht aus dem Augenwinkel einen jungen Typen hereinkommen.

»Bonne soirée«, grüßt sie und senkt den Blick.

»Oh, hallo, Annie!«, erwidert er mit deutschem Akzent.

Sie schaut auf. Es ist der schmale Typ, der im Apartment gegenüber wohnt. Der, den Tom ihr am Tag ihrer Ankunft vorgestellt hat.

»Oh, hi …« Annie verstummt. Mist! Sie hat seinen Namen vergessen.

»Rory.« Er grinst. Im dunklen Lift sieht er besser aus, nicht ganz so blutleer. Er trägt einen dunkelblauen Pulli und hat einen braunen Schal um den Hals geschlungen. »Wie kommst du mit Olive klar? Sie ist bestimmt schwer begeistert von dir, was?«

Annie schnaubt verächtlich. »Von wegen! Ich glaube, da verwechselst du was. Sie ist schwer genervt von mir, das kommt schon eher hin.«

Rory lacht. »Du bist witzig, Annie.«

Sie grinst, und kurz fühlt sie sich wie Amy Schumer. »Nach unten?«, fragt sie. Rory nickt.

Es ist still in der engen Kabine. Annie fühlt sich riesig neben dem dürren Kerl. Ihr wird ganz heiß, sie lockert ihren Schal.

»Musst du heute Abend nicht arbeiten?«, fragt er.

»Nein.«

»Darf ich fragen, was du vorhast?«

Annie hält den Blick auf die Tür gerichtet. »Nur ein bisschen rumlaufen. Ich suche …« Annie hält inne aus Angst vor dem mitleidigen Blick, wenn sie erwähnt, dass ihre Schwester verschwunden ist. Außerdem will sie nicht, dass Rory sich ein Urteil über sie bildet und denkt, sie wäre verrückt. »Ich suche jemanden. Der hier in Paris ist. Ich habe die Telefonnummer verloren.«

Rorys Gesicht erhellt sich. »Ein Mädchen?«

Annie nickt.

»Die ist bestimmt in einem der Nachtclubs unterwegs. Wir könnten zusammen suchen! Ich würde mit The Wall anfangen, oder vielleicht mit dem Yello Mad Monkey, da sind immer viele schöne junge Amerikanerinnen wie du.« Die letzten beiden Worte murmelt er so leise, dass Annie nicht weiß, ob sie ihn richtig verstanden hat. Als sie das letzte Mal schön genannt wurde, fügte der Junge hinzu: »Für deine Kleidergröße.«

Mit einem Rumpeln kommt der Fahrstuhl zum Stehen. Rory schiebt die Tür auf und lässt Annie den Vortritt. Nebeneinander gehen sie durch den Eingangsbereich.

Aus dem dunklen Himmel fällt Schneeregen. Vor dem Haus bleiben die beiden stehen und drücken sich unter den Dachvorsprung.

»Sollen wir?«, fragt Rory schließlich.

Sie ignoriert den Arm, den er ihr anbietet, und schlägt den Kragen ihres Mantels hoch. Gemeinsam überqueren sie den belebten Boulevard Saint-Germain. Annie hat eigentlich nicht vorgehabt, mit Rory zusammen loszuziehen. Sie wollte die Stadt auf eigene Faust erkunden, allein von einem Café zum nächsten schlendern.

»Regen am Abend mag ich am liebsten«, erklärt Rory, als sie die andere Straßenseite erreichen. »In der feuchten Luft sehen die Laternen aus, als hätten sie einen Heiligenschein.«

Annie schaut hinauf zum nächsten Mast und lächelt. Rorys Worte erinnern sie an ein Gedicht, das sie mal geschrieben hat. »Finde ich auch«, sagt sie. »Leider kräuseln sich bei feuchter Luft auch meine Haare zu einem Heiligenschein, aber was soll's.«

»Mir gefallen sie besser so«, sagt Rory. »Viele Locken stehen deinem Gesicht gut.« Er weicht ihrem Blick aus. Seine Wangen haben rote Flecken bekommen.

Sie erreichen das Café de Flore. Unter der langen weißen Markise sitzen fröhliche Paare bei Wein, Käse, Brot und Amuse-Gueules. Größere Gruppen feiern zusammen, rauchen, unterhalten sich, lachen. Annie schlendert betont langsam vorbei, mustert jedes einzelne Gesicht.

»Sollen wir was trinken?«, fragt Rory.

»Nein. Sie ist nicht hier.«

Sie gehen weiter, zum nächsten Café. Wieder sucht Annie die Gesichter ab. An einem kleinen Tisch sitzt eine schöne Frau mit einem jungen Mädchen. Wahrscheinlich Mutter und Tochter. Eine überwältigende Sehnsucht ergreift Annie. Die Frau lacht über etwas, was das Mädchen sagt. Annie muss an ihre Mutter denken. Als die Frau Annies Blick bemerkt, wird ihr Gesicht ernst. Schnell wendet Annie sich ab. Sie ist eine Fremde.

Rory legt ihr die Hand auf den Arm. Sie schaut ihn an. Seine Augen sind überschattet. »Du fühlst dich einsam in dieser schönen Stadt, nicht wahr?«

Annie schiebt sich die nassen Haarsträhnen hinter die Ohren. »Woher weißt du das?«

»Weil es mir auch so ging, als ich herkam.«

Er führt sie weiter, bis sie Les Deux Magots erreichen, das Eckcafé, in dem sich Hemingway, Picasso, Dalí und andere

Künstler trafen. Die Gäste sitzen an Bistrotischen draußen, gewärmt von kleinen Elektroöfen.

Als der Regen heftiger wird, entsteht ein Durcheinander, weil alle gleichzeitig ihre Stühle unter die gestreifte Markise rücken wollen. Annie sucht jedes Gesicht ab. *Komm schon, Kristen, zeig dich!*

»Ich gebe dir einen Espresso aus, ja?«, sagt Rory. »Du kannst mir ja beschreiben, wie deine Freundin aussieht, dann erkläre ich es zu meiner großen Aufgabe, sie für dich zu finden.«

Annie lächelt über die Hoffnung in seinen Augen. »Okay. Das ist lieb.«

Sie ergattern einen leeren Tisch unter der Markise und setzen sich nebeneinander. Annie studiert die Speisekarte.

»Machst du ein Jahr Pause vom College?«, fragt Rory.

Annies Magen zieht sich zusammen. Eigentlich will sie Haverford und ihre peinliche Suspendierung vergessen. Sie hat nicht vor, Rory davon zu erzählen.

»Bonjour, Rory!« Eine junge Französin mit breitem Lächeln und einer noch größeren Brille kommt an ihren Tisch. Sie trägt einen kunstvoll zerrissenen bauchfreien Pulli, dazu eine schwarze Leggings. Annie hätte so ein Outfit vielleicht mit zehn gestanden. Nein, nicht mal damals.

Rory läuft rot an. »Bonjour, Laure! Das ist meine Freundin Annie. Annie, Laure studiert am Cordon Bleu, so wie ich.«

»Freut mich«, sagt das Mädchen mit ihrem entzückenden französischen Akzent. Sie haucht Rory ein Küsschen zu, bevor sie geht. »Rendezvous demain, Rory.«

Annie grinst ihn an. »Die süße Mademoiselle steht auf dich.«

Er schüttelt den Kopf. »Das stimmt nicht, Annie. Ich habe Laure schon mal zum Kaffee eingeladen, aber sie wollte nicht.«

Annie lehnt sich zurück. »Ja, und? Frag sie noch mal!«

»Der Eisenbahn ist weg«, sagt Rory und schüttelt den Kopf. »Ich hab's gestrichen.«

Es dauert einen Moment, bis Annie versteht: Der Zug ist abgefahren. Er ist über sie hinweg.

»Nein, ernsthaft«, beharrt Annie. »Wenn du Laure wirklich magst, musst du ihr das sagen, bevor es zu spät ist. Das ist mein Leitsatz: Lass nichts unausgesprochen, sonst bereust du es für den Rest deines Lebens.«

Doch ist sie selbst mutig genug, ihren eigenen Rat zu befolgen? Würde sie sich jemals trauen, Tom zu sagen, was sie für ihn empfindet?

Annie und Rory teilen sich ein Baguette und eine Käseplatte. Er erzählt ihr von seiner Heimat, Cochem, einer Kleinstadt in Deutschland an der Mosel. »Meine Eltern und meine Schwester wohnen dort. Viele Familien in der Gegend besitzen ein Weingut und Weinberge, wir haben ein kleines Restaurant. Irgendwann werde ich da als Koch arbeiten und das Geschäft von meinem Vater abnehmen.«

Abgesehen von wenigen falschen Vokabeln ist Rorys Englisch fast perfekt, und soweit Annie das nach der Unterhaltung mit dem Kellner beurteilen kann, spricht er Französisch ebenfalls fließend. Rory ist im letzten Ausbildungsjahr am Cordon Bleu, der französischen Eliteschule für Köche.

»Ich habe ein Rezept für einen Wettbewerb eingereicht.« Er beugt sich vor. »Es ist in der Endauswahl. Wenn ich gewinne, kommt meine Ente in Pfefferkruste mit Kirsch-Balsam auf die Speisekarte vom Ducasse!«

»Das klingt ja irre! Was ist das Ducasse?«

Rory wirft die Hände in die Luft. »Nichts Besonderes, nur das beste Restaurant von ganz Paris!« Er lässt den Kopf hängen. »Eigentlich sollte ich es nicht erzählen. Das ist ein Pechbringer. Du musst mir versprechen, es niemandem zu verraten.«

Annie hebt die rechte Hand zum Schwur. »Großes Pfadfinderehrenwort.«

Rory runzelt die Stirn. »Was? Verstehe ich nicht.«

»Ich verspreche es dir«, sagt Annie.

»Es kann doch noch nicht zehn sein!«, ruft Annie, als sie auf ihr Handy schaut.

»Doch, doch«, erwidert Rory. »Das ist bei mir auch so: Wenn ich Langeweile habe, vergeht die Zeit langsam, aber wenn ich mit jemandem zusammen bin, den ich mag, dann rast sie nur so davon.«

Annie lächelt und beginnt aus Verlegenheit, die Teller auf dem Tisch zusammenzustellen. »Willst du das letzte Stück Käse wirklich nicht mehr?«

»Nein.« Rory grinst und klopft sich auf die Rippen. »Ich bin gestopft, wie ihr Amerikaner gerne sagt.«

Annie wirft sich das Eckchen Brie in den Mund, Rory gibt dem Kellner ein Zeichen, ihm die Rechnung zu bringen.

»Du hast mir immer noch nicht erzählt, wie deine Freundin aussieht.«

Annie zuckt zusammen. Sie ist an diesem Abend allein deshalb ausgegangen, um Kristen zu suchen. Nun hat sie die ganze Zeit mit Rory geplaudert. Wie konnte sie bloß so egoistisch sein?

Annie schluckt und tupft sich den Mund mit der Serviette ab. »Sie ist klein und zierlich.« Im Regen hasten die Menschen vorbei. »Und sie ist schön. Ihre Haut hat die Farbe von Sahne und ist auch genauso zart. Wenn sie lächelt, geht die Sonne auf.«

»Wie bei dir«, sagt Rory.

Annie streicht sich die störrischen Haare hinters Ohr und fragt sich, warum es draußen plötzlich so heiß geworden ist. »Nein, Krissie ist …« Sie sucht nach einem Vergleich. »Krissie ist wie Champagner. Ich bin Wasser.«

»Wasser ist mir lieber. Von Champagner bekomme ich Kopfschmerzen.«

»Champagner ist belebend und überschäumend.«

»Schon, aber ohne Wasser kann man nicht leben.« Er lächelt Annie an. »Du magst das Mädchen sehr gern.«

»Ja.«

Rory hebt das Kinn. »Ah«, sagt er mit einer Spur Traurigkeit in der Stimme, aber vielleicht bildet Annie sich das auch nur ein. »Ich verstehe«, fügt er auf Deutsch hinzu.

»Sie heißt Kristen.«

»Kristen«, wiederholt er und schaut in seine leere Kaffeetasse.

»Sie ist meine Schwester.«

Er blickt hoch. »Deine Schwester? Die suchst du hier?«

»Ja. Sie ist schwanger. Ungefähr im achten Monat.«

Es ist eine große Erleichterung, ihr Geheimnis mit jemandem zu teilen. Annie beobachtet Rory und könnte schwören, dass auch er erleichtert ist. Er bezahlt, steckt sein Portemonnaie wieder ein und steht auf.

»Komm!«, sagt er und hält ihr die Hand hin. »Ich habe eine hervorragende Idee.«

Rory marschiert los, Annie hinter sich her ziehend. Sie muss laufen, um mit ihm Schritt zu halten. Regentropfen rinnen über ihren Mantel. Sie kommen an einem Schuhgeschäft, einem Kartenladen, einer Arztpraxis vorbei. Da bleibt Rory stehen.

Zuerst ist Annie verwirrt. Der Student weist auf die Bronzetafel neben der mächtigen Haustür:

Médecin spécialiste de l'obstétrique

Ein Facharzt für Geburtshilfe. Annie hält die Luft an. Na klar! Warum ist sie nicht selbst darauf gekommen?

»Wenn deine Schwester in Paris ist, muss sie zu einem Spécialiste de l'obstétrique gehen, oui?«

»Oui. Ähm, ja. Natürlich!«

Rory grinst. »Wir rufen jeden in Paris an«, erklärt er. »Wie viele kann es hier schon geben? Ein paar hundert, ja? Das ist doch ein Knacks.«

Ein Klacks, denkt Annie, aber sie korrigiert ihn nicht. Sie fröstelt. Es gibt wahrscheinlich über tausend Frauenärzte in Paris. Ob sie dabei einen Knacks bekommt oder sogar daran zugrunde geht, wenn sie die Wahrheit erfährt? Was ist, wenn alle recht haben und ihre Schwester doch in dem Zug war? Was ist, wenn Annie nicht mit Krissie nach Hause zurückkehrt? Wird ihre Mutter ihr dann jemals vergeben?

27

Erika

Es ist Mittwoch. In der hintersten Sitzecke des Cafés Seabiscuit habe ich mir ein provisorisches Büro eingerichtet. Ich trage noch immer dieselbe Hose, in der ich seit Samstag herumlaufe, auch wenn Kate mir großzügig angeboten hat, mich aus ihrem Kleiderschrank zu bedienen. Ich möchte einen professionellen Eindruck vermitteln, auch wenn ich auf einer Insel inmitten von Menschen in Flanellhemden und Kapuzenpullis hocke. Aber ob ich diesen Eindruck in derselben Hose noch lange aufrechterhalten kann, ist fraglich.

Ich stelle meinen Laptop vor mir auf den Tisch, setze die Kopfhörer auf und versenke mich in Unterlagen und Verträge. Die Arbeit ist eine willkommene Ablenkung von den Sorgen um Annie, von der zehrenden Suche nach Kristen. Ich rede mir ein, dass Brian, Kate und mein Vater recht haben: Kristen lebt nicht mehr, und ich muss nach vorne sehen. Doch tief in meinem Herzen kann ich nicht loslassen. Ich weiß nicht, ob ich es je schaffen werde.

Ich konzentriere mich auf die Fotos und Grundrisse, die Allison mir geschickt hat. Für das neue Großprojekt will ich ein schickes Video und eine edle Online-Broschüre erstellen. *Der Fairview Lifestyle* habe ich das Ganze getauft. Für den nächsten Dienstag habe ich einen offenen Besichtigungstermin angesetzt und keine Kosten und Mühen gescheut. Vom Caterer bis zum Cellisten ist an alles gedacht, ich habe sogar einen Parkservice und eine komplett ausgestattete Bar organisiert. Alle wichtigen Makler in Manhattan sind angeschrieben, wodurch sich in dem

Komplex wahrscheinlich über hundert Personen herumtreiben werden. Die Einzige, die vielleicht nicht da sein wird, bin ich. Werde ich diese Insel je wieder verlassen?

Die Wettervorhersage kündigt bis Freitag durchgehend warme Temperaturen an, am Wochenende soll es dann kälter werden, die Temperaturen sollen noch mal unter den Gefrierpunkt fallen. Wenn die Wasserstraße bis Freitag nicht vollständig getaut ist und Curtis mich nicht mit dem Boot ans Festland bringen kann, könnte ich hier festsitzen, bis der Flugplatz wieder eröffnet wird, und das dauert angeblich noch eine Woche.

Es ist neun Uhr, als Curtis vorbeikommt. Später als gestern – nicht dass ich darauf achten würde. Wie ein Gockel stolziert er ins Café, schäkert ein bisschen mit der jungen Bedienung herum und winkt drei Frauen an einem Tisch zu. Kurz darauf steht er vor mir, einen Kaffee zum Mitnehmen in der Hand.

»Riki!«

Ich lächele ihn an. »Hey, Curtis.«

Er beugt sich vor, schaut auf meinen Bildschirm.

»Hast du nicht gestern im Lucky Bean Coffee Shop auch daran gearbeitet?«

»Yep.«

Ich trinke einen Schluck von meinem Eistee, während ich Curtis durch meine Internetbroschüre klicken lasse. Mit angehaltenem Atem warte ich auf seine Meinung und ärgere mich gleichzeitig darüber, wie erpicht ich darauf bin.

»Sehr edel«, sagt Curtis und weist auf die Zahl unten in der Ecke. »Du heilige Scheiße! Ist das der Preis für das Mindestgebot?«

Schnell schalte ich um. »Das ist Manhattan, Curtis, nicht Mackinac.«

»Noch ein Grund, dieses Fleckchen Erde zu lieben«, sagt er, klopft dabei auf den Tisch und prostet mir mit seinem Becher zu. »Also gut, ich bin dann mal weg.«

Ich rechne mit seinem täglichen Abschiedsspruch, und tatsächlich brauche ich nicht lange zu warten: »Hey, wenn du Lust hast, in der Marina vorbeizukommen, ich bin da.«

Ich beende das sechste Gespräch heute mit meiner Assistentin, dem Alligator, da kommt Kate zu mir herüber. Sie hat etwas hinterm Rücken versteckt.

»Und, wie läuft's?« Sie gibt mir einen Kuss auf die Wange, setzt sich mir gegenüber und schiebt etwas unter den Tisch. »Weißt du was? Max hat mich für Ende April nach Key West eingeladen.«

Innerlich verdrehe ich die Augen. Man kann sich fast darauf verlassen, dass Max Olsen, seit zwei Jahren Kates Sommerliebe, ihr das Herz brechen wird: Neun Jahre jünger als sie, kommt der Fünfundzwanzigjährige mit der Vagabundenseele jedes Jahr im Juni her, um seine Fahrradvermietung aufzumachen. Im September packt er seine Siebensachen wieder zusammen und geht nach Key West, wo er in den Wintermonaten Räder verleiht. Bisher habe ich nur Geschichten über ihn gehört und Fotos gesehen, aber die haben mir schon gereicht, um zu der Überzeugung zu kommen, dass Max ein netter, charmanter Süßholzraspler ist – genau der Typ Mann, von dem Kate sich fernhalten sollte. Was meine Schwester braucht, ist ein zuverlässiger Kerl mit einem normalen, sicheren Job, der sie weit fort von dieser Insel bringt.

»Er hat eine kleine Villa gemietet, nur eine Straße vom Strand entfernt«, erklärt Kate. Ihre Augen leuchten voller Hoffnung.

Anders als ich, die nach dem Tod unserer Mutter wie ein scheues Kätzchen argwöhnisch Abstand zu allen Menschen hielt aus Angst, wieder verletzt zu werden, warf sich meine kleine Schwester wie ein Welpe an jeden heran, der ihr auch nur die geringste Aufmerksamkeit entgegenbrachte. Bis heute ist sie viel zu gutgläubig. Wenn man sie so ansieht, würde man denken, dass sie noch nie Liebeskummer hatte. Doch ich weiß es besser.

Kates Leben war mindestens genauso schwierig wie meins. Sie hat nicht nur als Kleinkind ihre Mutter und mit sechs Jahren ihre Großmutter verloren, sondern auch noch mit fünfzehn ihre Stiefmutter, als Sheila unseren Vater verließ. Zehn Jahre später, mit fünfundzwanzig, brach ihr dann Rob das Herz. Kates Traum von einer erfüllten Ehe und einem Haus voller Kinder schien in unerreichbare Ferne zu rücken. Dennoch muss ich zugeben, dass meine Schwester glücklich wirkt.

»Warum gibst du die Hoffnung eigentlich nie auf, Kate? Verrat es mir bitte! Ich möchte dein Geheimnis wissen.«

Sie zuckt mit den Schultern. »Ach, wer weiß das schon?« Sie kaut auf ihrer Lippe und denkt nach. »Auch in den schlimmsten Zeiten habe ich immer fest daran geglaubt, dass das Glück irgendwo auf mich wartet – selbst wenn es sich hinter einem Haufen Scheiße versteckt.« Sie grinst. »Das wird auch bei dir so sein. Irgendwann, wenn du am wenigsten damit rechnest, wirst du feststellen, dass du lachst, und zwar so richtig aus dem Bauch heraus, nicht vom Kopf gesteuert. Eines Tages wirst du sehen, wie die Augen eines alten Mannes blitzen, wenn er seine Frau anschaut, und dann merkst du, dass ein Teil von dir immer noch an die verrückte Idee glaubt, dass es Liebe tatsächlich gibt.« Sie zuckt mit den Schultern. »Oder anders ausgedrückt: Vielleicht findest du jemanden, den du einfach nur auffressen willst.«

Lachend greift sie unter den Tisch. »Ich weiß, dass es schwer für dich ist, hier auf der Insel. Ich dachte, du könntest ein wenig Aufheiterung gebrauchen.« Sie zieht einen roten Winddrachen mit einer aufgedruckten Comicfigur hervor und legt ihn auf die Platte.

»Was ist das denn?«, frage ich.

Kate grinst. »Kann man ernst bleiben, wenn man einen Drachen steigen lässt? Probier es aus!«

Mit einem Lächeln in den Mundwinkeln betrachte ich den Drachen. »Moms Lieblingsspruch«, sage ich.

»Erzähl mir doch noch mal die Geschichte, Rik!« Kate beugt sich vor, wieder ganz die kleine Schwester, die etwas über die Mutter hören will.

»Eines Tages kam ich von der Schule nach Hause und war total schlecht drauf. Mrs Turner hatte mir nur eine Zwei in einem Referat gegeben, an dem ich unheimlich lange gearbeitet hatte. Es ging um das Buch *Wilbur und Charlotte* von E. B. White, und ich war so stolz darauf, was ich geschrieben hatte! Jedenfalls fand Mom einen alten Drachen in der Garage. Draußen war es windig, und sie sagte zu mir: *›Niemand kann ernst bleiben, wenn er einen Drachen steigen lässt. Probier es aus!‹* Und wirklich, zehn Minuten später standen wir draußen im Park. Der Drachen flog durch die Luft, und Mom und ich quietschten vor Vergnügen.«

»Wie schön«, sagt Kate. »Sie hatte immer auf alles eine Antwort, oder?«

»Ja.« Lächelnd betrachte ich den Drachen. »Aber ich bin ungefähr dreißig Jahre zu alt dafür.«

Kate schiebt das Spielgerät zu mir herüber. »Manchmal muss man einfach loslassen, um das Leben festzuhalten.«

»Was soll das heißen?«

»Wenn du ins Leben zurückfinden willst, musst du alles Schwere hinter dir lassen. Geh los und hab Spaß!«

»Klar.« Ich reibe mir die Schläfen. »Wenn das so einfach wäre …«

Kate lehnt sich zurück und verschränkt die Arme. »Vielleicht wird es langsam Zeit, dass du aufhörst, dich zu bemitleiden, und anfängst, wieder Mitgefühl aufzubringen.« Sie legt ihre Hand auf meine. »Früher hattest du die besondere Fähigkeit, mit Menschen so umzugehen, dass sie sich geliebt fühlen. Weißt du eigentlich, dass du mir noch keine einzige persönliche Frage gestellt hast, seit du hier bist?«

»Das stimmt doch nicht!«

»Dann lass mich außen vor. Aber hast du dich vielleicht mal bei Molly gemeldet?«

Ein Stich tief in mein gequältes Gewissen. Kate spricht von meiner alten Schulfreundin, der Mutter von Jonah, der sich beim Sport die Rückenmarksverletzung zugezogen hat. Ich muss ihr Blumen schicken. Je mehr Zeit vergeht, desto schwerer wird es, mich bei ihr zu melden. Bestimmt ist sie wütend und beleidigt. Ich kann es ihr nicht verübeln. Es ist so feige von mir, ihr aus dem Weg zu gehen.

Ich beuge mich vor und balle die Hände zu Fäusten, damit sie nicht zittern.

»Meine Tochter ist verschwunden, Kate. Und die andere will nicht mit mir reden. Mein Leben ist eine Katastrophe«, versuche ich, mich zu rechtfertigen.

»Aber es gibt einen Grund, warum Annie nicht mit dir spricht. Die letzten beiden Jahre warst du quasi nicht da. Jetzt ist die Zeit gekommen, das wiedergutzumachen, indem du deine Vergangenheit akzeptierst und anfängst, in der Gegenwart zu leben. Widme dich den Menschen, die noch um dich sind. Deine Tochter liebt dich, Rik. Sie will dich zurückhaben, gesund und voller Leben. Genau wie ich. Und wie Dad. Aber du krallst dich so an deinen Schuldgefühlen und deiner Wut fest, dass du nichts zu geben hast. Du kannst ja nicht mal mit Moms Tod abschließen und Dad verzeihen.«

Ich stapfe aus dem Café ins helle Sonnenlicht, atme die warme Luft ein und versuche, mich zu beruhigen. Auf dem Drachen sieht mich ein schwertschwingender Ninja Turtle mit zusammengekniffenen Augen böse an. Diese verdammte Insel, und Kate mit ihren schlauen Sprüchen! Ich laufe am kleinen Supermarkt vorbei. Der Verkäufer, ein Mann, mit dem ich früher zur Schule gegangen bin, fegt den Gehsteig.

»Für wen ist denn der Drachen?«, fragt er.

»Für mich.« Ich lege einen Schritt zu. »Hab heute einfach mal Lust, einen Drachen steigen zu lassen.«

Er lächelt mich an. »Ist mir egal, was die anderen sagen, Riki, du hast dich überhaupt nicht verändert.«

Ich drehe mich um. »Echt nicht? Du bist so ungefähr der Einzige, der das behauptet. Du bist doch Kevin, oder?«

Er grinst und entblößt einen Mund voll schiefer Zähne. »Genau. Ich weiß noch, wie du damals auf die Insel kamst, in der vierten Klasse. Du hast immer unterschiedliche Strümpfe angehabt. Das fällt mir als Erstes ein, wenn ich an dich denke.«

»Hm«, mache ich und denke nach. »Diese Phase hatte ich fast vergessen.«

»Du hast immer gesagt, das wäre dein besonderes Kennzeichen.«

»Mein Erkennungszeichen«, erwidere ich leise. So hat es meine Mutter genannt.

»Genau. Dein Erkennungszeichen. Du hast gesagt, anders zu sein, würde dich glücklich machen.«

Ich bekomme einen Kloß im Hals, meine Lippen beben, aber ich lächle.

»Hat mich gefreut, dich zu sehen«, sage ich und haste weiter. Dreißig Jahre habe ich versucht, diese Erinnerungen zu verdrängen. Ich will sie nicht zurückhaben.

Wie um mich Lügen zu strafen, erscheint mir das runde, strahlende Gesicht meiner Mutter. Sie sitzt inmitten eines Bergs von Wäsche, dunkle Ringe unter den Augen, als hätte sie seit Tagen nicht geschlafen. Sie spricht schleppend, wie eine leiernde Schallplatte: »Es ist viel einfacher, die Socken nicht zu sortieren, stimmt's? Komm, wir machen unterschiedliche Socken zu unserem Erkennungszeichen.«

Und das tat ich. Drei Wochen lang musste ich grinsen, wenn ich auf meine Füße sah. Es war wie eine rebellische, wilde Tat, die mir Zutritt zum exklusiven Club meiner Mutter verschaffte. Doch als sie mich in einer zu kurzen Hose von der Schule abholte und sie einen roten und einen blauen Strumpf in einem weißen Turnschuh und einem braunen Lederschuh trug, konnte ich über unser Erkennungszeichen nicht mehr lachen.

Ich verdränge das Bild und marschiere weiter über die Garrison Road. Woher kommen bloß all diese verstörenden Erinnerungen? Zu Hause in New York denke ich nur an die schönen Dinge, die ich mit meiner Mutter erlebt habe. Und so soll es auch bleiben.

Ich erreiche den Park oben auf der Anhöhe, von dem man auf den Lake Huron blickt. Ich bin allein, eine stille Einsamkeit, die zu meiner Stimmung passt. Ich mache den Drachen los, eine Windböe reißt ihn mir aus der Hand, bevor ich so weit bin. Die Schnur entrollt sich, ich halte sie fest.

Der Drachen steigt höher, fliegt mit flatterndem Schweif hin und her. Er kommt den Bäumen gefährlich nah, ich habe Mühe, ihn unter Kontrolle zu behalten. Er flitzt immer höher.

Das unerschrockene Spielgerät erinnert mich an Kristens freien Geist. Und ich? Ich bin der Schweif, der die Aufgabe hat, den Drachen ein wenig zu bremsen und zu stabilisieren.

Als er stramm am Himmel steht, feuere ich ihn an: »Bleib oben!« Mit purer Willenskraft versuche ich, ihn zu beeinflussen, als wäre er meine Tochter und ihr Leben hinge von mir ab. »Ja, super!«

Ohne Vorwarnung dreht sich der Wind. Der Drachen kippt und sackt mit schwindelerregender Geschwindigkeit ab. Ich umklammere die Spule und wickle gleichzeitig die Schnur auf, als würde ich einen dicken Fisch an Land ziehen. »Nicht abstürzen!«, mahne ich. Da steigt er wieder hoch, wie auf Kommando, nur um sich kurz darauf erneut zu drehen. Im Nu fällt er und knallt im Sturzflug auf die Wiese.

Regelrecht erschrocken laufe ich hin, hebe den verbogenen

Rahmen an, spüre sein Gewicht statt der Leichtigkeit, von der meine Mutter sprach. Hätte ich mich als Schweif nur besser angestellt, wäre der Drachen noch in der Luft.

Für den Bruchteil einer Sekunde packt mich die Angst: Was ist, wenn Kristen wirklich fort ist? Wenn ich sie nie wiedersehe? Ich schüttele den Kopf. »Nein!«, sage ich laut. Es gibt zu viele Anhaltspunkte dafür, dass sie lebt. Wie sollte ich mir je verzeihen, wenn es nicht so wäre?

28

Erika

Am Donnerstagmorgen sitze ich im Bademantel an Kates kleinem Küchentisch, vor mir mein Kaffee und eine Zimtschnecke. Im Flur macht sich meine Schwester summend für die Arbeit fertig. Ich schaue aus dem Fenster. Zwischen einer Gruppe Fichten schimmert das blaue Wasser des Lake Huron hindurch, das frühe Sonnenlicht taucht die Welt in einen goldenen Dunst. Wieder ein wunderschöner Tag.

Mit offenen Augen träume ich von meinen Töchtern, da plingt das Handy und meldet mir eine E-Mail. Mein Herz macht einen Hüpfer, als ich die Betreffzeile sehe: *Tochter vermisst.*

Ich springe hoch und laufe ins Bad, wo Kate vor dem Spiegel steht und sich die Wimpern tuscht. Sie hat schon ihren schwarzen Rock und die Strumpfhose für die Arbeit an, aber ihre Füße stecken noch in flauschigen Pantoffeln.

»Hey, Kate!«, rufe ich und halte ihr das Handy entgegen. »Wieder eine Nachricht von *Wunder-gesucht*.«

»Lies vor!«

Sie beobachtet mich, während ich lese: *»Selbst am kahlsten Zweig erblüht im Frühling eine wunderschöne Rose.«*

»Das hat mir Mom mal geschrieben, als sie krank war. Damals kam es mir vor, als würde sie Ewigkeiten im Bett liegen.« Ich lache leise, aber es schwingt eine Spur von Traurigkeit mit.

Lächelnd weist Kate auf mein Handy. »Da hast du es. Jetzt ist dein Fahrplan komplett.«

»Mein Fahrplan? Was soll das heißen?«

»Du hast alles, was du brauchst, um wieder glücklich zu werden. Reihe die Zitate doch einfach aneinander!« Sie zählt an den Fingern ab. »Erstens: *Ein kluger Forscher prüft seine letzte Reise, bevor er sich auf die nächste begibt.* Das heißt, du sollst dir Gedanken über die Fehler der Vergangenheit machen und aus ihnen lernen. Zweitens: *Manchmal geht es im Leben darum, an etwas festzuhalten, viel öfter aber muss man einfach loslassen.*

Das bedeutet, dass du die Schuldgefühle, die Wut und Trauer hinter dir lassen sollst. Und jetzt dieser Spruch …« Kate nimmt mir das Handy aus der Hand und liest: »*Selbst am kahlsten Zweig erblüht im Frühling eine wunderschöne Rose.* Damit wird gesagt, dass du nach vorne schauen und wieder Freude am Leben haben sollst.«

Ich lasse den Kopf hängen. »Klar. Als ob das so einfach wäre.« Ich stelle das Handy aus. »Wer auch immer mir diese Mails schickt, hat keine Ahnung, wie schwer es ist, mit dem Tod klarzukommen.«

»Darin steht nicht, dass du mit dem Tod klarkommen sollst, Rik, sondern dass du wieder leben sollst.« Kate lächelt mich an und hievt sich auf den Waschtisch. »Hast du schon mal über deine Vergangenheit nachgedacht?«

Mein Herz klopft lauter. »Warum soll ich schmerzhafte Erinnerungen ausgraben? So ein Vorschlag ist doch einfach nur gemein.« Ich sage das nicht gerne, denn ich weiß, dass derjenige, der die Nachrichten schickt – sei es nun Kristen oder Annie oder sonst wer –, es aus Liebe tut.

»Vielleicht liegt es ja daran, dass die Erinnerungen dich trügen. Möglicherweise ist die ganze Wut auf Dad, die du mit dir herumträgst, ungerechtfertigt.«

Meine Welt gerät aus den Fugen. »Hör auf!«

Kate nimmt mein Gesicht in die Hände und spricht sanfter weiter: »Wann wirst du endlich die Wahrheit über Mom akzeptieren?«

Ich wende mich ab und halte mir die Ohren zu. »Ich kenne die Wahrheit, Katie. Mir ist egal, was die anderen sagen. Und ich lasse mir meine Erinnerungen nicht von dieser Insel verderben.«

Tränen schießen mir in die Augen. Ich spüre Kates Hand auf meinem Rücken.

»Rik«, sagt sie leise. »Meine kluge Forscherin. Du musst Frieden schließen mit deiner Vergangenheit. Deine gesamte Zukunft hängt davon ab.«

Es ist zehn Uhr am Donnerstagmorgen, als ich die öffentliche Bibliothek von Mackinac Island betrete, den einzigen Ort auf der Insel, der für mich glückliche Erinnerungen beherbergt. Sie ist in einem schlichten Holzhaus untergebracht, innen hat sie hohe Decken und wunderschöne Stuckleisten. Der Raum kommt mir kleiner vor als früher. Die Wände sind in einem strahlenden Türkis gestrichen, die neuen Stühle aus Metall, nicht mehr aus Holz. Tief atme ich ein, genieße den einzigartigen Geruch von Büchern.

Gerade will ich mich an einen Tisch in der Nähe des Kamins setzen, da flüstert jemand meinen Namen. Ich drehe mich um und erblicke Mrs Hamrick, die Bibliothekarin, die mir beigebracht hat, wie man bei Panikattacken atmen muss.

»Riki!« Sie kommt hinter der Ausleihtheke hervor und eilt auf mich zu. Ihre Lesebrille baumelt an einer silbernen Kette. »Ich hab schon gehört, dass du da bist. Habe gehofft, dass du mich besuchen kommst.«

Sie umarmt mich mütterlich, ich versinke in einer Wolke Estée Lauder und schließe die Augen. In Gedanken sehe ich das einsame Mädchen vor mir, das hinter den Bücherstapeln hockte, kaum Luft bekam und sich insgeheim wünschte, Mrs Hamrick wäre seine Mutter.

»Ich freue mich so, Sie zu sehen, Mrs Hamrick.« Ich klopfe

auf meine Ledertasche. »Ich wollte hier ein bisschen in Ruhe arbeiten, wenn ich darf. Sie haben doch Internet, oder?«

»Natürlich!«, sagt sie stolz. »Dein Vater gibt Jonah hier auch immer Nachhilfe. Es ist so schön, Caps weiche Seite zu sehen.«

Das trifft mich. Seine älteste Tochter wird die weiche Seite wohl nie zu Gesicht bekommen.

»Erzähl mal«, sagt Mrs Hamrick, »was liest du momentan? Bist du immer noch so ein großer Krimifan?«

Kopfschüttelnd lache ich auf. »Ich weiß ganz ehrlich nicht, wann ich das letzte Mal ein Buch in der Hand hatte.«

Mrs Hamrick zieht die Stirn kraus. »Das ist schade! Du bist bestimmt schwer beschäftigt. Ich habe gehört, dass du großen Erfolg in der Immobilienbranche hast.«

Wieder schüttele ich den Kopf. »Kate übertreibt.«

Mrs Hamrick nimmt meinen Arm. »Komm doch mit in mein Büro, ja? Dann trinken wir eine Tasse Tee und bringen uns auf den neuesten Stand.«

»Würde ich wirklich gerne tun«, antworte ich, »aber ich muss unheimlich viel erledigen.«

Sie macht ein langes Gesicht. »Ja, natürlich, das verstehe ich.« Mrs Hamrick weist hinüber zum Kamin. »Da hinten ist es schön gemütlich, und ich werde dich auch nicht stören.«

»Sie stören doch nicht!« Als ich gehen will, muss ich an Kates Worte denken: *Früher hattest du die besondere Fähigkeit, mit Menschen so umzugehen, dass sie sich geliebt fühlen.* Dann sehe ich den Drachen hoch am Himmel schweben. *Geh los und hab Spaß!*

Ich drehe mich zu Mrs Hamrick um. »Aber vielleicht trinken wir vorher doch noch eine Tasse Tee.«

Trotz der kleinen Teepause habe ich um zwölf die Broschüre für das Fairview-Projekt fertiggestellt, sechs E-Mails und zig SMS verschickt, den Verkauf einer Eigentumswohnung verhandelt, die ich dem Interessenten letzte Woche gezeigt hatte, und den Alligator zu einem Objekt auf der Madison Avenue geschickt, um meinen bevorzugten Makler aus Peking zu treffen, Chung Wang.

Als ich nach draußen gehe, um mir die Beine zu vertreten, begrüßt mich ein warmer Wind. Ich halte mein Gesicht in die Sonne und genieße die Wärme. Es hat Spaß gemacht, mit Mrs Hamrick zu reden. Ich wusste gar nicht, dass sie vor zwei Jahren eine Auszeichnung als beste Bibliothekarin von Michigan bekommen hat. Ihr Neffe hat letzten Sommer geheiratet, hier auf der Insel. Sie wollte nur ein wenig Zeit mit mir verbringen, mehr nicht. Genau wie Kate. Und Annie.

In der Ferne entdecke ich eine Frau, neben der ein Rollstuhl fährt. Sie dreht sich um, und ich erschrecke. Molly Pretzlaff. Im Rollstuhl sitzt Jonah. Eine Woge von Schuldgefühlen schlägt über mir zusammen. Plötzlich wird mir klar, warum ich mich nicht bei ihr gemeldet habe. Ich bin verbittert. Ihr Sohn und meine Tochter hatten einen Unfall, aber Jonah hat überlebt.

Seit wann bin ich so kleingeistig?

Ich beobachte, wie der Junge über den Bürgersteig zu dem kleinen blauen Haus fährt, in dem Molly seit Jahren wohnt. Eine Holzrampe überbrückt die Stufen zur Veranda. Gut. Immerhin kann er seine Hände und Arme wieder bewegen.

Ich habe eine Idee. Ich kehre in die Bibliothek zurück und packe meinen Laptop ein. Auf dem Rückweg verabschiede ich mich von Mrs Hamrick mit einer Umarmung.

»Es war wunderschön, Sie zu sehen.« Ich halte ihre Hände in meinen. »Ich glaube, das habe ich Ihnen nie gesagt, aber Sie wissen vielleicht auch so, dass Sie immer etwas Besonderes für mich waren. Ohne Sie hätte ich meine Pubertät nicht überstanden.«

»Oh, danke sehr, meine Liebe. Ich habe immer große Stücke auf dich gehalten. Ich hätte dir so gerne geholfen, deine Schuldgefühle loszuwerden«, sagt sie. »Sie haben dich erstickt, aber das weißt du inzwischen natürlich selbst.«

Schuldgefühle? Haben mich erstickt? Bevor ich fragen kann, was sie damit meint, tritt eine Büchereibenutzerin näher und legt einen Stapel Kinderbücher auf die Theke. Mrs Hamrick hebt einen Finger, um der Frau zu signalisieren, dass sie gleich an der Reihe ist. Dann sagt sie zu mir: »Immer schön weiteratmen, meine Liebe.« Sie gibt mir einen Kuss auf die Wange. »Und besuch mich mal wieder. Ich lege dir ein paar Krimis zur Seite, die dir bestimmt gefallen werden.«

»Mach ich. Aber jetzt muss ich eine andere alte Freundin besuchen. Das ist schon lange überfällig.«

»Du schon wieder!«, ruft Kevin, als ich den Supermarkt betrete. Heute trägt er ein kurzärmeliges Hemd und eine Dockers-Hose. »Hast du gestern den Drachen steigen lassen?«

»Ja, hab ich. Und heute mache ich weiter.« Ich gehe in die Ecke mit dem Spielzeug und nehme mir den letzten Drachen. »Hast du noch mehr im Lager?«

»Nein, nur das, was da ist.«

»Das muss reichen«, beschließe ich. Ich lege das Spielgerät in meinen Einkaufswagen und schiebe ihn weiter, kaufe Eis, Schokoladensoße, Bananen, Erdnüsse und Schlagsahne. Ich finde sogar ein Glas mit Maraschino-Kirschen.

Molly ist erst dreiundvierzig, sieht aber zehn Jahre älter aus. An der zögerlichen Art und Weise, wie sie die Tür öffnet, lese ich ab, dass sie mich nicht erkennt. Oder sie ist zu enttäuscht von mir, um mich zu begrüßen. Doch dann stößt sie einen spitzen Schrei aus und reißt die Tür weit auf. »Riki! Ich hab schon gehört, dass du hier bist! Komm herein!«

Ich bin unglaublich erleichtert. Molly heißt mich willkommen, obwohl ich keinerlei Mitgefühl gezeigt habe.

Ich betrete das kleine Wohnzimmer, dessen großes Fenster von seitlich zurückgebundenen beigen Vorhängen gerahmt wird. Es ist schnuckelig und gemütlich hier, so ähnlich wie in dem Haus, wo Molly aufgewachsen ist. Eine Sitzgruppe aus Velours nimmt den größten Teil des Raumes ein, außerdem Eichentischchen und Regale voller Figuren und Nippes. Die Dekoration erinnert mich an Mollys ehemaliges Kinderzimmer. Fast rechne ich damit, eine Emily-Erdbeer-Puppe oder ein rosafarbenes Stoffpony zu entdecken.

Jonah sitzt in einem Trikot der Detroit Lions in seinem Rollstuhl, eine Decke über den Beinen. Er tippt in seinen Computer auf dem Tischchen vor sich.

»Jonah«, sagt Molly und klappt seinen Laptop zu. »Das ist Riki Franzel, ähm, ich meine, Erika.« Sie schüttelt den Kopf. »Ich weiß doch, dass du nicht mehr Riki genannt werden willst.« Und an Jonah gerichtet: »Erika ist die Tochter von Cap. Weißt du noch, meine beste Freundin?«

Beste Freundin? Das ist Jahre her. Sie kennt mich doch gar nicht mehr. Meine Schuldgefühle werden noch größer.

Als Jonah aufblickt, sieht er müde und angestrengt aus, aber er versucht sich an einem Lächeln. Ich halte dem Jungen die Hand hin. »Hallo, Jonah!«

Er ergreift sie und macht gutturale Geräusche. Mir fällt ein, dass Kate gesagt hat, er lerne gerade wieder zu sprechen.

»Meine Kinder wissen alles über dich«, fährt Molly fort. »Weißt du noch, Jonah? Erika verkauft Häuser in New York. Sie hat zwei Mädchen, nicht viel älter als …« Erschrocken sieht sie mich an. »O Gott, Erika, das mit Kristen tut mir so leid. Wie geht es dir überhaupt?«

»Ganz gut«, sage ich mit belegter Stimme. Mein Blick huscht zu Jonah, und ich bemühe mich, ihm zuliebe zu lächeln, aber meine Lippen verweigern sich mir. Wenn ich schon weinen muss, dann doch nicht hier! Diese Familie hat es so schwer. Ich will sie doch trösten. »Die Blume, die du geschickt hast, war wunderschön«, sage ich zu Molly. »Das war total lieb von dir.«

»Es tut mir unheimlich leid, dass ich nicht für dich da sein konnte.«

»Hör auf! Ich war nicht für dich da. Das ist nicht zu entschuldigen. Ich hätte dich anrufen sollen, Molly. Ich bin keine gute Freundin gewesen. Bitte verzeih mir!«

Sie winkt ab. »Du hattest deine eigenen Probleme.«

Wieder einmal hatte ich Wichtiges für das gehalten, was zählt. »Das dachte ich damals auch. Aber tatsächlich habe ich aus den Augen verloren, was wirklich zählt.« Lächelnd halte ich ihr eine Tüte entgegen. »Hat jemand Lust auf ein Eis?«

»Yippie!«

Ich drehe mich zu dem kleinen Mädchen um, das vor einem Schulbuch am Esszimmertisch sitzt. Das muss Samantha sein, Mollys siebenjährige Tochter, von der Kate mir erzählt hat. Seit dem Unfall ihres Bruders soll sie es wirklich schwer haben.

»Samantha hast du schon lange nicht mehr gesehen, nicht?«, fragt Molly, geht hinüber und streicht ihrer Tochter übers Haar. »Ich unterrichte sie gerade ein paar Monate zu Hause. Aber sie ist jetzt fast so weit, dass sie wieder in die Schule gehen kann. Nicht wahr, Sammie?«

Die Kleine schaut ihre Mutter an. »Darf ich ein Eis, Mama?«

»Das essen wir zum Nachtisch.« Molly sieht mich an. »Das ist total lieb von dir, Rik … ähm, Erika. Du hattest immer ein gutes Herz.« Sie holt ein Bild aus dem Regal neben dem Fernseher und zeigt es mir. »Das hast du für mich gemalt, als mein Opa starb.«

Ich halte eine Zeichnung in den Händen, auf der Molly und ihr Großvater gemeinsam auf der alten Verandaschaukel sitzen.

»Das halte ich immer in Ehren«, sagt sie, nimmt es mir wieder ab und stellt es zurück ins Regal. Dann weist sie auf meine Einkaufstüte. »Die Sachen stelle ich wohl besser in die Gefriertruhe.«

Molly verschwindet in der Küche, ich drehe mich zu dem Jungen im Rollstuhl um. In seinem Blick steht Verzweiflung, als wollte er aus seinem Käfig der Hilflosigkeit ausbrechen. Aus der zweiten Tüte ziehe ich den Drachen und hocke mich neben Jonah.

»Das mit deinem Unfall tut mir unheimlich leid, Jonah. Dieser Drachen ist für dich. Weißt du, meine Mutter hat früher gerne mit mir gewettet. Zum Beispiel meinte sie, es sei unmöglich, nicht zu lachen, wenn man einen Drachen steigen lässt.«

Jonah nimmt ihn entgegen, sein Blick wird traurig. Er schüttelt den Kopf und reicht ihn mir zurück. Ich bin enttäuscht.

»Willst du ihn nicht?« Natürlich will er keinen albernen Drachen. Er ist ja kein kleiner Junge mehr.

Molly kommt dazu. »Was ist denn, Jonah? Erika hat dir einen Drachen geschenkt. Ist das nicht lieb?«

Er öffnet den Mund, will etwas sagen. Es scheint ihn unvorstellbare Mühen zu kosten, die Worte herauszubekommen.

»Du«, sagt er und sieht mich an. »Musst. Lachen.«

Tränen treten mir in die Augen. Er weiß das mit Kristen. Obwohl dieser vierzehnjährige Junge so viel mitgemacht hat, meint er, dass ich den Drachen nötiger habe als er. Vom Tisch nebenan spüre ich Samanthas Blick auf mir. Ich lege eine Hand auf Jonahs Schulter. »Was hältst du davon, wenn wir den Drachen deiner Schwester schenken?«

Im Esszimmer höre ich die Kleine jubeln.

Fünf Minuten später sind wir in Mollys kleinem Garten. Jonah sieht von seinem Stuhl aus zu, wie seine Schwester und ich versuchen, den Drachen steigen zu lassen. Immer wieder stürzt er ab. Doch ich will nicht aufgeben. Bei der nächsten Windböe rufe ich Samantha zu: »Jetzt!«

Sie flitzt quer über den Rasen. Genau im richtigen Moment lässt sie den Drachen los. Der Wind reißt ihn nach oben. Ich spule die Schnur so schnell wie möglich ab, und ein Hochgefühl kommt in mir auf. Sammie kreischt vor Freude. Hinter mir jubelt Molly. Ich drehe mich zu Jonah um, der strahlt wie ein Honigkuchenpferd, und will ihm die Spule reichen.

»Ich mach das«, sagt Sammie und drückt sie ihrem Bruder in die Hand. »Wow! Guck mal!«

Der Drachen schwebt, sackt ein wenig ab und steigt vor dem blauen Himmel weiter auf.

Meine Mutter hat gewonnen. Denn in diesem Moment mit meiner besten Freundin, ihren beiden Kindern und dem albernen Drachen ist es für mich wirklich unmöglich, nicht zu lachen.

Auf dem Weg zurück in den Ort fühle ich mich so leicht wie seit Monaten nicht mehr. Ich denke an Annie, wie gerne sie als Kind einen Drachen steigen ließ. Wenn sie zurückkommt, werde ich mit ihr in den Park gehen. Und wenn sie es kindisch finden sollte, werde ich ihr sagen, dass man nie zu alt ist zum Drachen-steigen-Lassen, und mit ihr wetten, dass sie sich ein Lachen nicht wird verkneifen können.

Ich überquere die Straße und frage mich, was meine Tochter wohl gerade macht, in dieser Minute. In Paris ist es acht Uhr abends. Isst sie gerade? Badet sie Olive? Ob ich ihr wohl fehle?

Doch Annie hat sich Zeit erbeten, das muss ich respektieren.

Ich überlege, ob ich Brian noch mal anrufen soll, aber er ist überhaupt keine Hilfe. Er weiß nur Belangloses: dass es Annie gutgeht, dass es in Paris viel regnet, dass der Prof nett ist.

Der Prof – ja, der könnte mir helfen! Tom Barrett kann mir bestimmt sagen, wie es meiner Tochter geht – wenn er mit mir sprechen mag. Es ist mir immer noch peinlich, dass ich ihn am Dienstag abwürgen musste. Traue ich mich, ihn zurückzurufen, drei Tage später?

Ich hole das Handy aus der Tasche und wähle seine Nummer. Mein Herz klopft, als es am anderen Ende klingelt.

»Tom Barrett«, meldet er sich.

»Tom, hallo! Hier ist Erika Blair, Annies Mutter«, sage ich und rede schnell weiter, damit er nicht glaubt, ich sei völlig durchgeknallt. »Ich hoffe, es ist in Ordnung für Sie, dass ich mich melde. Bitte sagen Sie, wenn Sie meinen, dass ich übertreibe. Sie finden es bestimmt nicht richtig, dass ich Annie hinterherspioniere. Aber ich möchte einfach nur wissen, ob es ihr gutgeht. Mein Mann – ähm, Exmann – ist nicht besonders auskunftsfreudig.«

»Das ist doch kein Problem«, sagt Tom. »Ich habe auch ein Kind, schon vergessen? Ich weiß, wie es sich anfühlt, ausgeschlossen zu werden.«

Seine tiefe Stimme ist freundlich. Voller Erleichterung schließe ich die Augen. »Wie geht es ihr denn?«

»Besser dank Ihres Ratschlags. Ich habe sehr darauf geachtet, Annie so zu loben, wie sie es verdient hat.«

Lächelnd schlendere ich über den Gehsteig. Ein Pferdekarren fährt vorbei. Ich winke dem Mann auf dem Kutschbock zu und biege in einen schmalen Weg Richtung Süden ein. »Wie schön. Darüber hat sie sich bestimmt gefreut.«

»Na ja, sie wird jedes Mal rot, wenn ich was Nettes sage, aber ich habe trotzdem das Gefühl, dass sie es zu schätzen weiß. Schließlich meine ich es ja ehrlich. Sie ist ein tolles Mädchen.«

»Nett, dass Sie das sagen.«

»Sie hat sich mit Rory angefreundet, einem deutschen Studenten, der gegenüber wohnt. Ganz ehrlich, sie scheint sich gut einzuleben. Das würde ich auch gerne von meiner Kleinen behaupten.«

Ich brenne darauf, mehr über meine Tochter zu erfahren, muss aber an Kates Vorwurf denken, mich für niemanden mehr zu interessieren. »Erzählen Sie mir von Olive!«

In der nächsten Viertelstunde berichtet Tom von den Marotten seiner Tochter, die mit ihren frechen Bemerkungen und Wutanfällen bereits zwei Au-pairs in die Flucht geschlagen hat. Als traurigen Höhepunkt hatte Olive die letzte in der Speisekammer eingeschlossen. »Als ich irgendwann nach Hause kam, über eine Stunde später, und das Mädchen befreite, hat sie sofort ihren Koffer gepackt. Daraufhin habe ich alle Schlüssel in der Wohnung einkassiert.«

Unfreiwillig muss ich lachen. »Kopf hoch! Sie schlagen sich, so gut es eben geht.«

»Sie aber offenbar auch. Annie hat mir erzählt, dass sie ihre Schwester verloren hat.«

Ich muss schlucken. »Sie hat Probleme, es zu akzeptieren. Ich ebenfalls.«

»Das verstehe ich.« Er seufzt. »Vor einem Jahr hat Olive ihre Mutter verloren. Sie saß bei meiner Frau im Auto, als es passierte. Gwen hatte einen Unfall – Alkohol am Steuer.«

»O Tom, das tut mir furchtbar leid.«

»Danke. Aber kennen Sie das? Manchmal habe ich das Gefühl, dass meine Frau mich aus dem Jenseits leitet.«

»Ich weiß, was Sie meinen.« Vorsichtig spreche ich weiter. »Es ist so, als ob der andere immer noch da ist und einen beschützt.« Kurz zögere ich, dann füge ich hinzu: »Mir kommt es oft vor, als würde Kristen mich zu Dingen überreden, die ich eigentlich nicht machen möchte.«

Keine Ahnung, was in mich fährt, doch plötzlich erzähle ich diesem Fremden von dem Sprüchebuch. »Ich bekomme regelmäßig Zitate geschickt, und zwar in Form von anonymen Mails.« So gut ich kann, erkläre ich Tom das mit den geheimnisvollen Nachrichten.

»Das ist ja abgefahren. Und Sie haben keinen Verdacht, von wem die sein könnten?«

»Nein. Sowohl meine Schwester als auch Annie schwören, dass sie nicht die Absender sind. Das Verrückte ist, dass ich das Gefühl einfach nicht loswerde, Kristen könnte wirklich dahinterstecken.« Ich kneife die Augen zu, mache mich auf eine Predigt oder, schlimmer noch, auf einen Abbruch des Gesprächs gefasst.

Doch Tom sagt nur: »Dann haben Sie keine andere Wahl, als diese Sprüche ernst zu nehmen.«

Mein Gott, was bin ich erleichtert! Er verurteilt mich nicht. »Das findet meine Schwester Kate auch. Sie meint, die Zitate sollen mich zurück ins Leben führen.« Ich erzähle von dem Drachen, den sie mir geschenkt hat, um mir eine Freude zu machen. Als ich schließe, lächele ich tatsächlich. »Und dann bin ich mit einem albernen Drachen in der Hand durch den Ort gelaufen.«

In Toms Stimme klingt ein wenig Belustigung mit. »Das war bestimmt so ein richtig edles Teil aus Metall.«

»Nein«, entgegne ich und unterdrücke ein Lachen. »Er war grün mit einem Ninja Turtle drauf. Er ist kaputtgegangen, ich war ganz geknickt und kam mir bescheuert vor.« Von Jonah und Samantha erzähle ich nichts. Das war ein schlichter Akt der Freundschaft, lange überfällig.

Am anderen Ende lacht Tom herzhaft. Auf einmal lache ich mit, habe vor Augen, wie jener Drachen am azurblauen Himmel schwebte. Vielleicht hatte Kate doch recht: Man kann unmöglich ernst bleiben, wenn man einen Drachen in der Hand hält.

Nach einer halben Stunde sind wir von den Kindern auf unseren Beruf und unsere Familien gekommen. Inzwischen sind wir per Du. Tom erzählt, dass er in Washington aufgewachsen ist und sein Vater bei der Weltbank war.

»Als mein Vertrag als Postdoktorand auslief, hatte ich Glück und bekam eine Stelle in Georgetown. Meine Eltern wohnen noch in Maryland. Gwens Eltern leben in Virginia. Natürlich sind alle ganz verrückt nach Olive. Aber irgendwie dachte ich nach dem Unfall, dass uns eine Veränderung guttun würde.«

»Was wäre da besser geeignet als Paris?«

»Genau. Aber ehrlich gesagt, bin ich mir nicht mehr sicher, ob die Idee wirklich so gut war. Ich arbeite hier an einem Forschungsprojekt, das Ende August ausläuft, dann kehren wir nach Georgetown zurück. Wir freuen uns beide auf die Heimat.«

Ich sitze auf einer Betonbank vor der Kirche, die Beine lang ausgestreckt. »Was unterrichtest du denn?«

»Wenn ich mir die Prüfungsergebnisse meiner Studenten ansehe: nicht gerade viel.«

Ich muss über seine Selbstironie lachen. »Das glaube ich nicht.«

»Ich unterrichte Biochemie für Medizinstudenten. Und ich erforsche Krankheiten der Leber.«

»Sehr imponierend.« Das meine ich ernst. Verglichen mit Tom bin ich ein Nichts.

»Und du bist Maklerin. Die beste weit und breit, wie Annie sagt.«

Ich schüttele den Kopf, dankbar, dass er nicht sehen kann, wie ich rot werde. Im Vergleich zu seiner Arbeit wirkt der Verkauf von Luxuswohnungen an anonyme Käufer unbedeutend und oberflächlich. »Kann sein«, sage ich und überrasche mich dann selbst mit dem Zusatz: »Irgendwann würde ich mich gerne selbstständig machen. Mit einer kleinen Firma, deren Ziel es ist, den Menschen ihr Traumhaus zu suchen. Ich möchte meine Kunden wieder persönlich kennen, so wie früher als Sozialarbeiterin.«

Aus irgendeinem Grund ist es mir wichtig, dass Tom das weiß. Meine Schwester, meine Töchter und selbst Curtis Penfield haben recht: Ich habe die Orientierung verloren. Mein wahres Ich ist verschwunden. Und zum ersten Mal seit Jahren möchte ich diese Frau wiederfinden.

29

Erika

Kates Kamin lodert, aus den Lautsprechern schallt Bruno Mars. Es ist Donnerstagabend, Ladys Night im Mustang, und Kate kann es kaum erwarten, endlich hinzugehen. Ich räume das letzte Geschirr vom Abendessen in die Spülmaschine, während Kate uns einen Gin Tonic mixt.

Ich ziehe noch einen Grissini aus der Packung, bevor ich sie in eine Dose lege, und breche ein Stückchen ab. Laut singend tanze ich durch die Küche und knabbere nebenbei an der Brotstange. Als ich Kates Blick bemerke, halte ich inne. »Was ist?« Ich kratze mich an der Nase.

Sie lächelt und mustert mich von oben bis unten. »Es gibt dich ja doch noch.«

»Wie meinst du das?«

Aber meine Schwester grinst nur.

Schon als wir einen Häuserblock von der Bar entfernt sind, kann ich die Energie spüren. Menschen eilen beschwingten Schrittes die Straße entlang, als würde die Musik aus dem alten Laden sie anlocken wie das Lied einer Sirene. Eine lange nicht mehr gespürte Aufregung steigt in mir hoch, worauf ich mich sofort schäme. Ich sollte nicht in eine Bar gehen. Ich habe es nicht verdient, Spaß zu haben. Meine Tochter ist verschwunden. Meinetwegen.

»Komm!«, treibt Kate mich an.

Vielleicht finde ich ja heute Abend einen Hinweis. Es kann doch sein, dass ich das Mustang betrete und Kristen hinter der

Theke hervorspringt, wie auf einer Überraschungsparty. Bei der Vorstellung zieht sich mir innerlich alles zusammen. Kate sage ich natürlich nichts davon. Sie würde erwidern, dass ich nach vorne schauen soll.

Kurz bleiben wir unter einer Straßenlaterne stehen, damit sich meine Schwester ein wenig Gloss auf die Lippen tupfen und ihren BH-Träger zurechtrücken kann. Ich streiche meine Haare nach hinten, die ich auf ihre Anweisung heute offen trage. Die Spange ist zu Hause geblieben.

»Bist du bereit, loszulassen und Spaß zu haben, wie Annie es dir geraten hat?«, fragt Kate.

Mit klopfendem Herzen sehe ich kurz auf die Uhr. Noch vier Stunden bis Mitternacht, dann kann ich nach Hause gehen, meinen Pyjama anziehen und auf meiner Liste einen Haken hinter *Loslassen* machen.

Ein junger Mann in einer schweren Jacke hält uns die Tür auf, ich folge Kate in die schwach beleuchtete Bar.

Meine Stiefel kleben auf dem schäbigen Teppich, der Geruch abgestandenen Biers und jahrzehntealten Zigarettenqualms empfängt uns. Rechts von mir stehen die Gäste in Dreierreihen an einer klobigen Eichentheke. Mit Sicherheit wird im Mustang jede Brandschutz- und Sicherheitsbestimmung verletzt, aber wen kümmert das, wenn der Leiter der Feuerwehr persönlich an der Bar sitzt? Auf einer kleinen Bühne im hinteren Teil kommt eine Rockband gerade zum Ende einer stümperhaften Version von Bon Jovis »Wanted Dead or Alive«. Die Gäste auf der Tanzfläche brechen in Johlen und Pfeifen aus.

»Wir sind Second Nature«, ruft der bärtige Sänger ins Mikro. »Wir machen eine kleine Pause, dann sind wir wieder da.«

Sofort dröhnen Gespräche und Gelächter durch den Raum, fast ebenso laut wie zuvor die Band. Auf der Suche nach einem Tisch schlängeln Kate und ich uns nach hinten durch. Meine Schwester ist in ihrem Element. Hier klopft sie jemandem auf den Rücken, dort ruft sie einen Spitznamen, der mir nicht mehr geläufig ist. In Kates Skinny-Jeans und ihrem engen goldenen Top dränge ich mich zentimeterweise durch die Menschenmenge und fühle mich dabei so deplatziert und auffällig wie Queen Mum bei einem Autorennen. Warum Kate unbedingt wollte, dass ich mich so auftakele, begreife ich nicht, die meisten hier tragen Sweatshirt und Baseballkappe.

»Da ist einer!«, ruft Kate mir zu und weist auf einen Tisch voller Gläser und Jacken.

Ich nehme Platz und schaue mich um. Er scheint nicht da zu sein. Vielleicht kommt er ja doch nicht. Ist auch in Ordnung. Was kümmert es mich?

Bald bildet sich eine kleine Traube um unseren Tisch. »Mann, siehst du gut aus, Riki!«, ruft eine Frau. Ein Mann reicht mir ein Schnapsglas mit einer klaren Flüssigkeit, die wie Benzin riecht. Soll ich die etwa trinken? Erwartungsvoll sehen die anderen mich an. Offensichtlich ja.

Ich stehe auf und betrachte das Glas in meiner Hand. Einige fangen an, meinen Namen zu rufen, die anderen fallen ein, bis alle im Chor »Ri-ki! Ri-ki! Ri-ki!« skandieren. Die Energie ist ansteckend. Ich führe das Glas zum Mund, und quer durch den Raum schaut mich Curtis Penfield an. Mit belustigter Miene hebt er mir seine Bierflasche entgegen und kommt herübergeschlendert.

»Hoch die Tassen, ihr Luschen!«, sage ich, ohne den Blick von Curtis abzuwenden. Ich kippe den Schnaps hinunter und muss mich schütteln. Ob es an der brennenden Flüssigkeit oder an meinem obercoolen Trinkspruch liegt, weiß ich selbst nicht.

Der Alkohol scheint mich zu beruhigen. »Auf meine Freunde von der Insel!«, rufe ich. Und meine Freunde – ja, heute fühlt es sich tatsächlich so an – jubeln mir zu. Ich entdecke eine weitere Bekannte von früher, an deren Namen ich mich nicht mehr erinnere. »Hey, wie geht's dir? Du hattest doch mal rote Haare, oder?«

»Ja, ich bin Karen Tegels. Du hast ein paarmal auf meine Schwestern und mich aufgepasst. Dabei hast du mir gezeigt, wie man mit wenigen Strichen ein Pferd zeichnet. Das mache ich bis heute so! Du siehst übrigens echt super aus!«

Ich schüttele den Kopf. Mit Sicherheit liegt es nur am schummrigen Licht, dass ich heute hübsch wirke – und mich auch so fühle.

Curtis reicht mir eine Flasche Bier. Mit Schalk in den Augen mustert er mich von oben bis unten. »So, so. Sieht aus, als wäre Riki Franzel wieder da.«

»Allerdings.« Ich schaue ihn mit einem Blick an, der ihn hoffentlich an mein jüngeres, attraktiveres Ich erinnert, und nehme einen großen Schluck aus der Flasche. Was mache ich hier eigentlich? Loslassen wahrscheinlich. Und wenn meine Tochter das will, kann sie es haben.

Curtis beugt sich vor, will mir etwas sagen, da taucht Kasey Blevins hinter ihm auf und schlingt die Arme um seine Brust. »Tanz mit mir, Curtis!«

Er lässt sich wegziehen und wirft mir im Gehen einen entschuldigenden Blick zu. Bevor ich Zeit habe, mich einsam zu fühlen, taucht Kate wieder auf, völlig atemlos. »Komm, Rik! Tanzen!« Jubelnd streckt sie die Arme in die Höhe.

»Ach, Kate, ich hab seit Jahren nicht mehr …«

Doch bevor ich den Satz beenden kann, zieht mich meine Schwester auf die Tanzfläche. Es gelingt mir gerade noch, die kleine Handtasche, die ich mir von ihr geliehen habe, unter den Tisch zu legen, dann gehe ich in der zappelnden, schwitzenden Masse unter. Alles dreht sich, ich bekomme Panik. Ich kann nicht tanzen. Das sieht bescheuert aus. Ich muss hier raus!

Kate wiegt sich neben mir, ihr Körper bewegt sich im Takt der Musik. »Lass endlich los, es geht um dein Leben!«, ruft sie, um den Lärm zu übertönen.

Über ihre Schulter hinweg fange ich den Blick von Curtis auf.

Ohne die Augen von mir abzuwenden, beugt er sich vor und flüstert Kasey Blevins etwas ins Ohr. Dann geht er und lässt sie allein zurück, was sie jedoch nicht zu stören scheint. Lachend schaut sie mich an.

Curtis arbeitet sich zu mir durch und nimmt meine Hände. »Beweg dich einfach irgendwie!«, ruft er über die Musik hinweg.

»Ich hab seit Jahren nicht getanzt.« Ich fühle mich fehl am Platz, im wörtlichen wie im übertragenen Sinn. Als ich gehen will, hält Curtis meine Hände fest.

»Das macht nichts«, sagt er. »Es schaut doch keiner zu.«

Das ist gelogen. Jeder Einzelne im Raum scheint mich zu beobachten ... aber vielleicht geht es den anderen ja um Curtis. Kasey und ihre Freundin, eine Frau mit schwarzen Haaren und einem tätowierten keltischen Kreuz, kichern. Ich sehe es genau.

»Beachte sie einfach nicht«, sagt Curtis.

Ich versuche, mich auf die Musik zu konzentrieren und meinen Körper rhythmisch zu bewegen, dankbar für den Alkohol und die schwache Beleuchtung. Allmählich finden meine Füße in einen gleichmäßigen Takt.

»Siehst du«, sagt Curtis. Es ist so laut, dass er mir direkt ins Ohr sprechen muss, damit ich ihn verstehe. Ich erkenne die kleine Narbe an seinem Kinn, wo er vor dreißig Jahren aufs Eis fiel. Aus unerfindlichen Gründen berühre ich sie.

Er lächelt mich an. »Als Kind hingefallen.«

»Ich weiß«, sage ich mit einem Gefühl alter Verbundenheit. Eine Kameradschaft vereint mich mit diesen Menschen, wir teilen dieselbe Vergangenheit. »Tony Collins hat dir ein Bein gestellt, als wir auf dem Eis am Anleger auf Schlittschuhen versucht haben, eine lange Kette zu bilden.«

»Genau! Dass du dich daran noch erinnerst!«

Ich lächele. Wir waren gemeinsam jung. Gibt es eine stärkere Verbindung?

Ein Lied geht ins nächste über, Curtis lässt mich nicht von der Tanzfläche. Nicht lange, da lache und wirbele ich mit ihm herum, wackele und stoße Kate mit dem Hintern an. Ich bin tatsächlich in diesem lauten Laden und tanze mit dem heißesten Typen im Ort! Eigentlich müsste ich ein Selfie machen und es meinen Mädchen schicken. Sie würden es nicht glauben.

Meine Mädchen. Kurz droht die Traurigkeit mich zu übermannen. Ich schaue Curtis an. Er grinst. Und genauso schnell bin ich wieder im seligen Hier und Jetzt, nach dem ich mich so sehne.

Das Lied ist zu Ende, ein neues fängt an. »Tequila Sunrise«, eine alte Ballade der Eagles. Curtis fragt gar nicht, er streckt einfach die Arme aus. Und ich lasse es geschehen.

Er drückt mich an sich, als sei er es gewohnt, die Verantwortung zu übernehmen. Unsere Körper sind aneinandergepresst. »Entspann dich«, flüstert er mir ins Ohr.

Ein Schauder überläuft mich. Ich schließe die Augen, verdränge die Blicke und das Tuscheln der anderen. Der Stress fließt aus meinen Schultern. Ich schmiege die Wange an Curtis' Brust. Für die Länge eines Songs – viereinhalb Minuten – bin ich Aschenputtel auf dem Fest des Prinzen. Denn ich weiß, dass in wenigen Tagen alles anders sein wird. Das Eis wird verschwinden wie der gläserne Pantoffel, die Prinzessin wird in ihre leere Wohnung in der Stadt zurückkehren und weitersuchen, ohne jeden Anhaltspunkt, sie wird den faulen Deal durchziehen, während die Uhr tickt. Sie wird sich daran klammern, als ginge es um ihr Leben, und keine Zeit mehr haben, an diesen friedlichen Ort zu denken, an dieses Gefühl in Curtis' Armen.

Als die Band endlich eine Pause macht, klingelt es in meinen Ohren. Curtis legt einen Arm um meine Taille und flüstert mir ins Ohr: »Lass uns rausgehen.«

Mein Herz schlägt schneller. Ich bin mir ziemlich sicher, dass ich weiß, was das bedeuten soll, aber vielleicht irre ich mich ja. »Warte«, entgegne ich.

Ich finde Kate inmitten einer Gruppe von Freundinnen. Anders als in New York, wo Frauen entweder dünn, dürr oder magersüchtig sind, sehen sie auf Mackinac Island unterschiedlich aus und tragen alle erdenklichen Kleidergrößen. »Kann ich kurz mit dir reden?« Ich ziehe sie beiseite. »Curtis will rausgehen. Was glaubst du, was das heißt?«

Kate legt den Finger auf die Lippen. »Hm, mal überlegen. Es könnte heißen, dass er mit dir irgendwohin gehen will, wo ihr in Ruhe reden könnt.« Sie grinst. »Oder es heißt, dass er dir die Seele aus dem Leib vögeln will.«

Ich ringe nach Luft. »O Gott! Was soll ich tun?«

»Hört sich an, als würde heute jemand noch richtig ans Reiten kommen!«, höre ich jemanden hinter mir sagen. Ich drehe mich um und erblicke Kasey Blevins und ihre Freundin. Die Frau mit dem Tattoo grinst, beide brechen in Lachen aus. Sie haben mich gehört. Ich muss das richtigstellen. Versteht sich doch wohl von selbst, dass ich heute auf gar nichts mehr reite!

Kate zeigt ihnen einen Vogel und packt mich an den Schultern. »Du hast einen Auftrag, schon vergessen?« Sie dreht mich in Richtung Ausgang. »Manchmal muss man einfach loslassen.«

»Ich kann nicht, Kate. Das ist acht Jahre her.« Ich bin so verunsichert.

Sie verengt die Augen zu Schlitzen. »Verfickte acht Jahre?«

Ich schüttele den Kopf. »Nein. Acht nicht-verfickte Jahre.«

Sie prustet los. »Zeit, endlich loszulassen, Schwesterherz.«

Als ich zu Curtis zurückkehre, lächelt er mir entgegen. »Kommst du?«

Er ist süß, auf jeden Fall. Aber trotz seines Charmes und egal, was Kate richtig findet, ich muss mir selbst treu bleiben. Ich hole tief Luft und lege los, um alle Unklarheiten zu beseitigen:

»Eins muss ich dir noch sagen: Ich bin nicht die beste Maklerin von New York. Ich habe keine Freunde. Ich bin eine miserable Mutter. Ich kann nicht Line Dance tanzen. Und du wirst heute nicht flachgelegt.« Ich puste mir den Pony aus der Stirn. »So. Jetzt bist du gewarnt.«

Er streicht mir übers Haar. »Kannst du wirklich kein Line Dance?«

Ich muss grinsen.

»Du bist echt spitze, Riki Franzel. Warst du schon immer.«

»Danke. Du bist auch ganz in Ordnung, Curtis Penfield. Tut mir leid, dass ich dich unterschätzt habe.«

Er nimmt meine Hände und verschränkt die Finger mit seinen. Ein leichter Schlag durchfährt mich. »Wenn du nicht gehen willst, dann bleiben wir hier. Ich hab mir bloß schon die ganze Woche gewünscht, ein bisschen mit dir zusammen zu sein. Und jetzt hab ich dich endlich, aber ich verstehe kein Wort von dem, was du sagst. Machst du wenigstens einen kleinen Spaziergang mit mir? Bitte?«

Ich beäuge ihn skeptisch. Kapitulierend hebt Curtis die Hände. »Ohne Hintergedanken, versprochen! Nur ein bisschen an die frische Luft.«

Ich atme aus, komme mir dumm vor. »Na gut«, sage ich. »Wenn du willst, kannst du mich nach Hause bringen.«

Curtis legt mir die Hand auf den Rücken und leitet mich durch die Menge. Ich merke, wie die anderen Frauen mich mustern – besonders Kasey Blevins und ihre tätowierte Freundin. Ihren Gesichtsausdruck kann ich nicht richtig deuten.

Curtis bleibt kurz an der Theke stehen und beugt sich zur Barkeeperin hinüber, ein Mädchen von Mitte zwanzig mit Rundungen wie Kim Kardashian.

»Ist es so weit, Süßer?«, fragt sie.

Demonstrativ hole ich mein Handy aus der Tasche, um zu zeigen, dass ich mich nicht für ihr Geschäker interessiere. Tue ich wirklich nicht. Ist mir so was von egal, mit wem der Typ flirtet. Ich habe bereits klargemacht, wo's langläuft.

Auf dem Handy sehe ich eine E-Mail von Tom Barrett. Ich bekomme Herzklopfen. Schnell öffne ich sie, hoffe auf Neues über Annie. Ich überfliege die ersten beiden Zeilen und sehe, dass es eine eher belanglose Nachricht ist. Ich schließe sie wieder, werde sie lesen, wenn ich nicht gerade »loslassen« will.

Curtis hat zwei Schnapsgläser in der rechten Hand. »Nimm!«, sagt er.

Ich betrachte die bernsteingelbe Flüssigkeit. Ein Schnaps ist das Letzte, was ich jetzt brauche. Aber so macht man das, wenn man Spaß haben will, oder? Ich nehme das Glas und stoße mit ihm an.

»Prost!« Ich kippe es hinunter.

Eine feurige Lunte brennt vom Hals bis in den Magen. Ich unterdrücke einen Schauder und knalle das Schnapsglas auf die Theke. Ein Mann, zwei Barhocker weiter, beugt sich vor. Ich schaue hinüber, überrascht, den alten Perry zu sehen. Er war früher Hausmeister an unserer Schule.

»Schon weg?«, fragt er mit einem Grinsen im roten Gesicht.

Ich spüre, wie mir das Blut in den Kopf steigt. Er macht sich über mich lustig, glaubt, ich würde mit Curtis gehen ... zu irgendeiner Reit-Nummer.

»Hallo, Mr Perry«, bringe ich heraus.

»Die Weiber haben auf Curtis gewettet.« Er wackelt mit seinem krummen Finger. »Ich hab dagegen gesetzt.«

Ich habe keine Ahnung, wovon er spricht, bin aber trotzdem beleidigt. Als ich ihn gerade fragen will, was er damit meint, sehe ich aus dem Augenwinkel, wie sich ein anderer Gast auf seinem Barhocker zu mir umdreht. Mein Vater.

In einem verblichenen Flanellhemd hockt er am Ende der Theke, die Arme vor der Brust verschränkt, und beobachtet mich. Sein schiefes Gesicht ist für die meisten undurchdringlich.

Doch ich kenne diesen Blick. Seine Augen sind leer. Er ist enttäuscht. Von mir.

Ich spüre eine Hand an meinem Ellbogen.

»Können wir?«, fragt Curtis.

Ich halte dem Blick meines Vaters stand und würde ihm am liebsten sagen, dass seine Tochter nicht vorhat, sich flachlegen zu lassen. Curtis ist nur ein Freund. Er respektiert mich. Doch mein Vater hat mir schon wieder den Rücken zugewandt.

Draußen ist es neblig, Curtis und ich gehen in Richtung Park. Als wir die Main Street überqueren, nimmt er meine Hand. Auf der anderen Seite lässt er sie nicht wieder los. Die zärtliche Geste gibt mir irgendwie das Gefühl, beschützt zu werden, auf eine väterliche Art. Auch wenn Dad nie meine Hand gehalten hat, nicht mal, als ich klein war.

Ich versuche, das Bild von meinem Vater und seinen durchdringenden Blick abzuschütteln, und mache mir stattdessen Gedanken über Mr Perrys kryptische Worte. Es regnet jetzt heftiger, als würde das Wetter meine Laune widerspiegeln.

»Du bist durcheinander«, sagt Curtis. »Irgendwas ist eben passiert. Was?«

Ich schaue hoch in den dunklen Himmel, dankbar für die kühlen Regentropfen auf meinem heißen Gesicht. »Die Geister dieser Insel«, sage ich. »Der Grund, warum ich so lange nicht da war.«

»Willst du darüber sprechen?«

Ich schüttele den Kopf. »Lieber nicht. Aber trotzdem danke.« Der Regen tropft mir von der Nase. »Ich will einfach nur nach Hause.«

Curtis dreht mich zu sich, so dass ich ihn ansehe. Er streicht mir eine nasse Strähne hinters Ohr. »Jetzt aber schnell raus aus dem Regen! Komm doch mit hoch zu mir! Ich mache dir eine Tasse Tee. Ein Nein akzeptiere ich nicht. Du kannst mir von den

Geistern der Insel erzählen. Oder auch nicht.« Kapitulierend hebt er die Hände. »Und ich verspreche dir, wenn wir oben sind, akzeptiere ich jedes Nein von dir.«

Ich kann nicht anders, ich muss über seinen jungenhaften, hoffnungsvollen Gesichtsausdruck lachen. Wenn ich ehrlich wäre, würde ich Curtis sagen, dass ich nicht sicher bin, ob er mein Nein überhaupt akzeptieren soll. Auch wenn das schwach klingt, brauche ich heute jemanden, der mich ganz fest hält.

Die Metalltreppe quietscht, als wir zu Curtis' Wohnung über der Penfield Marina hochsteigen. Schon seit Jahren befeuert sie meine Phantasie. Ich stelle mir vor, wie viele Frauen vor mir hier hinaufgeklettert sind, und bin gleichzeitig erregt und angewidert.

Oben angekommen, stößt Curtis die Tür auf.

»Willkommen in meiner bescheidenen Hütte!« Er tritt beiseite, um mich vorbeizulassen. Mein Körper streift seinen, ein Funke durchfährt mich. Curtis greift um die Ecke und knipst das Licht an.

»Sieht ein bisschen anders aus als das noble Apartment in deiner Broschüre, was?«

Leicht angetrunken schätzt die Maklerin in mir die Wohnung ab. *Hat Potential. Braucht ein bisschen Pflege. Ein professionelles Styling vor dem Verkauf wäre ratsam.* So ähnlich wie bei mir.

»Gefällt mir«, sage ich und betrete das kleine Wohnzimmer mit dem verschrammten Holzfußboden und den mokkabraun gestrichenen Wänden. Auf einem Eichentisch liegen Bootszeitschriften neben leeren Bierflaschen, drei Fernbedienungen und einem Rinderhautknochen.

»Und was ist nun mit der Tasse Tee? Ich kann auch die Kaffeemaschine anwerfen.« Grinsend wackelt Curtis mit den Augenbrauen. »Aber besonders berühmt ist mein heißer Kakao.«

Ich bin gerührt. Er bietet mir nichts Alkoholisches an.

»Ich probiere den berühmten Kakao.«

Während Curtis in den Schränken nach einem Topf sucht, begutachte ich die Küche. Sie ist klein, mit Terrakottafliesen und hübschen Eichenschränken. In einem kleinen Holzregal entdecke ich ein Porzellanservice mit Wildblumenmuster, wie man es bei einer alten Frau finden würde.

»Als Porzellansammler hätte ich dich nicht eingeschätzt.« Ich nehme einen Teller in die Hand, der dick mit Staub überzogen ist.

Curtis stellt einen Topf mit Milch auf den Herd und stößt ein Lachen aus. »Ich habe ein paar Jahre mit Martha Stewart zusammengelebt – na ja, eigentlich hieß sie Mandy Stubbing.« Er grinst. »Als sie mich verlassen hat, ging es mit der Wohnung schwer bergab.«

Er hat also eine feste Beziehung gehabt. Und die Frau hat *ihn* verlassen. Unter dem Küchentisch liegen zwei zerfetzte Tennisbälle. Ich bücke mich, um sie aufzuheben. »Hast du einen Hund?«

Auf der Suche nach Bechern zieht er die Schranktüren auf. Sein Gesicht wird ernst. »Er hieß Dewey.« Curtis macht den Schrank zu. Mit überschattetem Blick sieht er mich schließlich an. »Der tollste Hund der Welt.« Er schüttelt den Kopf, als kämpfe er mit seinen Gefühlen. »Dewey ist schon seit acht Monaten tot. Ich kann mich einfach nicht überwinden, sein Spielzeug wegzuwerfen.«

Und ohne jede Vorwarnung schmelze ich dahin. Ich lasse die Tennisbälle fallen, werfe Curtis die Arme um den Hals und lasse los, als ginge es um mein Leben … fast.

30

Erika

Gerade will ich mich aus der Wohnung schleichen, da rührt sich Curtis auf der Couch. Das Licht von der Veranda wirft einen schwachen Schein auf sein verschlafenes Gesicht. Er lächelt, als er mich erblickt, und stützt sich auf dem Ellbogen ab. »Wo willst du denn hin, meine Schöne?«

Ich lächele zurück, froh, dass er nicht mehr böse ist. Als unser Rumgeknutsche zu heftig wurde, brach ich ab. Da wurde er richtig sauer.

»Das soll doch wohl ein Witz sein, oder?«, hatte er mit ungläubigem Gesichtsausdruck ausgestoßen.

»Nein«, erwiderte ich. »Ich hab's dir vorher gesagt, Curtis. Ich habe kein Interesse an unverbindlichem Sex.«

Demonstrativ genervt ließ er sich aufs Sofa fallen. Zwei Minuten später lag ich neben einem schnarchenden Kerl, frierend und frustriert. Wieder einmal hatte ich das Gefühl, eine riesengroße Enttäuschung zu sein.

»Ich muss zurück zu Kate«, sage ich und schlüpfe in meine Stiefel.

»Warte!« Curtis springt auf, greift zu seinen Schuhen. »Ich bringe dich nach Hause.«

»Nein, nicht nötig. Ich kann alleine gehen.«

Er zieht sein Handy aus der Hosentasche und schaut auf die Uhr. »Erst eins. Vielleicht schaffe ich es noch zur letzten Runde.«

Sicher, ich habe gesagt, ich könne alleine gehen. Kann ich auch. Der schmale Weg, den ich eingeschlagen habe, ist völlig ungefährlich. Ein bisschen kalt ist es vielleicht, aber mir kann nichts passieren. Warum denke ich dann, dass Curtis darauf hätte bestehen sollen, mich bis zu Kates Veranda zu bringen, anstatt sich an der Wegkreuzung zum Mustang von mir zu verabschieden?

Ich beiße mir auf die Lippe. Kann es sein, dass ich sauer auf mich selbst bin? Denn obwohl ich einerseits sehr stolz auf mich sein kann, bereue ich andererseits, meine einzige Chance auf unkomplizierten, verpflichtungslosen Sex vertan zu haben.

Ich gehe schneller, lasse den Abend noch einmal Revue passieren. Meine Gedanken fahren Karussell. Ich habe mich tatsächlich treiben lassen – nur nicht ganz bis zum Schluss. Und all meine Organe funktionieren noch! Seit dem letzten Jahr am College habe ich nicht mehr so wild herumgeknutscht. Damals machte ich ein Praktikum im Krankenhaus, und Dr. Brian Blair zog mich in das dunkle Kabuff des Hausmeisters. Doch ich bin kein einundzwanzigjähriges Mädchen mehr. Es fühlte sich einfach nicht richtig an, mit Curtis einen Schritt weiter zu gehen. Auch wenn wir eine gemeinsame Vergangenheit haben, kenne ich ihn kaum.

Ich denke an meine Mädchen. Wie stolz wären sie wohl auf die Selbstbeherrschung ihrer Mutter? Oder vielleicht doch nicht? Ihre Generation scheint kein Problem mit belanglosem Sex zu haben. Eine Stimme in meinem Kopf ruft leise: *Du bist doch nur feige! Verängstigt, unsicher und zu feige, um loszulassen.*

Kates Haus kommt in Sicht, ich taste nach dem Schlüssel. O nein! Der ist in meiner Handtasche. Und die liegt im Mustang. Als ich auf die Tanzfläche ging, habe ich sie unter den Tisch gelegt.

Ich drehe um und laufe los, auch wenn meine Füße mich fast umbringen.

Als ich die quietschende Kneipentür öffne, wird gerade zur letzten Runde geläutet. Die Band packt bereits ein, aus der Musikbox schallt ein Lied der Zac Brown Band. Der alte Perry hängt zusammengesunken auf seinem Barhocker, daneben sitzen noch ein paar weitere Nachtschwärmer.

»Suchst du jemanden?«, ruft eine Stimme aus dem Nebenraum.

Ich drehe mich um. Kasey Blevins lehnt sich mit dem Hintern an den Billardtisch. Ich schüttele den Kopf. Vom Laufen klopft mein Herz so schnell, dass es beinahe platzt.

»Ja … nein. Ich hab meine Handtasche vergessen.«

»Suchst du nicht vielleicht nach Curtis?«

Der alte Perry erwacht aus seiner Benommenheit. Verschwörerische Blicke werden gewechselt, man grinst sich wissend zu.

Kasey kommt zu mir herübergeschlendert, ein Queue in der Hand. »Er war eben hier und hat sein Geld abgeholt. Dann ist er zur zweiten Runde nach Hause gegangen.« Die anderen grölen. Kasey stellt das Queue auf den Boden und weist mit dem Kopf in Richtung Theke. Mein Blick folgt ihrem. Die Barkeeperin mit dem Kim-Kardashian-Hintern ist weg.

»Oh«, mache ich. Mein Kopf dreht sich, ich versuche, das Puzzle zusammenzusetzen. Curtis ist zurückgekommen. Dann ist er mit der Barkeeperin wieder gegangen. Jetzt ist er zu Hause und schiebt eine Nummer. Ich wende mich zur Tür, mir wird übel.

»Hat er dir auch die Geschichte von dem toten Hund erzählt?«

Mit offenem Mund drehe ich mich um. Die Frau mit dem keltischen Kreuz wirft den Kopf in den Nacken und wiehert laut los. »Ich wusste es!«

Mein Mund wird trocken.

»Die hat er schon seit zehn Jahren drauf«, bemerkt Kasey. »Damit kriegt er jede rum. Dewey hat's wieder geschafft, sagt Curtis immer.«

»Dewey macht die Frauen feucht«, ruft die Tätowierte und brüllt vor Lachen.

Ich drehe mich zu Kasey um. »Was soll das heißen: Er hat sein Geld abgeholt?«

»Er hat Wetten angenommen. Curtis hat behauptet, bevor du die Insel wieder verlässt, würde er dich flachlegen.«

Der alte Perry wankt auf seinem Hocker. »Ich war der Einzige, der das nicht geglaubt hat.«

Die Weiber haben auf Curtis gewettet. Ich hab dagegen gesetzt. Jetzt verstehe ich es. Sie haben gewettet, ob Riki Franzel flachgelegt wird. Galle steigt in mir hoch, ein Geschmack von Ekel und Scham.

Ich laufe, so schnell ich kann, in der Hoffnung, dass mich Demütigung und Schmerz nicht einholen. Wie konnte ich nur so dämlich sein? Gott sei Dank habe ich nicht mit diesem Arschloch geschlafen!

Ich hinterfrage jeden freundlichen Satz, den ich je auf dieser miesen Insel gehört habe. Haben sie alle bei diesem großen Streich mitgespielt? Ein super Witz, bei dem Riki Franzel die Pointe ist?

Als ich die Stufen zu Kates Veranda hochstapfe, sind meine Füße taub. Sie hat das Licht für mich angelassen. Wusste sie, dass ich zurückkomme? Hat sie auch gewettet?

Ich trete über die Schwelle und streife die Schuhe ab. Als Kate sich vom Sofa erhebt, erschrecke ich mich.

»Hey«, sagt sie und macht die Lampe an. »Wie war's?«

Wütend funkele ich sie an. Endlich hat mein Zorn eine Zielscheibe gefunden. »Steckst du dahinter? Wusstest du, dass Kasey, der alte Perry und Gott weiß wer sonst noch Wetten darauf abgeschlossen haben, ob ich heute Nacht gebumst werde oder nicht?«

»O Rik.« Zu ihrer Ehre muss ich gestehen, dass Kate schockiert wirkt. Aber ich bin nicht bereit, sie so schnell aus der Verantwortung zu entlassen. Sie kommt herüber und will mich in die Arme nehmen, doch ich schiebe sie von mir.

»Hast du mich deswegen ermutigt, mit ihm nach Hause zu gehen, hä? Weil du Geld auf ihn gesetzt hast?«

Sie zuckt zurück. »Wie kannst du so was von mir denken?«

Ich berge meinen Kopf in den Händen. »Weil nichts einen Sinn ergibt! Ich habe das Gefühl, durch das Kaninchenloch ins Wunderland zu fallen. Ich weiß nicht mehr, was wahr ist und was nicht. Ich saß da bei Curtis, halb betrunken, und hab zum ersten Mal seit Jahren versucht, richtig loszulassen.«

»Ach, Schätzchen, das tut mir so leid.«

Ich wende mich ab, schäme mich für meine Tränen. »Zum Glück habe ich nicht mit ihm geschlafen.«

»Moment mal … Was?«

»Nein. Ich habe ihm geglaubt, Kate!« Meine Stimme bricht, ich versuche, mich zusammenzureißen. Eigentlich müsste ich wütend sein, Schluss jetzt mit dem Selbstmitleid! »Ich habe dem Schwein geglaubt! Natürlich war mir klar, dass er mit mir schlafen will, ich meine, dafür ist der Typ schließlich bekannt. Aber ich hab echt gedacht, dass er mich mag.« Ich muss schlucken. »Also, dass er mich *wirklich* mag. Es ist nämlich schon sehr lange her, dass mich jemand gemocht hat.«

»Meine süße Schwester«, sagt Kate. »Das macht mich total glücklich.«

»Glücklich?«

Lächelnd streicht sie mir über die Wange. »Auch wenn du noch so abgebrüht tust, glaubst du immer noch an die Liebe.«

Ohne Vorwarnung bricht der Damm. Tränen strömen mir über die Wangen. Kate nimmt mich in die Arme.

»Lass los«, sagt sie und zitiert dann unsere Großmutter Louise: »›Unser Herz braucht Wasser wie die Blumen, um nicht zu verwelken.‹«

Eine Stunde später liege ich ausgestreckt auf dem Teppich und reibe mir die brennenden Augen. Kate räkelt sich auf dem Sofa. Sie erzählt mir von ihrem Freund Max und den anstehenden Urlaubsplänen. Ich werfe ihr Fragen zu, die ich ihr schon vor Monaten hätte stellen sollen. Während ich zu neunzig Prozent auf Kate konzentriert bin, beschäftigen sich noch zehn Prozent in meinem Hinterkopf mit Curtis' Lügen und den Wetten im Mustang.

»Wenn ich mit Max zusammen bin, lachen wir die ganze Zeit. Ich bin echt glücklich, Rik, wirklich.«

»Mehr wünsche ich mir nicht für dich, Katie-Maus.«

Ich döse schon fast ein, da höre ich, wie Kate in einem Schrank im Flur herumwühlt. Kurz darauf steht sie mit einem halben Dutzend Toilettenpapierrollen vor mir.

Ich hebe den Kopf. »Schon gut, Kate, ich hab genug geweint.«

Sie grinst. »Jetzt wird der Kerl eingewickelt.«

Ich winke ab. »Sei nicht albern.«

»Komm, er hat es verdient!«

Ein Lächeln erhellt mein Gesicht. Allmählich kann ich mich für ihre Idee erwärmen. »Hast du noch mehr?«

Kate kichert. »Noch eine Zwölfer-Packung. Dreilagig!«

Um vier Uhr morgens erreichen wir auf unseren Fahrrädern die Marina. Wir stellen sie an der Ecke ab und schleichen zu Curtis' Haus. Als Kate das Tor öffnet, quietscht es laut. Ich erstarre und schicke ein Stoßgebet zum Himmel, dass kein Licht angeht und wir als Eindringlinge überführt werden. Nichts passiert. Wie zwei gewöhnliche Verbrecher betreten wir das Grundstück.

»Das ist total kindisch«, flüstere ich.

»Genau«, entgegnet Kate. »Deshalb macht's ja so viel Spaß.«

Wir haben beide eine Tasche dabei – ihre ist voller Klopapier, in meiner ist ein altes Betttuch, das ich beschriftet habe. Kichernd eilen wir auf Zehenspitzen über den Asphaltweg und halten uns die Münder zu, um Curtis nicht zu wecken.

Kate stellt sich unter einen riesigen Walnussbaum und wickelt ein paar Meter Papier ab. Staunend sehe ich zu, wie sie die Rolle in die Luft wirft. Das Papier bleibt an einem Zweig hängen, die Rolle fällt wieder herunter. Kate fängt sie auf. Gemeinsam schauen wir hoch.

»Wow!«, flüstere ich und nehme mir selbst eine Rolle. »Das machst du nicht zum ersten Mal.«

»Das ist wie Sex, meine Liebe.« In Kates Stimme klingt ein wenig Stolz mit. »Wenn du es ein Mal gemacht hast, verlernst du es nicht wieder.«

»Hoffen wir's«, murmele ich und wickele den Anfang der Rolle ab. Dann mache ich es meiner Schwester nach. Bei den ersten beiden Versuchen bleibt das Papier nicht hängen. Beim dritten Mal klappt es, und ich bin so stolz wie beim Abschluss meines ersten millionenschweren Vertrags.

»Guck mal!«, sage ich und werfe die Rolle wieder hoch. Wir machen mit einer Pappel weiter, dann mit den Ahornbäumen. Zuletzt sind die Blautannen neben dem Tor an der Reihe. Um fünf Uhr früh sieht die Marina aus, als hätte sich der Charmin Bär dort ausgetobt.

Auf einmal geht oben ein Licht an. »Scheiße!«, zischt Kate.

»O Gott! Er ist aufgewacht!«

Lachend zieht sie mich hinter die Tannen. Wir halten uns umschlungen, mein Herz will mir aus der Brust springen.

»Was ist, wenn er uns findet?«, flüstere ich. »Kann er uns anzeigen? Uns festnehmen lassen?«

Kate kichert. »Die Franzel-Schwestern wurden des fünffachen Einwickelns mit Klopapier für schuldig befunden.«

Sie macht sich über mich lustig. Ich höre ein Geräusch, wie aus der Ferne, aber vertraut. Es klingt wie die Musik eines Lieblingslieds, das ich fast vergessen hatte. Dann merke ich, was es ist: der Klang meines Lachens.

»Zu ihrem Glück«, ergänze ich, »konnten die Vorwürfe vom Tisch gewischt werden!«

Kate drückt mich an sich. »Die Schwestern haben sich nicht einwickeln lassen.«

Ich könnte mich schier ausschütten vor Lachen.

»Nicht! Hör auf!« Kate hält sich den Mund zu. »O Gott, ich muss pinkeln!« Sie springt von einem Fuß auf den anderen.

Johlend klappe ich zusammen. Kate schlägt mir auf den Rücken, wirft sich heulend auf den Boden und hält sich den Bauch. Ich lande auf ihr, Tränen rollen mir über die Wangen. Wir brüllen vor Lachen.

So fühlt es sich also an, völlig loszulassen, denke ich.

Bevor wir die Marina verlassen, ziehe ich das Transparent aus meiner Tasche, um unsere Mission abzuschließen. Kate nimmt das eine Ende, ich das andere. Gemeinsam befestigen wir das große Betttuch mit Schnüren und Isoband am Zaun. Wir haben beschlossen, es zur Straße hin aufzuhängen, damit jeder, der am Morgen hier vorbeikommt – und das sind die meisten Inselbewohner –, den Spruch liest, bevor Curtis selbst ihn bemerkt.

Die Morgensonne malt rosa- und orangefarbene Streifen an den Himmel im Osten. Ich trete zurück, um unser Werk zu begutachten.

»Ist das zu gemein?«, frage ich.

»Für einen Typen, der Wetten darauf angenommen hat, ob du mit ihm schläfst? Nicht ansatzweise!«

Das Betttuch flattert im Wind, dann wird es gegen den Eisenzaun gedrückt. Ich lese, was ich mit schwarzer Schuhcreme in fetten Buchstaben darauf geschrieben habe:

Hier wohnt ein Hund mit winzig kleinen Bällen –
und er heißt nicht Dewey.

31

Annie

»War gut, das Spiel gestern Abend?«, fragt Annie, als sie in die Küche tapert. Sofort wird sie rot. Ob Tom weiß, dass sie eine Aufschneiderin ist, die vor zwei Tagen noch kein einziges Team aus der amerikanischen Basketball-Liga kannte?

Als er erwähnte, dass er seit seiner Kindheit ein großer Fan der Washington Wizards ist, kam sie auf die Idee, das Spiel am Vorabend zu streamen. Sie hoffte, sie würden es sich gemeinsam ansehen, nebeneinander auf dem Sofa, auf ihrem Computerbildschirm mit der 13-Zoll-Diagonalen. Doch kurz vor dem Anpfiff klingelte sein Telefon. Tom grummelte, aber als er aufs Display sah, erhellte sich sein Gesicht. Er zog sich in sein Zimmer zurück und kam nicht mehr heraus. Annie war fassungslos.

»Ehrlich gesagt, habe ich es verpasst. Ich hab's hinterher im Netz nachgelesen. Klang echt spannend.«

Was kann so wichtig sein, dass er das Saisoneröffnungsspiel seiner Lieblingsmannschaft verpasst?, überlegt Annie. Schlimmer noch: *Wer* kann so wichtig sein?

Nachdem Annie Olive am Freitag zur Vorschule gebracht hat, kehrt sie mit neuer Hoffnung nach Hause zurück, anstatt wie sonst durch die Straßen zu laufen. Heute wird sie ihre Schwester endlich finden.

Gerade schiebt sie den Schlüssel ins Schloss, da geht die Wohnungstür gegenüber auf.

»Guten Morgen!«, grüßt Rory. Er hat einen Teller in der

Hand, der in ein Geschirrtuch geschlagen ist. In seiner weißen Jeans und dem blau-weiß gestreiften T-Shirt sieht er irgendwie albern aus, wie ein Matrose in Paris.

»Hallo, Rory. Hey, danke noch mal für deinen Vorschlag. Im Internet habe ich gestern den ganzen Tag nach Pariser Frauenärzten gesucht. Heute fange ich an, sie anzurufen.«

»Super! Ich helfe dir.« Rory zieht das Geschirrtuch herunter. »Und das habe ich dir mitgebracht.«

Er präsentiert Annie ein halbes Dutzend buttriger Croissants, die so lecker duften, dass ihr das Wasser im Mund zusammenläuft. Dennoch zögert sie. Irgendwie fühlt es sich falsch an, einen Jungen mit in die Wohnung zu nehmen, während Tom und Olive nicht da sind. Selbst wenn Rory mit Tom befreundet ist.

»Musst du nicht für den Wettbewerb üben?«

»Ich habe erst heute Nachmittag Unterricht.« Rory hält Annie den Teller entgegen wie, um sie zu locken. »Die sind mit Schokolade gefüllt.«

»Warum hast du das nicht gleich gesagt?« Sie nimmt ihm den Teller aus den Händen und zieht die Tür auf. Auf halbem Weg den Flur hinunter bleibt sie stehen. »Ach, wolltest du auch reinkommen?«

Rory lacht. »Du weißt wirklich, wie man dafür sorgt, dass sich ein Gast willkommen fühlt, Annie.«

Sie muss grinsen. »Ich habe eine Schwäche für Gebäck.« Sie zwickt sich in den Bauch. »Genau hier.«

Annie macht zwei Cappuccini. Mit den Schokoladencroissants setzen sie sich im Wohnzimmer auf den Boden. Rory behauptet, das wäre nun ihre Kristen-Suchdienst-Zentrale.

»Kristen würde mit Sicherheit zu einer Frau gehen.« Annie zeigt ihm die Liste mit *Médecins spécialistes de l'obstétriques*. »Sie muss einen guten Ruf haben, nicht zu alt sein und vor allem Englisch sprechen. Ich habe sechsundvierzig Kandidatinnen rausgesucht.«

Rory nickt. »Du bist eine super Detektivin, Annie. Wollen wir loslegen?«

Annie wählt die erste Nummer. Als sich eine Frauenstimme meldet, schlägt ihr Herz schneller. »Bonjour! Le cabinet Docteur Geneviève Fouquet.«

Annie erklärt, dass sie ihre Schwester sucht. Ob Kristen Blair, eine junge Amerikanerin, vielleicht Patientin bei Dr. Fouquet sei.

»Das tut mir leid«, erwidert die Frau in perfektem Englisch, »aber diese Information darf ich nicht herausgeben. Das verstößt gegen die ärztliche Schweigepflicht.«

Annie umklammert den Hörer. »Bitte! S'il vous plaît! Es ist ein Notfall. Ich muss es unbedingt wissen.«

»Tut mir leid, Mademoiselle.« Die Frau legt auf.

Annie ist entsetzt. »Die wollte nicht mit mir sprechen!«

Er hebt einen Finger. »Pass mal auf.« Er gibt die zweite Nummer auf der Liste ins Telefon ein und stellt demonstrativ den Lautsprecher an.

Annie verfolgt, wie Rory sagt – nicht fragt –, es gehe um den Termin seiner Frau. Der müsse umgelegt werden. Kristen Blair. B-L-A-I-R. Geburtstag? Er sieht Annie an. Grinsend schreibt sie das Datum auf. Rory liest es der Sprechstundenhilfe vor. Ja, er sei sich eigentlich sicher, dass sie beim letzten Mal einen Termin gemacht habe. Doch nicht? Na gut, vielleicht habe er was verwechselt. Merci beaucoup. Rory drückt auf die rote Taste.

»Voilà!« Selbstzufrieden grinst er Annie an.

Sie jubelt und schlägt sich mit ihm ab. Dann leckt sie ihre Finger sauber und wählt die nächste Nummer. Diesmal gibt sie selbst vor, Kristen Blair zu sein. Sie habe das Datum ihres nächsten Termins vergessen. Nennt ihren Geburtstag. Heuchelt Erstaunen, als die Sprechstundenhilfe ihr mitteilt, sie sei nicht im Computer registriert, und entschuldigt sich für ihren Irrtum.

»Du bist genial, Rory«, sagt Annie, während sie die nächste Nummer heraussucht. »Und so gerissen! Das gefällt mir.«

»Gerissen ist gut, ja?«

»In diesem Fall schon!«

Innerhalb einer Stunde können sie fünfundvierzig der sechsundvierzig Englisch sprechenden Frauenärzte von ihrer Liste streichen. Mit jedem Anruf sinkt Annies Mut.

»Mist!«, schimpft sie und streicht die letzte Nummer durch. Sie nimmt sich noch ein Croissant und blinzelt die Tränen der Enttäuschung weg. »Und was mache ich jetzt? Ich muss Kristen retten, aber bald habe ich keine Hoffnung mehr!«

Rory nimmt ihre Hand. »Hör auf. So was darfst du nicht sagen, Annie.« Sein Blick ist feierlich. »Wenn du sagst, du hättest keine Hoffnung, dann werden deine Worte wahr. Deine Schwester ist irgendwo in dieser Stadt, und wir finden sie, du und ich.«

Ob er recht hat? Oder macht Annie sich etwas vor, wie ihre Tante, ihr Großvater, ihr Vater und der Therapeut glauben? Sie lehnt sich zurück, drückt sich ein Kissen vor die Brust und schließt die Augen. »Ich muss dir was sagen, Rory.«

Er setzt sich mit ernstem Gesicht neben sie aufs Sofa.

»In Wirklichkeit bist du schwanger, nicht deine Schwester?«

Annie hebt das Kissen hoch und schaut an sich hinab. »Nee. Mein Bauch hat immer schon so ausgesehen. Bei dem, was ich dir sagen muss, geht es nicht um mich, sondern um meine Schwester. Also, ich glaube ja, dass sie in Paris ist.« Annie beißt sich auf die Lippe, hofft, dass sie später nicht bereut, Rory die Wahrheit gesagt zu haben. »Aber alle anderen denken, dass Kristen tot ist.«

Als Annie Rory von dem Zugunglück erzählt, runzelt er die Stirn. »Moment, verstehe ich das richtig? Sie war gar nicht in dem Zug?«

»Nein … ja … ich … ich weiß es nicht.«

Er beäugt sie kritisch, und Annie wird klar, dass sie total durchgedreht klingen muss. »Ich weiß ja, dass es sich verrückt anhört, aber ich habe verschiedene Gründe, daran zu glauben, dass Kristen noch lebt.« Sie schaut zum Fenster hinaus, zu den hellgrünen Knospen an den Ästen der Bäume. »Ich habe meiner Mutter versprochen, dass ich Kristen nach Hause bringe.«

Rory legt ihr die Hand auf den Arm. »Dann bist du der große Held, ja? Wenn du deine Schwester zurückbringst, machst du deine Mutter glücklich.«

»Ja. Aber es geht noch um viel mehr.« Annie schaut zur Seite. Sie kommt sich egoistisch vor, hat Schuldgefühle und schämt sich. »Verstehst du: Wenn sie wirklich tot ist, dann habe ich sie umgebracht.«

Rory zuckt nicht mit der Wimper. Annie spürt, wie ihre Kehle sich zusammenzieht, sie möchte über Rorys weiche Wange streicheln.

»Ich habe ihr an dem Morgen Druck gemacht, damit sie sich beeilt und den Zug um neun Uhr nimmt. Kristen war ziemlich neben der Spur. Sie wollte mir etwas erzählen, aber ich hab nicht zugehört. Dann ist sie abgehauen, ohne sich von mir zu verabschieden. Ich hätte ihr nachlaufen sollen. Schließlich sollte ich auf sie aufpassen. Dann würde sie jetzt noch leben.«

Rory hebt das Kinn. »Aha. Verstehe. Wenn deine Schwester tot ist, dann ist das allein deine Schuld.«

Annie atmet tief ein. Nach monatelanger Therapie bei Dr. Kittle ist es Rory, der die Sache auf den Punkt bringt.

»Genau.«

»Weil sie keinen eigenen Willen hatte. Weil du so viel Macht besitzt, ein Zugunglück zu verhindern, wenn du dabei gewesen wärst, ja?«

»Nein, ich …«

Lächelnd schüttelt Rory den Kopf und streicht ihr eine Haarsträhne aus dem Gesicht. »Warum ziehst du dir diese Schuldgefühle an, meine Liebe? Weißt du nicht, dass es die an jeder Ecke dieser Welt umsonst gibt?«

32

Erika

Auf Kates Fahrrad strampele ich die Market Street hinunter zum Lucky Bean Coffee Shop; mein Blick ist noch ein bisschen glasig von unserem frühmorgendlichen Schabernack in der Marina. An diesem Vormittag verliert die Sonne den Kampf gegen die Wolken, die frische Brise in meinem Gesicht fühlt sich gut an.

Ich weiche Mrs Turner auf ihrem Dreirad aus, der zänkischen alten Dame, die früher im Postamt arbeitete.

»Guten Morgen!«, grüße ich.

Ohne den Mund zu verziehen, hebt sie eine Hand von ihrer Lenkstange und hält mir den ausgestreckten Daumen hin. Seltsamer Gruß.

Ich betrete das gemütliche Café. Der Geruch von Kaffee und Gebäck lässt meinen Magen knurren. An der Bedientheke hat sich eine Schlange gebildet, ich stelle mich hinter einem Teenager an. Er trägt seine Baseballkappe verkehrt herum und erinnert mich an den großspurigen Curtis Penfield von früher. Reue überfällt mich. Wie konnte ich Curtis derart demütigen? Diese Insel ist seine Heimat. Ich kann sie in wenigen Tagen verlassen, er nicht.

Hinter der Theke sieht mir eine hübsche junge Bedienung entgegen. Zwinkernd zeigt sie mit dem Finger auf mich. Ich drehe mich um, überzeugt, dass sie jemand anderen meint.

An einem Fenstertisch sitzt Judy Graves. Sie steht auf und kommt zu mir herüber.

»Mein ganzes Leben lang warte ich schon darauf, dass jemand

diesem egoistischen Schwein eins überbrät«, sagt sie so laut, dass es jeder hören kann. Sie hebt mir ihren Becher entgegen. »Im Namen aller Frauen auf dieser Insel: Gut gemacht, Riki!«

Irgendjemand fängt an zu klatschen, die anderen fallen ein. Jubel kommt auf. Ich sehe von einem Gesicht zum anderen, und langsam breitet sich ein Lächeln auf meinem Gesicht aus. Vielleicht hat doch nicht ganz Mackinac Island mit Curtis gewettet, sondern es waren nur Kasey, die Tätowierte und die Stammgäste aus dem Mustang.

Mit stolzgeschwellter Brust setze ich mich in eine Ecke am Kamin und checke meine E-Mails. Allison hat mir ein Update geschickt, eine Zusammenfassung aller Objekte und Klienten. Am Ende der Nachricht steht: *Wir haben übrigens nur siebenundzwanzig Tage, um Fairview zu verkaufen. Aber keine Sorge! Ich habe schon jeden Makler in der Stadt kontaktiert. Zum offenen Besichtigungstermin am Dienstag bist Du doch wieder da, oder?*

Alle Luft entweicht aus mir. In was für eine Lage habe ich mich da bloß gebracht? Niemals werde ich sechzehn Apartments in weniger als einem Monat verkaufen! Als mich die Verzweiflung zu übermannen droht, frage ich mich, ob ich schon wieder dabei bin, Wichtiges mit dem zu verwechseln, was zählt. Ich denke an Annie in Paris, die ihre Schwester sucht. Ich führe mir vor Augen, wie Jonah das Gehen übt. Ich sehe Kate vor mir, die immer noch an die große Liebe glaubt. Die Wohnungen zu verkaufen ist wichtig, aber im großen Spiel des Lebens zählt es vielleicht doch nicht ganz so sehr, wie ich dachte. Das ist meine neue Erkenntnis.

Ich schließe Allisons Mail und muss grinsen, als ich die Nachricht von Tom Barrett entdecke, die ich am Vorabend bekommen habe, als ich gerade das Mustang verließ. Fast hätte ich sie vergessen.

Hallo Erika!
Es war total nett, gestern Abend mit Dir zu reden – nun, bei Dir war's ja Nachmittag. Ich hoffe, ich habe Dich von nichts abgehalten. Weißt Du, es ist sehr, sehr lange her, dass es mir solchen Spaß gemacht hat, mit jemandem zu sprechen. Ich muss sogar gestehen, dass ich eigentlich das Saisoneröffnungsspiel der Washington Wizards gegen die Cavaliers gucken wollte. Deine gewiefte Tochter hatte es gestreamt. Falls Du es noch nicht wusstest: Die Cavaliers sind unsere größten Rivalen. Ich wollte nur kurz mit Dir sprechen und dann weiterschauen. Aber was soll ich sagen? Du hast mich … verzaubert.
Bis zum nächsten Telefon-Marathon,
Tom

Mit großen Augen starre ich auf den Text. Verzaubert? Ich fasse mir an den Kopf. Im Moment trage ich eine rosa Baseballkappe, die Fingernägel sind kurz geschnitten, die letzten Wimpernextensions entfernt. Den Hosenanzug habe ich weggelegt, stattdessen habe ich eine Yogahose und Turnschuhe von Kate an. Ich fühle mich so locker und bodenständig wie seit Jahren nicht mehr.

Aus einer Laune heraus google ich »Professor Thomas Barrett, Georgetown«. Eine lange Liste von Links wird angezeigt, die meisten zu Artikeln in wissenschaftlichen Zeitschriften. Ich klicke den ersten an. In der Zusammenfassung stehen lange, komplizierte Wörter auf Latein, die ich nicht aussprechen kann, geschweige denn verstehen. Unten in der Ecke ist ein Foto von einem sympathisch aussehenden Mann mit einem einnehmenden Lächeln. Er sieht älter aus als der junge Vater einer Fünfjährigen, den ich mir vorgestellt habe. Ich würde sagen, dass Tom ungefähr in meinem Alter ist.

Auf einmal wird es ganz still im Café. Ich schaue auf. Mein Lächeln verblasst. In der Tür steht Curtis Penfield in einer engen

Jeans und mit Pilotensonnenbrille. Er zieht sie ab, und sein Blick schweift durch den Raum.

Ich sacke auf meinem Platz zusammen. Am liebsten würde ich mich in Luft auflösen. Ich ziehe den Schirm meiner Kappe tief in die Stirn und tue so, als läse ich etwas auf dem Laptop.

Es dauert nicht lange, da rieche ich Curtis' aufdringliches Rasierwasser. Er stemmt die Hände auf meinen Tisch und starrt mich an.

»Du bist ja vielleicht mal ein Komiker«, sagt er. »Ich fasse nicht, was du da gemacht hast.«

»Was denn?« Ich hebe den Blick und setze mich auf. »Ach, dir heimzuzahlen, dass du behauptet hast, wir hätten miteinander geschlafen? Ja, das ist echt kaum zu fassen, nicht? Wie viel Geld musstest du zurückzahlen?«

»Ob du's glaubst oder nicht, Riki, ich wollte dir nur helfen.«

»Aha? Das nennst du helfen? Mir ist das unter dem Ausdruck *ausnutzen* bekannt.«

»Nenn es, wie du willst.« Sein großspuriges Lächeln schleicht sich wieder auf sein Gesicht. »Ich wollte halt mit dem Mythos aufräumen, dass Riki Franzel eine frigide alte Zicke ist.«

Der Raum um mich herum scheint zu schrumpfen. Am liebsten würde ich in Tränen ausbrechen. Vor einer Woche hätte ich das noch getan. Doch heute setze ich ein Lächeln auf und sehe ihm in die Augen.

»Was ich dich immer schon fragen wollte, Curtis: Sind deine Eltern eigentlich Geschwister?«

Ich mache mir nicht die Mühe, meinen Laptop herunterzufahren. Kaum ist Curtis verschwunden, schieße ich aus dem Café und springe aufs Fahrrad. Der Wind peitscht mir ins Gesicht, ich trete immer schneller in die Pedalen, immer fester, um Curtis' gemeine Worte hinter mir zu lassen.

Geschäfte, Hotels, Kates Haus – alles verschwimmt im Vorbeifahren, bis das Haus meines Vaters auftaucht. Ich wende den Blick ab, aber sehe doch noch kurz die Spitzengardinen im Fenster des Schlafzimmers, wo ich meiner Mutter den letzten Abschiedskuss gab. Ich versuche, die bittersüße Szene wachzurufen, die ich seit Jahren immer wieder durchspiele. Wie meine Mutter mit Kate auf dem Arm in der Tür steht, mir mein Pausenbrot reicht und einen Kuss auf meine Stirn drückt. »Sei lieb. Und gib stets dein Bestes.«

Doch das Bild will sich nicht einstellen. Stattdessen schiebt sich eine dunklere Szene in mein Bewusstsein. Ich radele schneller in der Hoffnung, dass der Wind die Erinnerung vertreibt.

Es gelingt ihm nicht.

An jenem Morgen schlich ich auf Zehenspitzen ins Schlafzimmer meiner Eltern, auf dem Arm die kleine Kate, frisch gewickelt und gefüttert. Mein Vater war schon zur Arbeit aufgebrochen. Ich beugte mich zu meiner Mutter hinunter, deren Kopf auf dem Kissen ruhte. »Ich muss los, Mama.«

Sie drehte sich auf die Seite, ihre zerzausten Haare fielen ihr ins Gesicht. Der offene Mund, die geschlossenen Augen und das leichte Pfeifen sagten mir, dass sie schlief. Kate wurde unruhig, ich schaukelte sie und fand ihren Schnuller zwischen den Laken, den ich ihr in den Mund schob. Dann setzte ich sie neben meine Mutter auf die Matratze.

»Sei ein braves Mädchen, Katie«, flüsterte ich meiner achtzehn Monate alten Schwester zu und gab ihr einen Kuss auf den Scheitel. Dann rüttelte ich am Arm meiner Mutter.

»Du musst aufwachen, Mom! Du kannst nicht den ganzen Tag schlafen.«

Ihre Lider flatterten. Mit großen Augen starrte sie mich an, als hätte sie einen Engel gesehen. Sie streckte ihre warme Hand aus und legte sie auf meine Wange. »Bleib heute mit deiner Schwester zu Hause«, flüsterte sie, nein, sie flehte mich regelrecht an.

Ich legte meine Hand auf ihre. »Das geht nicht. Ich muss heute die Hamster füttern. Beim letzten Mal war ich schon nicht da, und Mrs Murray sagt, wenn ich es noch mal vergesse, darf ich es nie wieder machen.«

»Bitte, Riki!« Selbst in dem dunklen Zimmer konnte ich ihren flehenden Blick sehen. »Es ist auch das letzte Mal, versprochen.«

Aber es gab immer ein nächstes Mal, das wusste ich inzwischen.

Der Holzboden knarrte, als ich einen Schritt nach hinten machte. Der Arm meiner Mutter fiel zurück aufs Bett. Ich schob ihn unter die Decke, dann gab ich ihr einen Kuss auf die Wange. »Nach der Schule komme ich sofort zurück, versprochen. Ich laufe, so schnell ich kann.«

»Bleib hier!«, wiederholte sie. »Ich frage dich auch nie wieder.«

Woher sollte ich wissen, dass sie diesmal die Wahrheit sagte?

Ich strampele hinaus zum Point aux Pins, wo ich endlich langsamer werde. Als die Straße in einen Schotterpfad übergeht, bedeckt mit trockenen Kiefernnadeln, wird es schwierig mit dem Fahrradfahren. Ich springe hinunter, lasse es liegen und laufe zum Wasser.

Ein grauer Schleier spannt sich über den Himmel. Ich stehe am Ufer und schaue hinaus auf das aufgewühlte Wasser; inzwischen sind nur noch wenige Eisschollen zu sehen. In mir brodelt Hass auf diesen abgelegenen Ort, der mir meine Mutter genommen hat … und mein eigenes Ich. Zornig richte ich den Blick nach oben.

»Warum?« Der Nordwind fegt übers Wasser und erstickt meinen Schrei. Ein Gefühl absoluter Einsamkeit überkommt mich. Niemand kann mich sehen oder hören. Hat sich meine Mutter auch so gefühlt?

»Warum hast du mich verlassen?«, rufe ich. »Ich habe dich gebraucht! Wie konntest du mich verlassen, Mama?«

Ich stoße einen markerschütternden Schrei aus. Und noch einen. Ich presse die Wut aus mir heraus, bis meine Kehle wund ist. Irgendwann ist die in mir schwelende Verbitterung verbraucht. Ich stütze die Arme gegen einen Baumstamm und schluchze.

Vor meinem inneren Auge erscheint ein Gesicht, leer und aufgedunsen. Ich erschrecke, taumele nach hinten. Die Züge meiner Mutter verwandeln sich in die von Kristen, ihre Schönheit fast bis zur Unkenntlichkeit verbrannt. Aber nur fast.

»Nein!«

Ich schlage die Hände vors Gesicht und schüttele den Kopf, damit das Bild verschwindet.

Kates Worte hallen in mir wider: *Du musst Frieden schließen mit deiner Vergangenheit. Deine gesamte Zukunft hängt davon ab.*

Ich schließe die Augen und halte mir die Ohren zu. Es tut so weh zu fühlen. Aber nicht zu fühlen ist noch viel schlimmer.

Ich beuge mich vornüber, umschlinge meinen Körper und lasse meine aufgestaute Trauer heraus. Irgendwo in der Ferne schallen die Laute eines verletzten Tieres durch die Bucht. Und mir wird klar: Das bin ich.

»Du fehlst mir so sehr!«, schluchze ich und falle auf die Knie. Meine Tränen sind wie Glassplitter, sie brennen, schneiden, schlitzen. »Wie soll ich nur ohne dich leben?« Schluchzend atme ich ein. »Es tut mir so leid. Ich hätte für dich da sein sollen. Ich hätte dich beschützen sollen.« Bilder erscheinen: Kristen, Annie. Meine Mutter. Ich mit zehn Jahren. Tränen und Rotz laufen mir übers Gesicht.

»Es tut mir so leid«, flüstere ich. »Ich hätte dir Hilfe holen sollen. Ich wollte einfach nicht glauben, dass du krank bist.«

Ich weiß nicht, wie lange ich dort gelegen habe, als ich ein Rascheln höre. Ich springe auf. Die Zweige eines Ahorns schnellen zurück, als wäre dort jemand vorbeigegangen. Mit klopfendem

Herzen wage ich mich ins Dickicht vor. »Ist da jemand?« Niemand antwortet.

Ich lasse mich auf den feuchten Boden sinken, schlage die Hände vors Gesicht und schluchze. Als ich schließlich hochschaue, sehe ich die blauschwarze Tiefe des Meeres und das Glitzern der Sonne auf den Wellen. Hin und wieder wird eine Eisscholle nach oben getragen, wie ein vorwitziges Kind.

Ich richte den Blick in den Himmel und spüre, dass sich meine Wut verändert hat. Ich fühle mich nicht mehr taub. Stattdessen erfüllt mich eine steinerne, schmerzende Liebe zu einer jungen Frau, die einmal war und noch sein sollte, aber nicht mehr ist.

Meine Mutter. Meine Tochter. Ich selbst.

Und von den dreien ist nur eine in der Lage, weiterzuleben.

Auf halbem Weg zurück in den Ort höre ich einen Motor. Ich schaue hoch und sehe ein Flugzeug über mir. Zuerst denke ich mir nichts dabei, dann trifft mich die Erkenntnis wie ein Schlag: Jemand landet auf Mackinac Island. Der Flugplatz ist geöffnet.

Ich wende das Rad und fahre in Richtung Landebahn. Ich kann weg. Endlich kann ich diese gottverdammte Insel verlassen. Warum trete ich dann nicht schneller in die Pedale?

Am Flugplatz angekommen, lehne ich das Rad gegen eine Baracke und laufe über den Asphalt zu einem einmotorigen Charterflugzeug. Zwei Passagiere steigen aus, gefolgt vom Piloten. Ich winke ihnen zu in der Hoffnung, dass sie mich sehen. Beinahe stolpere ich über einen Riss. Moment mal … Die Landebahn ist ja gar nicht frisch asphaltiert. Ich schaue mich um. Nicht ein einziger Lkw, keine Baumaschine in Sicht.

Als ich das Flugzeug erreiche, macht mich der Lärm des Motors fast taub. »Kann ich mit Ihnen zum Festland fliegen?«, frage ich den Piloten.

Er holt eine Reisetasche aus dem Gepäckfach und reicht sie

dem Mann neben sich. »Ich fliege jetzt zurück. Komme nicht vor nächster Woche wieder.«

Endlich kann ich nach Hause! Das Flugzeug ist hier und nimmt mich mit. Aber ich brauche noch etwas Zeit mit Kate. Ich möchte Molly und die Kinder noch mal sehen. Mit Mrs Hamrick muss ich noch einmal Tee trinken. Sie hat Krimis für mich zurückgelegt.

»Können Sie nicht in zwei Tagen wiederkommen?«, rufe ich, um den Motor zu übertönen.

»Entweder jetzt oder nächste Woche. Können Sie sich aussuchen.«

Ich nicke. »Ich muss schnell meine Tasche holen. In zwanzig Minuten bin ich wieder da.«

Er schaut auf die Uhr. »Ich gebe Ihnen eine halbe Stunde.« Der Pilot holt einen Notizblock aus der Tasche. »Ihr Name?«

»Riki Fran…« Unglaublich – fast hätte ich meinen Inselnamen genannt. »Blair«, sage ich, »Erika Blair.«

»Sind Sie die Tochter von Cap Franzel?«

Ich nicke.

Er schlägt die Klappe des Gepäckfachs zu. »Sie stehen auf der Flugverbotsliste.«

33

Erika

Als ich mich dem mit Holzschindeln verkleideten Haus nähere, sehe ich sein kariertes Flanellhemd. Er ist im Garten, holt seinen alten Kapitänsstuhl aus dem Schuppen. Er nimmt mich nicht wahr. Selbst von weitem entgeht mir nicht, wie er schnauft, als er den Stuhl hochstemmt und ihn durch den Hof schleppt. Die Muskeln und Adern an seinem Hals treten vor Anstrengung hervor. Der alte Hund ist immer noch hart im Nehmen.

Das Blut schießt mir in den Kopf, ich trete in die Pedale. »Hey!«, rufe ich aus dreißig Metern Entfernung.

Er reckt den Kopf. Unsere Blicke treffen sich, mein Zorn macht mich fast blind. Er wendet sich ab, geht zu einem roten Karren. Ich folge ihm.

»Wie kannst du es wagen, mich hier festzuhalten? Ich weiß, dass du es warst! Auf dem Flugplatz wird überhaupt nichts repariert!«

Er stellt den Kapitänsstuhl auf eine Unterlage und wischt sich die Hände ab. Ich starre ihn an, mein Hals ist plötzlich wie zugeschnürt, die Wut raubt mir die Sprache. »Spuck's aus!«, hat mein Vater früher oft zu mir gesagt, und das ließ mich nur noch mehr stottern. Aber das ist lange her, da war ich noch ein verängstigtes, schüchternes Kind. Ich hole tief Luft und zwinge mich, ihm in die Augen zu sehen.

»Warum?«, schreie ich ihn an. »Warum bist du so grausam?«

Er dreht ab und geht aufs Haus zu, als wäre ich nicht vorhanden. Mein ganzer Körper zittert vor aufgestauter Wut und Enttäuschung.

»Du hast gestern Abend zugelassen, dass ich mich zum Narren mache. Du wusstest, was Curtis vorhat, nicht? Was für ein Vater tut so was? Hm? Du bist wirklich ein armseliges Arschloch.« Mein Herz klopft. Jetzt bin ich zu weit gegangen. Noch nie habe ich gewagt, so mit ihm zu sprechen – *niemand* spricht so mit meinem Vater.

Endlich dreht er sich um. Sein gerötetes Gesicht ist fleckig, sein Mund grotesk verzogen. »Hol deine Sachen.«

Ich bin verwirrt. »Was für Sachen? Wovon redest du?«

»Ich bringe dich zum Festland.« Er steigt die Verandastufen hinauf, seine Stiefel poltern über die verwitterten Holzplanken.

Hat er deshalb den Kapitänsstuhl aus dem Schuppen geholt? Will er sein Boot zu Wasser lassen? Für mich? Bin ich ihm so peinlich? Hat jemand meinen Zusammenbruch gesehen und meinem Vater davon erzählt? Will er, dass seine verrückte Tochter die Insel verlässt?

»Du … ist das … ist das sicher?« Ich denke an die Strömungen, die Eisschollen, an die Titanic. Meine Mutter.

»Du willst hier weg. Ich bring dich weg«, sagt er.

»Sei nicht albern! Ich setze doch nicht mein Leben aufs Spiel. Sag einfach dem Piloten, dass er mich fliegen soll, und gut ist es.«

»Jacobs ist längst weg. Kommt erst nächste Woche wieder. Hol deine Sachen«, wiederholt er. »In einer Stunde legen wir ab.«

Mit einem leeren Gefühl stopfe ich meine Klamotten und den Kulturbeutel in meine Reisetasche. Ich habe Angst und bin völlig verwirrt. Zuerst hat mein Vater verhindert, dass ich die Insel verlasse, und jetzt besteht er sogar darauf, dass ich fahre? Ich will nicht fort … Nein, das stimmt nicht. Natürlich will ich weg, nur nicht auf diese Weise.

Ich greife zu Mantel und Handtasche. Bevor ich Kates Haus verlasse, halte ich noch einmal inne. Überraschend bricht die Sonne durch die Wolken und scheint in das Erkerfenster. Ein goldener Strahl fällt auf den Roman von Nicholas Sparks, aufgeschlagen auf dem Couchtisch, den Kate gerade liest. Daneben steht ihr Kaffeebecher mit der Aufschrift *Wach auf und träume!* Mit einem Lächeln verabschiede ich mich von diesem Ort. Dann gehe ich.

Auf dem Weg zum Anleger schaue ich beim Café Seabiscuit vorbei. Meine Schwester sitzt auf einem Hocker hinter der Theke und liest auf ihrem iPad.

»Ich fahre«, sage ich.

»Jetzt?« Sie springt hinunter. »Das geht nicht. Ich bin noch nicht fertig mit dir.«

Wieder frage ich mich, ob *Wunder-gesucht* in Wirklichkeit Kate ist. Aber ich habe keine Zeit mehr, sie darauf anzusprechen. »Dad bringt mich ans Festland.«

»Was? Wie denn? Doch nicht in seinem alten Fischerboot!«

»Ich habe keine Ahnung. Das war kein Angebot von ihm, sondern eher ein Befehl.«

»Ist er total durchgedreht?« Kate wirft ihre Schürze beiseite. »Draußen auf der Mackinacstraße ist noch immer Eis.«

Mich fröstelt, ich reibe mir über die Gänsehaut auf den Armen. »Das geht schon. Er ist ein guter Kapitän.«

»Der Beste«, bestätigt Kate. »Und das Wetter schlägt bald um. Wahrscheinlich ist ihm klar, dass du hier wer weiß wie lange festsitzt, wenn er dich jetzt nicht wegbringt. Dein Leben stand lange genug auf Pause.«

Ein Gefühl des Verlassenseins legt sich um meine Luftröhre und drückt zu. Ich schüttele den Kopf und zwinge mich zu lächeln. »Ja. Ich muss mich um meine Objekte und Kunden kümmern. Dienstag habe ich eine große offene Besichtigung …«

Kate legt die Hand auf den Mund, Tränen hängen an ihren Wimpern. »Fahr nicht.«

»Komm mit!« Ich nehme ihre Hände in meine. »Komm mit nach New York. Du kannst bei Annie und mir wohnen. Könntest in den besten Restaurants arbeiten. Da verdienst du viermal so viel wie hier.« Ich höre die Verzweiflung in meiner Stimme, aber ich kann den Mund nicht halten. »Oder ich kaufe dir ein Café. Du wolltest doch schon immer ein eigenes Café …«

»Ich kann nicht, Rik.« Mit liebevollem Blick lächelt Kate mich an. »Ich bin gerne hier. Ich bin nicht für die große Stadt gemacht, das weißt du.« Sie boxt mir gegen den Arm. »Aber ich komme mit zum Hafen und singe das Titellied aus *Titanic*, wenn Dad und du ablegen.«

Ich muss mir das Lachen verkneifen. »Wie schön.« Ich schlucke den großen Kloß im Hals hinunter. Wie dumm von mir zu glauben, sie würde mitkommen. »Und in ein paar Wochen«, sage ich, »machst du ja Urlaub mit Max, oder?«

Sie nickt mit leuchtenden Augen. »Ich glaube, er macht mir einen Antrag, Rik.«

Ich drücke ihren Arm und schicke ein stummes Stoßgebet zum Himmel, dass das Herz meiner Schwester nicht wieder gebrochen wird.

»Wir werden hier auf Mackinac wohnen«, fährt sie fort.

Ich sehe ihre Zukunft vor mir. Viele, viele Jahre wird sie tagein, tagaus ihre perspektivlose Tätigkeit ausüben.

»Ach, Katie«, sage ich kopfschüttelnd. »Ich kann einfach nicht verstehen, wieso du auf einer Insel leben willst, die dich nicht zu schätzen weiß.«

Sie lächelt mich an. »Komisch. Dasselbe habe ich gerade von dir gedacht.«

Sie meint New York.

Eine kleine Gruppe von Männern hat sich am Hafen eingefunden, schon von weitem höre ich ihr aufgeregtes Palaver. Sie sind hier, um sich Cap Franzels halsbrecherischen Versuch anzusehen, seine Tochter ans Festland zu bringen.

Der vertraute Geruch von Diesel steigt mir in die Nase. Ich dränge mich an den Männern vorbei und erblicke das alte Fischerboot. Festgemacht am Ende des Stegs, spuckt und hustet es Qualm. Mein Vater steht am Ruder, eine Wollmütze auf dem Kopf. Er trägt seine alte wetterfeste Kleidung: eine Latzhose, gelbe Öljacke und Gummistiefel. Er nickt mir zu und hält mir die Hand hin.

Ich zögere, mein Herz rast. Ich will nicht fahren. Es ist zu gefährlich.

»Jetzt komm!«, blafft er mich an.

Ich lege die Hand in seine wettergegerbte Pranke und stoße mich vom Anleger ab. Das Boot hüpft, als ich ein Bein hineinsetze. Wankend sehe ich zu meinem Vater hinüber, doch er hat mir bereits den Rücken zugewandt.

Ich finde mein Gleichgewicht wieder, setze mich auf eine Stahlbank und verstaue die Tasche darunter. Eine Windböe fegt vom Wasser herüber, ich vergrabe mich in meinem Mantel.

Alle reden durcheinander. Offenbar hat jeder einen Rat für Cap Franzel. *Fahr nicht schneller als fünf Knoten. Halt Ausschau nach Eisschollen. Pass auf, wenn du die Mitte der Straße erreichst, da lauert die größte Gefahr.*

»Ihr braucht mir nicht zu sagen, was ich zu tun habe, verdammt nochmal!«

»Hey, Leute!«, sage ich, doch keiner scheint mich wahrzunehmen. »Ich muss die Insel nicht unbedingt verlassen.«

Der alte Perry meldet sich zu Wort: »Cap ist schon durch gefährlichere Wasser gefahren als all ihr Memmen zusammen. Wenn er sagt, dass es geht, dann geht es auch.«

Bloß warum? Ich schaue auf den anthrazitgrauen Lake Huron.

Über uns drängen sich die Wolken wie eine Schar von Engeln, die sich von uns verabschieden wollen. Warum ist mein Vater gewillt, sein Leben zu riskieren und meines gleich mit, um mich von der Insel zu bringen, nachdem er mich eine Woche lang dort festgehalten hat? Wieder frage ich mich, ob jemand gesehen hat, wie ich am Point aux Pins zusammengebrochen bin. Hat jemand Cap Franzel erzählt, dass seine Tochter den Verstand verliert? Oder will er mich einfach nur loswerden?

Eine bekannte Stimme reißt mich aus meinen Gedanken: »Nur über meine Leiche!«

Ich schaue hoch. Curtis Penfield kämpft sich an den Männern vorbei. »Cap, bei allem Respekt, aber du kannst da nicht rüberfahren. In der Mitte der Straße wimmelt es nur so von Eisschollen. Wenn sich auch nur eine mit der Spitze in dieses Metallboot bohrt, sinkt es.«

»Leck mich am Arsch«, sagt mein Vater und wirft die Bugleine los.

»Cap weiß, was er tut«, behauptet Perry.

In dem Moment verliere ich die Nerven. »Hör auf, Dad!«, schreie ich ihn an, damit er mich trotz des tuckernden Motors versteht. »Das ist doch Wahnsinn. Wir warten besser. Ich muss nicht ...«

Er schießt mir einen so giftigen Blick zu, dass mir die Worte im Hals steckenbleiben.

Ich drehe mich zu Curtis um, wir sehen uns in die Augen. Er lächelt kleinlaut, doch ich kann etwas in seinem Gesicht erkennen, das wie Angst aussieht. »Bis zum nächsten Mal, meine Schöne.«

Vielleicht macht er sich über mich lustig, vielleicht nicht. Doch im Vergleich zur letzten Woche haben sich die Machtverhältnisse verschoben. Ich bin nicht mehr so angreifbar. Und das weiß er.

»Tut mir leid, das mit gestern Abend«, sagt Curtis. Aha, er

versucht also, nett zu sein, weil er weiß, dass ich ohne weiteres in der nächsten Stunde ertrinken könnte.

»Mir auch«, erwidere ich aus dem gleichen Grund.

Grinsend tippt er sich an die Kappe. »Bon voyage!« Er sieht meinen Vater an. »Dir auch, du verrückter Hund.«

Mein Vater wirft ihm die Leine zu. Curtis fängt sie und stößt das Boot mit dem Fuß ab.

»Kehr um, bitte. Ich muss nicht so dringend weg«, flehe ich meinen Vater an, als draußen die nächste Eisscholle gegen unser Boot prallt.

Er steht am Ruder, mit dem Rücken zu mir, und schaut auf den See, als würde er mich nicht hören. Mit einer Rettungsweste hocke ich hinter ihm auf der Bank und umklammere das Metall so krampfhaft, dass meine Hand schmerzt.

Das Boot fährt nur noch langsam, als würden wir uns durch ein gefährliches Minenfeld tasten. Ein hüpfendes, schwankendes Feld, das immer wieder Wellen über den Bug wirft und uns unvorbereitet mit eiskalter Gischt trifft.

Ich halte den Blick aufs Festland gerichtet und bete im Stillen. Für Annie, für Kristen, für meine Mutter und meine Schwester. Sogar für meinen Vater.

Der Wind peitscht mir ins Gesicht, raubt mir den Atem. Ich werde sterben.

Die Worte sind heraus, bevor ich sie zurücknehmen kann: »Warum? Warum bist du so gemein zu mir?«

Wütend starre ich auf den Rücken des Regenmantels, über dessen ölige Oberfläche das Wasser rinnt. Warte auf eine Antwort, die nicht kommt.

»Warum habe ich dir nie gereicht?«, schreie ich, um den heulenden Wind zu übertönen.

Mein Vater lässt den Motor aufheulen, wohl seine Art, mir zu sagen, ich solle den Mund halten. Doch ich kann nicht. Meine

Angst erdrückt mich, weckt den verzweifelten Wunsch nach Antworten.

»Wieso hast du mich nie geliebt? Bist du überhaupt fähig zu lieben? Wenn du uns nicht gezwungen hättest, hierherzuziehen, würde Mom noch leben!« Kaum habe ich die Worte ausgesprochen, werde ich von Reue und Scham übermannt.

Mein Vater dreht sich zu mir um. Sein Gesicht ist dunkelrot und fleckig, übersät von Wassertropfen. »Du hast nicht die geringste Ahnung.« Seine Augen glänzen, es sieht aus, als würde er gegen Tränen kämpfen. Aber das kann nicht sein. Cap Franzel weint nie. Als er wieder spricht, ist seine Stimme rau: »Ich hab dich von der Insel weggebracht. Reicht das nicht?«

Ich denke an meinen Zusammenbruch am Nachmittag an der Spitze der Insel, an das Knacken der Zweige. War mein Vater dort? Hat er mich gesehen? Und weil er Angst hat, dass ich durchdrehe, wenn ich bleibe, bringt er mich jetzt ans Festland? Oder spricht er von damals, als er vor fünfundzwanzig Jahren dafür sorgte, dass ich zum College ging?

»Warum hast du mich gezwungen zu gehen?«, erwidere ich, ebenfalls vage. »Ich wäre geblieben. Kate hat mich gebraucht.«

Er dreht sich wieder um und reibt sich mit dem Taschentuch übers Gesicht, ohne meine Frage zu beantworten.

Als ich aus dem Boot steige, dämmert es bereits. Meine Knie wollen nachgeben, ich zittere am ganzen Körper. Mein Vater wirft meine Tasche auf den Anleger. Weiter vorne sehe ich die Lichter des Taxis, das mit laufendem Motor auf dem leeren Parkplatz wartet, so wie ich es bestellt habe.

»Bleib hier«, sage ich zu meinem Vater. So sauer ich auch auf ihn bin, kann ich die Vorstellung nicht ertragen, dass er die Tour ein weiteres Mal auf sich nimmt. Ich will mein Portemonnaie aus der Tasche holen. »Ich besorge dir ein Hotelzimmer. Es ist zu gefährlich, jetzt noch zurückzufahren.«

Wie als Antwort greift er zum Funkgerät und bellt hinein: »Penfield Marina, hier ist die Leitstern. Ich komme zurück. Over and out.«

»Nein!«, rufe ich. »Sei doch nicht so stur! Ich lasse dich da nicht allein rüber!«

Endlich sieht er mich an. »Was kümmert dich das? Ich bin doch der verrückte Alte, den alle hassen, das verfluchte Ungeheuer, das dich und deine Mutter aus dem Paradies entführt hat.«

Ich sehe in seine blutunterlaufenen Augen und bin gelähmt vor Angst und Unentschlossenheit. Sosehr ich mich auch von ihm abwenden will, ich kann es nicht. »Dann komme ich mit.«

Er macht die Heckleine los. »Geh! Dein Taxi wartet. Kehr zurück zu deinem Leben. Wir haben dich lange genug aufgehalten.«

»Dickkopf«, murmele ich vor mich hin.

»Selber.« Er dreht den Zündschlüssel, der Motor erwacht zum Leben. »Jetzt reiß dich zusammen«, sagt er mit barscher Stimme.

Der Satz weckt Erinnerungen: mein Vater neben mir bei der Beerdigung meiner Mutter, seine große grobe Pranke auf meinem Knie, die jedes Mal zudrückt, wenn ich anfange zu weinen. *Jetzt reiß dich zusammen.* Ich packe fürs College, verbittert, weil er mich zwingt zu fahren. *Jetzt reiß dich zusammen.*

Nun wirft er die letzte Leine los. Ich muss ihm sagen, dass es mir leid tut. Vielleicht ist es das letzte Mal, dass ich ihn sehe. Ich möchte ihn noch einmal umarmen – ein erstes Mal.

»Deine Tochter ist tot. Daran kannst du nichts ändern. Das muss endlich in deinen Kopf«, fährt er mich an.

Jeder Gedanke an eine Umarmung verflüchtigt sich. Mein Körper wird zu Eis.

»Die andere, die noch lebt, braucht dich«, fügt er hinzu.

Mein Herz klopft laut. »Eine Woche mit ihr macht dich nicht zum Spezialisten in Sachen Annie!«

»Das bist du in deinem ganzen Leben mit ihr nicht geworden.« Er stößt das Boot ab. Ich berge den Kopf in den Händen. Er fährt tatsächlich!

»Wie mies ist das eigentlich, für deine Enkeltöchter den lieben Großvater zu mimen, während ich dir scheißegal bin?«

Er blickt in die Ferne. Seine Stimme ist rau. »Irgendwo muss ich ja anfangen.«

Ich schaue ihm nach, wie er sich aufmacht über das Wasser, das mir meine Mutter genommen hat.

»Dad!«, rufe ich. »Nicht!« Doch der Bootsmotor übertönt meine Stimme. »Dreh um! Komm zurück!«

Das Tuckern wird leiser. Während das Boot langsam verschwindet, wird mir die Antwort auf meine Frage klar. Mein Vater wollte mich von der Insel bringen, weil er Angst davor hatte, was mit mir geschehen würde, wenn ich bliebe. Meine Mutter hat er nicht retten können, aber er konnte dafür sorgen, dass ich in Sicherheit bin.

Am ganzen Körper zitternd, laufe ich zum Taxi. »Wir fahren erst los, wenn das Boot auf der Insel ist«, erkläre ich dem Fahrer. »Aber Sie können das Taxameter laufen lassen.«

Er zuckt mit den Schultern. »Hab eh nichts Besseres vor.«

Ich laufe auf dem Parkplatz hin und her, schaue immer wieder hinaus auf den Lake Huron. Im Westen wird der Himmel violett. Ich greife zum Handy und rufe Kate an.

»Ich hätte ihn nicht fahren lassen sollen.« Wieder steigen Wut und Frust in mir auf. »Ich hätte es ihm irgendwie verbieten müssen.«

»Du kannst den Mann nicht aufhalten, wenn er sich etwas in den Kopf gesetzt hat. Das weißt du auch.«

»Er wird sterben, Kate. Und ich war so gemein zu ihm.« Ich zwicke mir in den Nasenrücken und wiederhole die hässlichen Vorwürfe, die ich meinem Vater gemacht habe. »Was ist, wenn …« – meine Stimme versagt –, »was ist, wenn das die letzten Worte waren, die ich zu ihm gesagt habe?«

Siebenundachtzig Minuten später bekomme ich den Anruf. »Er ist zu Hause.«

Ich lege die Hand aufs Herz. »Gott sei Dank!«

»Rik?«, sagt Kate. »Du hattest doch eben Angst, dass die Worte, die du zu Dad gesagt hast, die letzten sein könnten, nicht?«

»Ja.«

»Sorg dafür, dass es nicht so ist, okay?«

34

Erika

Es ist Viertel nach fünf am Morgen, als ich das Deckenlicht einschalte und mein Büro aus seiner einwöchigen Zwangspause erwecke. In den nächsten zwei Stunden bin ich in der Lockwood Agency allein. Auf dem Schreibtisch liegt ein Berg von Akten, neben dem Computer steht Allisons Kaffeebecher, verschmiert mit kaugummirosafarbenem Lippenstift. Offensichtlich hat sie sich in meinem Büro breitgemacht.

Ich nehme den Stapel Post der vergangenen Woche in die Hand und lege ihn schnell wieder weg. Stattdessen öffne ich meine Schublade und hole ein Päckchen Haftzettel heraus. Aus dem Gedächtnis schreibe ich die Sprüche aus den E-Mails auf und klebe sie oben über den Bildschirm, damit sie mich daran erinnern, die Vergangenheit zu akzeptieren, loszulassen und nach vorne zu schauen.

Ich stehe auf und trete ans Fenster. Einundzwanzig Stockwerke unter mir erwacht die Stadt zum Leben. Am Daumennagel kauend, beobachte ich, wie sich die Scheinwerfer der Autos über die Queensboro Bridge schieben. Auf dem East River entdecke ich eine Fähre mit blinkenden Lichtern, die die Leute zur Arbeit bringt. Ob der Kapitän dieser Fähre auch eine Tochter hat? Eine Tochter, für die er bereit ist, sein Leben aufs Spiel zu setzen?

Mit zitternden Fingern wähle ich seine Nummer. Bestimmt ist er wach. Der Mann schläft nie, er döst nur. Unwirsch meldet er sich.

»Guten Morgen«, sage ich mit pochendem Herzen. »Ich bin's.«

»Du bist früh auf.«

»Ich hab die ganze Nacht wachgelegen. Hab viel nachgedacht. Ich wollte …« Ich umfasse das Telefon fester. »Ich wollte mich bei dir bedanken. Ich weiß es wirklich zu schätzen, was du gestern für mich getan hast.«

»Du musstest zur Arbeit.«

Das meint er ironisch, da bin ich mir sicher. Ich reibe mir über die Stirn, fest entschlossen, mich nicht von ihm provozieren zu lassen. »Stimmt. Ich bin jetzt im Büro.« *Vielleicht gewinne ich diesen Wettbewerb, Dad. Kannst du das glauben? Deine Tochter – eine der besten Maklerinnen von New York?*

»Na, dann musst du dir ja jetzt keine Sorgen mehr machen, ob du rechtzeitig zurück bist. Du bist da, wo du hingehörst, verkaufst schicke Häuser und verdienst mehr Geld, als du in deinem Leben ausgeben kannst.«

Ich atme durch, um ruhig zu bleiben. »Ich spare für die Zukunft, Dad. Die Mädchen brauchen irgendwann …«

»Das Mädchen, meinst du. Ist nur eins.«

Zum Teufel mit ihm! Ich hole tief Luft. Zweimal. »Ja, stimmt. Egal, ich wollte mich jedenfalls kurz bedanken.«

»Schon gut.«

Mein Kinn zittert, meine Kehle schnürt sich zu. Warum ist es bloß so schwer, mit diesem Mann zu reden? »Dad, es tut mir leid, was ich auf dem Boot zu dir gesagt habe.«

»Was hast du denn gesagt? Kann mich nicht erinnern.«

Verdammt nochmal! Er weiß ganz genau, wovon ich spreche! Ich schließe die Augen und sammle all meinen Anstand, um das Mitgefühl für ihn wieder wachzurufen, das ich auf dem Wasser empfunden habe.

»Ich hätte dir nicht vorwerfen dürfen, schuld an Moms Tod zu sein. Du hast recht, ich weiß nicht genug darüber.«

Zum ersten Mal gebe ich es zu. Die Erinnerungen, die auf Mackinac Island an die Oberfläche gestiegen sind, erzählen mir eine andere Geschichte als die bereinigte Version, an die ich mich seit meiner Kindheit klammere. Offensichtlich hat meine abenteuerlustige Mutter keinen harmlosen Spaziergang übers Eis gemacht, um für die Familie einzukaufen.

»Ich habe auf der Insel viel Zeit gehabt, um über die Vergangenheit nachzudenken. Mom war krank, nicht wahr? Ich meine psychisch krank, nicht körperlich. Deshalb bist du mit uns nach Mackinac gezogen. Damit sie in der Nähe von Grandma war. Und du abends zu Hause sein konntest. Du hast deine Stelle als Kapitän geopfert …«

Mit schneidender Stimme unterbricht er mich. »Das war kein Opfer, hörst du?« Ein wenig leiser spricht er weiter. »Wenn es um die Familie geht, tut man, was getan werden muss. Sie hat nach dem Unfall zu mir gestanden.«

»Was für ein Unfall?«, frage ich, vorsichtig, damit er weiterspricht und das Geheimnis lüftet, das mich schon lange beschäftigt. »Was ist mit deinem Gesicht passiert, Dad?«

Er antwortet nicht. Ich habe das Gefühl, eine Grenze überschritten zu haben. Schließlich spricht er, seine Stimme ist kaum mehr als ein Flüstern. »Wir haben Ladung gelöscht. Du warst gerade geboren. Eine Kette hat sich losgerissen, mir voll ins Gesicht. Kieferknochen zertrümmert, Nerv kaputt.«

Ich schäme mich zu Tode. Auch wenn ich die Geschichte mit der Kneipenschlägerei nie so recht geglaubt habe, habe ich mich auch nicht bemüht, sie zu hinterfragen.

»Hat keinen Monat gedauert, da hatte sie ihren ersten Anfall«, fährt er fort.

»O Dad«, flüstere ich. Nun fallen die Puzzleteile an ihren Platz. Der erste Schub meiner Mutter – vielleicht eine Kindbettdepression oder eine manisch-depressive Episode – fiel zeitlich mit dem Unfall zusammen, der meinen Vater entstellte. So wie Kristens manische Phase sich mit dem Zugunglück überschnitt. Ich schließe die Augen. »Das war nicht deine Schuld.«

»Hab ich nie behauptet.«

Warum kann er nicht auf mich eingehen, wenigstens ein Mal?

»Und dass sie ertrunken ist … der Selbstmord …« Ich fasse mir an den Hals. »Das war nicht deinetwegen, Dad. Ich war der Grund. Ich bin an dem Morgen in die Schule gegangen, obwohl sie mich angefleht hat …«

»So ein Schwachsinn!«, unterbricht er mich streng. »Weißt du, was dein Problem ist, Erika Jo? Du kannst nicht akzeptieren, dass es im Leben Dinge gibt, die keine Ursache haben. Manche Dinge passieren ohne jeden verdammten Grund. Damit musst du leben, verstanden?«

Noch lange nachdem ich mich verabschiedet habe, sitze ich am Schreibtisch und denke nach. Mein Vater wird mir niemals Trost spenden. Nie wird er sagen, dass es in Ordnung ist, dass ich noch ein kleines Kind war und er mich liebt, obwohl ich meine Mutter nicht habe retten können.

Das weiß ich jetzt. Mein Vater wird mir nie vergeben.

Weil in seinen Augen nichts zu verzeihen ist. Er hat mir nie die Schuld gegeben.

Ich lege den Kopf auf den Tisch und weine, übermannt vom süßen Gefühl der Befreiung.

35

Annie

Am Dienstagmorgen entdeckt Annie eine Ausbuchtung in Olives rosafarbenem Rucksack. Einen Monat ist es her, dass Annie ihr das Fernglas gezeigt hat, und alle paar Tage erwischt sie das Mädchen damit. Meistens steht die Kleine am Fenster ihres Zimmers und richtet das Objektiv gen Himmel. Manchmal versucht sie auch, wie heute, es mit in die Vorschule zu nehmen.

Olive steht im Flur, den ausgebeulten Rucksack neben sich. Fordernd streckt Annie die Hand aus.

»Her damit, Süße! Du weißt, was dein Vater gesagt hat: Das Fernglas bleibt zu Hause.«

»Ich hab's ja gar nicht dabei.«

Annie schüttelt den Kopf, ratlos, warum die Fünfjährige so besessen von dem Ding ist. Sie öffnet den Reißverschluss und holt es aus dem Rucksack. »Netter Versuch.«

Olive knurrt sie an: »Jetzt mag ich dich nicht mehr.«

Nicht mehr? Die Worte lassen Annie frohlocken.

Um zwölf wartet Annie vor dem Schulgebäude. Als Olive herauskommt, hockt sie sich hin und grüßt sie lächelnd, so wie jeden Tag. »Wie war's, meine Kleine?«

Das Mädchen zuckt mit den Schultern. »Ganz gut.«

»Was fandest du denn am besten von allem, was du heute gelernt hast?« Diese Frage hat auch Annies Mutter früher immer gestellt.

»Ich hab ein neues Lied gelernt. Das darf ich auf dem Frühlingskonzert singen, ganz allein. Darin geht es um unser Land. Es heißt ›America the Beautiful‹.«

»Oh, das ist ein schönes Lied«, sagt Annie. Sie gehen durchs Tor auf die Straße. »Wollen wir es mal singen?«

Olive wirft ihr einen Blick zu und ruft schnell: »Neiiiin!«

Trotzdem setzt Annie zum Refrain an: »America, America, God shed His grace on thee.«

»Oh, bist du doof!«, stöhnt Olive und schlägt die Hand vor den Mund. »Entschuldigung, Annie, aber so heißt das nicht. Das heißt ›God shed His *greats* on *me*‹.«

Annie muss über Olives neue Schöpfung lachen. »Ups, mein Fehler.« Sie klopft auf ihre Ledertasche. »Hey, ich hab eine Überraschung für dich.«

»Nicht wieder so ein blödes Buch!«

»Nein. Aber wenn du sie nicht willst, dann behalte ich sie für mich.« Annie holt ein Geschenk heraus, das in hübsches violettes Papier eingeschlagen und mit einer pinkfarbenen Schleife verziert ist.

Olive mustert es neugierig, wägt offenbar ab, ob sie Annie verletzen soll oder doch lieber das Geschenk haben möchte. Letzteres gewinnt.

»Gib's mir, gib's mir!« Sie greift nach dem Päckchen.

Lachend hält Annie es hoch. »Komm, wir gehen in den Jardin du Luxembourg. Da kannst du es aufmachen.«

Annie liebt den wunderschönen französischen Garten, der vor vierhundert Jahren von der Witwe Heinrichs IV. von Frankreich gestaltet wurde. Sie bewundert die Statuen, die Blumen und Brunnen. Ihr Lieblingsplatz ist ein rundes Bassin, in dem Kinder Modellboote mit Flaggen der verschiedensten Länder fahren lassen. Es ist einer der wenigen Orte in der Stadt, wo Olive sich wie ein normales, glückliches Kind verhält, wo sie lacht, planscht und herumtollt.

Doch heute läuft Olive nicht zum Becken, sondern lässt sich

auf die erste Bank fallen, die sie sieht, direkt neben dem Eingang. »Jetzt gib mir mein Geschenk!«

Annie setzt sich neben sie. »Wie heißt das Zauberwort?«

Olive seufzt übertrieben. »Darf ich *bitte* mein Geschenk haben?«

Annie grinst und zerzaust ihr die Haare. »Du bist die Beste, Olly Golly!«

Die Kleine macht ein genervtes Gesicht und streicht die Haare nach hinten. Doch Annie merkt, dass sie sich das Lachen verkneift. Es will sich über ihre Pausbacken ausbreiten.

»Bitte sehr!«, sagt sie und überreicht das Päckchen.

Olive zieht die Schleife ab und wirft sie beiseite. Als sie das Papier aufreißen will, hält sie inne. Mit Blick auf ihren Schoß sagt sie: »Ich hab heute aber doch gar nicht Geburtstag?«

»Ja, weiß ich. Aber ich habe etwas gesehen, das dir bestimmt gefällt. Das möchte ich dir schenken.«

Olive beißt sich auf die Lippe. »Ich habe nichts für dich.«

Annie lächelt. »Das macht nichts. Ich brauche nichts.«

Olive sieht sie an. »Ich kann dir morgen was kaufen.«

»Nein, ist schon gut. Deine Freundschaft ist ein Geschenk für mich. Mehr wünsche ich mir nicht.«

Olive zieht eine Ecke des Papiers auf und hält wieder inne. »Ich hab nie gesagt, dass du meine Freundin bist.«

Annie grinst. »Schon gut. Brauchst du auch nicht. Weißt du, wahre Freunde haben so was gar nicht nötig.«

Das Mädchen nickt und reißt ein großes Stück ab. »Wow!« Sie hält die Verpackung in die Höhe und strahlt. »Ein Fernglas!« Voller Hoffnung sieht sie Annie an. »Und mit dem darf ich spielen?«

»Ja.«

Sie öffnet die Packung und reckt das Fernglas in die Luft. Lachend befestigt Annie das Band am Gehäuse und legt es Olive um den Hals. »Warte, ich nehme die Schutzkappen ab.«

Ungeduldig zappelt das Mädchen, während Annie die Kappen löst. Dann hält Olive sich das Fernglas vor die Augen und schaut hoch in den Himmel. Eine Weile passiert nichts. Dann stampft sie mit dem Fuß auf. »Menno! Wo ist sie denn?« Sie lässt das Fernglas sinken und greift nach Annies Hand. »Komm, wir müssen zum Eiffelturm! Los!«

Annie sieht auf die Uhr. Sie ist mit Rory zum Abendessen verabredet, aber bis dahin sind es noch vier Stunden. Sie steht auf. »Na gut, fahren wir zum Eiffelturm.« Olive bückt sich und sammelt das Geschenkpapier ein. »Ich wundere mich nur. Beim letzten Mal hast du gesagt, du fändest den Eiffelturm gruselig.«

»Jetzt nicht mehr. Ich hab ja jetzt das hier.« Sie tippt auf ihr Fernglas. »Da oben kann ich meine Mommy sehen.«

Annie und Olive sitzen auf der Rückbank eines Taxis. Annie hat einen Kloß im Hals. Olive steht eine große Enttäuschung bevor, und sie ist schuld daran. »Wollen wir nicht lieber nach Hause fahren und Mensch-ärgere-dich-nicht spielen? Zum Eiffelturm können wir immer noch mal.«

Olive will nichts davon hören. »Du hast es versprochen«, sagt sie. Das stimmt. Verdammt.

»Weißt du, dieses Fernglas hat noch kaum Erfahrungen gesammelt«, sagt Annie. »Vielleicht funktioniert es nicht. Der Verkäufer hat mir erklärt, dass es manchmal Jahre dauert, bis so ein Exemplar richtig weit gucken kann.«

Olive ignoriert sie. Ihr Gesicht ist wie versteinert. »Du kannst es jedenfalls nicht haben!« Sie drückt das Gerät an sich. »Es gehört mir.«

Annie beißt sich auf die Lippe. Sie kann nur hoffen, dass man am Eiffelturm Ewigkeiten für die Eintrittskarte anstehen muss und die Fünfjährige keine Lust hat, über eine Stunde zu warten.

Das Taxi hält vor dem Eingang, Annie späht zu den Schaltern hinüber. Mist! Ausgerechnet heute ist die Schlange so kurz, dass es höchstens zehn Minuten dauert.

Im Aufzug zur Besucherplattform in der dritten Etage tritt Olive von einem Fuß auf den anderen. Sie hat das Fernglas um den Hals und hält es mit beiden Händen fest. »Los, schnell«, murmelt sie vor sich hin.

Kaum gehen die Türen auf, springt sie aus dem Fahrstuhl. Annie hat Mühe, mit ihr Schritt zu halten, so schnell läuft die Kleine über die Plattform. »Langsam!«, ruft sie Olive nach.

Das Kind stürzt zur Brüstung und hält sich das Fernglas vors Gesicht, doch anstatt es auf die herrliche Stadtlandschaft oder den sich träge windenden Fluss zu richten, schaut Olive wieder hinauf in den weiten Himmel.

Annie hält die Luft an, fühlt sich hilflos und gemein. Gerne würde sie dem Mädchen anbieten, die Linsen scharfzustellen, doch das würde es nur noch schlimmer machen. Olive lässt das Fernglas sinken, untersucht es von allen Seiten und hält es sich wieder vor die Augen.

»Das funktioniert nicht«, sagt sie. »Ich … ich kann sie nicht sehen.« Ihre Stimme bebt verzweifelt. Sie ist kurz vorm Weinen, das spürt Annie. So viel Zeit sie mit der Kleinen auch verbracht hat, so viel sie mit ihr durchgemacht hat, Annie hat sie noch nie weinen sehen.

Sie hockt sich neben Olive und streckt die Hand aus. »Darf ich mal?«

Das Kind ignoriert sie, sucht vergeblich weiter. »Wo ist sie? Das dumme Teil ist kaputt.«

»Weißt du, Schätzchen, meine Augen sind älter und viel erfahrener als deine. Vielleicht kann ich durch das Fernglas mehr sehen.«

Gute drei Minuten vergehen, dann zieht Olive sich das Band störrisch über den Kopf. Mit zitterndem Kinn drückt sie Annie das Gerät in die Hand. »Das funktioniert nicht.«

Annie hält es sich vors Gesicht und stellt die Objektive scharf. »Hm«, macht sie und lässt es wieder sinken. Übertrieben gründlich putzt sie die Gläser mit ihrem T-Shirt, dann schaut sie erneut hindurch.

»Suchst du Kristen da oben?«, fragt Olive.

Annie ist verblüfft. Bis jetzt ist sie nicht auf die Idee gekommen, nach Kristen zu suchen, nicht mal unten auf der Straße. Seit sie mit Rory die Frauenärztinnen abtelefoniert hat, ist Annie die Lust am Suchen irgendwie vergangen. Nicht weil es ihr plötzlich egal wäre, weil sie nicht an Kristen dächte oder weil sie sich nicht mehr wünschte, sie zu finden. Der wahre Grund, warum sie nicht mehr sucht, ist der, dass sie die Hoffnung nicht verlieren will.

Sie nickt Olive zu. »Ja. Aber der Himmel ist so weit weg.« Annie beschreibt einen großen Bogen mit dem Fernglas. »So ein Mist! Ich kann nichts erkennen!«

»Aber du weißt, dass sie da oben ist, oder?« Olives Stimme ist so voller Hoffnung, dass Annie schlucken muss.

»Doch«, sagt sie mit belegter Stimme. »Es macht mich nur traurig, dass ich sie nicht sehen kann. Sie fehlt mir so.«

Olive kaut auf ihrer Lippe. »Kannst du mal nach meiner Mutter gucken? Sie ist auch da oben.«

»Warte …« Langsam bewegt Annie das Fernglas nach links. »Aah … Da ist was.«

»Ist es meine Mom?« Olive zerrt an Annies T-Shirt.

»Schau mal einer an: Da ist ein wunderschöner Platz in den Wolken.«

Olive hüpft auf und ab. »Wie sieht er aus?«

»Da sind ganz viele glückliche Menschen«, erklärt Annie. »Und viele Blumen. Und total liebe Tiere.«

»Ist meine Mom auch da? Sie hat braune Haare, so wie auf dem Foto.«

»Warte kurz.« Annie dreht am Rädchen. »Ah! Ich glaube … ja! Da ist sie!«

»Wo?«, ruft Olive. »Was macht sie?«

»Sieht aus, als würde sie tanzen … und lachen. Sie hat ein Foto in der Hand.«

»Von mir?«

»Genau. Ein Foto von dir, mit deinem Vater und ihr.«

»Und das guckt sie an?«

»Ja. Sie erzählt einer Freundin von dir.«

»Sie kann da oben reden?«

»Ja. Und sie ist glücklich, das merkt man.«

Ohne Vorwarnung bricht Olive in Tränen aus. Annie lässt das Fernglas sinken, hockt sich hin und nimmt Olive in die Arme. »Ach, meine Süße. Komm her.«

Statt sie von sich zu schieben, wie sonst immer, vergräbt Olive das Gesicht an Annies Hals. Heiße Tränen nässen ihre Haut.

»Ist gut, mein Schatz, ist gut. Deine Mommy ist an einem schönen Ort.« Annie hält die Kleine fest und streicht ihr übers Haar. Ihr Herz fließt über vor Liebe zu diesem Kind.

Olive schnappt nach Luft. »Das … das ist g-g-gemein.«

Annies Herz will zerspringen. Das Mädchen hat recht. All das ist wirklich ungerecht. Eine Fünfjährige sollte nicht ihre Mutter verlieren. Kein Kind sollte den Himmel nach einer Frau absuchen, die auf der Erde sein und es jeden Abend ins Bett bringen müsste.

»Ich weiß«, sagt Annie und tätschelt die bebenden Schultern. »Es ist wirklich gemein.«

»Es … es ist g-g-gemein«, wiederholt Olive. Sie hyperventiliert fast. Dann löst sie sich von Annie und starrt sie mit riesigen, feuchten Augen durch die Brille an. »Ich weiß jetzt, was meine Mommy tut, aber du hast deine Schwester nicht gefunden.«

Annie ist sprachlos. Olive weint nicht um sich. Ihre Tränen gelten Annie.

God shed His greats on her – Gott hat Annie tatsächlich seine wahre Größe gezeigt.

Es ist seltsam, wie manche Dinge das Leben verändern. Wie ein Augenblick einen Einschnitt hinterlässt und man hinterher, wenn man sich darüber unterhält, alles in Vorher und Nachher einteilt. Das Erlebnis auf dem Eiffelturm ist so ein Moment. Da stürmte die Liebe in Annies Herz und eroberte es.

»Hoffentlich bleibst du nicht so lange weg«, sagt Olive.

Im Spiegel schaut Annie sie an. Das Mädchen sitzt auf ihrem Bett, die Arme vor der Brust verschränkt. »Du gehst doch heute Vormittag mit deinem Dad im Café Le Bal frühstücken. Und anschließend wollt ihr in die Tuilerien. Da bist du doch so gerne. Du kannst Karussell fahren.«

»Mit dir?«

»Nein, ich unternehme heute was mit Rory. Aber ich bring dir ein Zitronen-Macaron mit.«

»Nein, Schokolade. Ich will zwei Schoko-Macarons.«

Annie schaut in den Spiegel, versucht, den dicken Pickel an ihrem Kinn zu überschminken.

»Wie heißt das, Madame?«

Olive stöhnt. »Bringst du mir bitte zwei Schoko-Macarons mit?«

Annie zwinkert ihr zu. »Sehr gerne! Und wenn ich nach Hause komme, üben wir dein Lied für das Frühlingskonzert.«

»Wo wollt ihr überhaupt hin?«, fragt Olive.

»Ins *Une Autre Page*, das ist ein gemütlicher, kleiner Buchladen in Croissy, von dem Rory gelesen hat. Vielleicht können wir beide auch mal dahinfahren.« Noch einmal malt Annie mit dem Abdeckstift über den Pickel. Dann gibt sie sich ein bisschen Gloss auf die Lippen und tupft auch ein wenig auf Olives Mund.

»Bist du in ihn verliebt?« Olive steht auf, um sich im Spiegel zu betrachten.

»In Rory? Nein!«, ruft Annie so laut, dass Tom es auch hören kann, falls er lauschen sollte. »Wir sind nur gute Freunde.«

»Warum gibst du dir dann so viel Mühe, dich schön zu machen?«

Annie schnauft. »Tu ich ja gar nicht.«

»Doch.«

Annie legt ihren Kulturbeutel in die Schublade zurück. In Richtung der offenen Tür sagt sie deutlich vernehmbar: »Glaub mir, Rory ist nicht mein Freund und wird es auch nicht werden.«

Olive verschränkt wieder die Arme. »Heirate ihn bloß nicht.«

Annie lacht. »Keine Sorge, du kleine Bestimmerin, das tue ich nicht. Aber darf ich fragen, was du dagegen hast?«

Olive dreht sich zum Fenster um. Ihre Stimme ist so leise, dass Annie sie kaum verstehen kann: »Weil du dann vielleicht nicht mehr bei uns wohnst.«

Annie macht die Augen zu und schließt die Worte in ihr Herz. Sie ist überzeugt, dass sie von dort nach außen schimmern wie ein Diamant durch Seide.

36

Erika

Der erste April kommt, und passenderweise fühle ich mich wie in den April geschickt. Jeden Tag schreibe ich eine Mail an *Wunder-gesucht*, doch seit ich zu Hause bin, habe ich keine einzige Antwort erhalten. Hat der Absender mich vergessen? Oder habe ich meine Aufgabe erfüllt? Das Schweigen frustriert mich ebenso wie die Tatsache, dass ich noch immer Zweifel an Kristens Tod habe und Annie nicht erreichen kann. Manchmal habe ich Angst, dass ich beide verliere und völlig durchdrehe. Aber Kate beruhigt mich jedes Mal. »Die Sprüche sind dein Rettungsanker«, sagt sie. »Schau dir die Vergangenheit an. Lass los. Sieh nach vorne und genieß das Leben.«

Zu allem Überfluss ist am Monatsende der Stichtag für den Wettbewerb, und in acht Tagen läuft der Exklusivvertrag für die Fairview-Apartments aus. In dieser Woche bin ich in der Liste auf Platz 53 gerutscht. Und durchgeschlafen habe ich schon lange nicht mehr … seitdem ich auf der Insel war.

Die offene Besichtigung vor zwei Wochen war ein großer Erfolg. Wir bekamen zahlreiche Angebote, eins sogar über dem angesetzten Preis. Inzwischen sind dreizehn Apartments verkauft, doch bevor nicht alle sechzehn weg sind, fließen sie nicht in meine Statistik ein. Ich muss die übrigen drei Einheiten auf jeden Fall verkaufen, um unter die Top Fifty zu kommen, wie Kristen es sich gewünscht hat. Falls nicht, ist alles für die Katz gewesen – auch die Besichtigung im Plaza an jenem schicksalhaften Morgen. Ich bin mir nicht sicher, ob ich damit leben könnte.

Das Problem ist: Die letzten drei Wohnungen sind die unattraktivsten.

Das einzig Positive in meinem Leben – und ich muss sagen, es ist ein großes Plus – ist die beginnende Freundschaft mit Tom Barrett. Aus den unschuldigen, unbeholfenen Telefonaten, die ich von der Insel aus führte, ist ein reger Austausch mit SMS am Tage und langen, vertraulichen Gesprächen in den frühen Morgenstunden geworden (bei ihm ist es dann Nachmittag). Er hat mir sogar einen kleinen Eiffelturm ins Büro geschickt. *Damit Du Dich Annie näher fühlst*, stand auf dem kleinen Zettel, der nun auf meiner Frisierkommode liegt. Ob Tom wohl weiß, dass ich mich dadurch auch ihm näher fühle?

Es kommt mir komisch vor, dass Annie immer noch nichts von unserer Bekanntschaft weiß. Aber ihr Schweigen ist letztendlich der Grund dafür, dass ich mich überhaupt an ihren Aupair-Vater gewandt habe. Jetzt fühlt es sich an, als habe ich ein Geheimnis vor ihr, ein Geheimnis, das ich nicht lüften kann, weil dann herauskommt, dass ich ihr nachspioniert habe. Kate meint, dass ich durchaus einen Freund haben darf, ohne meine Tochter vorher um Erlaubnis zu fragen. Wenn Annie im August zurückkehrt, freut sie sich bestimmt, von unserem Tête-à-tête zu erfahren. Sagt Kate jedenfalls.

Ich bin in der Tiefgarage des Fairmont Hotels und will gerade zur nächsten Besichtigung, als eine Nachricht von Tom eintrifft: *Ein Student hat mitten in der Prüfung ein Selfie von sich gemacht! Unglaublich!*

Grinsend bleibe ich vorm Aufzug stehen und tippe schnell eine Antwort: *Was gibt es nur für selfie-süchtige Menschen ☺!*

Mein Handy klingelt in dem Moment, als der Aufzug ankommt: *Und wie! Absolut selfie-süchtig.*

Hoffentlich hat er genug Selfie-Kontrolle …, schreibe ich blödelnd zurück.

Fast schwebe ich hoch ins Erdgeschoss. Als sich die Türen

öffnen, grinse ich wie ein Kind, das einen Drachen steigen lässt. Und stehe unvermittelt vor Emily Lange.

»Erika!« Sie tritt vor und hält mir ihre Visitenkarte hin. »Du siehst umwerfend aus.«

»Danke.« Sie sieht auch toll aus, aber das bringe ich nicht über die Lippen. Ihr seidig glänzender blonder Bob unterstreicht die hohen Wangenknochen, so wie ihr dunkelblaues Wickelkleid ihre schlanke Figur betont. Sie ist gealtert, seit ich sie zum letzten Mal gesehen habe, aber sie ist noch immer schön, besonders wenn sie lächelt. Nie würde man hinter diesem hübschen Gesicht mit den süßen Grübchen eine Betrügerin vermuten.

Ich stecke ihre Karte ein. »Hallo, Emily. Ich dachte, ich hätte einen Termin mit Janice Newmann.«

»Ich habe Janice gebeten, dieses Treffen zu organisieren. Ich war mir unsicher, ob du damit einverstanden wärst, mich zu sehen.«

Ich setze ein Pokerface auf und versuche, mich professionell zu geben, doch innerlich bin ich ein Nervenbündel. Emily hat recht. Wenn ich gewusst hätte, dass ich sie hier treffe, hätte ich den Alligator geschickt.

Ich merke, dass auch Emily nervös ist. Zu Recht. Immerhin hat sie mit meinem Mann geschlafen! Aus heiterem Himmel fällt mir der Spruch meiner Mutter ein: *Ein kluger Forscher prüft seine letzte Reise …*

Ich habe die Schuld für den Fehltritt immer bei Emily gesucht. Aber was ist mit Brian? Und mir?

Die Affäre geschah zu einer Zeit, auf die ich nicht besonders stolz bin. Damals war ich rund um die Uhr mit den Mädchen, meinem Job in der Klinik und dem Umzug nach New York beschäftigt. Brian war unzufrieden. Er wollte mehr von mir, und ich wusste es auch. Er verlangte, dass wir zur Eheberatung gehen. Ich weigerte mich.

Ich will keinen von den beiden entschuldigen, billige ihr Verhalten auch nicht, aber bin ich nicht vielleicht ein klein wenig mitschuldig?

Ich verdränge den Gedanken. »Hast du einen Interessenten für eine der Einheiten?«, frage ich stattdessen.

»Allerdings. Einer meiner Kunden ist ganz heiß auf die Nummer vier.«

Sie spricht von der Dreizimmerwohnung mit dem kleinen Innenhof. Eins der gefragteren Objekte. »Tja, da hättest du dir diesen Termin sparen können. Nummer vier ist verkauft. Alle größeren Einheiten sind weg.«

»Ja, ich weiß. Lass uns trotzdem mal überlegen … rein theoretisch. Wenn mein Klient zwei nebeneinanderliegende Wohnungen im Erdgeschoss kaufen könnte, würde es funktionieren. Er hat schon mit einem Architekten gesprochen. Er würde eine Wand rausnehmen lassen und zwei Apartments zu einem großen zusammenlegen.«

Ich könnte gleich zwei verkaufen? Ich halte die Hand vor den Mund, nur für den Fall, dass ich sabbere.

»Komm mit!«, sage ich und laufe den Flur hinunter.

Emily bleibt hinter mir, während ich die Apartments Nummer eins und zwei, die nebeneinander im Erdgeschoss liegen, aufschließe. Ich führe sie durch die beiden kleinen Wohnungen, zeige ihr die topmoderne Technik, die Küche von Poggenpohl, den Thassos-Marmor und die exklusiven Armaturen. Dabei überschlage ich im Kopf, welch immense Summe ihr Kunde in den Umbau stecken müsste.

»Ich glaube, das könnte klappen«, sagt sie am Ende des Rundgangs.

Wie? Nein! Das kann ich nicht machen, auch wenn ich noch so gerne zwei Fliegen mit einer Klappe schlagen würde. Wenn ich die beiden Apartments an Emilys Kunden verkaufe, schaffe ich es zwar auf jeden Fall unter die Top Fifty. Aber da sie die

Maklerin des Käufers ist, wird sie durch den Deal ebenfalls unter die ersten fünfzig rücken.

Ich hole tief Luft und zwinge mich, ein unschuldiges Gesicht zu machen. »Angesichts der überwältigenden Resonanz wurden die Preise erhöht.«

»Aber sie stehen doch noch mit dem alten Preis in der Liste.«

Ich zucke mit den Schultern. »Preise können sich ändern.«

Emily beäugt mich skeptisch. »Erika, bitte, halten wir unsere persönlichen Animositäten da raus. Ich weiß, was du von mir denkst. Ich werde niemals angemessen in Worte fassen können, wie leid es mir tut. Bitte glaub mir, dass …«

»Ich hab keine Ahnung, wovon du redest«, unterbreche ich sie und höre aus jeder einzelnen Silbe Cap Franzel sprechen. Natürlich weiß ich es genau. Ich habe Emily nie verziehen, und das spürt sie.

»Das ist rein geschäftlich, Emily. Hier, das ist das Minimum.« Mit zitternder Hand schreibe ich eine unverschämt hohe Summe auf einen Zettel. »Das musst du bieten«, sage ich und reiche ihn ihr.

Sie starrt darauf. »Das ist völlig überzogen.«

»Ich habe nächste Woche eine Besichtigung nach der anderen«, lüge ich. »Spätestens Freitag sind alle Wohnungen weg.«

Sie schaut mich an. »Darf ich ehrlich sein?«

Ich lehne mich gegen die Kücheninsel aus Marmor. »Klar.«

»Ich bin in einer Zwickmühle. Vor ein paar Monaten habe ich meinem Kunden eine der Zweizimmerwohnungen versprochen. Ich war mir meiner Sache zu sicher, dachte, ich würde die Exklusivvermarktung bekommen.«

Schuldgefühle überwältigen mich, doch ich zwinge mich, den Blickkontakt nicht zu unterbrechen. Ob Emily weiß, dass ich ihr den Deal mit einem miesen Trick weggeschnappt habe?

Ihr freundliches Lächeln verrät mir, dass sie keine Ahnung hat. »Übrigens Glückwunsch dazu.«

Ich verdränge meine Gewissensbisse und den Drang, ihr zu sagen, dass es mir leidtue, dass ich so was normalerweise nicht mache.

»Danke.« Ich reibe mir den Nacken.

Sie dreht den Zettel um, den ich ihr gegeben habe, und schreibt eine Zahl auf die Rückseite. »Mein Kunde ist bereit, so viel zu zahlen.«

Es ist der volle Preis, wie ursprünglich verlangt. Ein Angebot, das ich Stephen sofort vorlegen und bei dem ich ihm raten würde anzunehmen. Wenn der Makler der Käuferseite jemand anders wäre als Emily Lange. Bei jedem anderen.

»Mr Douglas ist da hart.« Ich hoffe, dass mein Gesicht nicht verrät, wie gemein ich in diesem Moment bin, und zwar mit voller Absicht.

Emily beäugt mich. Ich senke den Blick, fühle mich nackt und hässlich. Gedankenverloren reibe ich einen nicht vorhandenen Fleck von der Marmorfläche.

»Na gut«, sagt sie schließlich und holt ihr Handy hervor. »Gib mir bitte eine Minute.«

Sprachlos nicke ich. Ruft sie wirklich wegen dieses unverschämten und völlig aus der Luft gegriffenen Kaufpreises ihren Kunden an? Das ist skrupellos! *Aber das bist du auch*, erwidert mein Gewissen.

Eine Minute später kommt Emily zurück und reicht mir ihr Handy. »Das ist Martin Vaughn, dein neuer Kunde. Er wird sich direkt mit dir einigen.«

Ich schaue auf den Apparat in ihrer Hand. Sie hat gerade dem Kunden zuliebe auf ihre Provision verzichtet – für zwei Apartments wohlgemerkt. Somit komme ich unter die Top Fifty, Emily jedoch nicht.

»Bitte.« Sie drückt mir ihr Handy in die Hand. »Ich weiß, auf welchem Platz du stehst, Erika, und wie wichtig dir dieses Geschäft ist.«

Wichtig? Mit voller Wucht trifft mich das Zitat meiner Mutter: *Verwechsle niemals das, was wichtig ist, mit dem, was wirklich zählt.* Ist es mir so wichtig, Emily Lange zu übertreffen, dass ich dafür das aufs Spiel setze, was wirklich zählt – meine Integrität?

Ich mache einen Schritt zurück. »Ich werde Mr Douglas dein Angebot unterbreiten«, erkläre ich. »Wenn wir den Vertrag vor dem Dreißigsten in trockenen Tüchern haben, können wir beide davon profitieren.«

Ich bin im Club der Top Fifty. Stephen Douglas freut sich, Martin Vaughn ebenfalls, selbst Emily ist glücklich. Letztendlich habe ich doch das Richtige getan: Ich habe dafür gesorgt, dass sie die Hälfte der Provision bekommt. Dennoch fühle ich mich abscheulich. Eigentlich hätte Emily jede einzelne Einheit im Fairview verkaufen müssen. Ich habe ihr den Auftrag vor der Nase weggeschnappt, weil ich so nachtragend bin. Ich wollte mich wegen einer Sache an ihr rächen, die über zehn Jahre zurückliegt. Obwohl sie mich um Verzeihung gebeten hat.

Gesenkten Blickes eile ich in mein Büro. Ich will niemanden sehen.

»Hey!« Allison kommt aus ihrem Zimmer, um mich im Flur zu begrüßen. »Hab's schon gehört. Glückwunsch!«

Carters eindrucksvolle Gestalt erscheint in der Tür zu seinem Büro. »Da ist sie ja!« Er hält mir die Hand zum Abklatschen entgegen. »Hab vor fünf Minuten einen Anruf von Stephen bekommen. Die letzte Wohnung ist jetzt auch kein Problem mehr.«

Klar. Es wird nicht mehr schwer sein, die letzte Einheit an den Mann zu bringen. Ein geringes Angebot macht den Leuten Druck. Sie reagieren emotional und irrational, weil sie Angst haben, dass ihnen ein begehrtes Objekt entgehen könnte.

»Willkommen unter den Top Fifty!« Er schlägt mir mit solcher Wucht auf den Rücken, dass ich nach vorne stolpere.

»Oh, danke.«

»Das Festessen ist am einundzwanzigsten Mai im Waldorf Astoria. Wie viele Karten brauchst du?«

Karten? Schnell überlege ich. Letztes Jahr hatte ich gedacht, Kristen und Annie würden mich begleiten. Das geht nicht mehr. Kate hat zu viel zu tun. Mein Vater würde niemals kommen. Brian will ich ganz bestimmt nicht fragen. Wer wird an meinem Tisch sitzen? Wer wird dabei sein und auf meine Aufnahme in die Elite anstoßen? Wer wird mich bejubeln, wenn mein Wert endlich anerkannt wird?

Ich lege die Hand vor den Mund. »Zwei bitte«, sage ich in der Hoffnung, dass ich jemanden auftreiben kann, der meinen Erfolg mit mir feiern will. Schnell verschwinde ich im Büro, bevor Carter mein bebendes Kinn sieht.

Es ist sechs Uhr. Gerade habe ich einen zweiten Besichtigungstermin für die letzte Wohnung vereinbart, als Carter in mein Zimmer stürmt.

»Hör mal, das wird dir gefallen, Erika: Die *New York Times* hat angerufen. Sie wollen einen Artikel über Frauen machen, die hinter dem Immobilienboom von Manhattan stehen. Es sollen fünf Maklerinnen porträtiert werden.«

Sprachlos sehe ich ihn an und warte auf die Fortsetzung.

»Du bist eine davon.«

Ich stürze hinter meinem Tisch hervor. »Die *New York Times*? Im Ernst?«

»Ja. Sie wollen eine Fotosession bei dir zu Hause machen, dazu ein Interview. Es soll Mitte Juni erscheinen, und jetzt pass auf: Es kommt an einem Sonntag in die Wirtschaftsbeilage!«

»Die Wirtschaftsbeilage«, wiederhole ich und versuche, diese Nachricht zu verdauen. In der *New York Times* zu stehen hätte ich mir nie im Leben vorstellen können, schon gar nicht in der Sonntagsbeilage. Bevor ich völlig durchdrehe, zügele ich meine Begeisterung.

»Ist Emily Lange auch dabei?«

»Woher soll ich das wissen?« Carter wirft mir einen Seitenblick zu. »O Mann, Erika, jetzt erzähl mir nicht, dass du Schuldgefühle wegen des Fairview hast. Das ist Business. So läuft es nun mal.« Er reicht mir ein Blatt Papier. »Viel Spaß mit dem Interview! Das wird unserer Firma massenhaft neue Aufträge bringen.«

Natürlich interessiert es ihn nicht, dass ein Artikel in der *New York Times* für mich die Krönung meiner beruflichen Laufbahn ist, eine Leistung, auf die ich für alle Zeit stolz sein könnte. Wenn ich mich selbstständig machen würde, hätte ich dadurch bereits den nötigen Ruf. Für Carter geht es immer nur um ihn selbst.

Ich nehme das Blatt entgegen, auf dem der Name und die Nummer einer Journalistin stehen, und hoffe inständig, dass ich nicht so bin wie mein Chef.

Es ist fünf Uhr am Samstag. Im Morgenmantel sitze ich auf dem Sofa. Die Sonne ist noch nicht aufgegangen, nur das Blinken der Kaffeemaschine in der Küche spendet ein wenig Licht. »Die *New York Times* will einen Artikel über die Immobilienbranche in Manhattan bringen«, erzähle ich Tom. »Ich gehöre zu den Maklern, die vorgestellt werden sollen.«

»Wahnsinn! Das ist ja toll.«

»Und gestern habe ich das letzte Apartment im Fairview verkauft. Jetzt gehöre ich offiziell zu den besten fünfzig Maklern von Manhattan.«

»Wow! Das ist echt eindrucksvoll. Glückwunsch!«

»Danke.«

»Du scheinst dich gar nicht zu freuen, Erika.«

»Wahrscheinlich bin ich einfach nur müde.« Gerne würde ich Tom alles beichten, ihm erzählen, dass ich Emily den Auftrag gestohlen habe und wie mies ich mich deshalb fühle. Doch wenn er das wüsste, würde er nie wieder mit mir sprechen. »Jetzt bin ich zu dem Festessen eingeladen. Das Problem ist: Da Annie nicht hier ist, weiß ich nicht, mit wem ich hingehen soll.« Ich zwicke mir in den Nasenrücken. Mir ist bewusst, wie armselig sich das anhören muss.

»Wann ist das?«

»Am einundzwanzigsten Mai.«

»Mist!«, sagt Tom. »Ich hatte gedacht, du würdest sagen, am vierten Juni. Da bin ich nämlich auf einem Seminar in Washington, nur ein paar Stunden von New York entfernt. Kannst du nicht deine neunundvierzig Kollegen fragen, ob sie einverstanden sind, das Essen nach hinten zu verschieben?«

»Mach ich.« Grinsend stelle ich mir vor, wie es wäre, dort mit Tom aufzutauchen. »Bleibst du länger?«

»Nein, nur kurz, fünf Tage. Vorher hat Olive noch einen großen Auftritt beim Frühlingsfest ihrer Schule in Paris. Annie übt schon die ganze Zeit mit ihr. Sie ist bestimmt froh, wenn sie nie mehr im Leben ›America the Beautiful‹ hören muss.«

Ich lächle. »Viel Glück für Olive! Bleibt sie bei Annie in Paris, wenn du in den Staaten bist?«

»Nein, sie geht ein paar Tage zu Gwens Eltern nach Virginia. Annie wird das Wochenende über allein sein.« Tom zögert, und als er weiterspricht, ist seine Stimme ein wenig ernster. »Und ich auch. Ich habe überlegt, ob ich mit dem Zug nach New York fahre.«

Schweigen. Soll ich jetzt etwas sagen? Ich höre meinen Herzschlag in den Ohren. »Ah«, mache ich schließlich, ein Paradebeispiel für meine Beredsamkeit.

»Hast du vielleicht Lust, mich zu treffen? Was trinken zu gehen? Oder besser noch: zusammen zu essen?«

Ich schieße hoch, mir wird ganz schwindelig. Aufregung packt mich. Ich gehe in die Küche, öffne den Kalender auf meinem Computer und scrolle bis Juni. Alle Freitag- und Samstagabende sind leer.

Im Vorbeigehen sehe ich mein Spiegelbild in der Mikrowelle. Ich bin nicht die, für die Tom mich hält. Von der wahren Erika würde er enttäuscht sein. Ich bin nicht die lebenssprühende, lustige Frau, als die ich mich am Telefon ausgebe. So viel ich auch erreicht habe – ich bin immer noch verbittert und gebrochen.

»Mist«, sage ich mit Blick auf meinen leeren Kalender. »Das sieht nicht gut aus. Alles ziemlich voll.«

»Schon gut. Sag mir Bescheid, wenn doch noch ein Termin frei wird.«

Es wird nichts frei werden. Das ist meine selbst auferlegte Buße.

37

Annie

So ist das also, wenn man krank vor Angst, Stolz und Erwartung ist, weil ein kleines Mädchen gleich auf die Bühne tritt und »America the Beautiful« singt und man sich wünscht, wie man sich noch nie im Leben etwas gewünscht hat, dass dieses Kind alles überstrahlt. Annie sitzt auf der Kante ihres Stuhls in der kleinen Aula der Schule, Rory links und Tom rechts von ihr.

Das Licht geht aus, Olive betritt die Bühne. Ein großer Strahler ist auf sie gerichtet. Sie trägt ein blau-weiß gestreiftes Kleid und eine rote Strumpfhose, die Annie ihr gekauft hat. Die Kleine schwankt, als würde sie jeden Moment umkippen, ihr Gesicht ist aschfahl. Selbst von ihrem Platz aus kann Annie die Panik in Olives Augen hinter den dicken Gläsern sehen.

Annie bekommt kaum Luft. Sie beißt sich in die Handknöchel und schickt ein Stoßgebet nach dem anderen in den Himmel, dass Olive den Text nicht vergisst, das Publikum klatscht, die Lehrerin sie für ihre Leistung lobt und ihre Klassenkameraden stolz auf sie sind.

Das Schweigen wird unerträglich. Annie ist überzeugt, ihr Herz laut klopfen zu hören. Vielleicht ist es auch das von Olive. *Komm, kleiner Schatz. Du kannst das! Stell dir vor, du sitzt neben mir auf einer Parkbank, stehst auf deinem Bett oder gehst mit mir zur Schule. Stell dir irgendeinen der hundert Orte vor, wo wir geübt haben!*

»Oh, beautiful«, setzt Olive mit wackliger Stimme ein, *»for spacious skies …«*

Annies Herz zerbricht. Tränen schießen ihr aus den Augen und laufen ihr über die Wangen. Sie kann nichts dagegen tun. Rory schiebt seine Hand in ihre. Sie drückt zu und lässt erst wieder los, als Olives Lied verklungen ist. Dann springen Rory, Tom und Annie auf. Durch einen Tränenschleier sieht sie, wie Olive sich lächelnd verbeugt, so wie sie es geübt haben. Annie hört den donnernden Applaus.

In ihrem ganzen Leben hat sie nichts Herrlicheres vernommen.

Nach dem Auftritt wartet Rory in der Aula, während Annie und Tom hinter die Bühne gehen und Olive helfen, Jacke und Schal zusammenzusuchen. Tom kniet sich neben seine Tochter. »Das hast du super gemacht!«

»Ich hab dich gesehen«, sagt Olive. »Du hast geklatscht.« Sie dreht sich zu Annie um. »Und du hast geweint.«

Annie nickt. »Ich konnte nichts dagegen tun. Ich war einfach so stolz auf dich.« Sie bückt sich und zieht die kleine Gestalt zu einer Umarmung an sich. »Siehst du, was du schaffst, wenn du etwas wirklich willst? Dann kannst du ein wunderschönes Lied singen.«

An dem Abend feiern sie den Auftritt zu viert im Georges, Olives Lieblingsrestaurant. Die Kleine rührt ihre Pasta kaum an, sondern lässt immer wieder ihre fünf Minuten auf der Bühne Revue passieren.

Als sie nach Hause kommen, lädt Rory Annie zu sich in die Wohnung ein, um einen Film zu schauen. Er hat *Silver Linings* heruntergeladen. Sie setzen sich nebeneinander auf Rorys klobiges Sofa, doch leider ist es die französische Fassung. Nach zehn Minuten kommt Annie nicht mehr mit. Glücklicherweise hat Rory verschiedene Leckereien da.

»Hm«, macht sie und schließt die Augen, als das mürbe Käsegebäck auf ihrer Zunge zerfällt. Sie schluckt es hinunter und nimmt das dritte Stück vom Teller. »Nur noch eins. Nein, zwei. Ach, was soll's? Drei noch, dann ist Schluss.«

Rory lacht. »Du bist der Traum für jeden Koch. Wenn ich den Wettbewerb gewinne, gehen wir zusammen ins Ducasse, ja?«

»Okay, abgemacht! Und ich bezahle.«

Rory legt den Kopf schief. »Du bist schon mit vielen Männern aus gewesen, Annie, nicht wahr?«

Sie schnaubt verächtlich und tut so, als müsse sie in Gedanken nachrechnen. Dann schaut sie Rory an. »Ich kann dir von meiner schlimmsten Verabredung erzählen«, sagt sie und lässt unerwähnt, dass es auch die einzige war. »Es war ein Blind Date. Meine Freundin Leah wollte mich mit ihrem Cousin Ennis verkuppeln.«

»Ennis?«

»Ja, ich weiß! Es wird aber noch schlimmer. Wir sind zusammen ins Kino gegangen, in *Interstellar*, und du kannst mir glauben, wenn ich dir sage, dass es der langweiligste Film aller Zeiten war! Ich hatte tagsüber so gut wie nichts gegessen und war fast am Verhungern. Der Typ kam gar nicht auf die Idee, mir etwas anzubieten. Null! Als mein Magen in der Mitte des Films so laut knurrte, dass sich die Leute drei Reihen vor mir mit genervtem Blick umdrehten, habe ich schließlich gesagt, dass ich etwas zu essen holen gehe. Er hat mir einen Zehner in die Hand gedrückt und meinte: ›Bring mir was mit.‹ Ich war so sauer!«

Rory lacht. »Hast du Ennis die zehn Dollar vor die Füße geworfen?«

Annie tut entrüstet. »Nein! Ich habe mir Lakritzstangen und eine XXL-Tüte Popcorn geholt.« Sie schaut ihn an. »Und du? Was war dein schlimmstes Date?«

Demonstrativ wirft sich Rory in die Brust. »Du musst wissen, dass ich das sprichwörtliche Glück der Iren habe, wenn es um Frauen geht.«

»Ha! Schade, dass du Deutscher bist.«

»Ich bin halber Ire. Meine Mutter stammt aus dem County Cork.«

»Daher dein Vorname, was?«

»Ja. Ich bin ein Ire aus Deutschland, der in Frankreich lebt.«

Annie nickt und fühlt sich mit Rory seelenverwandt. Wie sie steht er zwischen zwei Welten. »Die Familie meiner leiblichen Mutter kommt aus Mexiko. Ich weiß, wie es ist, wenn man nirgendwo dazugehört.«

Rory zieht die Stirn kraus. »So ist das nicht, Annie. Wir haben Glück, du und ich. Wir sind an mehreren Orten zu Hause, nicht nur an einem.«

Die Bemerkung erschüttert Annies Überzeugungen in den Grundfesten. Alles, was sie bisher für negativ gehalten hat, erscheint plötzlich in positivem Licht. Auf einmal kann sie die Dinge anders sehen, ihre Zweifel schwinden. Zum ersten Mal in ihrem Leben hat sie das Gefühl, nicht durch ihre Herkunft ausgeschlossen zu sein, sondern dazuzugehören, wenn sie es nur selbst akzeptiert.

Um Mitternacht begleitet Rory sie zurück zu Toms Wohnung. »Ich find's schön, mit dir zusammen Filme anzusehen, selbst wenn du gar nicht hinguckst, Annie«, sagt er. »Eigentlich habe ich dich immer gern da, auch ganz ohne Anlass.«

Annie lächelt, spürt die Wärme von Rorys Arm an ihrem.

»Ich bin auch gern bei dir.«

Bevor ihr klarwird, was passiert, beugt er sich vor. Seine Nase stößt gegen ihre, dann treffen sich ihre Lippen. Annie wird schwindelig. Sie verliert das Gleichgewicht und sackt gegen die Tür. Sie spürt Rorys feuchte Lippen auf ihren, seine Hände auf ihren Wangen. O Mann! Sie bekommt gerade ihren ersten Kuss! Fühlt sich verdammt gut an.

Auf einmal öffnet sich die Tür in ihrem Rücken. Bevor Annie

sich fangen kann, stolpert sie rückwärts und landet auf dem Fußboden im Flur von Toms Wohnung.

»O Annie, meine Liebe, das tut mir leid!«

Verwirrt und orientierungslos schaut sie hoch. Tom betrachtet sie warmherzig.

»Ich hab nur ein Geräusch an der Tür gehört …« Er verstummt, als würde ihm klar, wobei er gerade gestört hat.

»Das war wohl ich.« Annie ergreift seine warme Hand und lässt sich auf die Füße ziehen.

Rory steht schweigend da, wartet offenbar darauf, dass Tom wieder geht. Aber der rührt sich nicht. Vielleicht glaubt er, es sei unhöflich, einfach zu verschwinden, da sie sich in seinem Flur befinden. Soll Annie irgendwas sagen, zum Beispiel: *Entschuldige bitte, Tom, aber ich muss den Jungen noch zu Ende küssen?* Sie kann nicht klar denken. Ja, sie hat den zarten Kuss von Rory wirklich genossen. Aber Tom, den sie schon so gut wie aufgegeben hatte, hat sie gerade »meine Liebe« genannt – das muss doch etwas bedeuten.

Annie tritt auf Rory zu und umarmt ihn freundschaftlich, so wie sonst.

»Danke für den Film. Bis morgen!«

Trotz ihres peinlichen Auftritts schwebt sie fast in die Wohnung.

38

Erika

Jedes Jahr werfen sich die erfolgreichsten Immobilienmakler für die Preisverleihung der Manhattan Association of Realtors in Schale. Es ist eine ungehemmte Zurschaustellung von Erfolg, ein Wetteifern um die schönsten Pelze und Juwelen, um Limousinen und Uhren, die mehr kosten als das Haus meiner Schwester. Bis auf ein Mal habe ich jedes Jahr eine Ausrede gefunden, um nicht daran teilzunehmen. Große Veranstaltungen sind nicht mein Ding, und als ich das eine Mal da war, fühlte ich mich so fehl am Platz wie ein strenggläubiger Mennonit beim Mardi Gras.

Heute jedoch ist mein Auftritt Pflicht. Carter hat zu meinen Ehren einen Tisch gebucht. Und ich arbeite schon seit fast einem Jahr auf diesen Abend hin.

Im Spiegel sehe ich die Vase mit dem Blumenstrauß, den Tom mir geschickt hat. Ich befestige eine kurze Kette aus Diamanten und Rubinen um meinen Hals, nehme sie wieder ab und halte mir eine Perlenkette an, um sie kurz darauf ebenfalls im Schmuckkästchen zu verstauen. Einer der wichtigsten Abende in meinem Leben, und ich kann mich nicht entscheiden! Schließlich lege ich mir eine silberne Kette um, die mir die Mädchen mal zum Muttertag geschenkt haben.

Ich schaue auf die Uhr. Der Chauffeur müsste schon unten stehen. Spontan mache ich ein Selfie und schicke es Kate.

Hier das versprochene Foto. Man beachte die Haare: Ich trage sie offen, nur für Dich. Jetzt geht's auf den Ball, wie Cinderella. Schade, dass Du nicht dabei bist.

Ich drücke auf *Senden* und habe einen Kloß im Hals. Ich atme mehrmals tief ein, dann greife ich zu den Eintrittskarten auf der Kommode. Eine stecke ich ein, die andere werfe ich in den Müll.

Ich klemme mir die neue Clutch von Chanel unter den Arm, die ich mir extra für diesen Abend gekauft habe, drücke die Schultern durch und schreite in den Saal, um Carter und meine Kollegen zu suchen. In dem riesengroßen Raum sind zahllose runde Tische aufgestellt, geschmückt mit edlen Kerzenleuchtern und ausgefallenen Blumengestecken. In der Ecke spielt eine Jazzband, alles vibriert nur so vor Energie. Ich nicke bekannten Gesichtern zu, anderen Maklern, mit denen ich im Laufe der Jahre zu tun gehabt habe. Sie stehen in Gruppen zusammen, trinken, lachen, erzählen Geschichten. Auch die Größen der Branche sind da: Legenden wie Skip Schmidt und Kris Seibold, Brian Huggler und Megan Doyle. Gerne würde ich mich mit ihnen unterhalten, damit sie wissen, dass ich jetzt zu ihnen gehöre, doch sie nicken nur, wenn ich vorbeigehe.

Unser Tisch mit der Nummer dreiunddreißig befindet sich auf der linken Seite des Saals. Wie alle anderen wird er von einem gewaltigen Blumengesteck dominiert. Das Besondere ist jedoch der goldene Stern mit der vierundzwanzig, der Beweis dafür, dass Erika Blair unter den ersten fünfzig Maklern von Manhattan ist. Platz vierundzwanzig! Der Verkauf der Fairview-Apartments hat den Ausschlag gegeben. Ich zücke mein Handy, um ein Foto zu machen, verstaue es aber ebenso schnell wieder. Es fühlt sich immer noch so an, als hätte ich es nicht verdient.

Da ich die Erste von unserer Firma bin, suche ich mir einen Platz aus und nehme mir Zeit, den Moment auszukosten und meinen Ruhm zu genießen. Dies ist mein Abend. Ich habe es geschafft, so wie ich es Kristen im August versprochen hatte. Und zwar nicht nur unter die ersten Fünfzig, sondern unter die Top Twenty-five! Dennoch kann ich das Gefühl nicht abschütteln, eine Betrügerin zu sein.

Ich muss an Emily denken, die mir letzten Monat nach dem Vertragsabschluss die Hand schüttelte. »Herzlichen Glückwunsch«, sagte sie. »Ich hab immer gewusst, dass du es weit bringen wirst.«

Aber wusste sie auch, wie weit?

Mein Telefon plingt, ich greife danach, dankbar für die Ablenkung. Als ich im Mail-Programm den Absender *Wundergesucht* lese, macht mein Herz einen Hüpfer. Seit über zwei Monaten habe ich nichts von dieser Adresse bekommen. Ich öffne die Nachricht.

Glückwunsch.

Mehr nicht. Nur das eine Wort. Tränen treten mir in die Augen. Ist das freundlich gemeint oder sarkastisch? Ich betrachte das Wort und bin zum ersten Mal überzeugt, dass sich Annie hinter dem Absender verbirgt. Kristen hätte mindestens fünf Ausrufezeichen und ein Emoji mit emporgerecktem Daumen dahintergesetzt. Annie hingegen spürt die Wahrheit. Für den Wettbewerb habe ich meine Seele verkauft.

Danke, tippe ich. *Wenn Du doch dabei wärst! Ich hab Dich lieb.*

Ich drücke auf *Senden* und schlage dann das Programm des heutigen Abends auf, um meine flatternden Nerven zu beruhigen. Als hätten sich die Götter des Anstands gegen mich verschworen, landet mein Blick auf dem Programmpunkt »Übergabe des Philantropie-Preises an Emily Lange, The Lange Agency«. Emily wird heute geehrt, und zwar nicht für etwas Wichtiges wie den Aufstieg unter die fünfzig erfolgreichsten Makler, sondern für etwas, das wirklich zählt: ihr karitatives Projekt, obdachlosen Veteranen bezahlbare Unterkünfte zu beschaffen.

Ich stehe auf, muss dringend an die frische Luft. Schon fast draußen, entdecke ich Emily in der Nähe der Bar, umgeben von einem kleinen Pulk Menschen. Sie spricht lebhaft, gestikuliert mit den Händen. Emily konnte schon immer spannend erzählen. Sie hebt ihren Zeigefinger – das Zeichen dafür, dass nun die Pointe kommt. Und wirklich bricht die Gruppe in Gelächter aus. Einer greift nach ihrer Hand. Die Frau ihr gegenüber streicht ihr über den Arm. Der große Mann neben ihr, wahrscheinlich ihr neuer Gatte, legt den Arm um sie. So viel Nähe, so viel Liebe in ihrem Kreis.

»Da ist sie ja!«

Ich drehe mich um. Carter kommt mit seiner Frau Rebekah auf mich zu, Martinis in den Händen. Gott sei Dank, meine Kollegen sind da!

»Hallo!«, begrüße ich sie. »Du siehst toll aus, Rebekah.«

»Ja, nicht?« Carter kneift seiner Frau in den Hintern. Ich würde mich am liebsten übergeben.

Hinter ihnen erscheint Allison in einem kurzen silbernen Kleid. Sie wird von einem sympathischen Ehepaar begleitet, wahrscheinlich ihre Eltern, außerdem von einem jungen Mann, wohl ihr Freund. Ich umarme sie.

»Ohne dich wäre ich heute Abend nicht hier«, sage ich.

»Danke. Sollen wir uns an unseren Tisch setzen?«, schlägt sie vor, ohne mich ihrer Begleitung vorzustellen.

Voller Zuversicht, dass ich mich inmitten meiner Kollegen besser fühle, kehre ich an Tisch dreiunddreißig zurück. Wir nehmen unsere Plätze ein. Doch nur sieben der acht Stühle sind besetzt. Es ist, als fiele ein Scheinwerferkegel auf den leeren Stuhl neben mir. Ein Mahnmal meines persönlichen Scheiterns. Ich lege die Chanel-Tasche darauf in der Hoffnung, dass der Stuhl dadurch einen Sinn bekommt. Die Ironie des Ganzen entgeht mir nicht. Wieder einmal versuche ich, eine Leerstelle in meinem Leben zu füllen.

Lisa Fletcher, die diesjährige Vorsitzende des Verbands, betritt das Podium und klopft auf das Mikrophon. »Hiermit heiße ich die Makler von Manhattan herzlich willkommen!«

Die Gäste antworten mit Jubel und begeben sich an ihre Tische. Ich kann hören, wie Carter mir gegenüber zu Allisons Mutter sagt: »Ihre Tochter hat es verstanden: Bei Lockwood zählt nicht, wie man es schafft, sondern dass man es schafft, den Abschluss zu machen.«

Ich starre ihn an. Auf einmal wird mir alles klar. Ich nehme meine Tasche und stehe auf, gehe um den Tisch herum zu meinem Chef und flüstere ihm zu: »Ich bin raus. Es ist Zeit für mich, loszulassen.«

Dann verlasse ich den Saal.

39

Annie

Einen Schritt vor, zwei zurück. So läuft es mit Olive, findet Annie. An diesem warmen Montagnachmittag ist das Mädchen besonders streitsüchtig. »Ich fahre, hast du gehört? Und du kommst nicht mit.«

Annie begreift, was der eigentliche Grund für ihre schlechte Laune ist. Ein paar Tage zu verreisen bringt Olive aus dem Gleichgewicht, genau wie Annie. Sie mag die Vorstellung nicht, von der Kleinen getrennt zu sein – und von deren Vater. Seit Annie in den Flur gefallen ist, tut Tom so, als sei sie mit Rory zusammen. *Was macht ihr dieses Wochenende? Du kannst Rory doch zum Abendessen einladen.* Annie würde ihn gerne aufklären, dass sie Rory nett findet, dass er lieb und charmant ist, aber nur ein Freund, mehr nicht. Dass ihr Herz noch zu haben ist, falls er es stehlen möchte.

Annie lächelt Olive an. »Ich weiß, mein Schatz. Du fliegst nächsten Freitag. Noch elf Tage, dann siehst du deine Großeltern. Das wird toll, wart's ab!«

»Genau, und du kommst nicht mit!«

Sie betreten den Parc des Buttes-Chaumont. Olive läuft vor, sprintet zu ihrem Lieblingsplatz oben auf dem Hügel, von wo aus sie beobachten kann, wie die anderen Kinder Seil springen und Rad schlagen. Annie breitet eine Decke aus und setzt sich neben Olive. Das Gras ist weich wie eine Matratze.

»Du wirst mir fehlen, Olly Golly.« Sie öffnet den Picknickkorb und reicht dem Mädchen ein Sandwich. Olive ignoriert es und legt sich stattdessen auf den Rücken, um in den Himmel zu schauen.

»Dies ist der beste Platz der Welt«, sagt sie.

»Ich find's auch schön hier.« Annie macht sich ebenfalls lang, so dass sie beide nebeneinanderliegen. Sie schiebt die Hände unter den Kopf und betrachtet die weißen Schäfchenwolken. »Als ich klein war, sind wir oft in unser Strandhaus in der Chesapeake Bay gefahren. Da habe ich auch stundenlang auf dem Rücken gelegen und die Wolken angeschaut.« Sie atmet den frischen Duft der Erde ein und fühlt sich wieder, als wäre sie dreizehn. »Meine Schwester hat immer gesagt, ich sei verrückt.«

»Du bist auch verrückt. Und dumm.«

»Du tust mir weh, Olive.«

Als das Kind nicht antwortet, riskiert Annie einen Blick hinüber, kann Olives Gesicht aber nicht sehen, weil sie es abgewendet hat. Annie stützt sich auf den Ellbogen.

»Ich wette, dass du nicht weißt, was eine echte Freundin sagt, wenn sie der anderen aus Versehen weh getan hat.«

»Weiß ich wohl! Dann sagt man: Es tut mir leid.«

Annie legt Olive die Hand auf den Arm. »Und dann erwidert die Freundin: Ist schon gut.«

Schweigend liegen sie da und beobachten die Wolken. Schließlich sagt Olive: »In der Vorschule haben wir eine Geschichte über Menschen gehört, die heißen Moken. Die leben ganz weit weg auf dem Wasser.«

»Das stimmt«, sagt Annie. »Die Moken sind ein Volk aus der Andamanensee, in Südostasien.«

»Ja.« Olive sieht Annie an, als wäre sie ein Genie. »Da will ich auch leben, wenn ich groß bin.«

Annie reißt einen Grashalm ab. »Wirklich?« Sie nimmt ihn zwischen die Daumen und pustet darauf, so dass ein leises Summen erklingt. »Und warum?«

»Weil die Moken alles teilen. Und sie machen sich niemals Sorgen. Sie haben keine Probleme.«

»Hört sich echt cool an«, sagt Annie. »Vielleicht ziehe ich da auch hin.«

»Das Beste weißt du noch gar nicht«, erwidert Olive. »Bei den Moken gibt es kein Wort für ›Auf Wiedersehen‹.«

Annie kneift die Augen zu und wartet darauf, dass der Schmerz in ihrer Brust nachlässt. Sie fasst den heimlichen Entschluss, sich in Georgetown zu bewerben. Von diesem Kind darf sie sich niemals trennen.

40

Erika

Die Preisverleihung liegt neun Tage zurück. Seitdem bin ich nicht ein Mal im Büro gewesen. Morgens lese ich Zeitung und trinke Kaffee. Ich mache lange Spaziergänge, setze mich anschließend in den Park und zeichne ein wenig.

Carter habe ich eine offizielle Kündigung geschickt und Allison all meine Kontakte und aktuellen Objekte gemailt. Ich habe mich bei ihr bedankt und ihr versichert, dass sie alles hervorragend allein hinbekommt. In ihrer Antwort fragte sie mich nur, wie schnell ich mein Büro räumen könne. Zu meiner Enttäuschung hat Carter keinen Mucks von sich gegeben. Gut möglich, dass er einfach nur von mir erwartet hat, einen Platz unter den ersten Fünfzig zu ergattern. Vielleicht ist er nun mit mir fertig. Aber ich lege gerade erst los.

Es ist aufregend zu überlegen, was ich mit meinem Leben anfangen will. Noch immer bin ich mir nicht ganz sicher, ob ich wieder als Sozialarbeiterin anfangen will, mir einen Job als Maklerin besorgen soll oder etwas ganz anderes mache. Ehrlich gesagt, müsste ich überhaupt nicht mehr arbeiten. Ich habe Geld gespart und es gut angelegt. Doch Müßiggang ist nichts für mich. War es noch nie. Der Unterschied ist, dass die Arbeit mein Leben nun mit Sinn erfüllen und es nicht mehr auffressen soll.

Es ist ein kühler Montagmorgen. Ich bin im Arbeitszimmer und suche in der Schublade nach einem Anspitzer, als mir etwas ins Auge fällt, auf einem alten Telefonbuch liegt eine Visitenkarte:

Agentur Blair

Ich lasse mich auf den Stuhl fallen und streiche mit dem Finger über die Buchstaben. Es ist fast zehn Monate her, dass Kristen mir diese Karte gegeben hat. Ich habe unseren gemeinsamen Traum nicht vergessen, nein, ich habe ihn verdrängt. Zu groß war die Hoffnung, dass meine glühendste Bewunderin zurückkehren und ich mit ihrem Segen die Agentur Blair eröffnen würde. Pläne ohne Kristen zu machen kommt mir wie Verrat vor.

Ich stecke die schöne Karte in meine Tasche und wähle Mollys Nummer. Wie immer bringt ihre Stimme mein Zimmer zum Strahlen.

»Erika! Wie geht es dir?«

Inzwischen telefonieren wir fast jeden Tag. Jonah macht Fortschritte, wenn auch nicht so schnell wie erhofft. Noch immer trifft er sich jeden Nachmittag zum Lernen mit meinem Vater in der Bibliothek.

»Wie war es gestern bei der Psychologin?«, frage ich.

»Sehr gut«, sagt Molly. »Dr. Meermans meint, Sammies Ängste würden sich legen, sobald sie versteht, dass Jonah das Schlimmste hinter sich hat. Sie hat ihr ein paar hilfreiche Bewältigungstechniken gezeigt. Die üben wir jetzt erst mal, bevor wir zu tiefergehenden Maßnahmen greifen. Danke noch mal für den Vorschlag.«

Erinnerungen an jenen letzten Morgen überfallen mich. Kristens gebratener Toast, ihre Begeisterung für meinen Beruf, ihre manische Stimmung, ähnlich wie bei meiner Mutter. Annie wusste, dass etwas im Argen lag, nur ich wollte nichts davon hören. Ich konnte nicht akzeptieren, dass meine Tochter eventuell psychisch krank ist und welche Folgen das haben könnte. Wie sich herausstellte, hat meine Weigerung, mich der Realität zu stellen, zu den schlimmsten Folgen überhaupt geführt.

»Wir lernen aus unseren Fehlern. Ich hätte Kristen professionelle Hilfe besorgen sollen. Sie war psychisch krank. Genau wie meine Mutter«, sage ich.

Zum ersten Mal gebe ich es zu. Und anstatt mich zu schämen, fühle ich mich plötzlich leicht und bin stolz auf meine Aufrichtigkeit. Ich verstecke mich nicht länger vor der Wahrheit, die sonst immer Panik in mir auslöste.

»Ich weiß zu schätzen, dass du das sagst, Erika. Ich habe auch niemandem davon erzählt …«

Molly macht eine Pause, ich warte. »… aber Jimmy hatte vor zwei Jahren einen Zusammenbruch. Er war vier Monate in einer Rehaklinik der Armee. Alle denken, er wäre in Katar, in Wirklichkeit hat er einen Schreibtischjob in Deutschland. Er schämt sich dafür.«

»Das tut mir wirklich leid«, sage ich.

»Danke«, erwidert Molly, und ich höre die Erleichterung in ihrer Stimme. Warum nur verachten wir unsere menschlichen Regungen so sehr?

»Als er das letzte Mal hier war, hab ich schon gemerkt, dass er nicht der Alte ist, aber ich wollte ihn nicht darauf ansprechen.«

Ich muss an die Worte meines Vaters denken: *Manche Dinge passieren ohne jeden verdammten Grund.*

»Du musst dir verzeihen«, sage ich.

Doch bin ich selbst dazu in der Lage? Nein, nicht wirklich. Mir fällt nichts Besseres ein, als nach vorn zu schauen und so zu leben, dass es meiner Tochter würdig ist.

Molly schneidet ein angenehmeres Thema an: »Hast du Toms Rat befolgt und in dem Atelier angerufen?«

Als ich Tom erzählte, wie gerne ich male und zeichne, nannte er mir den Namen eines offenen Ateliers in SoHo, das der Schwester eines seiner Kollegen gehört.

»Ja!«, antworte ich. »Auf der Website steht was von ›künstlerischer Toleranz‹, ich hoffe, das heißt, dass sie sich nicht über meine jämmerlichen Versuche lustig machen.« Ich atme kurz durch. »Freitag gehe ich zum ersten Mal hin.«

»Weiter so, Erika!«, sagt Molly aufmunternd.

Ohne nachzudenken, sage ich etwas, das mich selbst völlig überrascht: »Warum kommst du nicht nach New York, zusammen mit den Kindern? Ich zahle auch die Tickets.«

Molly lacht. »Wir haben seit Jahren keinen Urlaub mehr gemacht.«

»Und ich hatte seit Jahren keine Freundin mehr zu Besuch.« Ich lächele. »Such dir ein Datum aus.«

»Hm, der Sommer ist schon dicht, durch Jonahs Reha. Vielleicht im Herbst.«

»Dann im Herbst«, sage ich. »Und weißt du was, Molly? Du kannst mich wieder Riki nennen.«

Eine Stunde später sause ich in Laufhose und Turnschuhen durch die Glastür der Lobby nach draußen zu meinem morgendlichen Walking, in Gedanken bei Molly und was wir alles machen können, wenn sie mich mit ihren Kindern besucht. Im Herbst, Kristens Lieblingsjahreszeit, ist die Stadt wunderschön.

Ich stecke mir die Kopfhörer in die Ohren, doch plötzlich werden sie herausgerissen. Erschrocken drehe ich mich um. Vor mir steht Carter. Er lauert vor meinem Haus wie ein Gangster, der mich überfallen will.

»Was soll das, Erika? Sag mir, was du willst! Mehr Geld? Ich gebe dir ein halbes Prozent mehr Provision.« Ich marschiere los, er läuft schnaufend neben mir her. »Willst du einen Chauffeur? Kannst du haben. Du musst bloß wieder zur Arbeit kommen, am besten gestern.«

Vor dem Eingang zum Central Park bleibe ich stehen und sehe ihn an. »Wie viel Geld habe ich für die Firma reingeholt, Carter?«

Er blinzelt. »Weiß ich nicht. Millionen. Klar. Du bist spitze.

Du kannst noch viel mehr haben. Nächstes Jahr bist du unter den ersten Zehn, merk dir meine Worte!«

Ich schaue ihm tief in die Augen. »Sag mir, Carter, wann ist es genug?«

»Was?« Er lacht nervös. »Nie! Es reicht nie. Das weißt du doch, Erika.«

Ich lächele ihn an, nicht spöttisch, sondern aufrichtig und voller Anerkennung. »Danke, Carter. Du hast mir einen Job gegeben, als ich dringend einen brauchte, und das werde ich dir immer hoch anrechnen. Im Gegenzug habe ich der Firma mein Leben gegeben, wortwörtlich. Jetzt ist es Zeit, es mir zurückzuholen. Ich mache nun etwas, das zählt. Ich lasse los.« Ein kleiner Stromschlag fährt mir durchs Rückgrat. »Ich möchte nun wieder der Mensch werden, den sich meine Töchter gewünscht haben – und nach dem ich mich selbst schon sehr lange sehne.« Mir fällt etwas ein, und ich muss laut lachen. »Und wenn ich schon mal dabei bin, lasse ich vielleicht einen Drachen steigen!«

»Was ist bloß in dich gefahren?«

»Tja, vielleicht ein Wunder?«

41

Annie

Es ist Donnerstagmorgen. Draußen steht ein schwarzer Mercedes am Straßenrand, der darauf wartet, Olive und Tom zum Flughafen zu bringen. Olives rosa-grüner Koffer liegt geöffnet auf dem Boden ihres Zimmers.

»Gut gemacht!« Annie hockt sich davor. »Sogar an deine Zahnbürste hast du gedacht!«

Das Mädchen setzt sich aufs Bett und streicht mechanisch über das Haar seiner Puppe. »Bleibst du ganz allein hier?«

Lächelnd macht Annie den Reißverschluss zu. »Ja, aber ich unternehme was mit Rory. Du wirst mir natürlich sehr fehlen, Süße.«

»Und wenn ich zurückkomme, bist du dann immer noch da?«

»Ja klar.«

»Versprochen?«

Annie nimmt die Kleine in die Arme. »Ja, Olive, versprochen.« Sie tätschelt ihre Wange. »So, und jetzt müssen wir einen Zahn zulegen. Dein Dad wartet schon.«

Annie liegt auf dem Sofa und schickt Rory noch eine Nachricht, nur für den Fall, dass er die letzte und die davor nicht bekommen hat.

Bist Du zu Hause? Was machst Du gerade?

Sie steckt sich die Stöpsel in die Ohren und stellt die Musik lauter, um ihre innere Leere zu übertönen. Was soll sie in den nächsten fünf Tagen bloß mit sich anfangen? Annie hat sich nur eins vorgenommen: die Bewerbung für Georgetown zu schreiben. Vor einer Woche hat Tom ihr vorgeschlagen, sich an seiner Uni zu bewerben. Er meinte, das sei vom Termin her immer noch möglich. Er schien ganz begeistert von der Idee und beteuerte, er würde die Verbindung zwischen ihnen gerne weiter pflegen. Seitdem hat Annie so gut wie gar nicht mehr an Rorys Kuss gedacht.

Natürlich würde Tom seine Beziehungen spielen lassen müssen, damit Annie so kurz vor Semesterbeginn noch angenommen wird. Bei dem Gedanken daran macht ihr Herz einen Hüpfer. Sicher, Haverford war toll. Aber was ist, wenn sie Kristen in den nächsten drei Monaten nicht findet? Dann wäre sie dort ganz allein. Georgetown wäre ein Neuanfang, ein Campus, wo niemand glaubt, dass sie betrogen hat. Außerdem wäre sie in der Nähe von Olive … und Tom.

Annie will in ihr Zimmer gehen, um sich anzuziehen, doch statt nach links abzubiegen, hält sie inne und starrt auf die Tür zu Toms Zimmer. Sie steht offen. Das ist seltsam. Hat er vergessen, sie zuzumachen?

Auf Zehenspitzen schleicht Annie durch den Flur – warum sie schleicht, obwohl niemand da ist, weiß sie selbst nicht. Vor der Tür bleibt sie stehen, das Herz pocht laut in ihrer Brust. Sie späht ins Zimmer und erblickt zum allerersten Mal Toms privaten Bereich.

Das Bett ist ordentlich gemacht mit einer schlichten weißen Decke und braunen Kopfkissen. In der Ecke steht ein kleiner Lederstuhl. Annie dreht sich um, hat das Gefühl, als würde jemand hinter ihr stehen. Aber sie ist natürlich allein.

Sie macht einen Schritt vorwärts, betritt Tom Barretts Schlafzimmer. Der Holzboden unter ihren Füßen ist kühl. Annie geht zum Schreibtisch, registriert das Kleingeld und die Quittungen, die darauf liegen. Sie schlendert zur Ankleide und öffnet vorsichtig die beiden Türen. Toms Kleidung ist sauber aufgereiht, auf einer Seite die Hosen, auf der anderen die Hemden. Annie riecht sein Duschgel, diesen frischen, sauberen Duft. Sie streicht über die Sakkos, drückt das Gesicht in einen Stapel T-Shirts und atmet tief ein. Mit geschlossenen Augen stellt sie sich vor, sich an Toms Hals zu schmiegen.

Plötzlich legt ihr jemand die Hand auf die Schulter. Annie stößt einen Schrei aus und wirbelt herum.

»Rory! Was soll das, dich so anzuschleichen?« Sie zieht die Kopfhörer aus den Ohren.

»Tut mir leid, Annie. Ich hab deine SMS gelesen – also alle drei. Hab geklopft, aber du hast nicht aufgemacht. Ich dachte, es wäre was passiert.«

Sie schaut auf die Ohrstöpsel in ihrer Hand. Die Musik ist so laut, dass sie selbst jetzt mitsingen könnte. Annie stellt sie aus. »Wie bist du denn hier reingekommen?«

»Dr. Barrett hat mir einen Schlüssel gegeben, für den Notfall.«

Wie lange hat Rory sie beobachtet? Hat er gesehen, dass sie an Toms Sachen geschnüffelt hat wie ein Fährtenhund? Annie schnaubt verächtlich. »Schon mal was von anrufen gehört?«

Rory schaut sich in dem kleinen Raum um, als würde ihm erst jetzt klar, dass sie in Toms Wandschrank stehen. »Was machst du hier, Annie?«

Stumm sieht sie ihn an. An der Kleidung meines zukünftigen Ehemanns riechen, scheint ihr keine besonders einleuchtende Erklärung zu sein. Sie weicht Rorys Frage aus und geht zur Tür. »Komm. Wir haben hier nichts zu suchen.«

Doch er rührt sich nicht. Mit hochgezogener Augenbraue grinst er Annie schelmisch an, dieses süße Grinsen, bei dem er ein kleines Grübchen in der Wange hat. »Du hast Dr. Barrett nachspioniert!«

Annie verhöhnt ihn: »Na klar!«

»Bist du …« In Rorys Gesicht erscheinen rote Flecken. »Bist du in Dr. Barrett verliebt?«

Für den Bruchteil einer Sekunde ist Annie versucht, ihm die Wahrheit zu sagen. Ja, sie ist rettungslos verknallt in Tom Barrett. Wahrscheinlich wird sie im Herbst nach Georgetown wechseln, und vielleicht werden Tom, Olive und sie eines Tages sogar eine Familie sein. Doch in Rorys Blick steht etwas so Verletzliches, dass Annie spürt, er will nichts von ihren Gefühlen für einen anderen Menschen hören. Sie versucht, sich lachend über seine Frage hinwegzusetzen.

»Was? Bist du verrückt?«

»Ja!«, ruft er und wirft die Hände in einer verzweifelten Geste nach oben. »Ich werde wirklich noch verrückt, solange ich das nicht weiß.« Er fasst sie an den Armen. »Empfindest du etwas für mich, Annie?«

Sie will schlucken, doch ihr Mund ist plötzlich ganz trocken. Sie möchte Rory nicht verletzen. »Ich mag dich, Rory, wirklich. Aber …«

Er legt ihr den Finger auf die Lippen. »Bitte, sag nichts mehr. Sonst verliere ich noch die Hoffnung.«

Genau wie ich, wenn ich weiter nach Kristen suche, denkt Annie.

»Ich gehe jetzt.« Rory beugt sich vor und gibt ihr einen Kuss auf die Stirn. In seinem Blick liegt so viel Schmerz, dass Annie wegsehen muss. Sie wartet, bis die Tür hinter ihm ins Schloss fällt, dann bricht sie in Tränen aus. Zum ersten Mal begegnet sie der schlimmsten Form eines gebrochenen Herzens – dem eines anderen.

42

Erika

Wozu auch immer es gut sein mag, aber das Nützlichste, was ich in den Jahren als Maklerin gelernt habe, ist die Fähigkeit, innerhalb kürzester Zeit mein Gegenüber einzuschätzen. Seit zwei Tagen beobachte ich nun ein gutgekleidetes Pärchen, das gegenüber von mir im Café an einem Fensterplatz sitzt. Die beiden müssen um die vierzig sein. Und verliebt. Das sehe ich an der Art und Weise, wie er die Hand unter ihre Haare schiebt und ihren Nacken streichelt. Und daran, wie sie ihm nachlächelt, wenn er zur Theke geht, um ihr noch einen Tee zu holen.

Nach ihrem Akzent zu urteilen, wenn sie sich mit anderen Gästen unterhalten oder mich morgens begrüßen, kommen sie aus dem Mittleren Westen. Gestern hatten sie eine Karte auf dem Tisch ausgebreitet, obwohl ich sie nicht für Touristen halte. Heute stecken sie die Köpfe über einem Laptop zusammen. Sie suchen eine Wohnung, da bin ich mir sicher.

Zum ersten Mal, seit ich Emily vor zwei Monaten den Auftrag abgeluchst habe, verspüre ich den Wunsch, Immobilien zu verkaufen. Aber nicht so wie früher, nicht an anonyme Milliardäre, mit denen ich rein geschäftlich kommuniziere, sondern an Menschen wie diese beiden, die neu in New York sind und ihre Traumwohnung suchen.

Ich bin überzeugt, dass ich eine Wohnung für sie finden könnte. Im Kopf erstelle ich eine Liste von Punkten, Kriterien, deren sie sich wahrscheinlich nicht mal selbst bewusst sind. Sie sehen sportlich aus, also möchten sie in fußläufiger Distanz zum Central Park wohnen. Sie sind gut, aber nicht auffällig gekleidet, das Objekt müsste also schick, aber traditionell sein. Vielleicht ein modernisierter Altbau mit schönem Ausblick.

Mein Herz schlägt schneller. Aus diesem Grund habe ich den Maklerberuf immer geliebt! Ich stehe auf, um mich den beiden vorzustellen, doch vorher greife ich in meine Tasche und hole eine Visitenkarte heraus.

»Hallo! Suchen Sie zufällig eine Wohnung?«, frage ich.

»Ja«, erwidert die Frau. »Wir ziehen von Illinois hierher.«

Der Mann weist auf seine Gattin: »Darf ich vorstellen: die neue Chefin der Chirurgie am Lenox Hill!«

»Herzlichen Glückwunsch«, sage ich. »Und jetzt suchen Sie ein Apartment?«

»Wir haben gerade einen heftigen Preisschock«, sagt der Mann lächelnd. »Sie sind nicht zufällig Maklerin?«

Ich lache. »Doch, bin ich.« Dann lege ich die Visitenkarte zwischen die beiden auf den Tisch. »Aber Sie sollten sich an Emily Lange wenden. Sie wird Ihnen bestimmt helfen können. Emily ist die Beste in der Branche.«

Es ist nur eine kleine Geste, die nicht ansatzweise wiedergutmachen kann, was ich Emily angetan habe. Falls das Pärchen überhaupt eine Immobilie über die Lange Agency kauft, wird die Provision winzig sein im Vergleich zu dem, was ich durch den Verkauf der Einheiten im Fairview verdient habe. Ich frage mich, ob sich mein kleines Friedensangebot überhaupt lohnt.

Aber wie mein Vater schon sagte: »Irgendwo muss man anfangen.« Als ich gehe, fühle ich mich ein klein wenig leichter.

Es ist vier Uhr nachmittags, ich komme von meinem ersten Kunstkurs nach Hause. Die dreistündige Sitzung heute verging wie im Flug, ich habe mich direkt für die nächste Woche angemeldet. Warum nur geben wir Dinge auf, die uns so viel

Freude bereiten? Was treibt uns an, unsere Tage mit Stress und Ungewissheiten zu füllen?

Skizzenbuch und Stifte unterm Arm, schlendere ich durch die Lobby, als mein Handy klingelt. Im Display erscheint Toms Name.

»Hallo!«

»Viele Grüße aus den Vereinigten Staaten!«, sagt er. Ich brauche einen Moment, bis ich begreife, dass er ja in Washington ist, nur vier Stunden entfernt.

»Wie war das Seminar?«, frage ich schnell.

»Zwei plus«, sagt er. »Vielleicht sogar Eins minus.«

»Es war bestimmt Eins minus. Du gibst bloß strenge Noten.«

»Es hat echt Spaß gemacht, die Kollegen wiederzusehen. Wie sieht's bei dir aus? Wie war dein Tag?«

»Ich hatte heute zum ersten Mal den Malkurs.« Ich muss lächeln und klemme das Handy zwischen Ohr und Schulter. »Das Atelier ist super. Noch mal danke für den Tipp.« Ich lehne mich gegen die Wand, schlage mein Skizzenbuch auf und betrachte die noch nicht fertiggestellte Zeichnung von Annie, Kristen und mir. In kleinen Buchstaben steht am unteren Rand: *Eine Familie lässt dich los, aber sie lässt dich nie im Stich.* Der Spruch meiner Großmutter.

»Das freut mich.«

»Und rat mal, was ich noch erfahren habe! Das Interview mit der *New York Times* soll trotzdem gebracht werden. Ich hatte gedacht, man würde mich gegen eine andere Maklerin austauschen, wenn bekannt würde, dass ich gekündigt habe, aber die wollen mich trotzdem porträtieren. Am Sonntag ist der Termin.«

»Super! Kannst du einen Assistenten gebrauchen? Sonntag bin ich noch da. Wenn wir uns dadurch sehen können, bin ich dir gerne zu Diensten!«

Es klingt ein wenig kokett, aber er scheint es ernst zu meinen. Toms Vorschlag, uns zu treffen, liegt Wochen zurück.

Die Sekunden vergehen. Ich überlege, was ich sagen soll – etwas Witziges, Geistreiches, das die Stimmung hebt.

»Hör zu, Erika, ich will dir keine Angst machen, falls ich mich damit auf ein Terrain begebe, das du lieber nicht betreten möchtest.«

Ja!, will ich rufen. *Du machst mir riesengroße Angst.* Mein Mann hat mich verlassen. Seit Jahren habe ich keine Beziehung mehr gehabt, und die kleine Affäre mit Curtis auf der Insel war total vermurkst. Sosehr ich auch versuche, nach vorne zu blicken und in der Gegenwart zu leben, hat die Vergangenheit mich immer noch im Griff.

»Die Sache ist die«, fährt Tom fort, »ich mag dich. Du bist seit Gwens Tod der erste Mensch, mit dem ich sprechen kann. Ich bin den ganzen Tag über ein bisschen glücklicher, wenn ich weiß, dass ich am Abend deine Stimme höre.«

Eine übermächtige Sehnsucht überkommt mich. Ich möchte diesen Mann kennenlernen, meine Verbindungsperson zu Annie, die gleichzeitig mein Freund und Vertrauter geworden ist. Kann ich darauf bauen, dass er mich akzeptiert, wie ich bin, mit all meinen Fehlern? Auch wenn ich manchmal mehr Schlechtes als Gutes in mir zu haben scheine? Bin ich mutig genug, mein verrostetes Herz zu öffnen, selbst auf die Gefahr hin, dass es dabei zerbricht? Ich denke an Annies Aufforderung, das Leben wieder zu genießen. Innerlich mache ich mir Mut. Traue ich mich loszulassen?

»Ich brauche Sonntag keinen Assistenten«, sage ich.

»Ist in Ordnung.«

Ich umklammere das Handy mit meiner verschwitzten Hand. »Aber am Samstag hätte ich große Lust, dich zu sehen, falls du Zeit hast.«

Kaum habe ich aufgelegt, wird mir übel. Was habe ich mir nur dabei gedacht? Morgen Abend schon gehe ich mit dem Arbeitgeber meiner Tochter essen, ohne dass sie etwas davon weiß. Wenn sie es je erfährt, wird sie wissen, dass ich hinter ihrem Rücken herumspioniert habe. Das wird sie mir mit Sicherheit übelnehmen.

Ich gehe zu meinem Laptop und schicke ihr eine E-Mail, meine einzige Kommunikationsmöglichkeit – falls Annie sie überhaupt liest. Sicherheitshalber sende ich noch eine Kopie an *Wunder-gesucht*.

Hallo meine Süße,
es gibt etwas, das ich Dir erzählen muss. Ich möchte Dich bitten, Dein Schweigen zu brechen, nur dieses eine Mal. Könnten wir vielleicht miteinander sprechen, über Facetime oder Skype? Ich muss Dir etwas sehr Wichtiges sagen.

Ich beiße mir auf die Lippe. Sie wird glauben, es ginge um Kristen. Das wäre gemein.

Es hat übrigens nichts mit Deiner Schwester zu tun.
Ich hab Dich lieb wie ein Kätzchen das Spätzchen.
Mom

43

Annie

Bei Kerzenlicht sitzt Annie auf dem kleinen Balkon vor ihrem Zimmer, das auf die ruhige Rue de Rennes geht, und schreibt ihre Lieblingszitate in ein rosa Tagebuch. Die meisten kennt sie auswendig. Vielleicht findet Olive die Worte von Urgroßmutter Louise, Oma Tess und ihrer Mutter eines Tages ebenso tröstlich wie Annie.

Der Stift schwebt über dem Papier, Annie schaut hinauf zu den Sternen. Sie fühlt sich leer und matt, wie ein Brot ohne Hefe. Alle, die sie zum Lachen bringen, sind nicht mehr da – nicht mal Rory. Ob es ihm gutgeht? Bei der Erinnerung an den Schmerz in seinem Gesicht wird ihr unbehaglich.

Ihr Handy plingt: eine neue E-Mail. Annie schaut nach in der Hoffnung, dass sie von Rory ist, auch wenn sie weiß, dass es nicht sein kann. Die Nachricht kommt von ihrer Mutter. Sie klingt ebenso einsam wie Annie.

Es beginnt zu regnen, die Kerzenflamme erlischt. Annie nimmt das Album mit den Sprüchen und huscht in die Wohnung. Sie macht die Balkontür hinter sich zu und geht ins Wohnzimmer.

Seit dem Vormittag scheint das Apartment größer geworden zu sein, es gleicht einem hallenden Mausoleum. Annie fläzt sich aufs Sofa und versucht auszurechnen, wie viele Stunden sie an diesem stillen Ort verharren muss, bis Tom und Olive zurückkehren und die Wohnung wieder mit Leben füllen.

Sie legt sich einen Arm über die Stirn. Hat sich so auch ihre Mutter gefühlt, als sie und Kristen aufs College gingen? Hat sie sich in ihre Arbeit gestürzt, weil sie hoffte, damit die schmerzende Leere zu füllen? Zum ersten Mal kann Annie sie verstehen.

Auf einmal bricht der Damm, und das Heimweh bahnt sich mit aller Macht seinen Weg. Es gibt nur einen Ort, wo Annie jetzt sein will, und das ist zu Hause, bei ihrer Mom.

44

Erika

Im Morgenmantel mache ich noch einen schnellen Rundgang durch alle Räume. Ich zupfe ein vertrocknetes Blatt aus der Vase auf dem Couchtisch und entzünde die Kerzen auf dem Kaminsims. Es ist halb sechs am Samstagabend, und meine Wohnung sieht umwerfend aus, wenn ich das sagen darf. Zum Glück passt das Interview mit der *New York Times* morgen Mittag zeitlich wunderbar zu der Verabredung heute Abend mit Tom. Ich hoffe, dass die Deko und die Blumenarrangements, die ich extra für die Fotos besorgt habe, auch einen guten ersten Eindruck auf Tom machen werden.

Zufrieden gehe ich durch den Flur in mein Schlafzimmer, um mich anzuziehen. Ich nehme meinen Laptop mit, stelle ihn auf die Kommode und rufe Facetime auf. Fünf Minuten später posiere ich in verschiedenen Kleidern vor dem Bildschirm. Nein, ich habe nicht Annie vor mir. Sie hat nicht auf meine E-Mail reagiert. Ich verdränge die Enttäuschung und stelle mich erneut vor den Monitor, wo Kate mit ihrer Katze Lucy auf dem Schoß auf ihrem Sofa sitzt.

»Zu sexy?« Ich streiche über das ärmellose weiße Etuikleid.

»Hängt davon ab, ob du willst, dass sich der Typ in dich verliebt«, sagt Kate. »Wenn nicht, ziehst du dich besser um.«

»Ich bin dir wirklich so dankbar«, sage ich zum ungefähr hundertsten Mal. »Ich wäre jetzt nicht hier, wenn du mir nicht geholfen hättest zu erkennen, was für eine traurige Gestalt aus mir geworden ist.«

»Das hättest du schon noch selbst herausgefunden«, sagt Kate. »War ja ziemlich offensichtlich.«

Ich tippe an ihren Kopf auf dem Monitor und zeige ihr einen Vogel. Kate lacht. »Ich wusste, dass irgendwo hinter den künstlichen Wimpern und dem spießigen Kostüm meine Schwester verborgen war. Du konntest einfach nicht mehr logisch denken, weil du seit Monaten keine Kohlenhydrate gegessen hattest«, frotzelt sie gutmütig.

»Im Ernst, Kate. Ich wäre irgendwann ein einsamer alter Mensch geworden, so wie …« Ich will sagen: wie Dad, aber bin plötzlich gar nicht mehr überzeugt, dass er tatsächlich so einsam ist. Sicher, er ist stur und verschroben, aber er ist Teil einer Gemeinschaft, lebt mit den anderen Inselbewohnern zusammen, die sich etwas aus ihm machen, selbst wenn nicht unbedingt alle ihn mögen.

»Wie läuft es mit Max? Freut er sich, wieder auf Mackinac zu sein?«

Kate erzählt mir von ihren gemeinsamen Radtouren und langen Gesprächen. »Er möchte mir Weihnachten einen Ring schenken.«

Eigentlich hatte sie schon im Sommer darauf gehofft. Sofort gehe ich vom Schlimmsten aus. Max führt sie an der Nase herum. Kate muss aufpassen, dass er sie nicht verletzt. Ich bin kurz davor, ihr einen Rat zu geben, da höre ich ihre Antwort in meinem Kopf: *Ach, weil das bei dir so gut geklappt hat?*

Ich hole tief Luft und denke an das, was Oma Louise mir nach Moms Tod sagte: »Der Mensch mit den meisten Pflastern auf dem Herzen gewinnt. Wusstest du das nicht, Riki?« Vielleicht hatte sie ja wirklich recht, und wir sollten Kratzer und Wunden auf unserem Herzen nicht fürchten, sondern uns darüber freuen, weil sie der Beweis dafür sind, dass wir geliebt haben.

»Ich freu mich für dich, Schwesterlein«, sage ich.

»Hast du noch mal was von *Wunder-gesucht* gehört? In letzter Zeit hast du nichts mehr davon erzählt.«

»Seit dem Glückwunsch zur Preisverleihung habe ich keine Mail mehr bekommen.«

»Vielleicht weiß Annie, dass du dich verändert hast, und denkt deshalb, die Sprüche seien nicht mehr nötig.«

Ich klopfe auf die Kommode, weil ich hoffe, dass Kate recht hat.

Es klingelt an der Tür. Fast werfe ich mein Weinglas um. »Verdammt!« Schnell vergewissere ich mich, dass mein Kleid keinen Tropfen abbekommen hat. Wunder über Wunder: Ich wurde verschont. »Er ist da!«

»Gut«, sagt Kate ruhig. »Dann mach ihm auf. Viel Spaß. Ruf mich hinterher an!«

Eine Hand lege ich auf den Türknauf, die andere auf mein wild klopfendes Herz. Ich zähle bis fünf, damit es nicht aussieht, als könnte ich es nicht erwarten. Dann öffne ich die Tür.

Ein gutaussehender dunkelhaariger Mann mit einem umwerfenden Lächeln steht vor mir, in der Hand einen Strauß Sonnenblumen, aus dem ein kleiner Plastikdrachen ragt.

Ich schmelze dahin wie ein Eiswürfel auf heißem Asphalt.

Wenn dieser Abend eine Selbsthilfegruppe wäre, in der man das Daten übt, hätte er die Höchstpunktzahl verdient. Tom Barrett sieht gut aus, aber auf eine sympathische Art, nicht einschüchternd. Eher John Cusack als Jon Hamm, das gefällt mir. Nach einem Glas Wein beginne ich, mich zu entspannen.

Um sieben Uhr gehen wir ins Marea, das ist ein kleiner Italiener. Wir sitzen bei Kerzenschein an einem Fenstertisch, Tom bestellt eine Flasche Wein. Er schüttelt den Kopf. »Ich kann es immer noch nicht glauben, dass ich hier mit dir sitze. Du bist viel schöner, als ich mir vorgestellt habe.«

Röte steigt mir in die Wangen. Ich wende den Blick ab. »Klar.«

»Wirklich!«

»Sagen wir mal« – ich lege den Kopf schräg – »ich bin ganz okay. Was wäre, wenn nicht? Du bist ein ziemlich großes Risiko eingegangen, so weit zu einem Treffen mit einer Frau zu fahren, die auch wie die letzte Hexe hätte aussehen können.«

»Das wäre mir egal gewesen.«

»Na klar! Du wärst bestimmt begeistert gewesen, wenn ich die Tür geöffnet hätte und nur verfaulte Zähne im Mund gehabt hätte.«

Tom lacht und hebt kapitulierend die Hände. »Gut, ich bin ehrlich: Ich habe ein Foto von dir gesehen.«

»Boah, so was Hinterhältiges!«

Tom lacht, ich ebenfalls.

Dann sagt er mit weicherer Stimme: »Im Ernst, Erika, es wäre egal gewesen, wie du aussiehst. Ich würde trotzdem hier sitzen, grinsen wie ein Idiot und jede Minute mit dir genießen.«

In meinem Bauch beginnt etwas zu flattern, und wenn es keine Schmetterlinge sind, dann auf jeden Fall Motten, vielleicht sogar Bienen. Es mag am Wein liegen, an den Kerzen oder an Toms eindringlichem Blick, doch heute Abend fühle ich mich sicher. Ich bin glücklich. Als würden die Scherben meines Herzens, dieses vernarbten, verwundeten Organs, wieder zusammengesetzt werden.

Zuerst unterhalten wir uns über Annie – unser einziger gemeinsamer Nenner –, dann über Bücher, Filme, sogar über Politik. Irgendwann kommt das Gespräch auf Olive und Toms Entscheidung, in der Nähe von Washington zu leben.

»Ich wollte, dass Olive nicht so weit von Gwens Eltern entfernt ist. Georgetown ist wirklich super. Für mich hat die Stadt die perfekte Mischung aus urbanem Flair und ländlichem Charme.«

»Quasi eine Kombination aus Picasso und Norman Rockwell?«

»Genau! Ich habe sogar Annie überredet, sich dort an der Uni zu bewerben.« Tom grinst. »Dabei habe ich natürlich Hintergedanken. Olive hängt sehr an ihr, und ich würde mich freuen, wenn sich die beiden weiterhin sehen.«

»Aber Annie muss doch zurück nach Haverford … etwa nicht? Ich … ich wusste nicht, dass sie wechseln will.«

»Äh, hm, da bin ich mir nicht so sicher.« Tom schaut beiseite, als schämte er sich für mich. Zu Recht. Sosehr ich mich auch verändert haben mag, bin ich immer noch völlig ahnungslos, was meine Tochter angeht. Ich schüttele den Kopf.

»Ich muss in der Beziehung zu Annie so viele Löcher flicken. Sie hat mir gesagt, wenn sie im August wiederkommt, wünscht sie sich, von ihrer alten Mom begrüßt zu werden.«

»Du hast eine tolle junge Frau großgezogen, Erika. Wenn Annie ihr Schweigen endlich bricht, werdet ihr beide beste Freundinnen sein, davon bin ich überzeugt.«

Wir versuchen, bei diesem Date wirklich alles mitzunehmen, was geht. Nach dem Essen teilen wir uns einen Eisbecher mit demselben Löffel. Bei dieser schlichten Geste der Vertrautheit läuft mir ein Kribbeln über den Rücken.

Gegen elf setzen wir uns in ein Straßencafé. Als Erinnerung an Frankreich bestellt Tom Calvados. Von innen klingt leiser Jazz nach draußen. Wir nippen an unseren Gläsern und sehen den aufgestylten jungen Leuten zu, die jetzt langsam losziehen. Wie immer betrachte ich alle genau. Irgendetwas in mir hofft noch immer, Kristens hübsches Gesicht zu erblicken oder ihr schallendes Gelächter zu hören, unterwegs mit ihrer Clique, um die Nacht durchzutanzen. Doch anders als die verzweifelte Frau im vergangenen Winter kann ich nun über diese sorglosen jungen Menschen lächeln, anstatt mich darüber zu ärgern, dass meine Tochter nicht dabei ist.

»Ich freue mich, dass du letztlich doch einverstanden warst, mich zu treffen«, sagt Tom. »Du hast keine Vorstellung, wie fertig ich war, als du mir eine Abfuhr erteilt hast.«

Ich lache. »Das war doch keine Abfuhr.« Dann werde ich ernst. »Ich hatte Angst. Schließlich habe ich keine große Erfolgsbilanz mit Männern. Und ich fühlte mich nicht besonders wohl in meiner Haut. Es erschien mir sicherer, mich von dir aus der Ferne bewundern zu lassen, als zu riskieren, dass dich die Begegnung mit mir enttäuscht.«

»Was?«, neckt er mich. »Soll das heißen, dass du nicht perfekt bist?«

»Letzten Herbst habe ich einen großen Fehler gemacht.« Mein Herz klopft laut. Habe ich den Mut, Tom die Wahrheit über mich zu erzählen? Wie ich wirklich bin? Weil ich Angst habe, es mir anders zu überlegen, spreche ich schnell weiter. Es ist wichtig, dass ich es ihm sage.

»Kristen hatte mich gebeten, sie und Annie an dem Tag, als der Zug entgleist ist, nach Philadelphia zu bringen. Ich habe erst zugesagt und sie dann sitzenlassen, weil mir die Arbeit wichtiger war. Sie hatte gerade eine manische Phase, aber das wollte ich mir nicht eingestehen.«

Ich halte Toms Blick stand, statt mich beschämt abzuwenden. Zu meiner Erleichterung sieht er mich freundlich und urteilsfrei an und streicht mir über den Arm.

»Und deshalb denkst du, dass du schuld an dem Unglück bist?«

Ich schüttele den Kopf und halte mir die Hand vor den Mund, bis ich mich wieder gefangen habe. »Das dachte ich. Bis mein Vater … Er hat mir geholfen zu erkennen, dass nicht alles im Leben eine Ursache oder Wirkung hat. Ich versuche gerade, etwas zu lernen, was ich schon vor langer Zeit hätte tun sollen: mir selbst zu verzeihen.«

Es ist Mitternacht, als wir am Central Park entlangschlendern. Tom nimmt meine Hand, ganz selbstverständlich.

»Im August komme ich zurück. Ich würde mich freuen, wenn du Olive kennenlernen würdest. Sie wird dich mögen.«

Ich versuche, ruhig zu bleiben, doch innerlich schlage ich Purzelbäume. »Dann ist Annie wieder zu Hause«, sage ich und springe über einen Riss im Pflaster. »Ich kann es gar nicht erwarten, ihr von uns zu erzählen. Sie wird sich bestimmt freuen.«

»Das glaube ich auch.« In einträchtigem Schweigen bummeln wir weiter. »Versuchst du die ganze Zeit, nicht auf die Fugen zu treten?«, fragt Tom. Er lässt sich zurückfallen, um mich zu beobachten. »Ja, wirklich!« Lachend legt er mir den Arm um die Schultern. »Du bist genauso abergläubisch wie ich früher.«

»Du, ein Professor der Biochemie? Du bist abergläubisch?«

»War ich früher.«

»Lass mich raten!« Ich gehe seitwärts, um ihn anzusehen. »Du hast hundert Fugenvermeider und hundert Fugentreter miteinander verglichen und herausgefunden, dass ihr Verhalten keine signifikante Auswirkung auf ihr Leben hat.«

Tom zieht mich an sich und streicht mir das Haar nach hinten. »Hat dir schon mal jemand gesagt, dass du ein kleiner Schlaumeier bist?«

Ich lächele, genieße seine Hand auf meiner Wange. Mein Herz rast. Ich versuche, locker zu bleiben. »Und warum ist der Herr Doktor nicht mehr abergläubisch?«

Tom macht einen Schritt nach hinten. »Nach Gwens Tod habe ich mit dem Blödsinn aufgehört.« Er küsst mich auf den Scheitel. »Hat mir überhaupt nichts genutzt, jahrelang Leitern und schwarzen Katzen aus dem Weg gegangen zu sein.«

Die Straßenlaternen werfen bernsteingelbes Licht auf den Weg. Schweigend gehen wir an Apartmenthäusern vorbei, in denen die Wohnungen Millionen kosten. »Wenn das Leben so einfach wäre«, sage ich schließlich, »wenn man einfach ein bisschen Salz über die Schulter werfen müsste, um nichts Schlimmes mehr erleben zu brauchen. Ich weiß nicht, wie du das machst. Wenn Kristen von einem betrunkenen Autofahrer getötet worden wäre, hätte ich wirklich Probleme, dem Kerl zu vergeben.«

»Das war das Schlimmste von allem.«

»Hast du ihn jemals zur Rede gestellt?«, frage ich vorsichtig.

»Sie«, korrigiert mich Tom. Ich spüre, dass sich sein Körper verspannt, und sehe ihn an. Seine Kiefermuskeln zucken. Sein Blick ist umwölkt. »Der betrunkene Autofahrer war meine Frau.«

Wir finden eine Parkbank unter einer Platane und setzen uns. Tom erzählt mir von dem Nachmittag, als ihn seine Frau im Büro anrief und ihn bat, Olive von der Tagesmutter abzuholen. »Sie sagte, sie habe einen Maniküre-Termin vergessen. Mann, war ich sauer.« Er schaut in die Ferne. »Ich saß gerade an einem Stipendiumsantrag, der um fünf Uhr abgegeben werden musste. Ich hab sie sarkastisch daran erinnert, dass das eventuell etwas wichtiger sein könnte als ihre Fingernägel. Ich konnte und wollte nicht weg. Hab ihr gesagt, wir hätten uns schließlich darauf geeinigt, dass sie zu Hause bleibt, sie sollte sich eine andere Lösung einfallen lassen.«

Tom stützt die Ellbogen auf die Knie und faltet die Hände, den Kopf gesenkt. »Unzählige Male bin ich dieses Gespräch in Gedanken durchgegangen und hab mich immer wieder gefragt, wie ich überhören konnte, dass Gwen etwas getrunken hatte. Wenn ich das gewusst hätte, hätte ich alles stehen- und liegenlassen.«

»Wusstest du aber nicht«, entgegne ich. »Und du kannst dir nicht für etwas die Schuld geben, was nicht in deiner Macht lag.« Ich frage mich, ob ich gerade mit Tom oder mir selbst rede.

Er reibt sich übers Gesicht. »Seit sie erfahren hatte, dass sie mit Olive schwanger war, hatte sie nicht mehr getrunken. Dummerweise dachte ich, das hätten wir hinter uns.«

Seufzend sieht er mich an. »Es tut mir leid. Ich wollte dir nicht den Abend verderben.«

»Hast du doch nicht.« Ich streiche ihm über den Rücken. »Ich finde es gut, dass du darüber sprechen kannst.«

»Ganz hinten im Wandschrank hatte ich ja mal ein Geschenk gefunden. Hab ich dir doch erzählt. Ich dachte, es wäre für mich.«

»Stimmt.« Ich erinnere mich an die Geschichte. Er hat sie vor ein paar Wochen erwähnt. »Das Päckchen, auf dem *Bitte nicht öffnen* stand.«

»Das war nicht für mich, sondern gehörte Gwen. Eine Flasche Gin, genauer gesagt, eine halbe Flasche. So hat sie den Alkohol versteckt.« Tom lässt den Kopf hängen. »Ach, ich war ein miserabler Ehemann. Hab viel zu viel gearbeitet. Ich habe mich nie ganz auf die Ehe eingelassen. Kein Wunder, dass sie wieder mit dem Trinken angefangen hat.«

Ich erzähle ihm von dem Morgen, als Kristen zur Uni fuhr, von dem hinuntergeschlungenen Frühstück und ihrem überdrehten Verhalten. »Trotzdem habe ich sie mit dem Zug fahren lassen. Ich habe mir eingeredet, es läge am Koffein. Ich habe mich schlichtweg geweigert zu glauben, dass meine Tochter psychisch krank sein könnte. Genauso wie ich es schon bei meiner Mutter nicht sehen wollte.«

»Tja, die Reue«, sagt Tom. »Das ist ein Päckchen, auf dem wirklich *Bitte nicht öffnen* stehen sollte.«

Wir lächeln uns an. Es ist ein eigenartiges Gefühl, die Wahrheit auszusprechen, die mich seit Monaten quält. Für Tom muss es genauso sein. Doch gleichzeitig ist es befreiend. Dank *Wundergesucht*, dank Annie, Kate und sogar dank meinem Vater lösen sich allmählich die Verkrustungen von Tod, Schuld und Reue.

Wir gehen zurück zu mir. Tom legt mir den Arm um die Schulter, eine lockere Geste, die mir das Gefühl gibt, ihn schon ewig zu kennen. Vor dem Haus dreht er sich zu mir um und nimmt meine Hände in seine. »Das war ein superschöner Abend, Erika.« Er lächelt. »Du bist genau so, wie ich es gehofft habe.«

Könnte er etwas Schöneres sagen? Ich muss daran denken, wie ich noch vor wenigen Monaten war, und schicke ein stummes Dankeschön an *Wunder-gesucht*.

»Morgen Vormittag fahre ich zurück nach Washington«, erklärt Tom. »Hättest du noch Zeit für einen Kaffee, bevor ich zum Zug muss?«

So sehr ich mir auch versucht habe einzureden, dass Tom niemals mehr als ein guter Freund sein kann, habe ich meine Meinung in den letzten Stunden geändert. Ich mag diesen Mann, der wie ich einen großen Verlust erlitten hat und der weiß, wozu es führen kann, wenn man falsche Prioritäten setzt. Bald wird er nach Amerika zurückkommen. Er gibt mir auf unmissverständliche Weise zu verstehen, dass ich eine anziehende, erotische Frau bin.

Das Interview mit der *New York Times* ist erst morgen Mittag. Schnell überschlage ich, wie lange ich Tom schon kenne. Zwei Monate, drei Wochen und fünf Tage, mehr oder weniger. Reicht das, um mit ihm zu schlafen? Nein. Das geht nicht. Oder doch?

Ich hole tief Luft und lächele ihn unsicher an.

»Wie wär's denn jetzt mit einem Kaffee?«

Während wir zum Aufzug nach oben gehen, überlege ich kurz, ob ich vorbereitet bin. Beine rasiert? Ja. Saubere Bettwäsche? Sauber genug.

Ich schließe die Tür zur Wohnung auf und trete ein, ohne mir die Mühe zu machen, das Licht einzuschalten. Tom wagt sich vorsichtig hinein. Er zieht die Schuhe aus und stellt sie an die Wand. Ich gehe ihm ins Wohnzimmer voraus. Er legt seine Jacke über einen Stuhl, dann tritt er zu mir und nimmt mich in die Arme.

Seine Lippen finden meine, überwältigt schließe ich die Augen. Ich lasse mich von wunderbaren Sinneseindrücken hinweggetragen: seine weichen Lippen, der angenehme Duft seiner Haut, der Geschmack von Calvados auf seiner Zunge.

»Willst du das wirklich?« Er löst sich von mir, um mir ins Gesicht zu sehen. »Ich will dich nicht bedrängen.«

Bedräng mich, bitte! »Glaub mir«, sage ich. »Ich weiß genau, was ich tue.«

45

Annie

Es ist unmöglich, nach New York zu kommen und nicht von der Energie angesteckt zu werden, selbst für Annie, die fast ihr ganzes Leben in der Stadt verbracht hat. Es ist ein Uhr morgens – sieben Uhr morgens in Paris. Ihr Flug hatte Verspätung, Annie hat seit vierundzwanzig Stunden nicht geschlafen, aber ihre Augen sind so klar und groß wie die eines Rehkitzes. Sie schaut aus dem Taxifenster, registriert die Lichter und blinkenden Reklametafeln, die hohen Gebäude und immer noch vollen Gehsteige. Und endlich erblickt sie den Central Park. Sie kann sich gerade noch zusammenreißen, um nicht laut zu jubeln. Gleich ist sie zu Hause!

Der Fahrer hält am Straßenrand, Annie greift zu ihrer Tasche und bezahlt. »Danke«, sagt sie und geht beschwingten Schrittes über den Bürgersteig zum Hauseingang. Sie grüßt den Portier, wartet vorm Aufzug, schwindelig vor Aufregung. Völlig egal, dass es ein Uhr morgens ist – sie wird in das Schlafzimmer ihrer Mutter platzen und in ihr Bett springen. Annie freut sich schon auf deren Gesicht, wenn sie ihre Tochter erblickt.

Sie schließt die Tür auf und betritt die Wohnung. Tief Luft holend, atmet sie den vertrauten Geruch ihres Heims ein – die Putzmittel, die frischen Blumen.

»Mom?«, sagt sie leise und hängt ihre Handtasche an den Haken, die Schlüssel daneben. Es ist dunkel, von der Straße fällt Licht herein. Beinahe stolpert Annie über ein paar Schuhe neben der Tür. Wildlederboots. Männerschuhe.

Ach du meine Güte. Hat ihre Mom etwa eine Verabredung? Na, dann hat sich wirklich etwas geändert!

Annie geht ins Wohnzimmer und knipst eine Lampe an. Auf dem Couchtisch stehen eine Flasche Wein und zwei Gläser. Sie hebt die Flasche an. Leer. Un-glaub-lich! Tante Kate hatte also recht: Ihre Mutter schaut tatsächlich nach vorn und lebt wieder, sie hat sogar Spaß. Auf dieses Wunder hat Annie die ganze Zeit gehofft.

Sie späht in den Flur. Ein wenig Licht sickert unter der Schlafzimmertür hervor. Moment mal … ist sie da drin? Mit einem Mann? Annie findet die Vorstellung, wer sich nebenan im Bett vergnügt, ziemlich unangenehm. Schließlich ist Erika immer noch ihre Mutter.

Annie lässt sich aufs Sofa fallen. So viel zu ihrer großen Überraschung. Auf der anderen Seite des Wohnzimmers hängt ein Sakko über einem beigen Clubsessel. Was das wohl für ein Mann ist? Ob er ein Kondom benutzt? Annies Beschützerinstinkt ist geweckt. Was ist, wenn er ein fieser Kerl ist, der nur schnellen Sex will? Ihre Mom hat doch keine Ahnung, wie das im 21. Jahrhundert läuft. Uninteressant, dass auch Annie keinerlei Erfahrung auf dem Gebiet hat.

Sie geht zum Clubsessel und nimmt das Sakko in die Hand. Es ist aus Leinen, mokkabraun. Tom hat auch so eins. In Annies Brust flattert es. Was er wohl gerade macht, drüben in Washington? Ob er an sie denkt? Ob Olive sie vermisst? Ob *er* sie vermisst?

Sie schnuppert an dem Sakko. Riecht auch wie Tom.

Und zwar genau wie er.

Annie lässt die Jacke fallen. Ihr wird schwindelig. Wie in Trance geht sie zurück in den Flur. Sie kann nicht mehr klar denken.

Ihr Herz schlägt bis zum Hals. Sie hockt sich neben die Boots und nimmt einen Stiefel in die Hand. *Bitte, lass mich nicht recht haben!* Doch da ist er vorne links, der verblasste Fleck von Olives Erdbeereis.

Annie fühlt sich plötzlich krank. *Nein. Nein!* Sie rauft sich die Haare, dreht sich im Kreis. Tom kann nicht hier sein! Er ist doch in Washington. Er kennt Erika ja gar nicht. Aber das Sakko … und die Schuhe …

Sie versucht, nicht in Panik zu verfallen, sondern logisch zu denken. Vielleicht ist er hier, weil er seine Liebe zu Annie gestehen will. Er bittet um den Segen ihrer Mutter, will Annie überraschen.

Aber sie sind im Schlafzimmer. Zu zweit. Sie haben eine Flasche Wein geleert.

Langsam und überlegt geht Annie durch den Flur zur Schlafzimmertür.

46

Erika

Ich schließe die Augen und versuche, mich auf die Wärme von Toms Lippen an meinem Hals zu konzentrieren. Was war das gerade für ein Quietschen? Hörte sich an wie die Wohnungstür. Ich streichele seinen muskulösen Rücken und überhöre den Klang von Schritten. Das kann ja nicht sein. Außerdem habe ich gerade Sex! Jetzt bei mir einzubrechen wäre mehr als gemein.

»Erika«, flüstert Tom mit der Hand auf meinem Bauch, »ist da jemand in der Wohnung?«

Mit größter Willensanstrengung löse ich mich von ihm und nehme sein Hemd vom Fußende des Bettes. »Warte, ich geh mal gucken.«

»Nein. Bleib hier. Ich sehe nach.«

Mit bloßem Oberkörper geht er zur Tür und zieht dabei seine Hose hoch. Eigentlich sollte ich Angst haben bei der Vorstellung, dass jemand in der Wohnung sein könnte, aber ich kann nur an Toms breite Schultern und seine schmalen Hüften denken …

Als er die Tür öffnen will, fliegt sie auf.

Im ersten Augenblick glaube ich, ein Gespenst zu sehen. »Annie?« Ich springe aus dem Bett, ziehe mir den BH-Träger wieder über die Schulter. »Annie! Ach, das gibt's ja nicht, Annie!«

Ich stürze zu ihr und nehme sie in die Arme. »Da bist du ja, meine Süße!«

Doch sie reagiert nicht. Ich trete zurück. Ihr Gesicht ist mit roten Flecken überzogen. Sie hat mich mit einem Mann im Bett erwischt. Aber nicht mit irgendeinem, sondern mit ihrem Au-pair-Vater. Und anstatt ihr Zeit zu geben, das zu verdauen, habe ich sie regelrecht überfallen.

»Du wirst es nicht glauben, Annie«, sage ich mit einem nervösen Lachen und hebe Toms Hemd auf, um meinen halbnackten Körper zu bedecken. »Aber rat mal, wer hier ist!«

Sie findet das nicht lustig. »Wie kannst du nur!«, fährt sie mich an und wendet sich Tom zu. »Und du! Was machst du hier überhaupt?« Ihre Lippen beben. Sie schlägt die Hand vor den Mund, Tränen treten ihr in die Augen.

Tom legt die Hände auf ihre Arme. »Annie, meine Liebe, das tut mir furchtbar leid.«

Sie reißt sich von ihm los. »Ich bin nicht ›deine Liebe‹!« Sie funkelt mich böse an. »Und du glaubst, du wärst was Besonderes? Er telefoniert fast jeden Abend mit …« Sie verstummt. Ihr Gesicht verzieht sich. »Oh, nein, er redet mit dir!«

Warum ist sie so wütend? Sicher ist die Situation überraschend für sie, mir ist sie unvorstellbar peinlich, aber Annie tut ja geradezu so, als hätten wir sie betrogen.

Da dämmert es mir.

Meine Tochter ist in Tom Barrett verliebt. So wie ich.

»Annie!« Durch den Flur laufe ich ihr nach, versuche dabei, die Arme in Toms Hemd zu schieben. »Bleib stehen! Das ist meine Schuld. Ich hätte es dir sagen sollen. Wollte ich auch. Tom und ich sind Freunde geworden.«

»Freunde? So nennt man das also? So ein Schwachsinn!« Sie hält sich den Kopf mit ihren Händen, als würde er explodieren. »Mein Leben lang musste ich mich gegen meine Schwester behaupten. Und jetzt gegen dich?«

Es zerreißt mir das Herz.

Tom kommt ins Wohnzimmer, immer noch ohne Hemd, und

nimmt das Sakko vom Sessel. »Da habe ich ja was angerichtet. Es tut mir unglaublich leid, Annie. Ich wollte dir nicht weh tun. Glaub mir das bitte.«

Das Schluchzen meiner Tochter, ihr unverstelltes, ehrliches Leid, löst etwas in mir aus. Sie braucht mich. Und diesmal werde ich für sie da sein.

Ich sehe Tom in die Augen. »Geh bitte. Jetzt sofort.«

»Bitte, Erika, wir können das doch klären …«

»Geh!«

Er rauft sich die Haare und schüttelt den Kopf. »Es tut mir wirklich leid.«

Ich höre ihn zur Wohnungstür gehen, aber kann nicht hinsehen. Die Tür wird geöffnet und geschlossen. Ich drehe mich zu Annie um. »Schätzchen, ich …«

Der Hass in ihren Augen macht mich sprachlos. Sie marschiert in den Flur, schnappt sich Handtasche und Schlüssel. Mein Kopf dreht sich. Meine Tochter will gehen … ein zweites Mal. Sie zieht sich zurück, schließt mich aus. Das kann ich nicht zulassen. Das werde ich nicht erlauben!

Mich überkommt ein Gefühl, ein so starker, urtümlicher Mutterinstinkt, dass ich das Blut in meinen Adern spüre. In vier langen Schritten bin ich bei Annie und packe sie am Arm. Sie dreht sich um.

»Lass mich los!«

»Nein!« Meine Stimme ist laut und kräftig. »Du bist meine Tochter! Du hast mich jetzt lange genug geschnitten. Vielleicht hast du Zeit für dich gebraucht, kann sein. Vielleicht habe ich es verdient. Aber du läufst nicht ein zweites Mal davon, Annie Blair. Hast du mich verstanden? Ich liebe dich.« Ich presse die Lippen zusammen, um ein Schluchzen zu ersticken. »Ich liebe dich, meine Süße«, wiederhole ich, und mir versagt die Stimme. »Mein Wunder.«

Ich sehe, wie sich Annies Blick ändert, wie sich die Wolken

der Wut verziehen, wenn auch nur ein wenig. Genauso schnell ist der Sturm wieder da.

»Tja, daran hättest du mal denken sollen, bevor du mit ihm schläfst!«

Sie reißt die Tür auf und schlägt sie hinter sich zu.

Ich könnte mich grün und blau ärgern. Auf jeden Fall hätte ich mit ihr sprechen müssen, bevor ich mich auf Tom einließ.

Und wieder habe ich nicht auf die Worte meiner Mutter gehört: *Wenn dich etwas aufhält, bleib stehen.* Aber ich will verdammt sein, wenn ich diesmal vor Selbstmitleid zerfließe.

47

Annie

Annie sitzt auf der Rückbank des Taxis und tupft sich die Augen mit dem Ärmel trocken. Sie starrt aus dem Fenster. Wenn sie doch Rory anrufen könnte! Er könnte sie trösten. Aber sie kann seine Freundschaft nicht in Anspruch nehmen, jetzt, wo sie weiß, dass er mehr von ihr will. *Die Eisenbahn ist weg*, würde er sagen. Stattdessen meldet sich Annie bei ihrem Vater. Als er ihr die Tür öffnet, hält er ihr eine Packung Taschentücher entgegen.

Sie versucht zu erklären, was passiert ist. Vor Aufregung hyperventiliert sie. Er umfasst ihre Handgelenke. »Langsam, Annie! Willst du sagen, dass deine Mutter dir den Freund ausgespannt hat?«

»Ja! Nein. Ich … ich weiß nicht. Sie wusste ja nichts davon. Aber trotzdem! Das geht doch nicht! Das ist ekelhaft!« Als es klingelt, zuckt Annie zusammen. »Scheiße. Das ist sie bestimmt. Lass sie nicht rein, Dad!«

Doch ihr Vater geht bereits aufmachen, wahrscheinlich heilfroh, dass er Annies ersten Liebeskummer nicht allein durchstehen muss.

Als sie die Stimme ihrer Mutter hört, rennt sie durch den Flur zu ihrem Zimmer und verriegelt die Tür.

Am Sonntag erwacht Annie in der Wohnung ihres Vaters, und sofort ist die peinliche Erinnerung an den Vorabend wieder da. Sie schlägt die Daunendecke zur Seite und reibt sich die schmerzenden Augen. Von draußen fällt die Sonne durch das Rollo. Annie schaut auf die Uhr. Fünf vor zwölf? Offensichtlich ist ihre innere Uhr ebenso durcheinander wie sie selbst.

Sie tapert ins Wohnzimmer und erschrickt, als sie ihre Mutter am Fenster stehen sieht. Ihre Haare sind zerzaust, die Augen umschattet. Hat sie die ganze Nacht hier ausgeharrt?

»Guten Morgen, Annie.«

Annie sperrt sich gegen ihre Gefühle und ruft sich in Erinnerung, wie ihre Mutter in BH und Slip aus dem Bett sprang. Sie will in ihr Zimmer zurückgehen, doch die Stimme ihrer Mom hält sie auf.

»Bitte schließ mich nicht wieder aus, Annie. Lass mich erklären, was passiert ist.«

Annie lässt sich auf die Couch fallen. »Ich will keine Erklärung hören.« Doch dass sie sich überhaupt hingesetzt hat, straft ihre Behauptung Lügen. Um ihre Aussage zu unterstreichen, drückt sie sich ein Kissen auf die Ohren.

»Annie, es tut mir unglaublich leid.« Sie spürt die Hand ihrer Mutter auf der Schulter und riecht ihr pudriges Parfüm. »Bitte verzeih mir. Ich tue alles, wirklich alles, um es wiedergutzumachen.«

»Geh weg!« Annie muss daran denken, wie Olive auf dem Sofa lag und ihr Gesicht auf dieselbe Weise versteckte. Wahrscheinlich sieht es bei ihr ebenso kindisch aus, aber das ist ihr egal. Wenn es jemals den richtigen Moment gegeben hat, um das Kind in sich auszuleben, dann jetzt. »Du hasst mich ja sowieso. Lass mich in Ruhe!«

»Was? Annie, setz dich bitte mal richtig hin. Sprich mit mir! Warum sagst du so was?«

Annie versteckt weiterhin ihr Gesicht. »Am liebsten wäre dir, wenn ich gestorben wäre, nicht Krissie.«

»O Annie«, flüstert ihre Mutter. »Ich kann mir nicht vorstellen, dass ich dir auch nur den geringsten Anlass gegeben habe zu glauben, dass du nicht genauso besonders bist und ich dich nicht genauso liebe wie deine Schwester.«

Annie schüttelt den Kopf. »Nach dem Zugunglück hast du mich nicht mehr angeguckt.«

»Das war aber nicht wegen …« Erika wischt sich mit dem Ärmel über die Wange. »Ich muss dir etwas gestehen. Genau genommen sogar verdammt viel.«

Annie verschränkt die Arme. »Außer dass du mit ihm geschlafen hast?« Sie hofft, dass es verächtlich klingt, aber sie ist sich ziemlich sicher, dass sie sich einfach nur kindisch anhört.

Ihre Mutter setzt sich neben sie. »Kristen hatte sich gewünscht, dass ich euch beide an dem Morgen nach Philly fahre, aber ich hatte etwas Wichtigeres zu tun. Dafür schäme ich mich unendlich.«

Annie runzelt die Stirn. »Aber das stimmt nicht, Mom. Kristen hatte kein Problem damit, den Zug zu nehmen, wirklich nicht. Ich war deswegen sauer.«

»Kristen nicht?«

»Nein. Das schwöre ich dir.«

Ihre Mutter scheint sich ein wenig zu entspannen, dann kehrt ihre Traurigkeit zurück. »Ich weiß, dass sie an dem Morgen nicht normal war. Du hast versucht, mir das klarzumachen, aber ich habe nicht zugehört.« Sie legt die Hand auf ihr Kinn. »Ich wollte es nicht sehen, genauso wie ich meine Erinnerungen verdrängt habe. Weißt du, deine Grandma Tess war auch psychisch krank. Und weil ich so egoistisch war und glauben wollte, dass meine Tochter normal ist, habe ich die Wahrheit geleugnet.«

Annie nimmt das Kissen und drückt es sich vor die Brust, ihr kleines Schild. Sie atmet tief durch. Zwei Mal. Dann sieht sie ihrer Mutter in die Augen. »Du hast gedacht, ich wäre bei ihr. Du wolltest, dass ich auf sie aufpasse, und das habe ich nicht getan.«

»Ach, Schätzchen«, sagt ihre Mom liebevoll. »Wie hättest du das denn wissen sollen?« Sie nimmt Annies Gesicht in die Hände und schaut sie an. Ihr Blick ist so eindringlich, dass Annie weiß, sie muss jetzt gut zuhören. »Es war doch nicht deine Aufgabe, Kristen zu beschützen. Es tut mir leid, falls du das gedacht hast. Du warst doch noch ein Kind. Ein Kind.«

Irgendwas an Erikas Tonfall und an ihrem flehenden Blick sagt Annie, dass sie auch irgendwelche Schuldgefühle mit sich herumträgt. Eines Tages wird sie sie danach fragen, aber nicht jetzt.

»Verzeihst du mir denn?«, fragt Annie.

»Nein.« Ihre Mutter lächelt sie an. »Denn es gibt nichts zu verzeihen.«

In der Handtasche ihrer Mom klingelt das Handy, doch sie ignoriert es.

»Red mit ihm«, sagt Annie. »Dann merkst du ja, ob es mich stört.«

»Das ist nicht Tom. Er hat gestern Nacht noch angerufen.«

Annies Wut steigt wieder hoch. »Schön. Ich freue mich sehr für euch.«

»Ich habe ihm gesagt, dass wir uns nicht mehr sehen können«, erwidert ihre Mom sachlich. »Und ich habe ihn gebeten, mich nicht mehr anzurufen.« Dann streicht sie lächelnd über Annies Arm. »So, was hältst du davon, wenn wir nach Hause fahren und uns Frühstück machen? Beziehungsweise Mittagessen? Wir können den ganzen Tag reden und morgen auch, wenn du willst. Ich beantworte dir jede einzelne Frage, auch über Tom und mich.«

»Hast du …?«

»Nein«, unterbricht ihre Mutter sie. »Ich versichere dir, mein Schatz, dass wir nicht miteinander geschlafen haben.«

»Mann, Mom! Das wollte ich doch gar nicht wissen.« Stöhnend wendet Annie sich ab, aber insgeheim ist sie erleichtert. »Ich wollte fragen, ob du überhaupt vorhattest, mir von ihm zu erzählen.«

»Natürlich. Sofort nachdem ich mich mit Tom verabredet hatte, hab ich dir eine Mail geschrieben und dich gebeten, dein Schweigen zu brechen.«

Annie beißt sich auf die Lippe und nickt. »Und wegen dieser Mail bin ich nach Hause geflogen. Es klang so, als müsstest du dringend mit mir reden.«

»Ich wollte dir die Situation erklären und erzählen, dass wir uns treffen wollen.« Erika schaut an die Decke und stößt ein trauriges Lachen aus. »Ich hab sogar gedacht, du würdest dich freuen.«

Stimmt, Annie sollte sich freuen. Das weiß sie. Tom ist ein wirklich toller Mann, der perfekt zu ihrer Mutter passt. Aber so großzügig ist Annie dann doch nicht.

»Du kannst ihn gerne anrufen.« Annie nimmt sich wieder die trotzige Olive Barrett zum Vorbild. »Vielleicht gehst du an meiner Stelle zurück nach Paris und spielst das Au-pair-Mädchen.«

Ihre Mutter nimmt sie in die Arme.

»Ich hatte mein erstes und einziges Date mit Tom Barrett. Wenn du mir zeigst, wie das geht, sperre ich sogar seine Nummer.« Lächelnd hält sie Annie die Hand hin. »Komm, mein Schatz! Wir gehen nach Hause. Ich bin ganz für dich da.«

Wieder klingelt ihr Telefon. Diesmal wartet Annie nicht ab, sondern greift in die Tasche ihrer Mutter und holt den Apparat heraus, überzeugt, dass es Tom Barrett ist. »Ja?«, blafft sie hinein.

Sie lauscht kurz, dann reicht sie das Handy weiter.

»Die *New York Times*.«

48

Erika

Manchmal bietet einem das Leben einen Moment der Erkenntnis, der so eindeutig ist, dass man ihn nicht übersehen kann. Eine Erkenntnis, in der sich plötzlich alles kristallisiert, so dass man eine Entscheidung trifft – nicht aus Angst oder Hoffnung, sondern aus tiefster Überzeugung heraus, dass es richtig ist. Meine Großmutter Louise hätte gesagt, dass wir ständig von solchen Momenten umgeben sind, wir sie aber nur wahrnehmen, wenn unsere Herzen und Sinne offen sind.

Ich nehme das Handy und höre, wie eine angesäuerte Mindy Norton von der *New York Times* sich beschwert, sie würde seit einer halben Stunde in der Lobby meines Apartmenthauses auf mich warten.

»Es tut mir furchtbar leid, Mindy, wirklich. Aber ich kann das Interview heute nicht geben.«

Annie sieht mich fragend an.

»Ist das eine Absage?« Mindy klingt aufgebracht, ich kann es ihr nicht verübeln. Sie hat den Tag für mich geblockt, und wahrscheinlich kann sie ihren Abgabetermin jetzt nicht mehr einhalten.

»Hören Sie«, sage ich, plötzlich voller Elan, »ich habe eine Idee.« Ich scrolle durch meine Kontaktliste, bis ich die gesuchte Nummer finde. »Rufen Sie Emily Lange an. Die passt perfekt zu Ihrem Artikel.«

»Ist sie unter den Top Fifty?«

»Nein, aber sie hätte dort sein müssen. Emily ist meine ehemalige Chefin. Ihre Firma ist in ganz New York sozial engagiert. Sie ist nicht in erster Linie eine hervorragende Maklerin« – ich halte inne –, »sondern auch ein guter Mensch.«

»Tja, ich kann nicht erwarten, dass sie auf der Stelle Zeit hat«, erwidert Mindy, nicht gerade begeistert.

»Für die *New York Times*? Glauben Sie mir, die Zeit wird sie sich nehmen.«

»Okay«, sagt sie. »Aber, Erika? Eins noch. Sie haben mich im Stich gelassen. Dieser Artikel ist wichtig. Wir haben auf Sie gezählt.«

»Das weiß ich. Und es tut mir wirklich leid.« Ich schaue zu Annie hinüber und lächele. »Aber wissen Sie, meine Tochter verlässt sich auch auf mich. Und für mich zählt *sie*.«

Ich lege auf. Annie stürzt zu mir.

»Die *New York Times* wollte ein Interview mit dir machen?«, fragt sie.

»Wahnsinn, oder? Ich hatte vergessen, dass die heute kommen wollen.«

Annie packt mich am Arm. »Wir müssen nach Hause! Ruf die Frau noch mal an. In zwanzig Minuten sind wir da. Das musst du machen, Mom! Das ist doch der Knaller!«

Mein Herz zerspringt fast vor Freude. Meine Tochter unterstützt mich. Sie ist stolz auf mich.

Doch auch ich selbst muss stolz auf mich sein können. »Danke, mein Schatz. Aber glaub mir, Emily Lange hat das viel mehr verdient als ich.«

49

Erika

Wie bei jedem Genesungsprozess wirken Zeit und gute Pflege Wunder. Annie und ich machen lange Spaziergänge durch den Park und gucken Filme im Pyjama. Sie erzählt mir von ihrem Freund Rory und ihrem ersten Kuss. Wir reden bis in die frühen Morgenstunden und weinen ziemlich viel. Langsam kommen wir uns wieder näher. Die ganze Geschichte mit Tom ist ihr peinlich, mir ebenfalls. Obwohl er seit der Woche mit dem Zwischenfall noch zweimal versucht hat, mich zu erreichen, bin ich nicht ans Telefon gegangen. Das habe ich Annie versprochen und werde es auch halten. Am Vortag haben wir Blumen auf dem Balkon gepflanzt. »Kristens Pentas« nennen wir sie.

»Suchst du sie immer noch, Mom?«

»Überall«, gebe ich zu. »Ich glaube, das hört nie auf. Aber ich weiß auch, dass wir weiterleben müssen. Gerade Kristen würde darauf bestehen.«

»Sie kommt wieder«, sagt Annie mit solcher Überzeugung, dass ich erschaudere.

Am späten Montagnachmittag blättere ich in meinem Kochbuch, als Annie atemlos in die Küche gestürmt kommt.

»Sie ist wieder da! Kristen ist da!«

Ich halte mich am Küchenschrank fest, um nicht umzukippen. »Was?«

Lachend hält Annie mir ihr Handy hin. Ich lese eine Nachricht von Brian:

Du musst rüberkommen, Schätzchen. Sofort. Bring bitte deine Mutter mit.

Das Herz dröhnt in meiner Brust. »Ach, Annie, du glaubst doch nicht …«

»Doch!« Sie nimmt mich in die Arme und wirbelt mich herum. »Genau das glaube ich!« Ihr Gesicht ist rot vor Freude. »Krissie ist wieder da! Sie ist bei Dad! Wir müssen rüber, los!«

Sie zieht mich praktisch durch den Flur zum Eingang und nach draußen. Hundert Gedanken wirbeln mir durch den Kopf, der vordringlichste ist: *Bitte, lieber Gott, enttäusch Annie kein zweites Mal.*

Ohne zu zögern, hält Annie ein Taxi an und rutscht auf die Rückbank. »Wahrscheinlich ist sie zu Dad gegangen, weil sie denkt, dass du sauer bist. Sie weiß ja nicht, dass du wieder gut drauf bist.«

Lächelnd drücke ich ihr Knie an der Stelle, wo sie immer kichern muss.

»Ruf deinen Dad schon mal an und sag ihm, dass wir kommen«, mahne ich zum wiederholten Mal. »Frag ihn, was er mit seiner SMS gemeint hat.«

»Nein. Kristen will uns überraschen. Das will ich ihr nicht kaputtmachen.«

Entschieden schiebt Annie den Kiefer vor. Sie glaubt tatsächlich, dass ihre Schwester noch lebt. Nach all der Zeit hat sie die Hoffnung nicht verloren. Das macht mich gleichzeitig froh und erschreckt mich ein wenig. Meine Tochter glaubt immer noch an Wunder. Eigentlich ist das gut. Hoffentlich.

In dem Moment, als Brian die Tür aufmacht, weiß ich, ohne dass er ein Wort sagen muss, dass Annie sich geirrt hat. Sie merkt es auch, denn alles Blut weicht aus ihrem Gesicht. Das Herz meiner Tochter zerbricht. Erneut.

Ohne darauf zu warten, was Brian zu erzählen hat, nehme ich

Annie in die Arme. Schluchzer erschüttern ihren Körper. Ich wiege sie und reibe ihr über den Rücken. »Ich bin da, Mäuschen«, flüstere ich. »Ich bin bei dir.«

Mit wachsbleichem Gesicht führt Brian uns ins Esszimmer und weist auf einen Karton auf dem Tisch. Ich nehme Annies Hand und versuche, ruhig zu bleiben, als ich die Etiketten sehe. NTSB. TDAD.

Früher hatten diese Abkürzungen keine Bedeutung für mich. Doch diese Arglosigkeit ist dahin. Die Verkehrssicherheitsbehörde, die Abteilung Verkehrsunfallhilfe. Die fettgedruckten Buchstaben erschüttern mich wie Nachbeben. Kristens Habseligkeiten. Warum wurden sie, verdammt nochmal, nicht zu mir geliefert, wie abgesprochen? Ich schiele auf den Poststempel. Der Karton steht seit zwei Wochen hier. Ich sehe Brian an.

»Ich hab nicht darauf geachtet«, sagt er. Offensichtlich kann er meine Gedanken lesen. »Tut mir wirklich leid.« Seine Augen füllen sich mit Tränen. Er lässt den Kopf hängen.

Ich stoße einen langen Seufzer voll jahrelang aufgestauter Wut und Verärgerung aus. Ja, Brian hat seine Fehler, aber ich auch. Ich habe ihn alleingelassen, als unsere Tochter identifiziert werden musste, und bis jetzt an seinem Urteil gezweifelt. Ich streiche ihm über den Arm und sage, was schon lange überfällig ist: »Mir tut es auch leid.«

Wir setzen uns zu dritt aufs Sofa, Annie zwischen uns. Kristens Handtasche liegt offen auf dem Sofatisch vor uns, zusammen mit ihrem Portemonnaie, ihrer Uhr, dem Handy und dem Tiffany-Anhänger, den Brian ihr zum dreizehnten Geburtstag geschenkt hat. Offenbar wurde die Kette vor der Einäscherung abgenommen und mit ihren übrigen Habseligkeiten verwahrt.

Ich klappe das Portemonnaie auf, suche den gefälschten Führerschein, den ich an jenem Morgen auf dem Esszimmertisch sah, kann ihn jedoch nicht finden. Vielleicht hat Kristen ihn seiner rechtmäßigen Besitzerin zurückgegeben, bevor sie in den Zug stieg. Vielleicht habe ich mir das auch alles eingebildet oder im schwachen Morgenlicht etwas falsch gelesen. Dass ich niemals die Wahrheit wissen werde, drückt mir schwer auf die Brust. Brian holt den letzten Gegenstand aus dem Pappkarton. Ein silbernes Album. Annie hält die Luft an.

»O nein! Sie hatte es die ganze Zeit! Wahrscheinlich hat sie es gefunden, während ich meins geholt habe. Deshalb ist sie dann ganz schnell aufgebrochen.«

Mein Kopf dreht sich. Ich nehme das silberne Büchlein in die Hand und weiß schon jetzt, wie es von innen aussieht. Ich habe recht: kein einziger hineingeschriebener Kommentar. Ich habe die ganze Zeit in Annies Album gelesen. Es waren ihre Anmerkungen, nicht Kristens.

Warum hat Annie mich bloß in dem Glauben gelassen, es wäre die Meinung ihrer Schwester? Die Antwort trifft mich wie ein Sandsack: Sie hat gedacht, ich würde sie nicht ernst nehmen.

Falscher könnte sie nicht liegen.

»Oh, verdammt.« Annie schlägt die Hände vors Gesicht. Ihr wird klar, dass sie aufgeflogen ist. »Es tut mir leid, Mom. Ich kann es dir erklären. Was du da gelesen hast, das waren meine hässlichen Gedanken. Ich dachte, wenn du glaubst, sie wären von Kristen …«

Ich nehme sie in die Arme, und wir drücken uns so fest, dass Annie aufschreit. »Ich würde alles für dich tun«, sage ich und hoffe, dass sie spürt, wie groß meine Liebe zu ihr ist. »Es tut mir so leid, dass ich dir das Gefühl gegeben habe, es wäre anders. Letztendlich waren es deine Botschaften, die mich verändert haben, mein kleines Wunder, zusammen mit den Mails.«

Annie reißt die Augen auf und öffnet den Mund. »Aber, Mom, ich hab nicht …«

Brian bringt sie zum Schweigen, indem er sie in die Arme nimmt. Annie zieht mich dazu, wir verschmelzen zu einem dichten Knäuel der Liebe. Gemeinsam lassen wir unsere Trauer heraus, aufrichtig und ohne uns zu schämen. Ich weine um den Verlust meiner Tochter. Nicht weil ich mich schuldig fühle. Nicht aus Wut oder weil ich es nicht glauben kann. Ich weine, weil ich es akzeptiere. Meine Tochter ist fort, doch sie wird uns nie verlassen.

Irgendwann löst sich Annie von mir. Sie legt den Kopf schräg und sieht sich um. »Hey, habt ihr das gehört?«

»Was?«

»Kristen. Sie hat geschimpft, wir sollen nicht so rumheulen. Würde Zeit, dass wir uns am Riemen reißen.«

50

Annie

Es gibt Geheimnisse unter Geschwistern, die Annie niemals verraten wird. So werden ihre Eltern nie den wahren Grund erfahren, warum sie nicht bei Kristen im Zug saß. Annie wird sie, wie schon in den letzten zehn Monaten, in dem Glauben lassen, dass sie an jenem Morgen ihr Handy vergaß und deshalb noch mal zurück nach Hause fuhr. Für immer werden sie überzeugt sein, dass sie ein Jahr Auszeit von der Uni genommen hat, um zu trauern. Ihnen wird nie zu Ohren kommen, dass Annie in Wirklichkeit im vergangenen Frühjahr den Vorwurf des Diebstahls geistigen Eigentums auf sich nahm und deshalb für ein Jahr vom Studium suspendiert wurde. Und ganz bestimmt wird sie ihren Eltern niemals erzählen, dass es tatsächlich Krissie war, die sich jenes Gedicht »lieh«. Ihre Schwester hatte sich nichts Böses dabei gedacht, als sie die Zeilen aus Annies Notizbuch abschrieb und als ihre eigenen ausgab. Woher sollte sie auch wissen, dass Annie im nächsten Semester ausgerechnet dieses Gedicht für den Lyrikwettbewerb in Haverford einreichen sollte? Und wer konnte ahnen, dass Kristens Literaturprofessor vom Penn in der Jury saß, die den Gewinner des Wettbewerbs bestimmte, und er das Gedicht erkannte?

Ein weiteres Geheimnis, das Annie für sich behalten wird, ist das, was Wes Devon erzählt hat. Ihre Eltern werden niemals etwas von Kristens Schwangerschaft erfahren. Es wäre ein weiterer Verlust für die Familie, und Annie weiß nicht, ob ihre Eltern es ertragen könnten.

Sie versucht auch gar nicht mehr, ihre Mutter zu überzeugen, dass sie nicht diejenige war, die ihr die Zitate geschickt hat. Denn was macht das schon für einen Unterschied? Der Auftrag ist ausgeführt. Ihre Mutter ist wieder so wie früher – fast jedenfalls.

Annie verstaut diese Geheimnisse im tiefsten Winkel ihres Herzens. Zusammen mit ihrem eigenen …

Elf Tage sind vergangen, seit Annie sich von Olive verabschiedet hat und der Kleinen versprach, bei ihrer Rückkehr aus den USA da zu sein. Jeden Morgen, wenn Annie in ihrem alten Zimmer erwacht, 3600 Meilen entfernt von dem Mädchen, das auf sie wartet, spürt sie einen erstickenden Druck auf der Brust – die belastende Schwere eines gebrochenen Versprechens.

Deshalb schreibt sie Olive Briefe und schickt ihr Geschenke, unter anderem das kleine Album mit Sprüchen, das sie endlich fertiggestellt hat. Aber eigentlich weiß Annie es besser. Geschenke sind ein armseliger Ersatz für Liebe.

An einem verregneten Nachmittag liegt Annie ausgestreckt auf dem Bett und versucht, ein Gedicht für Olive zu schreiben, da plingt ihr Handy. Eine SMS … von Rory! Ihr Herz geht auf. Seit der unangenehmen Begegnung in Toms Ankleidezimmer hat sie keinen Mucks mehr von dem ehemaligen Nachbarn gehört.

Ich habe den Wettbewerb gewonnen, Annie! Meine Ente in Pfefferkruste kommt auf die Speisekarte des Ducasse!

Annie lacht laut auf und springt aus dem Bett. »Juchu!« Sie tanzt durch ihr Zimmer und ballt die Faust, als hätte sie gerade das Siegestor geschossen. *Glückwunsch!*, antwortet sie. *Ich schreib Dir eine Mail. Hab zu viel zu erzählen für eine SMS.*

Annie klappt ihren Laptop auf und lässt ihre Finger über die Tastatur fliegen. Endlich kann sie ihren Gedanken freien Lauf lassen.

Lieber Rory, Du bald weltberühmter Koch,
ich bin so unglaublich stolz auf Dich! Kannst Du es hören?

Ich rufe die ganze Zeit »Herzlichen Glückwunsch!« über den Atlantik und halte Dir die Hand zum High Five hin. Im Ernst, meine Beine tun schon weh, so ausgelassen habe ich eben für Dich getanzt – gut, es waren nur zwei Minuten … Du weißt ja, was ich von Sport halte. Aber im Ernst, ich bin hin und weg. Ich hab immer gewusst, dass Du gewinnst. Mich nervt höchstens, dass ausgerechnet Du so rappeldürr bist, wo Du doch so gerne Fleisch, Butter und Zucker isst!
Mir fehlen unsere Gespräche, Rory. Letzte Woche haben wir einen Karton mit Krissies Habseligkeiten bekommen. Es war der letzte Beweis, den ich brauchte. Ich habe mich geirrt. Meine Schwester ist wirklich tot, Rory, das weiß ich jetzt. Ich mache meinen Frieden damit, und meine Mutter tut es auch. Endlich hat es sich mit uns wieder eingerenkt. Bis auf eine Sache.

Annie kneift die Augen zu, reißt sich zusammen und schildert ihrem Freund dann in knappen Worten das große Liebesdrama von Mom & Tom.

Inzwischen ist mir klar, dass ich gar nicht weiß, was Liebe wirklich ist. Ich habe sie noch nicht kennengelernt, auch wenn ich mir ziemlich sicher bin, dass es eines Tages so weit sein wird. Diese Erkenntnis ändert allerdings nichts daran, wie sehr ich mich schäme. Ich war so dumm, Rory, ich glaube nicht, dass ich Tom jemals wieder gegenübertreten kann. Aber Olive fehlt mir so sehr, dass es weh tut. Es macht mich fertig, dass sie nun denkt, ich hätte sie im Stich gelassen. Andererseits geht es ihr vielleicht gut ohne mich. Vielleicht überschätze ich so wie bei Tom, was der kleine Frechdachs für mich empfindet. Bitte sag mir, wie es ihr geht, Rory! Fragt sie nach mir?

Annies Augen füllen sich mit Tränen.

Ach, Rory, es gibt so viel, das ich bedaure.

Sie betrachtet den Satz, überrascht, was sie gerade geschrieben hat. Was genau bedauert sie denn? Nach Paris gegangen zu sein? Nein. Sich etwas aus Tom und Olive zu machen? Nein. Besonders bereut Annie, wie sie Rory behandelt hat. Ob es zu spät ist?

Mit den Händen auf der Tastatur überlegt sie, wie sie sich am besten ausdrücken soll.

Jetzt aber genug von moi. Ich bin so stolz auf Dich, Rory Selik, mein guter Freund, der mir gezeigt hat, dass ich dazugehöre. Bis wir uns wiedersehen, zaubere weiter Deine köstlichen Soßen, pass bestens auf Dich auf und nimm bitte Olive für mich in die Arme und gib ihr einen dicken Schmatzer.
In Liebe
Annie

In letzter Minute kneift sie und ändert den Abschiedsgruß.
Alles Liebe
Annie

Rorys Antwort kommt drei Minuten später in Form einer SMS:
Nichts braucht mehr Mut, als erneut auf jemanden zuzugehen, der einen zurückgewiesen hat. Ich hab's getan, Annie, Dir steht es noch bevor.
Rory hat recht. Er ist auf sie zugegangen. Hat Annie genug Mut, es ihm gleichzutun?

Draußen heult der Wind, Regen prasselt gegen die Scheiben. Annie findet ihre Mutter im Wohnzimmer, sie schaut aus dem Fenster, den Skizzenblock auf dem Schoß. Ihr Blick geht in die Ferne, als träumte sie von etwas oder jemandem. Ob sie an Kristen denkt? Oder an Tom? Nein. Sie hat es Annie ja selbst gesagt:

Sie kannte ihn kaum. Annie redet sich lieber ein, dass Erika sich gerade ein neues Motiv zum Malen ausdenkt. Vielleicht grübelt sie auch über ihre Zukunft nach, wägt ab, ob sie in die Immobilienbranche zurückkehren oder wieder als Sozialarbeiterin anfangen soll. Es tut einfach zu weh, sich klarzumachen, dass ihr Blick die schmerzhafte Folge von Annies Taten ist.

»Mom?«

Erika dreht sich um, ihr Gesicht wird weich, sie lächelt. »Hallo, Schätzchen. Das Gewitter ist wunderschön.«

»Ich gehe zurück«, verkündet Annie

Ihre Mutter setzt sich auf. »Nach Paris?«

Annie nickt. »Ich habe da noch was zu erledigen.«

Ihre Mom steht auf und nimmt Annie in die Arme. »Du hast recht. Du musst dich richtig von der Kleinen verabschieden – und sie sich von dir.«

Eine Stunde später blickt Annie auf das Ticket für den Flug nach Paris, den ihre Mutter für sie gebucht hat. Bei dem Gedanken, Tom gegenübertreten zu müssen, wird ihr übel.

»Ich bin stolz auf dich, meine Süße«, sagt ihre Mutter, als könnte sie Annies Gedanken lesen. »Wollen wir ein bisschen fernsehen?«

Sie nehmen Becher mit heißem Kakao mit ins Fernsehzimmer und setzen sich nebeneinander aufs Sofa. »Es ist kühl«, sagt ihre Mom und greift nach dem Quilt.

»Ach, der ist noch von Großmutter!«

Lächelnd breitet ihre Mutter die Patchworkdecke über ihrer beider Beine aus. »Hab ich aus dem Schrank geholt. Diesen Quilt mochte ich immer schon gerne.« Sie reicht der Tochter die Fernbedienung. »Was möchtest du sehen?«

Annie genießt die gemeinsamen Abende. Fast ist es wieder wie früher. Doch was wird sein, wenn Annie nach Georgetown geht? Irgendwann wird Erika sich Arbeit suchen. Klar, sie geht gerne zu ihrem Malkurs. Aber reicht das, füllt es sie aus? Ihre Mutter hat Liebe verdient. Sie ist wieder offen dafür. Das weiß Annie. Wenn sie doch nur mit jemandem ausgehen würde. Vielleicht mit jemandem, den sie schon kennt. Annie spricht den Gedanken aus, der ihr schon länger durch den Kopf geistert.

»Mom? Kannst du dich noch daran erinnern, dass du mich an dem Tag angerufen hast, als … als das Unglück passierte?« Sie bekommt die Worte kaum heraus. »Du hast gesagt, du würdest mit jemandem essen gehen. Wer war das?«

Ihre Mutter lächelt traurig. »Ich hatte einen ehemaligen Kollegen getroffen, John Sloan. Du hast ihn als Kind mal gesehen, aber daran kannst du dich bestimmt nicht mehr erinnern.«

»Hast du noch mal was von ihm gehört?«

»Ja, er hat ein paarmal versucht, mich anzurufen, aber ich kann nicht mit ihm sprechen. Nicht nach dem, was passiert ist.«

Annie setzt sich auf. »Aber jetzt bist du stärker!« Sie umfasst den Arm ihrer Mutter. »Ruf ihn doch an, diesen John Sloan! Vielleicht geht da ja was!«

Ihre Mutter lächelt. »Ich denk mal drüber nach.«

Doch Annie weiß, dass das nicht stimmt. »Bitte, Mom, versprich es mir! Ruf ihn an, morgen!«

»Annie, hör auf.« Ihre Mom stellt den Kakao auf den Tisch und nimmt Annie in die Arme. »Alles, was ich brauche, habe ich hier. Du und ich, wir sind eine perfekte Familie.«

»Ja, das stimmt.« Annie schmiegt sich an sie und richtet die Fernbedienung auf den Fernseher. Sie entscheiden sich für eine Folge von *The Voice*. Mittendrin fällt Annie etwas ein. »Weißt du, was ich mich die ganze Zeit frage?«

»Nein, was denn, Schätzchen?«

»Ob Tom die Fahrt zurück nach Washington ohne Hemd im Zug gesessen hat.«

Und zum ersten Mal seit langen Jahren brechen die beiden in lautes Gelächter aus.

51

Annie

Annie sieht es sofort: Rory ist größer geworden, spricht deutlicher, geht aufrechter. Wenn er sie anschaut, hat er keine roten Flecken mehr auf den Wangen. Der Gewinn des Rezeptwettbewerbs hat ihm neues Selbstvertrauen verliehen – er ist fast schon großspurig.

Als Annie aus dem Zollausgang am Flughafen Paris-Charles-de-Gaulle kommt, wartet Rory auf sie. Sie läuft ihm entgegen, er nimmt sie in die Arme. »Annie!«, ruft er. »Willkommen zurück!«

Seine Ohren wirken so groß wie nie zuvor, und Annie könnte schwören, dass er noch dünner ist als bei ihrer Abreise aus Paris vor zwei Wochen. Doch in ihren Augen sah er nie besser aus, nie anziehender. Sie gibt ihm einen Kuss auf die Wange. »Danke, dass du mich abholst. Und dass du so ungefähr der beste Freund bist, den ich je hatte.«

»So ungefähr?«, sagt er vorwurfsvoll. »Ich bitte dich!«

Annie lacht. »Na gut, du bist der allerbeste Freund, den ich je hatte.«

Rory reckt das Kinn in die Luft und nickt. »Und der schönste.«

Annie schüttelt den Kopf und gibt ihm einen liebevollen Klaps. Sie könnte schier platzen vor Glück. »Kennst du den Ausdruck ›mach mal halblang‹?«

Rory lacht. »Ich mache ganz lang, aber wie! Meine Ente steht auf der Speisekarte des Ducasse, das lediglich das beste Restaurant von ganz Paris ist!«

Annie hält Rory die Hand zum Abschlagen hin. »Und ich halte mein Versprechen, dort mit dir essen zu gehen. Direkt heute Abend. Ich habe schon von zu Hause aus reserviert und schäme mich nicht zuzugeben, dass ich deinen Namen fallenlassen musste, um überhaupt einen Tisch zu bekommen. Zum Glück bist du eine Berühmtheit im Ducasse. Jetzt haben wir einen Tisch für acht Uhr. Wir essen deine Ente in Pfefferkruste, machen Fotos und stellen sie bei Instagram rein! Der Abend geht auf mich.«

Rory zögert.

»Was ist? Hast du keine Lust?«

»Doch, Annie. Aber wäre es in Ordnung, wenn Laure mitkäme? Wir haben eigentlich schon was …«

»Laure?«, unterbricht Annie ihn. »Wer ist Laure?«

»Das Mädchen aus meinem Kurs. Als wir zum ersten Mal zusammen unterwegs waren, kam sie doch im Les Deux Magots an unseren Tisch. Du hast mir damals gesagt, dass ich nicht lockerlassen soll bei ihr. Den Rat habe ich mir zu Herzen genommen, Annie. Jetzt sind wir seit sieben Tagen zusammen und wirklich nicht zu zertrennen. Du bist so klug, meine kleine Amerikanerin!«

Annie zwingt sich ein Lächeln ins Gesicht. »Ja, ich bin wirklich ein Genie.«

Und so ist es wohl mit der ersten Liebe, denkt sie. Sie schleicht sich unbemerkt heran, aber wenn sie geht, schneidet sie tief ins Herz.

Es ist fast Mittag, als sie das Apartmenthaus auf der Rue de Rennes erreichen. Annie weiß, wie der Samstag dort abläuft: Olive und Tom müssten jetzt am Küchentisch sitzen, Käsebrot essen und Pläne schmieden, in welchen Park sie heute Nachmittag gehen. Ein tiefes Gefühl der Zuneigung steigt in ihr auf. Wo auch immer Olive ist, da ist auch Annies Herz.

»Ich gehe dann mal rüber zu mir«, sagt Rory und wendet sich ab.

»Danke, Rory. Bis bald!«

»Sollen wir das Essen im Ducasse lieber auf einen anderen Termin verschieben?«

Annie nickt. »Ja, lass uns noch ein bisschen warten.« *Am besten so lange, bis ich verdaut habe, dass der einzige Junge, der je auch nur das geringste Interesse an mir gezeigt hat, nun mit einem Mädchen »nicht zu zertrennen« ist, das problemlos in nur eines meiner Hosenbeine passen würde.*

»Rory?«, fragt sie, bevor er die Tür schließt. »Versprich mir, dass wir immer Freunde bleiben.«

Er hebt die Hand. »Großes Pfadfinderehrenwort.«

Annie drückt auf die Klingel und wartet. Das Herz schlägt ihr bis zum Hals. Sie hat Angst. Unangekündigt hier aufzutauchen ist ein Fehler. Sie hätte Bescheid sagen sollen. Hat sie denn nichts aus ihrer letzten Überraschung gelernt? Schritte kommen zur Tür, sie wird geöffnet.

Verwirrt schaut Tom sie an. »Annie?« Dann strahlt er über das ganze Gesicht. »Annie!« Vielleicht bildet sie es sich nur ein, aber sie hat den Eindruck, er würde hinter ihr nach jemandem suchen. Hofft er, dass sie von ihrer Mutter begleitet wird? Für den Bruchteil einer Sekunde sieht Annie Enttäuschung über Toms Züge huschen, doch schnell reißt er sich zusammen. Genau wie ihre Mutter.

Tom zieht Annie in die Wohnung und nimmt sie in die Arme, eine väterliche Geste, die sie früher törichterweise für etwas anderes gehalten hat.

Aus der Küche hört sie eine Mädchenstimme: »Annie?« Ein Stuhl fällt um, Schritte trippeln durch den Flur. Olive kommt um die Ecke, hält aber inne, sobald sie den Besuch erblickt.

Annie holt tief Luft. Sie ist auf den Zorn des Kindes gefasst.

Schnell hockt sie sich auf Augenhöhe der Kleinen, noch immer tausend Meilen voneinander getrennt. »Hallo, meine Süße! Ich bin wieder da.«

Das Mädchen verschränkt die Arme vor der Brust. »Geh weg! Ich bin nicht deine Süße. Du wohnst hier nicht mehr.«

Annie rutscht ein Stück nach vorn. »Es tut mir so leid, Olly. Weißt du, als ihr in die USA geflogen seid, habe ich mich schrecklich allein gefühlt. Deshalb bin ich auch nach Hause geflogen. Und da habe ich mich versehentlich selbst verletzt.« Sie achtet darauf, ihren Herzschmerz keinem anderem anzulasten. Denn auch wenn Annie es bisher nicht zugegeben hat, hat sie sich die Wunde letztlich selbst zugefügt. Sie schielt zu Tom hinüber. »Aber jetzt geht's mir wieder besser.«

Er lächelt sie wehmütig an. »Das freut mich.«

Olive stampft mit dem Fuß auf. »Das hättest du mir ruhig erzählen können, ja?« Ihre Stimme bricht, und mit ihr bricht Annies Herz. Sie versteht gut, dass Olive ihre Traurigkeit hinter Wut versteckt. Hin und wieder tut Annie das ja selbst.

»Du hast recht, Olive. Ich hätte dich anrufen sollen. Das war gedankenlos von mir. Und falsch.« Sie nimmt Olives Hände in ihre. »Hey, weißt du noch, was man sagt, wenn man einem Freund weh getan hat?«

Olives Lippe bebt, sie blinzelt ihre Tränen zurück. »Ja, du Dummi! Dann sagt man: Es tut mir leid.«

»Genau«, bestätigt Annie und nimmt Olives Gesicht in die Hände. »Bitte verzeih mir, dass ich dich im Stich gelassen habe, Olive. Es tut mir unglaublich leid.«

Die Kleine schaut Annie mit riesigen feuchten Augen hinter dicken Brillengläsern an. Dann grinst sie unsicher, als sei ihr Herz langsam auf dem Weg der Besserung. »Und dann sagt der andere: Ist schon gut.«

An den folgenden zwei Tagen kauft Annie ein, macht die Wäsche und trifft Vorbereitungen für ihrer aller Rückflug in acht Wochen. Wohin sie auch geht, Olive ist an ihrer Seite. Anders als früher lässt sie sich nicht mehr zwei Schritte hinter Annie zurückfallen.

»Du fliegst in genau zwei Monaten, am dreizehnten August«, erklärt sie.

Olive zieht einen Schmollmund. »Nein! Tu ich nicht! Ich bleibe hier.«

»Wirklich? Willst du nicht zurück in die USA? Ins schöne Amerika, wie du es in dem Lied beim Frühlingskonzert gesungen hast?«

»Es ist nicht schön. Es ist hässlich.«

»Na, dann werden wir uns wohl nicht mehr wiedersehen.«

Olive wird hellhörig. »Aber du wohnst da doch ganz weit weg von mir.« Sie starrt Annie mit großen Augen an. »Oder?«

»Ich hab gestern Abend mit deinem Dad geredet. Ich ziehe nach Georgetown. Dein Au-pair bin ich dann natürlich nicht mehr, aber ich wäre gerne deine Freundin.«

»Warum kannst du nicht mein Au-pair sein?«

»Weil du keins mehr brauchst. Tagsüber bist du in der Schule, und deine Großeltern wohnen in der Nähe. Ich muss zur Uni gehen und viel lernen, aber wir sehen uns trotzdem ganz oft.«

Annie beobachtet, wie Olive das alles zu verdauen scheint. Schließlich setzt sich das Mädchen neben Annie aufs Sofa und kuschelt sich an sie. »Aber ich hab gerne ein Au-pair.«

»Und ich bin gerne dein Au-pair. Aber wart's ab, wir sehen uns so oft, dass du schnell die Nase voll hast von mir.«

»Hauptsache, du guckst gerne Nickelodeon. Zu Hause gucke ich immer Nickelodeon, das ist mein Lieblingssender!«

Annie lächelt die Kleine an und gibt ihr einen Kuss auf den Scheitel. »Ich mag Nickelodeon! Aber dich mag ich noch viel lieber.«

52

Annie

Die Sommerabende werden allmählich wieder kürzer. Auch wenn Annie das wunderschöne Paris, das leckere Essen und ihren Freund Rory vermisst, findet sie es aufregend in Georgetown. Ihre Kurse haben nun angefangen, sie sitzt im Studentenwohnheim in Copley Hall in ihrem kleinen Zimmer am Schreibtisch. In fünf Minuten wird sie von ihrer neuen Freundin Juana Rios zum Frühstück abgeholt. Annie greift zum Handy und ruft die Zentrale des Elmbrook Memorial Hospital in Wisconsin an.

»Könnte ich bitte mit John Sloan sprechen? Er ist Sozialarbeiter bei Ihnen.«

»Einen Moment, ich verbinde.«

Annie umklammert den Apparat und hört, wie es klingelt. Seit zwei Monaten hat sie vor, dieses Gespräch zu führen. Es muss einfach funktionieren.

»John Sloan«, meldet sich eine Männerstimme.

Ihr Herz stockt. Jetzt wird's ernst! Der Mann, mit dem ihre Mutter an jenem schicksalhaften Tag essen gehen wollte, muss nun irgendwie überredet werden, sich zu melden. Wenigstens ein Mal.

Annie drückt die Schultern durch. »Hallo, Mr Sloan. Ich bin Annie Blair. Sie sind mit meiner Mutter befreundet, Erika Blair.«

»Ja klar, Annie.« Seine gerade noch freundliche Stimme klingt plötzlich besorgt. »Ist alles in Ordnung mit Erika?«

Annie ballt die Faust. Ja! Ihm liegt noch was an ihr! »Doch, es geht ihr … gut. Haben Sie vielleicht kurz Zeit?«

»Natürlich.«

Annie erzählt, wie sich ihre Mutter verändert hat, was im vergangenen Jahr geschehen ist und dass sie für ihre Mutter die Liebe finden will, weil sie das Einzige ist, was in deren Leben noch fehlt.

Sie kneift die Augen zu. »Und deshalb würde ich Sie gerne fragen, ob Sie mir einen riesengroßen Gefallen tun würden und meine Mutter noch einmal anrufen könnten?«

John zögert. »Ich habe gerade jemanden kennengelernt, Annie. Es ist noch nichts Festes, aber …«

»Bitte! Sie brauchen nur anzurufen. Nur noch ein Mal.«

John Sloan schmunzelt. »Das mache ich gerne, Annie. Deine Mutter ist eine wunderbare Frau.«

Sie stößt einen Seufzer der Erleichterung aus. »Danke!«

In der Hoffnung, dass sie eines Tages keine Schuldgefühle mehr haben wird, zwischen ihre Mutter und einen Mann geraten zu sein, der absolut perfekt für sie gewesen wäre, legt Annie auf.

53

Erika

Es ist Oktober, Kristens Lieblingsmonat. Vor einem Jahr habe ich Kate versprochen, Kristens Asche im Herbst zu verstreuen. Gegen jede Vernunft habe ich gehofft, dass der Tag nie kommen würde, dass ich innerhalb eines Jahres meine Tochter finden würde und der ganze Albtraum dann nur noch eine grausame Erinnerung wäre. Und wirklich ist vieles von dem geschehen, was ich erhofft hatte. Ich habe mein Kind tatsächlich gefunden, wenn auch anders, als ich es mir gewünscht hatte. Und vielleicht ist es auch so, wie Kate sagt: Ich habe mich endlich selbst wiedergefunden.

Es ist Freitagnachmittag, ich sitze auf dem Campus der Georgetown University auf einer Bank vor Copley Hall und telefoniere mit meiner Schwester, während ich darauf warte, dass Annies Seminar zu Ende ist.

»Wenn wir nach Easton kommen, kaufe ich als Erstes ein«, erkläre ich. Wir haben uns dazu entschieden, Kristens Asche in der Nähe unseres Ferienhauses in der Chesapeake Bay zu verstreuen. Dort haben wir so viele wunderbare gemeinsame Stunden verbracht.

»Max und ich müssten gegen Mittag da sein«, sagt Kate. »Molly meinte, sie und die Kinder würden erst nach der Zeremonie kommen.«

»Ja, das fand sie besser so.«

»Ich freue mich so darauf, endlich dein Haus zu sehen. Zu dieser Jahreszeit ist es bestimmt wunderschön dort am Meer.«

»Ich freu mich auch schon, euch alles zu zeigen. Es ist sozusagen mein Mackinac, nur an der Ostküste. Ich bin oft dort.«

»Schön. Da bist du näher bei Annie. Apropos, sie hat mir erzählt, du hättest wieder Kontakt zu einem alten Verehrer aus Wisconsin, und er käme am Samstagabend zum Essen? Was läuft denn da?«

»John Sloan ist kein alter Verehrer«, berichtige ich, »sondern ein alter Freund, der fast tausend Meilen entfernt wohnt. Ich weiß selbst nicht, warum ich damit einverstanden war, dass er mich dieses Wochenende besuchen kommt.«

»Ich kann dir nur eins sagen, Rik: Fernbeziehungen garantieren sehr heißen Sex. Sei nicht aus Prinzip dagegen. Annie und ich drücken dir die Daumen.«

»Meine Tochter wünscht sich sehr, dass ich mich wieder verliebe.«

»Ich denke, sie hat immer noch Schuldgefühle, weil sie das mit dir und Tom kaputtgemacht hat.«

Kate hat recht. Auch wenn wir nicht darüber sprechen, vermute ich, dass wir die Episode mit Tom nicht vollständig verarbeitet haben.

»Wenn ich ihr doch klarmachen könnte, dass die Sache völlig harmlos war. Es war nur eine kleine Schwärmerei. Ich habe Tom ja kaum gekannt.« *Und ich halte hier auch gar nicht Ausschau nach ihm, warte überhaupt nicht darauf, ihn in seinem braunen Sakko zum nächsten Kurs eilen zu sehen.*

»Du hast viel hinter dir«, sagt Kate liebevoll. »Dad hatte recht letzten Winter, als er zu Annie und mir sagte, um dich zu verändern, bräuchte es schon ein Wunder.«

Meine Nackenhaare stellen sich auf. »Das hat Dad gesagt?«

»Aham. Hast du mit ihm gesprochen?«

»Ich habe ihm gemailt, wann und wo die Zeremonie stattfindet. Hab aber keine Antwort bekommen.«

»Klar, Dad schreibt ja auch den lieben, langen Tag E-Mails. Los, Rik, ruf ihn an! Lad ihn persönlich ein.«

»Ich will es ihm ersparen, sich eine Entschuldigung ausdenken zu müssen.«

Auf der anderen Seite der Grünfläche entdecke ich meine Tochter. »Ah, da ist Annie! Kate, wir sehen uns morgen. Hab dich lieb.«

Ich stehe auf und winke meiner Tochter zu. Sie trägt ein kobaltblaues Sommerkleid. Nie sah sie glücklicher und zufriedener aus, so voller Lebensfreude. »Du bist wunderschön«, sage ich zu ihr, als sie da ist, und gebe ihr einen Kuss auf die Wange. »Georgetown bekommt dir gut.«

»Und wie! Ich hab dir noch gar nicht von Juanas Cousin Luis erzählt, oder? Er studiert Anthropologie. Er sieht echt heiß aus, Mom. Ich hab Rory ein Bild von ihm geschickt, und selbst er meint das. Und weißt du was? Juana hat gesagt, er mag Mädchen, die eine weibliche Figur haben.«

»Kluger Kerl.« Arm in Arm gehen wir zum Studentenwohnheim.

»Und hast du dich entschieden, ob du das Angebot annimmst?«

Ich lächele. Als Emily Lange anrief, um sich bei mir für das Interview mit der *New York Times* zu bedanken, haben wir schließlich über eine Stunde lang telefoniert. Ich beichtete, wie abscheulich ich mich verhalten hatte, und entschuldigte mich aufrichtig bei ihr. Außerdem nahm ich ihre Entschuldigung für die Affäre an, was lange überfällig war. Am Ende bot sie mir eine Stelle in ihrer Firma an.

»Nein«, sage ich zu Annie. »Es war eine sehr nette Geste, aber ich habe ihr erzählt, dass ich immer noch mit dem Gedanken spiele, mich mit einer eigenen Firma selbstständig zu machen.« Ich lauere auf die Reaktion meiner Tochter.

»Wirklich? Hey, Mom, das ist super!«

»Aber das mache ich nur, wenn du damit einverstanden bist. Es würde im kleinen Rahmen sein, wahrscheinlich in der Gegend um die Chesapeake Bay.«

»Cool!«

Einen kurzen Moment sonne ich mich im Stolz meiner Tochter. »Ich habe Emily aber gefragt, ob ich unentgeltlich für sie arbeiten kann, wenn ich in New York bin. Sie hat ein ganz tolles Projekt ins Leben gerufen, das Wohnungen für obdachlose Veteranen vermittelt. Dadurch würde ich was in sozialer Hinsicht tun, was mir ja die ganze Zeit so gefehlt hat.«

»Toll, Mom. Ich wünsche mir so, dass du glücklich bist.«

»Das weiß ich doch. Und dafür bin ich dir dankbar.«

»Bist du schon aufgeregt wegen Samstagabend? Dein großes Date?«

Ich sehe die Hoffnung in ihren Augen.

»Ja, schon sehr«, versuche ich, überzeugend zu sagen.

Nachdem wir in der Chesapeake Bay angekommen sind, haben Annie und ich auf der Terrasse zu Abend gegessen, und sie hat mir Geschichten von Georgetown, ihren neuen Freundinnen und von der kleinen Olive erzählt. Jetzt liege ich wach im Bett. Das sanfte Heranrollen und Zurückweichen des Wassers vor meinem offenen Fenster rauscht zu mir herüber. Meine Gedanken treiben von Annie zu Kristen, zur Gedenkfeier am nächsten Tag mit Brian, Kate und Max und später auch mit Molly und den Kindern, dann zu John Sloan. Warum habe ich das Gefühl, dass etwas beziehungsweise jemand fehlt?

Um 2:23 Uhr bin ich immer noch hellwach. Ich klappe meinen Laptop auf, öffne die E-Mails und suche Trost bei den alten Nachrichten von *Wunder-gesucht*, dem geheimnisvollen Absender, der in den vergangenen acht Monaten mein Leitstern gewesen ist.

Nun schreibe ich ihm als Freundin, egal, ob es Annie, Kate

oder sonst wer ist. Ich bin kein religiöser Mensch, doch ich bin gläubig. Im hintersten Winkel meines Herzens bilde ich mir ein, dass es meine Mutter oder vielleicht sogar meine Großmutter Louise ist, die mir diese mystischen Nachrichten schickt. Von wem auch immer sie stammen, sie spenden mir Trost in Nächten wie diesen, wenn mir schwer ums Herz ist.

Liebes Wunder,
morgen werde ich die Asche meiner Tochter in der Chesapeake Bay verstreuen, inmitten von Menschen, die sie geliebt haben und die mich lieben, Menschen, die mich im vergangenen Jahr und schon länger unterstützt haben. Nun ist etwas sehr Seltsames passiert. Mir ist klargeworden, wie sehr ich mir meinen Vater an meiner Seite wünsche. Ausgerechnet den alten Griesgram, der so schrullig und verschroben ist und mir immer das Gefühl gibt, ein kleines Mädchen zu sein, das die Zähne nicht auseinanderbekommt. Den möchte ich dabeihaben.
Wir sind so weit vom Kurs abgekommen, mein Dad und ich. Wie gerne würde ich all die verletzenden Dinge zurücknehmen, die ich zu ihm gesagt habe. Ich habe immer nur seine schlechte Seite gesehen … Erst jetzt, nach all den Jahren, kann ich ihn als Ganzes wahrnehmen, als Menschen, der Fehler macht, aber der auch eine liebevolle Seite hat. Genau wie ich.
Heute weiß ich, dass meine Mutter psychisch krank war. Mein Vater hat sein gesamtes Geld für ihre Behandlung ausgegeben. Er hat sogar seine Stellung gekündigt und ist mit uns auf die Insel zu meiner Großmutter gezogen, wo Mom früher immer gerne war, weil er hoffte, es würde ihr guttun. Auch für seine Töchter hat er nur das Beste gewollt. So wie ich für meine.

Ich fühle einen Kloß im Hals.

Bevor es zu spät ist, würde ich ihm so gerne noch sagen, wie sehr ich ihn liebe und wie dankbar ich ihm bin. Wenn man im Leben doch noch einmal von vorn anfangen könnte …

Ich drücke auf *Senden*.

Fast bin ich eingeschlafen, als mich ein leises Plingen weckt. Ich knipse die Nachttischlampe an und greife zum Handy. Dort stehen zwei schlichte Sätze:

Wir können 365-mal im Jahr von vorn anfangen. Jeden Morgen, wenn wir aufwachen.

Ich bekomme eine Gänsehaut am gesamten Körper. Genau das hat mein Vater vor Monaten gesagt, an jenem Februarmorgen, als ich mit Kate über Lautsprecher telefonierte und er bei ihr in der Küche war.

Mein Vater ist *Wunder-gesucht*.

Bloß woher hat er die virtuelle IP-Adresse? Er kennt sich doch nicht so gut mit Computern aus, dass er seinen eigenen Server umgehen könnte! Allerdings sitzt er jeden Nachmittag mit Jonah zusammen, und der kann so was.

Auf einmal fallen alle Puzzleteile an ihren Platz. Er muss Kates Album genommen haben. Auch der Betreff *Tochter vermisst* ergibt nun einen Sinn. *Ich* war die Tochter, die er suchte. Nicht Kristen, nicht Annie. Mein Vater hoffte auf ein Wunder, nämlich dass seine Tochter ins Leben zurückfinden würde. Ich schlage die Hand vor den Mund und stöhne tief aus der Brust. Mein Vater liebt mich.

Du bist es, Dad, tippe ich, und meine Tränen lassen die Buchstaben verschwimmen. *Jetzt verstehe ich, warum Du mich auf die Insel gelockt hast. Ich musste mich der Wahrheit stellen, der ich mein Leben lang aus dem Weg gegangen bin.*

Du hast meinen Zusammenbruch am Point aux Pins beobachtet. Da hattest Du Deinen Auftrag erfüllt, aber es hat Dir Angst gemacht, mich so zu sehen. Deshalb hast Du alles aufs Spiel gesetzt, um mich über die Mackinacstraße zu bringen. Du hast mich gerettet, Dad, in mehr als einer Hinsicht. Wir haben es nie leicht miteinander gehabt, das wird vielleicht auch so bleiben. Aber ich habe Dich lieb. Hoffentlich weißt Du das.

Ich nehme die Hände von der Tastatur. Mein Vater ist empfindlich, soviel steht fest. Es ist ihm unangenehm, wenn Gefühle ins Spiel kommen. Diese anonymen E-Mails waren eine Möglichkeit für ihn, seiner Tochter Ratschläge zu erteilen – seine Art, seine Liebe zu zeigen –, ohne dass er sich dafür schämte. Warum sollte ich ihm das nehmen?

Ich lösche meine gesamte Mitteilung und schreibe eine neue.

Danke. Das werde ich mir merken, Epikur.

Genau die Antwort habe ich ihm damals auch gegeben.

54

Erika

Am Samstagvormittag ist der Himmel tief verhangen mit grauen Wolken, die kurz davor zu sein scheinen, sich über uns zu ergießen. Ich habe die Zutaten für Kristens Leibgericht eingekauft, Krabbenküchlein, die es heute Abend geben soll, wenn wir zusammen essen. Aber jetzt setze ich mich erst mal auf die hintere Veranda, wo eine hübsche Vase mit Orchideen von Wes Devon steht, und trinke meinen Kaffee. Annie telefoniert gerade mit ihrem Freund Rory.

Ich höre ein Auto näher kommen und springe auf. Ja! Kate und Max sind überpünktlich.

Ich fliege die Stufen hinunter und eile ums Haus herum nach vorne zur Auffahrt. Kate springt aus dem Wagen. Ich laufe auf sie zu und schließe sie in die Arme.

»Hey, Schwesterlein!« Ich küsse sie auf die Wange.

»Rik! Toll siehst du aus! Deine Haare sind ja ganz lang geworden. Schön! Du siehst so gesund aus. Und jung. Natürlich nicht so jung wie ich, aber du bist wieder die Alte.«

Ich gebe ihr einen Klaps auf den Arm und wende mich dann dem großen jungen Mann mit den wuscheligen blonden Haaren neben ihr zu. Er legt einen Arm um Kate und hält mir die andere Hand hin. »Hallo, Erika! Ich bin Max.«

»Freut mich sehr, dich kennenzulernen, Max.« Das meine ich ernst. Wenn er Kate glücklich macht, dann bin ich es auch. Und wenn er ihr das Herz bricht, werde ich ihr mit einem Dutzend Rollen Klopapier zu Hilfe eilen. Dreilagig.

Hinter mir wird noch eine Autotür geöffnet. Ich drehe mich um. Mein Vater kämpft sich heraus.

»Dad?« Ich schlage die Hand vor den Mund. »Du bist mitgekommen!«

»Ich dachte, Kristen hat nichts dagegen, wenn ich in ihre Gedenkfeier platze.«

Grinsend schüttele ich den Kopf. »Sie würde sich geehrt fühlen.« Meine Stimme ist belegt. Ich ziehe seinen steifen Körper an mich. »Und ich fühle mich auch geehrt.«

Als Nächstes kommt Brian. Er hat eine Bekannte mitgebracht, eine stille Blondine mit einem freundlichen Lächeln. Vor einem Jahr noch hätte ich mich darüber aufgeregt. Schließlich ist das hier eine Familienveranstaltung. Doch meine Definition von Familie hat sich verändert. Auch habe ich inzwischen mehr Verständnis. Jeder sucht seinen Trost dort, wo er ihn finden kann. Brian bei seinen Freundinnen, mein Vater beim samstäglichen Besuch im Pub. Gerade ich sollte es wissen. In den vergangenen zwei Jahren habe ich versucht, mich mit Arbeit abzulenken, statt mich um das zu kümmern, was ich wirklich brauche: Freunde und Verwandte, Unbeschwertheit und Vergebung.

Gnädigerweise wartet der Regen den Beginn der Zeremonie noch ab. Am Ufer stehen wir zu siebt im Kreis und erzählen uns Geschichten über Kristen. In unseren Erinnerungen erwacht sie zum Leben, wir lachen über kleine Anekdoten.

»Ich versuche immer noch, das Wort *tot* zu vermeiden«, sagt Annie. »Lieber stelle ich mir vor, dass meine Schwester glücklich und müde um zwei Uhr morgens ins Bett ging, nachdem sie fast zwanzig Jahre lang ununterbrochen gefeiert hatte.«

Ich lache unter Tränen. Die Liebe zu meiner überlebenden Tochter ist riesig. Nacheinander werfen wir Kristens Asche ins Wasser. Als mein Vater an der Reihe ist, fegt eine Windböe durch die Bucht und pustet die Asche zu ihm zurück. »Jetzt habe ich

Kristen überall«, sagt er, um die Stimmung zu heben. Ja, denke ich, so geht es uns allen. Und so wird es immer sein.

Brian beendet die Gedenkfeier mit einem kurzen Gebet, in dem er Kristen sowie allen anderen Frieden wünscht und die Hoffnung zum Ausdruck bringt, dass wir uns eines Tages wiedersehen. Wir schreiben kleine persönliche Nachrichten an unser Mädchen auf Kärtchen, die wir an Drachen hängen und in die Luft steigen lassen. Ich sehe zu, wie die sieben Drachen in den Himmel fliegen, und zum ersten Mal erlaube ich mir den Gedanken, dass meine Tochter genau da ist, wo sie hingehört.

Dann beginnt es zu nieseln, und Brian kommt zu mir, um sich zu verabschieden. »Bleibt doch zum Essen«, sage ich, »beide.«

»Danke, aber wir müssen zurück. Trotzdem danke, Erika, wirklich.«

Im Regen gehe ich hinauf zum Haus, tupfe mir die Augen trocken. Da spüre ich meinen Vater neben mir. Er legt nicht den Arm um mich, zieht mich nicht zu einer Umarmung an sich, sondern wirft mir seine Jacke zu.

»Danke«, sage ich und breite sie mir über den Kopf. Ich lausche unseren Schritten, die einträchtig durch das feuchte Gras rascheln. Irgendwo draußen über der Chesapeake Bay donnert es. »Ich kann kaum glauben, dass ein ganzes Jahr vergangen ist. Und ich hab's tatsächlich überlebt.«

»Deine Mutter wäre stolz auf dich.«

So deutlich hat mein Vater mir noch nie gesagt, dass eigentlich er stolz auf mich ist. Tränen treten mir in die Augen. Ich sehe ihn nicht an. Keine Ahnung, ob ich eher ihm oder mir die Verlegenheit ersparen will. »Ohne die Sprüche von Mom hätte ich es nicht geschafft.« Meine Stimme bricht. »Die E-Mails haben mir das Leben gerettet.«

»Blödsinn«, erwidert er. »Es lag immer schon in deiner Macht.«

Das sagt die gute Hexe Glinda am Ende von »Der Zauberer

von Oz« zu Dorothy, als sie ihr verrät, dass sie nur die Hacken dreimal zusammenschlagen muss, um nach Hause zu gelangen.

Ich hake mich bei ihm unter. Kurz erstarrt er, dann entspannt er sich. Mit der anderen groben Pranke tätschelt er meine kleine Hand.

»Du bist ein gutes Mädchen.«

Hätte ich doch schon vor Jahren die Hacken zusammengeschlagen.

Es geht auf sechs Uhr zu. Der Duft von Krabbenküchlein und Knoblauchbrot erfüllt die Küche. Kate, Molly und ich trinken Wein und plaudern miteinander, während wir die letzten Vorbereitungen für das Essen treffen.

»So!« Ich stelle die Remouladensoße beiseite und schaue kurz auf dem Handy nach, ob ich eine Nachricht erhalten habe. »Er kommt wohl doch nicht. Fangen wir mit dem Essen an.«

»Immer mit der Ruhe«, sagt Kate. »Schließlich ist es eine weite Fahrt von Wisconsin hierher. Es ist ja noch keine sechs Uhr.«

Mein Bauch verkrampft sich, ich gehe zum Fenster. Draußen lassen mein Vater, Jonah und Sammie Steine übers Wasser flitzen. Ich frage mich, wo Annie ist.

»Ich hätte ihn nicht für heute herbestellen sollen. Das ist zu …«

Es klingelt an der Tür. Mein Magen dreht sich.

»Na los!« Kate drückt meine Hand.

Ich schiebe mir eine Haarsträhne hinters Ohr. Da kommt Annie mit einem großen Paket im Arm in die Küche gestürzt. »Eilzustellung!«, ruft sie und macht den Tisch frei. »Für dich.«

»Für mich? Wo ist John?«

»Weiß ich auch nicht.«

Mein Vater und die Kinder kommen herein. »Hey, was ist das?«, fragt Sammie.

Alle drängen sich um den Tisch, während ich den Karton öffne. Ich schlage die Klappen auf. Als ich den Inhalt entdecke, halte ich die Luft an.

Ein braunes Sakko.

Mein Herz klopft zum Zerspringen. Da legt mir jemand eine Hand auf die Schulter.

»Hallo, Erika.«

Die Stimme! Ich wirbele herum. Zuerst will mein Kopf gar nicht glauben, dass er es wirklich ist. Doch er steht vor mir. Nimmt das Sakko aus dem Karton. Zieht es über.

Und es passt perfekt.

»O Gott!«, flüstere ich. »Du bist es.«

Ich höre Kate lachen und sehe meinen Vater schmunzeln. Eine Kamera blitzt. Ich drehe mich um und schaue in Annies strahlendes Gesicht.

»Du … das warst du?«

Sie nickt. »Alle wussten Bescheid. Selbst John Sloan hat mitgespielt.«

Tränen vernebeln mir den Blick. Ich sinke in Toms ausgebreitete Arme.

Er drückt mich so fest, dass ich fast keine Luft mehr bekomme. »Du hast mir so gefehlt, Erika.«

Ich schließe die Augen, Tränen rinnen mir über die Wangen.

»Hey«, sagt eine helle Stimme. »Und was ist mit mir?«

Ich löse mich von Tom und erblicke ein kleines, pausbackiges Mädchen mit rosa Brille, dem ein Schneidezahn fehlt. »Olive! Ich freue mich so, dich endlich kennenzulernen!«

»Ich dachte, hier gibt's was zu essen«, sagt sie nur.

Tom stöhnt, alle anderen lachen.

»Na klar«, erwidere ich. »Bitte, setzt euch doch!«

Ich serviere die Krabbenküchlein. Immer wieder halte ich inne und schaue Tom an, um mich zu vergewissern, dass er wirklich da ist. Als ich bei Annie ankomme, drücke ich ihr einen Kuss auf den Scheitel und flüstere: »Danke!«

Mein Vater schenkt Wein ein und setzt sich dann ans Kopfende des Tisches. Ich nehme neben Tom Platz.

Bald ist das Esszimmer von fröhlichem Stimmengewirr erfüllt. Geschirr klappert, Gläser klirren, alle reden durcheinander. Ich genieße die Atmosphäre und versuche, sie für alle Zeit in meinem Herzen zu bewahren.

Noch vor vierzehn Monaten war ich überzeugt, mein Leben sei zu Ende. Das stimmte zwar nicht, aber es hat einen langen, mühseligen Umweg genommen, nach dem ich nie wieder dieselbe sein werde. In solchen Momenten, wenn das Glück seine Fühler nach mir ausstreckt, sehne ich mich nach Kristen. Eigentlich müsste sie dabei sein, müsste die alten und neuen Bindungen miterleben und an dieser Freude teilhaben.

Ich tupfe mir eine Träne aus dem Augenwinkel. Unter dem Tisch drückt Tom mein Knie.

Ich betrachte die Gesichter voller Liebe an diesem Tisch: Kate und meinen Vater, Annie, Tom und Olive, Molly mit Jonah und Sammie. Ich muss an den Spruch meiner Mutter denken, der mich auf meiner langen Reise begleitet hat: *Verwechsle niemals das, was wichtig ist, mit dem, was wirklich zählt.*

Auf der anderen Seite des Tisches ärgert Olive Annie: »Haha, ich bekomme zwei Kugeln Eis zum Nachtisch und du nur eine.«

Annie schüttelt den Kopf und lacht. »Was erzählst du denn da?«

Doch ich verstehe nur: »Was zählt, ist nun da.«

Und sie hat recht. So ist es.

Danksagung

Da es in diesem Buch sehr viele Sprüche gibt, passt es vielleicht, meiner Danksagung ein Zitat von Thornton Wilder voranzustellen:

»Nur in den Momenten sind wir wahrlich lebendig, wenn unserem Herzen bewusst ist, welche Schätze wir besitzen.«

Mir sind die vielen Schätze in meinem Leben voll und ganz bewusst, angefangen bei meinem wunderbaren deutschen Verlag FISCHER Krüger. Was habe ich für ein Glück, an dieses phänomenale Verlagshaus geraten zu sein, mit der fabelhaften Julia Schade am Steuer, dazu meine außergewöhnliche Lektorin Carla Grosch! Ich werde nie vergessen, dass sie an mich geglaubt haben und mit mir als unbekannter Autorin ein großes Risiko eingegangen sind. Danken möchte ich auch der unglaublichen Marketing- und Vertriebsabteilung, insbesondere Indra Heinz, sowie Andrea Fischer, die meine Worte mit viel Sorgfalt und großem Einfühlungsvermögen ins Deutsche übersetzt. Ihr seid mein Dreamteam, ich bewundere jeden einzelnen von euch Fischern!

Großen Dank bin ich meiner wunderbaren Agentin Jenny Bent schuldig, deren Unterstützung und Vertrauen mir mehr bedeutet, als ich in Worte fassen kann, ebenso ihrem deutschen Subagenten, dem phantastischen Bastian Schlück. Ein großes Dankeschön an meine Testleser, die dieses Buch deutlich besser und lustiger gemacht haben: Amy Bailey Olle, Linda Seibold, Anita Mumm, Julie Lawson Timmer, Kelly O'Connor McNees und Denise Roy. Dankbar bin ich auch »meinen« Immobilienmaklern Kristy Seibold und Brian Huggler, deren Fachwissen unschätzbar wertvoll für mich war. Ein besonderer Dank geht an Julia Lucky und Bill Schelpler, die mir geholfen haben, die Szenen auf Mackinac Island authentisch zu gestalten. Ebenfalls gilt meine tief empfundene Dankbarkeit Kathy O'Neill und Vickie Moerman für ihre Freundschaft und unsere morgendlichen »Hallo-Wach-Runden«.

Ich danke allen Freunden und Freundinnen, alten wie neuen, für ihre Geduld, ihre Unterstützung und ihren Zuspruch. Ich habe so großes Glück! Mein aufrichtiger Dank an alle Buchhändler, Blogger und vor allem an meine lieben LeserInnen, die mir ihre wertvolle Zeit schenken. Sie sind meine Inspiration.

Ewig dankbar bin ich meinen Eltern und meiner Familie für ihre Liebe und Begeisterung und für ihren unerschütterlichen Glauben an mich. Und letztlich Bill, der mich daran erinnert, dass zwar vieles in der Welt wichtig ist, aber nur die Liebe wirklich zählt.

Liebe Leserin, lieber Leser,

vielen Dank, dass Sie mein Buch gelesen haben.
Ich hoffe, es hat Ihnen gefallen. Wenn Sie mehr von mir lesen möchten und wissen wollen, wann mein neues Buch erscheint, dann senden Sie eine E-Mail mit Ihrem Namen an:

lori@fischerverlage.de

Ich freue mich auf Ihre Zuschrift!

Ihre

Lori Nelson Spielman

Lori Nelson Spielman